Felix Dahn

Julian der Abtrünnige

Erstes Buch: Die Jugend

Felix Dahn

Julian der Abtrünnige
Erstes Buch: Die Jugend

ISBN/EAN: 9783741158469

Hergestellt in Europa, USA, Kanada, Australien, Japan

Cover: Foto ©Andreas Hilbeck / pixelio.de

Manufactured and distributed by brebook publishing software
(www.brebook.com)

Felix Dahn

Julian der Abtrünnige

Julian
der Abtrünnige.

Geschichtlicher Roman

von

Felix Dahn.

Erstes Buch.

Die Jugend.

(337—355 nach Christus.)

Leipzig

Druck und Verlag von Breitkopf & Härtel

1898.

Dem Andenken

meines

teuern Lehrers, des Philosophen

Karl von Prantl.

„Wenn es, wie die Gelehrten sagen, vier Tugenden giebt: Mäßigkeit,
Weisheit, Gerechtigkeit und Tapferkeit, so hat Julianus sie alle geübt."
Ammianus Marcellinus (Augenzeuge), XXV, 4.

I.

In den Vorgemächern des Kaiserpalastes zu Nikomedia in der Provinz Pontus in Kleinasien drängte sich in später Stunde einer Frühlingsnacht — es war der zweiundzwanzigste Mai des Jahres dreihundertsiebenunddreißig nach Christi Geburt — bei dem trüben Licht duftender Öllampen eine gespannte, teils bange, teils hoffnungsgierige Schar: Bischöfe, Feldherren, Staatsmänner, Höflinge.

Manchmal traten Ärzte, Freigelassene, Sklaven aus dem durch mehrfache Vorhänge abgetrennten Innenraum, hastigen Fragen selten Beachtung, seltener Antwort gebend, aus dem Palast eilend mit allerlei Aufträgen, unerhörte Arzneimittel zu holen, zu bereiten. —

„Es geht rasch zu Ende," flüsterte, nach der Ausgangsthüre laufend, einer der Heilkünstler. „Nahm er die Taufe?" forschte ein Bischof. Aber jener war schon vor der Thüre.

Gleich darauf aus dem Krankenzimmer schrilles Geschrei: — aber nicht der Trauer, nicht Totenklage. „Tot ist der Imperator, der große Constantinus. Heil, Heil und Sieg dem neuen Imperator, Constantius, dem Herrn der Erde." Bei dem Rufe warfen sich alle in dem Vorzimmer Versammelten nieder auf das Antlitz.

Alsbald erschien der Vorsteher des heiligen Schlafgemaches, der Präpositus sacri Cubiculi, und winkte mit erhobener Hand: „Hinweg!" Sie verschwanden in Eile.

Nach einiger Zeit trat aus dem Sterbegemach ein junger Mann in Purpurgewanden, aschfahl von Antlitz, von
rastlos unstetem Blick der tiefliegenden schwarzen Augen;
er zitterte vor Erregung; sein Schritt wankte, er stützte sich
schwer auf einen langen goldenen Stab: — es war der
Stab der Weltbeherrschung; er hatte ihn eben aufgenommen.
Das Haupt hing auf die Brust, die schmalen vorgebeugten
Schultern schienen die Wucht der neuen Würde nicht tragen
zu können; er sah starr vor sich nieder auf den Marmor-
estrich.

Ein Kriegstribun, in vollen Waffen gerüstet, war der
erste, der ihm aus dem Innengemach folgte: er hielt eine
Papyrusrolle in der Hand. Gleich hinter ihm wandelte
der Bischof der Stadt bedachtsamen Schrittes in das Vorzimmer. „Bleibt es dabei, oh Imperator?" fragte mit
leisem Grauen der Gepanzerte.

Constantius sah nicht auf. „Hab' ich's zurückgenom-
men?" fragte er entgegen: — scheinbar ruhig, aber seine
Lippe zuckte. Er sah zweifelnd zu dem Präpositus hinüber: aber dieser hob warnend, fast drohend, den Finger.

„Herr, die Liste ist lang!" sprach der Kriegsmann.
„Deine drei Oheime? Also alle Brüder deines eben ver-
ewigten Vaters, darunter auch der Patricius Julius, dein
eigner Schwiegervater, der Vater deiner verstorbenen Gemahlin? Und deine Vettern, — alle sieben? Sind zehn!
Alle deine Verwandten? Sonder Ausnahme? Sie
sind . . ." — „Feinde des Imperators," unterbrach dieser.
— „Und der heiligen Kirche," fiel der Bischof vortretend
ein. „Heimlich heidnisch oder, was noch schlimmer,
ketzerisch gesonnen im Herzen. — Hilf doch, Eusebius!"
Da schritt der Präpositus in seinem goldstrotzenden Gewande dicht an den Tribun heran und herrschte ihm mit
heiserer Stimme zu: „Kann ein Krieger nicht mehr ge-

horchen?" — „Auch die Frauen, die Mädchen?" — „Alle,
die noch heiraten können," nickte der Imperator. „Sie
sind so gefährlich wie die Männer." — „Oft rachsüchtiger
und schlauer!" ergänzte Eusebius. Er war der oberste
Eunuch des Palastes.

„Hier stehen aber auch drei Kinder! — Auch die?
Deine beiden jungen Neffen? Deine kleine Nichte?" —
„Was frägst du?" knirschte der Augustus, mit dem Fuß
aufstampfend. „Alle, die mir jetzt oder künftig schaden
können. Soll ich die Rächer heranwachsen lassen?"

———

Gleich darauf krachten die Hausthüren gar mancher
Paläste zu Nikomedia von außen nach innen: Waffen-
klirren — roter Schein von Pechfackeln — Lärm —
Widerspruch, hier und da Widerstand der Haussklaven —
gleich darauf Wehegeschrei von Sterbenden.

In das Haus des Patricius Julius, des einen Bruders des eben Verstorbenen, drang ein Centurio mit einer
Schar von blonden barbarischen Söldnern. Der Haus-
herr selbst trat ihnen im Atrium rasch mit teilnahmvoller
Sorge entgegen.

„Wie steht's mit unserem Herrscher, meinem Bruder?"
— „Das frag' ihn selbst im Hades! Oder vielleicht im
Himmel der Christen!" schrie der Centurio. „Mich sendet
der neue Herr: dein Neffe Constantius, der schickt dir —
durch mich — dies!" Er stieß ihn nieder; das kurze
Römerschwert durchdrang die linken Rippen und fuhr im
Rücken heraus. „Wo ist die Frau?" schrie der Wilde.
„Wo das Mädchen?"

„Hier, Mörder!" rief eine ausnehmend schöne Frau
von etwa vierzig Jahren, die ein kleines Mädchen an der
Hand führte. „Laß uns mit ihm sterben!"

Der Legionar zückte das breite Schwert gegen sie: dabei sah er ihr in das Antlitz: so wunderbar schön waren diese Augen, — er senkte erschüttert für eine kurze Weile die Waffe, die vom Blute des Mannes troff.

Der wand sich sterbend und stöhnte noch einmal. Da vergingen der Gattin die Sinne: bewußtlos sank sie auf ihr Antlitz über der Leiche zusammen. Laut weinte und schrie das geängstete Kind.

Mit dem Fuß schob der Centurio die Ohnmächtige zur Seite und holte nochmal aus, sie vom Rücken zu durchbohren.

Da stürzten aus einem der Schlafräume zur Rechten zwei seiner Söldner hastig zurück: „Mache, daß du fort= kommst,“ schrie der erste verstört, faßte ihn am Arm und drängte ihn gegen die Ausgangsthür. „Seid ihr fertig?“ fragte er. „Was ist euch? Wo sind die Köpfe? Zwei Knaben: Gallus heißt der eine, der andere . . .“ — „Gallus liegt im Sterben,“ antwortete der Söldner. „So sagte uns der Arzt, ein kleiner buckeliger . . .“ — „An den schwarzen Blattern, bestätigte uns ein Mönch, der dabei stand,“ ergänzte der zweite. — „Den Blattern?“ rief der Centurio. „Weh! Beim Styx! Die stecken an! Also der ältere — gefährlichere — stirbt. Und was ist's mit dem jüngeren, he, Bero, Alamannenbär?“ — „Der jüngere? Das ist ein Kind von kaum sechs Jahren. Ich morde keine Kinder,“ zürnte der Riese und schüttelte die roten wirr=zottigen Locken. „Willst du, — so thu's selbst. Ich nicht! Geh hinein! Er liegt schluchzend über den sterbenden Bruder hingestreckt. Geh', schlachte du ihn ab!“ — „Ich danke! Ich scheue jene schwarzen Beulen. Fort aus dem verpesteten Hause!“ „Alles, was schaden kann,“ sagte der Ober=Eunuch. „Kinder können doch nicht schaden. Auch nicht diese Kleine da! —

Weiter! — Die Liste ist gar lang und kurz die Maien=
nacht. Und die Sonne darf keinen mehr am Leben
finden, so hieß es. Fort! — Hinaus!"

———

II.

In Kilikien nahe bei Tarsus ragte in einer abgelegenen
öden Vorstadt aus düsteren Cypressen ein düsteres Gebäude:
wie eine Feste umschlossen es hohe Steinmauern.

Und es war auch eine Feste: eine Wehrburg der Kirche,
eine Klosterschule, in welcher Knaben und Jünglinge, streng
abgesperrt von dem Lärm und von den Verführungen des
Lebens, für den Priesterberuf vorgebildet wurden. Nicht
alle hatten freiwillig diese Laufbahn gewählt: es waren
viele Waisen darunter, meist Söhne von „Hochverrätern";
oder doch von — Hingerichteten.

An das schweigende Haus mit seinen schmalen, licht=
armen Gängen und den schmucklosen, einfenstrigen Zellen
der Zöglinge stieß ein nicht minder freudlos anmutender
Garten: entlang den altersgrauen Mauern starrten die
dunkelgrünen finsteren Cypressen und in jedem Eck der
rechtwinkeligen Umwallung schüttelte eine einsame Pinie,
verträumt und traurig, das schwermütige Haupt.

Der Rasen des Gartens war von der heißen Sonne
braun gebrannt. In der Mitte lag der verwitterte Stein=
brunnen fast ausgetrocknet: er sollte einen Springquell vor=
stellen; aber nur ein kläglich dünner Wasserstrahl hob sich
mit schwacher Regung ein paar Fuß aus dem schwarzen
Marmorgrund, um alsbald wie todesmatt und lebensmüde,
wie verzweifelnd geräuschlos wieder herabzugleiten.

Es war Hochsommerzeit. Mitleidlos brannte die grelle Mittagssonne senkrecht nieder auf die blendend weißen Sandwege, die den viereckigen Raum, ein Kreuz bildend, schnitten. Kein Busch, keine Blume ward hier geduldet; sie hätte auch verschmachten müssen; daher flog hier auch nie ein Falter, kein Vogel sang; die Schwalbe hielt im Zwitschern ein, flog sie über den öden Raum dahin; rings alles still bis auf das einförmige Gezirp der Cikade auf den in der Glut badenden wagrechten Ästen der Pinien.

Zwölf Jahre nach jener Mordnacht waren vergangen: da wandelten unermüdet, ununterbrochen, trotz der drückenden Hitze auf den schattenlosen Wegen, langsam, in immer gleichmäßigem Schritte dahin ein Mann in reifen Jahren und ein halbwüchsiger Jüngling: beide barhäuptig, bararmig und barfuß, beide in lange weißgraue Kutten als einziges Gewand gekleidet: die waren von Ziegenfell, das Haar nach innen gekehrt; ein dreifach geknoteter derber Strick hielt das rauhe Kleid über den Hüften zusammen.

Der Jüngling bemerkte, wie der zu seiner Rechten Schreitende schwer unter der sengenden Hitze litt: er atmete mit Anstrengung, er wischte wiederholt den Schweiß von der hohen, tief gefurchten Stirne. „Wie kann ich dir danken?" sprach der jüngere, das dunkle seelenvolle Auge mit den lang schattenden schwarzen Wimpern zu jenem auf schlagend. „In Christo Geliebter, du mein Lehrer, mein einziger Freund auf Erden, du mein Ein und Alles! Mir legt der Abt die Buße auf und du — du teilst sie frei willig mit mir! Nur um sie . . ." — „Dir zu erleichtern, mein in dem Gotte geliebter Sohn! Eintausend Vaterunser sind dir auferlegt, hintereinander in der Sonnenglut zu beten, dann mir zu beichten und die von mir über dich zu verhängende weitere Buße zu leisten. Ich begleite dich, bis du die tausend Gebete zu Ende gesprochen: — ich

weiß, du wandelst leichter, schreite ich neben dir." —
Dankbar drückte ihm der Jüngling die Hand. „Darf ich
jetzt — nachdem ich die Strafe erlitten — fragen, weshalb ich bestraft ward? — Vorher ist es ja verboten."
— Der andere nickte, ließ das durchbringende, fast unheimlich scharf blickende Auge auf ihm ruhen und strich ihm
über das glänzend schwarze, ganz kurz geschorene Haar.
„Jetzt darfst du fragen. Du wurdest gestraft wegen geistlicher Hoffart, o mein Julianus."

„Ich?" rief der Jüngling und blieb erschrocken stehen.
„O, die Heiligen wissen, wie demütig ich bin im tiefsten
Herzen, wie zerknirscht im Bewußtsein meines Unwertes,
meiner Sündhaftigkeit. Was habe ich verbrochen?"

„Du hast, als du dich unbeachtet glaubtest in deiner
Zelle, einen Stachelgürtel um die Lenden geschnürt." —
Jähes Blut schoß in die wachsfahlen, eingesunkenen Wangen
des jungen Büßers: die schmächtige, noch beinahe knaben-
hafte Gestalt bebte: „Wer hat . . .? Wie ist es möglich . . .? Ich war ganz allein." — „So wähntest du.
Aber der Gott nicht nur, — auch der Abt sieht dich, wo
dich niemand sieht." — Da wechselte der Ausdruck auf
dem schmalen hageren Antlitz des Jünglings: zornig loderte
nun sein dunkles Auge, die blauen Adern in den durch-
sichtigen, weißen Schläfen schwollen an: „Lysias, das ist
elende Auflauerei."

Erschrocken sah sich Lysias um: er legte warnend den
Zeigefinger der Linken auf den Mund.

Da lag der Jüngling schon, wie vom Blitze nieder-
gestreckt, vor ihm im Staub, umfaßte seine Knie und
flehte: „O vergib, vergib den Frevel: — die Todsünde
des Zornes."

„Und die schlimmere des Zweifels, würde Abt Konon
sagen," sprach Lysias, ihn erhebend. „Kann der Gott

dem heiligen Abt nicht enthüllen, was du im Verborgenen
treibst? Es ist aber Überhebung, ist geistlicher Hochmut,
durch heimliche Kasteiung mehr Ruhm als die Brüder vor
dem Gott gewinnen wollen. Nun zu deiner Beichte.
Aber bevor wir damit beginnen," — hier verschärfte sich
wieder wie drohend der spähende Blick — „ich muß bis
in die tiefsten Wurzeln deiner Gedanken, bis in die feinsten
Keime deiner Neigungen dringen und deine ganze Vergangenheit überschauen, um dich, den Gewordenen, zu begreifen: — erzähle mir also von Anfang, von deiner
frühesten Kindheit an die Geschichte deines jungen Lebens.
Nur stückhaft, getrübt durch der Menschen Haß oder Vor-
liebe, kam mir manche Kunde davon zu in — in der Einsamkeit dieses Klosters," fügte er zögernd bei. — „Gern,
mein Vater. — Aber du weilst noch nicht lang, — nicht
häufig im Kloster. Wo . . .?" — Ein leichtes Gewölk
zog über die tiefgefurchte Stirn des Mannes. „Laß das!
Einstweilen nur so viel: ich reise oft nach Ägypten, meiner
Heimat, zurück."

„Wohl in das Mutterkloster unseres Klosters: wie fast
aller andern, welches Pachomius der Fromme auf jener
Insel des Nilstroms, Tabennae . . .?" — „Nicht doch!
Frage nicht! Dann — zu rechter Zeit — wirst du viel
mehr aus meinem Munde vernehmen als du je ahnen
könntest. — Beginne. Ich weiß also: Du bist der Sohn
des Patricius Julius, der Neffe des großen Imperators
Constantin, der Vetter unseres jetzigen Herrn, Constantius . . ."
— „Dem Gott langes Leben und Sieg verleihe," unterbrach
der Jüngling, die magern schmalen Hände fromm zum Gebete faltend. Scharf prüfte dabei der ältere den Ausdruck
seiner Mienen: er fand, — mit Überraschung — die Worte
der vorgeschriebenen Formel wurden nicht formelhaft oder
erzwungen, vielmehr mit tiefer Empfindung, aufrichtig, ge-

sprochen. „Noch in der Stunde des Todes des großen Herrschers," fuhr Lysias fort, „wurden alle seine Verwandten getötet, auf Befehl des neuen Herrn, Constantius."

„Dem Gott langes Leben und Sieg verleihe!" wiederholte Julian; aber diesmal furchte sich ihm wider Willen die weiße Stirn.

„Ausgenommen nur seine beiden Brüder, Constans und Constantinus, mit denen er sich, nach des Vaters Gebot, in das Reich teilen mußte. Zu ihrem Glücke weilten sie nicht in Nikomedia. Damals ward auch . . . hingerichtet dein Vater, obwohl er dem Constantius nicht nur Vatersbruder, — auch noch sonst verbunden war. Nicht?" fragte er lauernd.

„Gewiß! Er war meines Vaters Eidam, er ist nicht nur mein Vetter, auch mein Schwager: er war mit meiner kurz vorher verstorbenen Schwester vermählt, unser Imperator Constantius, dem Gott . . ." er brach kurz ab.

Lysias warf einen befriedigten Blick auf den innerlich Ergrimmten und fuhr fort: „Als nun das Ärgste geschehen war . . ."

„Als das Ärgste geschehen war," unterbrach Julian mit einem wohlgefälligen Lächeln, „da geschah erst das Ärgste —! Ist es eine Sünde, o Vater," er errötete sehr anmutig — „daß ich mich stark erfreue an solchem dialektischen Spiel?" — „Am Wortwitz? Eine Eitelkeit ist es, eine Schwäche, nicht gerade eine Sünde. Du bist überhaupt recht witzig, aber noch viel mehr eitel als witzig, o Julianus." — „O mein Lehrer!" — „Jawohl! Trotz aller Demut, zu der du dich — oft schwer! — zwingen mußt. Du gehst vernachlässigt einher — aber, wie Sokrates zu Antisthenes sprach: durch die Löcher deines Mantels strahlt deine Eitelkeit hindurch." — „Du hast Recht," flüsterte Julian und schlug die langen Wimpern nieder.

„Ich will es abthun." Er bückte sich, ihm die Hand zu
küssen. — Lysias entzog sie. „Du wirst das nicht
können, mein lieber Sohn. Es ist deine eigenste Eigen=
art. Aber hüte dich: man beherrscht die Menschen durch
ihre Schoßsünde, ihre Lieblingsschwäche: dich wird man
durch deine Eitelkeit beherrschen." — „Mich, den armen
Mönch? Wer sollte das der Mühe wert finden?" — Ein
scharfer Blick schoß hier aus den leidenschaftlichen Augen
des andern. „Wer? Nun, vielleicht ich, Julianus." —
„Du scherzest! — Übrigens: — von dir will ich mich
beherrschen lassen — immerdar!" — „Willst du?" fragte
Lysias mit einem stechenden Blick. „Ich werde dich dieses
Wortes dereinst gemahnen, Julian. — Aber fahre fort.
Was war noch ärger als dieses Ärgste? Als diese . . .
Morde?"

„Der Gebrauch, der Mißbrauch, den der Mörder von
dem Erfolg machte, gegenüber den Seelen von uns drei
Kindern, die er — noch! — verschonte, der Herzverhaßte!"
— Feuer loderte aus den Blicken des Jünglings. — „O
vergieb, mein Vater, aber ich kann ihn noch immer nicht
recht lieben, den Augustus! — Ich weiß ja: — „liebet
eure Feinde — vergebet euren Schuldigern." Und so
weiter! Ach, was er mir gethan — ich verzeih' es ihm.
Aber was er Gallus, was der heißgeliebten Mutter, der
Schwester — das, Lysias — ich kann es nicht verzeihen!
Strafe mich, versage mir den Sühneerlaß — denn das
ist meine schlimmste Beichte! — Aber ich kann nicht.
Noch nicht!"

Und in überwältigender Qual des Gewissens warf er
sich abermals seinem Beichtiger zu Füßen: in heißer Angst,
flehentlich, sah er zu ihm empor.

Da zuckte der die Achseln, sah sich vorsichtig um und
sprach dann ganz ruhig: „Wenn du nicht kannst, kannst

du nicht. — Ich thät's auch nicht. — 's ist wider die
Natur. — Steh' auf."

In äußerster Überraschung, ja Bestürzung, sprang der
Jüngling auf seine Füße und starrte ihn an. — „Was
— was ist das? Das war kein christlich Wort." —
„Aber ein wahres. — Still! — Kein Aufsehen! — Die
Späher! Sie lauern da oben hinter den Fenstervorhängen
auf uns herab. — Erzähle weiter." — Doch Julian
konnte sich noch immer nicht erholen von seinem Staunen.
— „Wahrheit außer der Kirche? Gegen die Kirche? Das
giebt es nicht!" flüsterte er entsetzt vor sich hin. „Und
du, du — bist ein Priester des Herrn?" — „Ein Priester
bin ich. Ein Priester großer Herrn — und meines
Herrn. Gedulde dich noch! — Sprich weiter. Ich befehl'
es." Mit Anstrengung faßte, sammelte sich Julian: er
konnte das suchende Auge nicht lösen von dem Antlitz des
widerspruchvollen, rätselhaften Mannes.

„Wir waren, sobald die Krieger hinweggestürmt, von
unserem Arzt und einem Mönch, einem Freund unseres
Hauses, der in der Mordnacht den todkranken Bruder
pflegen half, aus den blutbespritzten Gemächern in das
Asyl einer Kirche geflüchtet worden. Von dort aus ließ
der Imperator nach mehreren Tagen uns drei Geschwister
in den Palast holen. Mit Gewalt riß uns der Kriegstribun der Prätorianer aus den Armen unserer Beschützer,
der laut wehklagenden. Zum Tode, meinten die beiden,
würden auch wir nun geschleppt. Mir war's gleichgültig,
— ich weiß nicht warum. Obwohl ein Kind, war ich wie
lebensmüde: ich beruhigte die Schwester Juliana, die sich
ängstlich an mich klammerte, küßte sie auf die Augen —
wir haben uns immer so lieb gehabt! — und sprach:
„weine nicht, liebes Schwesterlein, wir sind Waisen: wir
haben auf Erden keinen Freund. Denn auch die Mutter

ist wohl ermordet." Der gute Mönch sagte, sie ist aus dem Hause des Arztes, der die Bewußtlose gerettet hatte, von Kriegern mit Gewalt fortgeführt worden. Waisen aber sind am besten geborgen — im Grabe der Eltern. Denn dann sind sie nicht Waisen mehr."

„Ein sechsjähriger Knabe," staunte Lysias. „Widernatürlich frühreif."

„Aber Gallus, mein Bruder, sieben Jahre älter als ich, inzwischen genesen, tobte gegen den Tribun. Er schlug nach ihm, er wollte ihm das Schwert aus der Scheide reißen: mit Gewalt mußte der Mann den Zappelnden auf den gepanzerten Arm nehmen. In dem Vorhof der Basilika wurden wir in zwei Sänften gehoben, — ich mit Juliana — den schreienden Gallus nahm der Tribun in die andere. Die Läden der Sänften wurden sorgfältig geschlossen; das Volk auf den Straßen sollte nicht erfahren, wer da in das Palatium — zum Tode? — gebracht werde, auf daß es nicht versuche, uns zu befreien! Sechzig Prätorianer waren aufgeboten, drei Kinder vom Entspringen abzuhalten: — waffenklirrend umdrängten sie die Sänften, die Neugierigen, die herzuliefen, den Aufzug zu sehen, mit gefällten Speeren abwehrend.

In dem Palast angelangt, wurden wir vor den Imperator geführt. In dem von Gold und Elfenbein leuchtenden Saale saß er, umgeben von den Großen und von den Eunuchen des Hofes auf dem hohen Thron: blutrot der Thron, blutrot sein Mantel. Ich sah sein Antlitz zum erstenmal: das leichenfahle, hagere — stets von heftigem Zucken bewegt, — den unsteten Blick . . ."

„Genug! Ich kenne ihn."

„Mir schauderte: — all das Blutrot mahnte mich des Blutes der Meinen — die ja auch die Seinen gewesen! — das er in Strömen vergossen. „Schuldlos Blut färbt wohl besonders stark?" Das mußt' ich immer denken. Auf einen Wink des Ober-Eunuchen sollten wir vor dem Augustus auf die Knie niederfallen. Juliana gehorchte, auch ich, da ich mich nicht berühren lassen wollte, wie Gallus geschah, den sie an den Schultern niederdrückten. Nun ward uns verlesen — uns drei Kindern, o mein Vater! — unser Todesurteil. Mit Berufung auf Gottes Ausspruch, daß er die Schuld der Eltern rächt bis ins vierte Glied. Unsere Eltern seien wegen erheblichen Verdachtes des Hoch-verrats hingerichtet, wir hätten vermöge der vorbeugenden Gerechtigkeit das Gleiche verdient, des Vaters und der Mutter Vermögen sei dem Fiskus verfallen und bereits eingezogen. Wir wurden nun gefragt, ob wir alles ver-ständen? Die Schwester und ich, wir nickten stumm. Gallus aber ballte die Faust wider den Imperator und schrie gegen den Thron hinauf: „Ja, ich versteh's! Herodes, blutiger Herodes! Kindermörder!"

„Der Augustus ward noch bleicher als er war — (bleicher als bleich. — Klingt das nicht zierlich?")

„Schon wieder ein Wortspiel, o Julianus, du, eitler als eitel!"

„Aber Eusebius der Präpositus und Ober-Eunuch fuhr fort: — Constantius hatte kein Wort gesprochen, nur scheuen Auges von mir auf Gallus, von Gallus auf mich geblickt. — „Dem Tode seid ihr verfallen. Über euerm Nacken schwebt das Schwert des gefällten Urteils (ein schiefes Bild, nicht? Ich mußte das damals schon denken). Allein die Gnade des Imperators läßt es — noch! — unvollstreckt. Lebt, lebt weiter unter dem hangenden Schwert. Aber seid stets dessen gedenk: jeden Augenblick — ein Zucken der imperatorischen Wimper, und es fällt auf euere Nacken."

„Gallus wollte erwidern: — er machte drohend einen Schritt gegen den Thron hin — da winkte der erschrockene

Imperator haſtig mit dem Zipfel ſeines Purpurmantels: „Hinaus! hinaus!“ ſtieß er hervor mit hohler Stimme — es war ſein erſtes Wort — und hurtig ſchoben und drängten die Prätorianer uns an den Schultern aus dem Saal.

Draußen wurden wir ſofort getrennt — umſonſt barg ich die laut weinende Schweſter an meiner Bruſt: — ſie riſſen ſie aus meinen Armen! Ich ſah ſie, ſah Gallus niemals wieder. Ich ward in geſchloſſener Sänfte aus der Stadt geführt, ans Meer, eingeſchifft und zuerſt nach Jonien, alsbald aber hierher nach Kilikien gebracht. Dort, an der Schwelle der Mauerpforte, empfing mich der heilige Abt und verkündete mir, der Imperator habe mir das Leben geſchenkt nur unter der Bedingung, daß ich mich nie ver= mähle und daß ich ein Prieſter des Herrn werde. Mir war alles gleich, auch Tod oder Leben. Dieſe hohen finſtern Mauern ſchienen mir Grabesmauern. Sind wir doch hier auch ſo gut wie begraben! Keine Kunde von der Außen= welt dringt in dieſe Stelle. Weiß ich doch nicht einmal, ob meine Mutter, meine Geſchwiſter noch am Leben ſind. Der heilige Abt verbot, zu fragen.

Nur durch deine Güte erfuhr ich auch ja von dem Wichtigſten, was in dieſem Reiche der Römer geſchehen iſt in all dieſen zwölf Jahren. In unſerem Haus, dem der Conſtantier, lebt, ſcheint es, die Wolfsart von Romulus und Remus fort. Die drei Brüder, die Söhne und Erben des großen Conſtantin, Conſtantius, Conſtans und Con= ſtantin, die ſich in das Reich geteilt, gerieten in Streit um die Beute, das heißt um das Erbe der in jener Mainacht Gemordeten: Conſtantin fiel, ſinnlos vor Gier, nach Räuber= art in das Gebiet des Conſtans ein und ward erſchlagen wie ein Wolf im Walde. Zehn Jahre darauf trieb Conſtans durch ſeine Ungerechtigkeit einen tapfern Feldherrn, Mag= nentius, zur Verzweiflung, zur Empörung und fiel auf der

Flucht. Schwer, furchtbar, blutig hatten des letzten übrigen
der drei Brüder, hatten des Constantius Heerführer zu
ringen, bis sie Magnentius niedergekämpft hatten. So
herrscht jetzt Constantius allein über den Weltkreis: von
den fernsten Atropatenen östlich vom Tigris im fabelhaften
Morgenland bis zu den Britannen, die in den Nebeln des
Weltmeers verschwinden, und vom Mittellauf des Nils
bis zu dem grausigen Rheinstrom, der manchmal, sagt man,
zu festem Eis gefrieren soll: — weh, wer das schauen
müßte. Aber welche Fülle der Macht! Fast zu gewaltig
für einen Sterblichen. Kann Constantius . . .?
Er schwieg, in Sinnen versunken.
Lysias blieb stehen: „Hättest du Lust, ihm einen Teil
dieser Bürde abzunehmen?" Scharf, durchdringend prüfte
er bei der Frage die Mienen des jungen Mönches. Dieser
aber lächelte schwermütig: „Ich? Wie du spottest! Doch
freilich: wäre ich nicht zum Dienste des Herrn bestimmt,
— weißt du, was ich am liebsten werden möchte? Ein
großer Feldherr. Im Dienste des Römerreichs Perser und
Germanen und alle Barbaren hinwegscheuchen von den
Grenzen in sieghafter Schlacht . . ." — „Nun sprüht dein
dunkles, sonst so träumerisches Auge Blitze! So gefällst
du mir, o Julianus. Aber erzähle weiter. Wie erging
es dir nun hier? Trotztest du nicht dem schimpflichen
Zwange?" — „O nein! Willenlos ließ ich alles mit mir
geschehen. Doch geschah mir nichts Schlimmes — nichts
Schlimmeres, als den anderen Knaben: lernen, beten, büßen,
büßen, beten, lernen — so verstrichen mir die Jahre hier
— so werden sie wohl verstreichen, bis ich sterbe — hoffentlich bald. Lernen, büßen, beten!" Erschöpft hielt der kleine
Schmalbrüstige inne.
„Ja," murmelte der andere vor sich hin. „Und was
beten? Was büßen? Was lernen?" — „Wie meinst du,

heiliger Vater?" — „Nenne mich nicht heilig. Nicht
Menschen sind heilig, nur die . . ." — „Du sagtest:
„was lernen!" Ja freilich! Es genügt mir wenig! Auf
die Zweifel, die Fragen, die mich zu eifrigst umtreiben, Tag
und Nacht, erhalt' ich Antwort weder von den Büchern,
die wir auswendig lernen (— inwendig wäre besser, nicht?"
— lächelte er, erfreut über die Wortwendung —) „noch
mündlich von den Bätern. Eingebungen der Dämonen
nennen sie meine quälendsten Fragen und verordnen mir
dafür Bußen. — Ich frage gar nicht mehr! Und ich möchte
doch so gern! — Brennend verlangt mich zum Beispiel zu
wissen — mehr zu wissen als die heiligen Bücher sagen!
— vom Werden und Wesen der Welt, des Lichtes, der
Sonne da oben und der Sterne! O wer mir davon Kunde
gäbe! Wo sind' ich sie?" — „Hier," sagte Lysias, und
nach einem vorsichtigen Blick nach den Fenstern des Klosters
griff er in seine Kutte und zog zwei starke Papyrusrollen hervor. „Und hier. Rasch! Unter dein Gewand
damit."

Aber Julian zögerte: erstaunt blickte er auf die Über-
schriften. „Platons Timäos! Und Plotin! Sie sind
streng verboten. Bei Geißelung!" — „Fürchtest du dich,
Julian? So gieb sie zurück." — „Nur mit meinem Leben!
O Dank! Dank!" Und er wollte sich wieder in den Staub
vor ihn werfen. Lysias hielt ihn ab. „Nicht doch! Man
kniet nur vor jenen, die dem All das Licht gesandt haben
und dir — mich." — „Und meine Beichte? — Und
die Vergebung meiner Sünden?" — „Du trachtest nach
dem Licht: — der Gott des Lichts, der oberste von allen,
vergibt dir — durch mich — alle Sünde. Denn nur
Eins ist Sünde: nicht nach dem Lichte, nicht nach den . . .
guten Gewalten trachten. Du bist nun reif, so viel zu
hören. Bald mehr! Genug für heute! Es grüßt dich,

Julianus — durch mich — der göttlichste Gott." — Er
strich ihm mit der Rechten über Stirn und Augen.

Und raschen Schrittes eilte er hinweg: verzückt schaute
ihm der Jüngling nach.

———

III.

Tag für Tag wandelte nun der junge Mönch stundenlang allein mit Lysias, dem er von dem Abt besonders
zur Ausbildung überwiesen war, in dem stillen Klostergarten, stundenlang vertieft in ernste Gespräche.

Julian ermüdete niemals, zu fragen — sein leuchtendes,
schwärmerisches Auge hing ganz an den Lippen des Lehrers,
und dieser ermüdete nicht, zu antworten. Freilich: seine
Antworten genügten oft wenig dem scharfen, an Dialektik
sich freuenden Geiste des Schülers: es schien, als ob der
so weit überlegne, reife Mann gar oft den Frager nur in
den Vorhof der Weisheit bringen lasse, die letzten Auf-
schlüsse noch zurückhalte. Dadurch geriet der Jüngling
in einen Zustand rastlosen, nagenden, bohrenden Zweifels.
Immer leidenschaftlicher ward sein Drang nach Erkenntnis
entfacht; hätte Lysias es auf solche Steigerung angelegt,
und zugleich darauf, den Grübler immer fester an den
kargen Belehrer zu knüpfen, — er hätte es nicht schlauer
angeben können.

Als Julian nach einigen Tagen ihm verstohlen die
Schriften Platons und Plotins zurückgab, glühten die
bleichen Wangen, seine magere Hand zitterte. „Dank!
Heißen Dank! Aber mehr. Mehr! Alles!" flüsterte er. —
„Du fieberst, mein Sohn!" sprach Lysias, die Rollen sorg-

fältig unter seinem Gewande verbergend. „Dein Auge glänzt: — deine Schläfe brennen: — doch deine Finger sind eiskalt. Wie hast du geschlafen?"

„Gar nicht. All' diese Nächte nicht! Immer, immer las ich's nochmal. — Ich weiß nun gar viel davon auswendig. Wie viel leichter, gieriger erfaßt mein Geist diese Wunder, diese Offenbarungen als die Offenbarung des heiligen Apostels Johannes. Wie wüst ist diese, wie . . .! Aber sprich endlich, Meister! Gar vieles in diesen Lehren — und oft gerade, was mich am glühendsten begeistert — widerstreitet der Lehre der Kirche. Ach ich flehe dich an — ich ringe so hart! — Was — was ist Wahrheit?" — „So fragten auch andere schon." — „Ja, Pontius Pilatus! der Mörder des Herrn!" rief Julian mit Grauen. „Aber doch . . .! Weiche mir nicht länger aus. Ich verzweifle in diesem Hin- und Herschwanken zwischen den Lehren der Kirche und den Gedanken im Timäos oder den Geheimnissen Plotins. Aber ach! Ich weiß ja gar nicht, wohin! Ich wage mich nicht weiter hinaus auf das offne Meer der Gedanken! Ich kann, ich will nicht den Anker lichten, den ich ein Jahrzehnt lang so tief in den Felsgrund der heiligen Kirche versenkt. Nur die Kirche hat die Wahrheit und das Heil. Ich kann nicht, ich werde niemals von ihr lassen." Er seufzte. Er stöhnte. Er sah schwärmerisch gen Himmel.

Lysias ließ lange den bohrenden Blick auf ihm ruhen.

„So? . . . Nun, es begreift sich. — Die Zucht war lang, scharf und unausgesetzt. Die werdende Seele des Kindes schon ward planmäßig umsponnen. — Es ist vielleicht besser so! Vielleicht irrte ich: — denn die Sterne irren nicht! Ich war zu rasch! — O mein Sohn, die Weltanschauung des Menschen ist gar nicht bloß das Ergebnis seiner Gedanken, — noch mehr der Erleuchtung durch die Himmlischen und durch die eignen Erlebnisse.

Und du — du haſt noch nichts erlebt.“ — „Ich dächte
doch!“ erwiderte erſchaubernd der Jüngling. „Allerdings,
deines Hauſes Ausmordung, das Todesurteil über drei
Kinder, verhängt durch den frommen Imperator. Es iſt
ziemlich viel. Aber doch, ſcheint es, noch nicht genug!
Wie lehrt die Kirche? „An ihren Früchten ſollt ihr ſie
erkennen.“ Conſtantius iſt nun zwar ſchon eine Giftfrucht
ſondergleichen . . .“ — „Aber er iſt nur Laie,“ warf
Julianus ein.

„Wohl! Du ſollſt die Früchte an den Prieſtern kennen
lernen. Erleben ſollſt du nun die Erkenntnis: — dann
erſt wieder weiter forſchen, denken, Schlüſſe ziehen.“ —
„Aber — du ſelbſt,“ rief Julian gequält, „du biſt ja auch
ein Prieſter der Kirche . . .?“ — „Ein Prieſter bin ich,
ich ſagte es ſchon. Jedoch es giebt der Götter viele —
wenigſtens,“ verbeſſerte er raſch, „nach dem Glauben der
Menſchen! Und es giebt Grade der Erkenntnis viele —
wie der Weihen.“

„O Lyſias! Glaubſt du, daß es irgend eine Weisheit
giebt, welche . . .? — Ich rede nicht von der Erkenntnis
der Welt: dieſe genügt mir nicht, wie ſie die Väter lehren!
Ich kann nicht an den verhängnisreichen Apfelbiß im Para-
dieſe glauben. Äpfel ſind, ſo ſcheint’s, ein Obſt des Unheils (iſt das nicht ein hübſcher Witz?): denk’ an die Troer
und Achäer, an Eris und Paris. Aber giebt es irgend
eine Lehre, die mehr die Tugend ihrer Bekenner fördert
als die Selbſtverleugnungslehre unſerer heiligen Kirche?
Sie entzückt mich, dieſe begeiſternde Pflichtenlehre, dieſe
Abtötung des Fleiſches, wie ſie Abt Konon übt, und dieſe
Demut, dieſer Verzicht auf alle Macht und Herrſchaft ſelbſt
der höchſten Biſchöfe. Nie will ich anders von den Pflichten
denken als die Kirche lehrt: die Flucht aus der Welt, die
Verachtung der Welt, die demütige Selbſtverleugnung.“

2*

„Das also sind sie, die beiden „Früchte", die dir den
größten Wert zu haben scheinen? Die Hauptbeweise für
die Göttlichkeit der Kirchenlehre: die Fleischabtötung und
die herrschaftverachtende Demut?"

„Gewiß, mein Meister! Die Selbstverleugnung! Die
Vernichtung der fleischlichen Begier und die Vernichtung der
Herrschgier. O wie hat jüngst der Abt Konon den jungen
Theodoretos, den schönen kraftstrotzenden Griechen, geißeln
lassen, weil der den Kopf umwandte, um dem üppigen voll-
brüstigen Fischermädchen nachzugucken, wie es am Fasttag
die Fische aus der Stadt dem Kloster gebracht hatte! Er
selbst, der hohe Abt, schwang die Geißel, daß das Blut
des nackten Knaben in Strömen auf den Estrich schoß.
Welch heiliger Eifer! Als wär' es ihm Wollust, so glühte
er. Und wie kasteiet er sich selbst! Nie einen Tropfen
Wein bringt er über die heiligen Lippen. — Und dann:
welche Demut sogar der höchsten Priester! Hast du vergessen, was neulich aus dem Briefe des Papstes Liberius
verlesen ward? Wie der, dem schon nahezu alle Bischöfe
eine Art von Ehrenvorrang einräumen, als dem Nachfolger
Sankt Peters selbst, wie sich der Papst vor dem Imperator
Constantius auf das Antlitz warf, am Eingang der Peters-
kirche, wie er sich „den Knecht der Knechte Gottes" nannte,
„des Imperators niedrigsten Sklaven", wie dem Imperator
allein alles Erdreich und auch die Kirche zu gehorchen
habe? Und doch weiß ja der heilige Vater, daß er von
Sankt Petrus den Schlüssel des Himmelreichs überkommen
hat, zu binden und zu lösen für die Erde und für den
Himmel. Wahrlich, eine Lehre, die solche Tugenden erzieht,
ist göttlich! Was wollen dagegen Platon und Plotin!
Haben sie die Heiden vor der Sünde bewahrt?"

„Gut, mein Sohn, an ihren Früchten, das heißt an
ihren Priestern sollst du die Kirche erkennen. — Und zwar

nicht nur vom Hörensagen und nicht aus Briefen. — Es wird allmählich Zeit, daß du den Blick aus diesen Kloster= mauern hinaus in die Welt schweifen läßt: — in die Welt, wie sie ist, nicht wie sie dir geschildert wird. — Noch die Pfingsttage sollst du hier erleben. Dann werde ich den hochehrwürdigen Abt bitten, daß er dich mir als Begleiter mitgiebt auf eine Amtsreise. Freue dich, Julian! Du sollst die Welt sehen: du sollst Gut und Bös unterscheiden lernen."

Julian erschrak heftig: er fuhr zusammen. „O Meister! so sprach die Schlange."

„Gewiß! Hat sie gelogen? Nur wer das Böse kennen gelernt hat, kennt auch das Gute."

IV.

Das Pfingstfest war gekommen. Schon den Tag vor= her hatte die Einleitung der frommen Feier begonnen: strengeres Fasten, häufigerer Gottesdienst, zahlreichere ge= meinschaftliche Gebete und Gesänge. Geistliche und Mönche waren, oft aus weiter Ferne, herzugewandert, das hohe Fest in dem seiner Heiligkeit, seiner strengen Zucht wegen berühmten Kloster zu begehen. Es hieß „Hagion", „Heilig= tum".

Julian traf in diesen Tagen die Reihenpflicht als Pförtner. Unermüdlich und ohne Klage saß er, wie die schlummerlose Nacht hindurch, so unter dem heißen Sonnen= brand des Mittags vor der Klosterpforte und waltete seines Amtes.

Da wankte auf der staubigen Straße vom Norden, vom Taurusgebirge her, in welchem die nackten Wände

steil in die Luft ragten, an seinem Stab abermals ein
Pilger in brauner Mönchskutte heran. Obzwar noch rüstig
an Jahren war er gebeugt in der Haltung: die Glut des
Tages, die Mühe der Wanderung schienen schwer auf
ihm zu lasten; gleichwohl ging er zu Fuß neben seinem
Maultier her; er bückte sich oft, von dem Rand des
Grabens die kargen Halme zu pflücken und sie dem Tiere
darzureichen, das dann dankbar zu ihm aufblickte. Als er
in Sehnähe kam, hielt der junge Pförtner die Hand vor
die Augen, die blendenden Sonnenstrahlen auszuschließen:
nun erkannte er offenbar den Wanderer: hurtig lief er
ihm entgegen; sobald er ihn erreicht hatte, wollte er sich
ihm zu Füßen werfen, aber der Ankömmling hielt ihn ab
und zog ihn an die Brust:

„O Johannes, mein Vater, mein frommer Lehrer!"
rief der Jüngling innig und bedeckte die hageren sonnen-
gebräunten Hände des Pilgers mit Küssen. „Wie wohl
thut es mir in der Seele, dich wiederzusehen! Allzulang
bist du mir fern gewesen."

Der Pilger ließ die sanften blauen Augen lang auf
den bleichen erregten Zügen des Mönches ruhen: „Ja,
mein Julianus, ich glaube es ist gut, daß wir wieder
einmal Blicke und Worte tauschen. Ich hatte starke Sehnsucht nach dir. Und schwere Träume ängstigten mich um
dich. Ich sah dich Arglosen umringelt von einer giftigen
Schlange, die ihre Kreise näher und näher um dich zog.
Die Sorge um deine Seele trieb mich her. Ich finde dich
verändert, sehr. — Gar wenig jugendlich siehst du aus!
Eingefallen die Wangen, bleich — nur in der Mitte ein
roter brennender Fleck — schwarze Schatten um die Augen:
allzuhell glänzen die aus tiefen Höhlen heraus. Und warum
— ich sah es wohl! — saßest du mitten im Sonnenbrand
statt in dem Schatten des vorspringenden Eckturms?"

Der Pförtner schlug die Augen nieder: — Gluten schossen plötzlich in die wachsfahlen Wangen: der schmächtige Körper, der das Mittelmaß nicht erreichte, zitterte: er wankte. Der andere hielt ihn aufrecht an den Schultern. „Ich ahne! Du wolltest dich wieder einmal über das Gebot der Klosterzucht hinaus kasteien! Maßlose Abtötung, nein: Peinigung des Fleisches! Selbstauferlegte Buße!“ Julian barg das Angesicht an seinem Halse und weinte, weinte bitterlich. „Mein armer Sohn! Mein Liebling! Fasse dich! Was quält dich so?“ — „O laß mich weinen! Weinen an deiner treuen Brust. Ah, das thut wohl wie Gewitterregen nach verzehrendem Sonnenbrand. O, laß mich dir beichten.“ — „Nicht mir, mein Julian! Wer ist dein vom Abte verordneter Beichtiger?“ — „Lysias.“

Da erschrak der Alte und fuhr zusammen.

„Aber er erläßt mir alle Sünden, die ich beichte, ohne jede Buße. Er lächelt über das, was ich Sünde nenne. Auch über . . .“ Er verstummte.

Der Pilger strich ihm über die Stirne: „Auch wohl über den Zweifel,“ ergänzte er, „der dir immer wieder auftaucht? Mein armes Kind! Du mußt nicht zweifeln, darfst nicht grübeln. Glauben mußt du, oder elend sein.“ — „Woher weißt du . . .?“ — „Ich liebe dich, darum kenn' ich dich. Auch ich war einmal jung, war voll Fleischeslust, aber auch voll Lernbegier, war voll Hoffart weltlichen Wissens gegenüber den Lehren des Herrn, die freilich wider die Vernunft gehen, weil über die Vernunft. Darum eben müssen wir glauben. Verzage nicht, verzweifle nicht, weil du noch zweifelst, mein Sohn. Du wirst überwinden. Glaube mir: nicht durch die Bücher, nicht durch die Lehre, — durch das Leben allein wirst du unlösbar mit Christus verknüpft: man kann seinen Erlöser nicht ergrübeln, — erleben muß man ihn und seine Wahrheit!

— Vor jenem aber, deſſen Namen du vorher genannt haſt, vor jenem laß dich warnen. Er iſt —"

Da traf von rückwärts her ein heftiger Fauſtſchlag den Kopf des Pilgers, daß deſſen Reiſehut zur Erde flog. Lyſias ſtand zornglühend zwiſchen den beiden. Sowie Julian ihn erkannte, ſenkte er den Arm, den er raſch zum vergeltenden Streich erhoben hatte. „Er iſt dein geiſtlicher Oberer, du ſchweifender Mönch, wie dieſes Knaben, des pflichtvergeſſenen Pförtners, der, dem kindiſchen Herzen folgend, dir entgegenlief, ſeinen Poſten verlaſſend: dort ſtehen, von den andern Straßen her angelangt, viele Waller vor der heiligen Stätte — und der Pförtner . . . .?"

Schon war Julian zurückgeflogen; er ſchloß auf und bat, demütig niederknieend, die dort Harrenden um Verzeihung.

Einſtweilen hob Lyſias drohend den Zeigefinger gegen den Ankömmling, und grimmig, bösartig, blitzte ſein Auge wider ihn, als er rief: „Wag' es, mit mir um dieſe Seele zu ringen! Wag' es, nur noch einmal mit ihm allein zu flüſtern, und er ſoll dich kennen lernen, du Mörder."

———

„Wo iſt Johannes?" fragte Julian, ſobald er die angelangten Gäſte über den Hof an die innere Thüre geleitet und nun die Außenpforte wieder erreicht hatte."

„Umgekehrt." — „Ach! Warum?" klagte der Jüngling. — „Weil ich es befahl. Er iſt Subdiakon: — ich bin Presbyter." — „Und warum ſchlugſt du ihn? Und wann werd' ich ihn wiederſehn?" — „Niemals. So hoff' ich." — „Aber warum?" — „Du wagſt zu fragen? Weil ich's nicht will. Das genüge dir, Knabe. Aber da ich ſo thöricht bin, dich zu lieben, dich unausſprechlich zu lieben, — will ich deine kecke Frage beantworten: weil er Gift iſt

für deine Seele. Und weil er dich befleckt mit Blick und
Wort. Die Schuld Kains belastet seine Seele. Und er
— Er! — will dich vor mir warnen. Der Einfältige!
Hat Er Antwort auf die brennenden Fragen, Erfüllung
für den Wissensdrang deines Geistes? Was riet er dir?"
— „Glauben." — „Dumpfes Hinnehmen! Der Narr!
Der Schwärmer, dem das nagende Gewissen die Klarheit
des Gedankens zerrüttet hat. Du zweifelst? Ich sage dir:
Er ist ein Mörder. Ihm könntest du folgen? Zurück in
die Nacht des blöden blinden Glaubens, in die Knechtung
des Verstandes, statt mir, in die Freiheit des Gedankens
und in das Licht? — Nein, du kannst nicht anders! —
Mir mußt du folgen. — Warte nur noch bis dies Fest
zu Ende. Die Ausgießung des Geistes, des heiligen!
Jawohl! Auch auf dich soll er ausgegossen werden, der
Geist meines Gottes — des Lichtgottes! — und erkennen
wirst du bald an seinen Wirkungen den Geist jenes Gottes,
dem Johannes dient."

V.

Endlich war der Abend auch des zweiten Pfingstfeier=
tages vorüber.

Mit Bewunderung hatte Julian zu dem Abte Konon
emporgeblickt, der, ohne einen Bissen, ohne einen Tropfen
Wein zu genießen, in allen diesen Tagen unermüdet der
schweren Pflichten seines Amtes gewaltet hatte in Messe
lesen, Predigten halten, Beichte hören, Psallieren, Umzüge
führen, Pilger empfangen, ihre Wünsche und Fragen
anhören, erledigen und beantworten. Und wann nun die
andern Geistlichen, ermüdet, das Lager suchten, dann

brannte noch die einsame Ampel hoch in dem turmähnlichen Söller des obersten Stockwerks, wo der Abt dem Gebet, der Buße, der Forschung oblag. Und wann, lange nach Mitternacht, Julian wieder erwachte, — noch immer glühte da oben die Ampel, eine stille Bezeugerin des Fleißes, der Frömmigkeit, der Kasteiung.

Bald nach Mitternacht des Pfingstmontages ward Julian geweckt durch einen Luftzug, der über sein Strohlager auf dem Mosaikestrich hinstrich: die schmale Thür seiner schmalen Zelle war halb geöffnet: in dem bleichen Licht des Mondes, das durch die ein Fenster ersetzende Luke — hoch oben in der Mauer — hereinfiel, sah er eine dunkle Gestalt regungslos auf der Schwelle stehen. Der junge Mönch erschrak bis ins tiefste Herz hinein: unter nagenden Zweifeln, unter bohrenden Gewissensqualen war er endlich gegen Mitternacht eingeschlafen: — aber Zweifel und Qualen hatten ihn verfolgt bis in die wirren Träume.

„Hebe dich von hinnen," flüsterte er jetzt und kalter Schweiß trat ihm auf die Stirn, „im Namen des dreieinigen Gottes: — weiche, Versucher, wie immer du heißest: Satanas oder Lucifer oder . . ."

„Lysias," tönte es da ebenso leise von der Thür her. „Steh' auf und folge mir. Aber still!" Schon stand Julian hinter ihm auf der Schwelle. Nun schritt er barfuß über die kalten Marmorplatten des langen Klosterganges. Den Jüngling fror.

Geräuschlos schloß Lysias die schwere Eisenthüre des Ganges auf: — sie waren im Garten. — Der Führer eilte auf dessen Gitterthor zu. „Das Kloster verlassen? — Zur Nacht?" stammelte Julian. „Wohin?" — „Zum Abt!" und Lysias schob den Riegel zurück.

„Der Abt? Da — hinter uns — hoch oben leuchtet

seine Lampe, einem schönen Sterne gleich. Seine Zelle ist . . ." — „Leer. Folge!" Nun ging es rasch hinein in das Olivenwäldchen, das sich vom Kloster gegen die Vorhügel des Gebirges hinzog. Alles still und einsam. Der Mond ward hin und wieder von ziehenden Wolken verdeckt.

Plötzlich schreckte der Jüngling zusammen, ein verhaltener Schrei entfuhr ihm: er griff mit beiden Händen nach dem Kopf. „Was war das? Was huschte über mein Haar? Ein Dämon!" — „Nein. Eine Eule. Der Vogel Athenas . . . will sagen," verbesserte er rasch, „der Weisheit. Ein gutes Wahrzeichen! Du bist auf dem Wege zur Erkenntnis. Vorwärts!"

Noch eine gute Strecke führte Lysias in den nun dichteren Wald hinein; er hatte alsbald den breiten Weg der alten Legionenstraße nach Tarsus verlassen und einen kaum wahrnehmbaren Steig seitab durch dichtes Gestrüpp eingeschlagen. Nur mit Mühe konnte Julian folgen: die scharfen Zweige der manneshohen Dornbüsche schlugen ihm ins Gesicht, daß seine Wangen bluteten, und rissen Löcher in seine Kutte. Nun standen sie vor einem hoch in die Nachtluft ragenden Bau stolzer Halbbogen: es war die Wasserleitung, die in besseren Tagen Roms ein Imperator — Hadrian — erbaut hatte; aber lange schon war sie verfallen: große Steinplatten lagen auf der Erde, von Moos, von Steinbrech überwachsen. Lysias bückte sich und tastete suchend unter den Trümmern umher. Endlich griff er in die eiserne Handhabe einer gewaltigen Marmorplatte, die einem Brunnendeckel glich. Er wandte sich: Julian bog atemlos das Antlitz vor: „Jetzt schweige — was du auch sehen magst: — keinen Laut! Oder wir sind beide des Todes!" Er schob nun mit Anstrengung die Platte zur Seite: — eine Schlange huschte, aufgeschreckt, mit

Zischen davon: — ein paar Stufen wurden sichtbar. Lysias schritt einige dieser Staffeln hinab: — er winkte dem Jüngling, zu folgen. Sie standen jetzt auf der aus Ziegelsteinen gemauerten Wölbung eines unterirdischen kellerähnlichen Raumes, aus welchem verworrenes Geräusch bis zu ihnen empordrang. Lysias knicte nieder, beugte das Antlitz und lugte durch einen schmalen Spalt in der Steinwölbung in die Tiefe, die offenbar früher das Wasser= becken für die Leitung gebildet hatte; aber jetzt mußte die ehemalige Brunnenstube trocken sein: denn durch den Spalt glänzte aus der Tiefe ein matter Lichtschimmer herauf.

Lysias nickte befriedigt, erhob sich, Platz zu schaffen, und wies Julian mit dem Zeigefinger die Ritze in dem Gestein. Der drückte nun das Gesicht darauf: sofort wollte er zurückschnellen: aber mit eiserner Faust zwang ihm der Priester den Nacken nieder.

Und Julian sah: — — mußte sehen! Er schloß das Auge: — allein nun vernahm er auch Worte! Und jetzt — unwillkürlich — spähte er auch wieder hinab —: da saßen und lagen in dem kreisrunden Becken bei dem Scheine von Ampeln und Fackeln auf weichen Polstern und Teppichen Konon der Abt mit etwa sechs seiner Mönche und ebenso= vielen der Pilger und Einsiedler, die Julian der Pförtner als Pfingstgäste eingelassen hatte. Zwischen ihnen aber, die Häupter an ihre Knie geschmiegt, ruhten etwa ebenso= viele Mädchen und Weiber aus der nahen Stadt in scham= loser Tracht. Der Abt wiegte auf seinem Schos die üppige Fischerdirne. Vor ihm, auf dem Teppich, wälzte sich, sinnlos betrunken, nackt bis auf einen Lendengürtel, Theodoret der junge Mönch. Lallend hielt er die leere Schale zu der Vollbusigen empor, die ihm laut lachend aus goldnem Krug einschänkte.

„Siehst du, Leaena," begann der Abt mit schwerer
Zunge, „was der Junge, der Theodoret, für weiße Glieder
hat? Er ist schöner als du. Er wird dich ablösen in
meiner Gunst, wie Ganymed bei Vater Zeus Frau Hera
verdrängt hat. Ich merkte es schon, als ich ihn geißelte.
Ich dachte nicht damals, als ich ihn so hart züchtigte . . . " —
„Aus eitel Eifersucht!" höhnte Leaena. — „Daß er sobald
unseres Vertrauens sich würde wert erweisen. Ja, ja,
Knabenschöne geht über Mädchenschöne." — „Nicht immer,"
lachte die Schwarzlockige. „Nicht vielen weich' ich. Nicht
viele Jünglinge sind so schön. Zum Beispiel, sieht nicht der
hagere Imperatorsvetter aus wie ein kranker Ziegenbock?"
Schallendes Gelächter antwortete ihr, untermischt mit den
Rufen: „Der Grübler!" — „Der Dummkopf!" — „Der
fromme Narr!" — „Ich trug ihm auf," fuhr der Abt fort,
„heute bis Mitternacht für mein Seelenheil zu beten. Er
ist grenzenlos einfältig. Reiche den schwereren Wein hervor, dort aus dem Erdloche! Schänkt ein! Wir können
nicht mehr warten." — „Auf wen?" fragte einer der
Klostergäste. „Nun, auf den einzigen, der heute fehlt:
— auf Lysias! — Horch! Was war das? Da oben?
Was fiel da?" — „Nichts! Ein Stein bröckelte aus der
Decke!" antwortete Leaena. Aber es war Julian gewesen,
der, mit halb ersticktem Schrei, ohnmächtig mit dem Antlitz
auf das Gewölbe niedergestürzt war.

VI.

In schwerem Fieber lag der junge Mönch auf seinem Stroh; an seiner Seite saß Lysias, mit einem in Essig getränkten Schwamm ihm die heißen Schläfe kühlend.

Schon sechs Tage waren vergangen, seit er den Taumelnden, halb stützend, halb tragend mit äußerster Anstrengung aus jener Tiefe zurückgebracht hatte in das Kloster. Hier war Julian sofort von heftiger Gehirnkrankheit ergriffen und dem Tode so nahe gebracht worden, daß der Klosterarzt ihn verloren gab. Nicht aber Lysias: der war Nacht und Tag nicht von seinem Lager gewichen, unermüdlich in seiner Pflege; eifersüchtig hatte er jeden andern fern gehalten von den Fieberreden des Kranken.

„Der Arzt giebt ihn auf," hatte er zu dem Abte gesagt, „so überlaß ihn meiner Heilkunst. Du weißt, ich kenne die geheimen Kräfte der Natur." — „Jawohl. Zwar schwerlich kommt dir solche Wissenschaft vom heiligen Geist. In Ägypten, in Corduene, in Persien und wo sonst du dich so lang umgetrieben, da walten noch die Dämonen. Aber mir kann's gleich sein, ob der verrückte Junge lebt oder stirbt. Und der Augustus wird sich auch trösten über des lieben Vetters Tod." So hatte Lysias freie Hand gehabt und die Horcher fern halten können.

„Stirbt er, so stirbt mir — ach, den Göttern! — eine große, vielleicht die letzte Hoffnung. Diesen Grübler und Schwärmer, diesen für alles, was er für edel hält, begeisterten, und dabei doch so eiteln Träumer kann man voraus berechnen in jeder Regung seines Geistes. — Und auf ihn verweisen alle sichersten Zeichen der Gestirne — auf ihn und ... mein Haus! — Unberechenbar aber freilich ist der Zufall. So auch der Zufall, daß er mich

aus dem Munde des Abtes als — angeblichen — Ge=
nossen jener Lüste kennen lernte. Das hätte ihn fast ge=
tötet. Und das zwingt mich nun, ihm früher, als ich
wollte . . . Er schlägt die Augen auf —! Der Puls —
das Fieber, ist stark gefallen: — er wird leben! Für mich
— und für . . . sie! — soll er leben! Und mehr noch:
für die Olympier alle als ihr Retter und Rächer!"

Zwei Monate später wandelten Lysias und Julian mit=
einander durch die Straßen Roms. Der Genesene zeigte
noch vielfach Spuren der Schwäche: oft griff er nach dem
Arme seines Begleiters und stützte sich auf ihn zu kurzer
Rast. Bewundernd ließ sich der Jüngling, der zum ersten=
mal die heilige Stadt betrat, von seinem erfahrenen Führer
die wichtigsten Bauwerke, Denkmäler, Erinnerungsstätten
weisen und erklären.

Prüfend ruhten dabei jene scharfen Augen auf ihm.

„Es ist seltsam mit dir," meinte Lysias, als er den
jungen Mönch von dem Grabe Sankt Peters, wo der
brünstig gebetet hatte, hinweggeleitete, zurück über den
Tiber. „Woran denkst du? Schwerlich an die Ketten des
Apostels, die du soeben geküßt hast. Wohin? Das ist
nicht der Weg in das Haus unseres Gastfreundes auf dem
Mons Pincius! Hier geht es ja . . ." — „Ei, auf das
Forum! Nach dem Kapitol!" rief Julian begeistert und
sein Auge leuchtete. „O laß mich heute noch einmal dort=
hin; — laß mich die Sonne sinken sehen vom Tarpejischen
Felsen aus. Es drängt meinen Geist, drängt all' mein
Wesen aufs Kapitol." — „Von Sankt Petrus zum Jupiter
des Kapitols? Ein weiter Weg! Weiter noch für den
Gedanken als für den Fuß! Wie du doch hin= und her=

schwankst — nicht mit den Beinen nur! So! Lehne dich
nur an mich und raste!"

Julian drückte das Haupt an die Schultern des viel
höher Gewachsenen. „Ist es ein Wunder, daß ich wanke
und schwanke, hin- und hergezogen? Was hab' ich nicht
erlebt seit zwei Monaten!" — „Nicht eben viel. Du hast die
Heuchelei erkannt, die schlimmer als tierischen Begierden und
Laster unter der Larve der Selbstabtötung, der Kasteiung
des Fleisches. Du hast die Eine Frucht jener Lehren erkannt. Das Verbot des Natürlichen erzeugt das Wider-
natürliche. Das ist noch nicht viel. Und doch hättest du
schier den Verstand darüber verloren — wie den Glauben."
— „Zum Glück aber noch beide nicht! — Allein das
Ärgste war, daß ich auch dich als einen Genossen jenes
Treibens erkennen mußte. O was ich litt in jenen Tagen . . ." — „Bis ich dir erklären konnte . . . — lange
Zeit warst du unfähig zu denken! nur Gebete plappertest
du und sahest überall Dämonen und halb nackte Weiber!
— daß ich, um jenen Abt und sein einflußreiches Kloster
und gar viele diesem Verbündete zu Rom und am Hofe
des Imperators zu beherrschen, zum Schein ihre Laster
teilte und so auch ihre andern Geheimnisse und zumal
ihren Einfluß bei dem Augustus." — „Ein gewaltig Opfer!
Tugenden heucheln ist arg: — aber Laster heucheln muß
noch schwerer sein."

„Der Zweck verlangt es. Dafür thät ich noch ganz
andres!" Unheimlich funkelten die heiß blickenden grauen
Augen. „Der Zweck! Ja, welcher Zweck? Wann endlich
wirst du dich mir ganz enthüllen . . .?" — „Wann du
ganz reif sein wirst, mich ganz zu begreifen. Es fehlt
noch viel. Solange du mit Inbrunst die Lippen an jene
Stücke alten Eisens preßest, die man dir für die Ketten
des Fischers vom galiläischen Meer ausgiebt, der vielleicht

ben Tiber nie gesehen, . . . solange gewiß nicht. — Sieh, mein Sohn, ich wiederhole: mit leichter Mühe könnte ich dir im Wege der Logik, der Philosophie die Unmöglichkeit der ganzen Kirchenlehre darthun." Julian schüttelte ernsthaft die bunkeln Locken, die ihm in diesen Monaten der Freiheit gewachsen waren. — „Du bezweifelst das? Gut, eben deshalb würde mein Sieg in dem Streit mit Gründen nichts helfen. Du würdest mir sagen: „ich kann dich nicht widerlegen, aber ich glaube doch." — „Wahrscheinlich! Gewiß! Ja!" — „Darum sollst du die Unwahrheit der Kirchenlehre nicht erlernen, nein: erleben." — „Oder ihre Wahrheit, lehrte Johannes!" dachte Julian bei sich, aber er sagte es nicht. — „Dann erst bist du reif für meine Offenbarungen und für meine Pläne. Ein gut Stück Kirchenlehre hat dir jene Nacht doch schon aus der Seele gerissen." — „Ja leider, leider!" klagte Julian, die Augen schmerzlich schließend. „Allein: — das ist Ein Kloster, fern in Kilikien. Hier an der Stätte, die nach Jerusalem die heiligste auf Erden, hier, nahe den Gräbern der Apostelfürsten, hier, wo der Nachfolger Sankt Peters wirkt und waltet, — hier wird sich diese Lehre rein und reinigend bewähren. Seit ich hier wandle, fühle ich meinen Glauben wieder erstarkt. — Das heißt, . . ." er stockte.

„Das heißt," fuhr Lysias an seiner Statt fort und schlug mit der Hand auf den Schild eines ehernen Julius Cäsar, zu dessen Füßen sie eben auf dem weiten, statuengeschmückten Platz vor dem Theater des Marcellus standen, „das heißt: — der da stört dich in deinem Glauben und jener da drüben" — er wies auf einen marmornen Trajan — „und dieser dort, der Germanenbesieger und Philosoph Marc Aurel: — ja, auch der Jupiter und der Mars des Kapitols und Hera und Pallas Athene und dort — der

Herrlichste von allen: Phöbos Apollo, der ewige Jüngling, der unbesiegte Sonnengott!" Und aus des Mannes
harten Augen leuchtete eine Begeisterung, wie sie der
Jüngling nie an ihm gesehn. „Woher weißt du . . .?"
— staunte er.

„O, ich weiß noch mehr! Mir gaben die Götter, in
den Seelen der Menschen zu lesen. Wohl zieht es dich
zum Grabe Sankt Peters und zum Hause seines Nachfolgers. Aber stärker doch bewegen dir, seit du hier weilst,
die jugendliche Seele die alten Helden und die alten Götter
Roms. Ich wußte das voraus! Und sieh, das ist der
zweite Grund, aus dem ich dich bei dem ersten Schritt in
die Welt aus jenem Kloster gerade hierher geführt. Du
sagst dir hier in schlummerlosen Nächten: „was ward aus
Rom, da es den alten, großen, schönen, erhabenen Göttern
diente, durch die Scipionen, Cäsar, Trajan, Hadrian? Die
Herrin der Welt! Was ward aus Rom seit Constantin . . .? — Sein Name sei gepriesen! — Und Constantius der Liebling Christi," sprach er plötzlich ganz
laut. „Gott verleih' ihm Sieg und langes Leben."

„Was hast du auf einmal?" — „Jener Priester, —
er folgt uns schon lang — ist ein bezahlter Angeber, ein
Späher des Ober=Eunuchen Eusebius. Ich kenne ihn. Aber
er weiß nicht, daß ich ihn kenne und daß ich auch zu den
Günstlingen des frommen Imperators zähle." — „Du?"
— „Was also," fuhr Lysias wild leidenschaftlich fort, „was
ward aus Rom, seit Constantin, abgefallen von den Göttern
unserer Väter, den Legionen die alten Siegesadler nahm
und sie ersetzte durch . . ." — „Das Labarum!" unterbrach Julian ehrfürchtig. „Das heilige Zeichen des Kreuzes
und den Anfang des Namens Christi." — „Ein Zeichen,
das nichts von Romas alten Siegen weiß! Unter dem die
Legionen geschlagen werden von Parthern und Persern

am Tigris, von Jazygen am Ister, von Franken und Alamannen . . ."

„Franken? Alamannen? Was sind denn das für Leute?" forschte der Jüngling, hochaufhorchend.

„Unter neuen Namen alte Feinde: Germanen des Rheins. — Gesteh' es nur, deine Träume sind, seit du hier weilst im Schatten des Kapitols, mehr von Waffen als von heiligen Ketten, mehr von Cäsar als von Christus erfüllt. — Deshalb gerade erbat ich mir vom Abt — du weißt jetzt, warum er gewähren muß, was ich ernstlich fordere! — dich, den kaum Genesenen, zum Begleiter, als er mich hierher an den römischen Bischof sandte. Dankst du mir nicht, daß ich dir das ewige Rom gezeigt?"

„Ach wie heiß! Eine ganze Welt ist mir hier neu aufgegangen: — mir schwindelt manchmal! Nicht all die Fülle von Gestalten kann ich bewältigen, die hier aus Tempeln und Palästen und Bildsäulen auf mich eindringt. Ich verstehe noch nicht alles."

„Wie solltest du! Haben sie dir doch im Kloster von der Geschichte der Hellenen und der Römer nur beigebracht, was dich mit Abscheu vor ihren Lastern erfüllen sollte. Was erfuhrst du von der Herrlichkeit ihrer Götter, ihrer Waffen, ihres Heldentums, ihrer Staatskunst, ihrer Welteroberung? Nichts. Aber Geduld! Bald sollst du Roms Geschichte von Männern lernen, nicht von Priestern." — „Dort? Im Kloster?" — „Nie sieht dich das Kloster wieder!" — „O Dank! Mir graut davor." — Da traf ihn ein lobernder Blick. „So heb' es auf. Und alle seinesgleichen." — „Lysias! Du redest irr. Ich!" — „Willst du es?" — „Ich wollt' es, wenn . . ." — „Willst du es?" — „Ja, ich will!" — „So wirst du's thun. — Denn wisse: du — Liebling der Götter, — wirst einst alles können, was du wollen wirst." — „Ich verstehe dich

3*

nicht, Meister." — „Solange der Papst dein Meister ist,
bin ich es nicht."

Julian schwieg eine Weile nachdenklich. „Wohin führst
du mich?" fragte er dann erstaunt. „Du bogst längst ab
von dem Wege nach dem Kapitol. Wir müssen weit darüber hinaus sein, im Osten der Stadt! Wohin gehen wir?"
— „Zum heiligen Vater." — „Zu Liberius selbst?" rief
der Jüngling, in Ehrfurcht erschauernd. Er blieb stehen.
„Er soll so weise sein, so klug sein . . ." — „Wie die
Schlangen. Aber nicht ganz so harmlos wie die Tauben.
Übrigens hat sich der Galiläer geirrt: — wie bei jenem
Feigenbaum, an dem er, — der Allwissende! — Feigen zu
finden glaubte und nicht fand! — denn weder sind die
Schlangen klug noch die Tauben sanft. Komm' hier hinab
— diese Stufen." — „Und so demütig ist er, so fern von
jedem weltlichen Gedanken, des Imperators treuester Unterthan." — „Halt! Stolpere nicht. Hier wird es dunkel.
Da, halte dich an meine Hand." — „Wo sind wir?" —
„Auf dem Esquilin, dem Speisemarkt der Livia, in der
Krypta der neu vom Papst errichteten Basilika, der Libe-
riana, wie sie schon im Volke heißt. Hierher hat er mich
beschieden. Er hat mir Wichtiges zu vertrauen, einen
Auftrag. Und einen im Urkundenwesen, in Rechtsschriften
gewandten Gehilfen sollte ich mitbringen. Du hast, unter-
wiesen von dem Abt, dem ehemaligen Juristen, die Verträge des Klosters verfaßt viele Jahre lang. So durfte
ich dich wählen. Aber daß du der Vetter bist des Imperators, — dem Gott . . . nun, sagst du die Formel nicht
mehr auf?" — „Nein! Ich mag nicht. Sie ist Lüge." —
„Das verschweige sorgfältig." — „Die Vetterschaft ist weder
Ruhm noch Glück! — Aber weshalb nicht im Sankt Peter?
Weshalb dies Geheimnis?" — „Man soll nicht erfahren
von unserm Verkehr. — Halt, wir sind am Ziel. Es hieß:

„Zwölf Stufen, dann zwölf Schritte nach rechts. Dann
an dem Holzverschlag der Mauer eine vorspringende Scheibe ..."
Hier ist sie! — „Diese einwärts drücken" — sie giebt nach!
— eine schmale Pforte thut sich auf: sieh: Licht schimmert
uns entgegen: — folge mir, tritt ein."

———

VII

Sie standen in einem halbkreisförmigen Raum: er ent=
sprach der Absis oben in der Basilika. Die Mosaiken an
den Wänden waren bereits verdunkelt durch den Qualm
einer Öllampe, welche hier nie erlöschen durfte. Die
christlichen Symbole: der Fisch, das Lamm, der gute Hirt,
kehrten in eintöniger Reihenfolge immer wieder.

Da rauschte der dunkelbraune Vorhang, der den Ab=
schluß des Halbkreises verhüllte: und vor ihnen stand in
reichem bischöflichen Ornat eine stattliche Gestalt. Die
beiden sanken sofort in die Kniee: sie küßten den Saum
des goldgestickten Gewandes. — „Erhebt euch, meine Söhne,
und empfangt den Segen des Herrn," sprach der Papst
mit wohllautender, gebietender und doch herzgewinnender,
Vertrauen erweckender Stimme. Ehrfurchtvoll ruhten Julians
Augen auf den bedeutenden, schönen und vom tiefsten Frieden
geweihten Zügen des etwa sechzigjährigen Mannes. Wunschlos
gegenüber allem Irdischen, nur auf das Himmlische ge=
richtet mußte diese Seele sein: das bezeugte das sanfte,
wie verklärte Antlitz; die Farbe war zart rosa wie eines
Mädchens Wangen.

„In Demut danke ich," begann die silbertönige Stimme
aufs neue, „meinem ehrwürdigen Bruder, dem Abt Konon,

daß er, meinem Wunsche gemäß, gerade dich, o Presbyter
Lysias, zur Ausrichtung eines Geschäftes mir zugesandt
hat, das der armen Magd Christi, seiner heiligen Kirche,
unter dem Segen des Höchsten, zum Heil ausschlagen soll,
wie ich hoffe. Vernimm sogleich, um was es sich handelt.
Dieser Knabe ist also verlässig?" — „Ich bürge für ihn."
— „Das genügt. — Die Geheimnisse der heiligen Kirche
werden nicht ungestraft ausgeplaudert. — Dafür ist gesorgt," fügte er langsam bei.

Da erschrak Julian heftig. Das war ein ganz anderer,
ein scharfer Ton gewesen. Diese finstere Drohung schien
nicht aus jener verklärten Seele aufgestiegen. Aber nun
gleich wieder ganz sanft und friedlich geworden, ließ sich
Liberius auf eine Art Thronsitz nieder, vor dessen Stufen
die beiden Besucher ehrerbietig zu ihm emporblickten. Er
begann jetzt in jenem weichen, demutvoll klagenden Tonfall,
der so bezeichnend ist für die Sprache der Kirche. „Unleid-
lich ist es, in dem Herrn geliebte Brüder, daß nicht einmal
in dieser Stadt, die der Herr gewürdigt hat, die Gebeine
der Apostelfürsten zu umschließen, dessen Nachfolger das
mindeste zu sagen hat. Der Papst, der das von Gott ver-
liehene Recht hat, den ganzen Weltkreis zu beherrschen,
muß wenigstens in dieser seiner Stadt gebieten, die sein
Haus, in deren Weichbild, die nur sein Hausgarten ist.
Von hier aus mögen meine Nachfolger dann den „orbis"
erobern: ich beginne mit der „urbs": mir nur die Stadt,
ihnen dann einst — die Welt."

„All das ist streng logisch," sprach Lysias, „ist von
jener großartigen Unbeugsamkeit, Unerbittlichkeit des Gedankens, welche die Kirche allunüberwindlich macht, sobald
man ihr den ersten Heischesatz eingeräumt hat. — Siehst
du das ein, mein junger Freund?" Flammende Hitze war
bei des Papstes Worten aufgestiegen in Julians bleiche

Wangen: staunend hatte er die großen dunkeln Augen auf
den Redner geheftet: jetzt, auf die Frage des Lysias hin,
wollte er seinem Widerspruch stürmisch Ausdruck geben:
allein er bemerkte die scharf warnende Miene des Freundes.
So bezwang er die heftige Wallung und brachte nur die
verhaltnen Worte hervor: „Gewiß! Wenn man den Vorder-
satz zugiebt. Allein . . ."

„Du zweifelst, Knabe?" herrschte ihn der Bischof an.
— „Lerne glauben, ohne zu zweifeln: hören und gehorchen
werde dir eins. Noch wenig gereift hat ihn deine Zucht,
Lysias." — „Vergieb ihm! Er ist noch gar jung, noch
ungebrochen der natürliche sündhafte Mensch in ihm. Die
Vernunft . . ." — „Diese Buhle des Satans!" — „Zumal
aber der weltliche Sinn hält ihn noch gefangen, die stolze
Freude an Staat und Staatsgewalt. Ist er doch, wie ich
dir schrieb, einem Geschlecht entstammt, das wiederholt her-
vorglänzte in der Geschichte dieses Römerreiches . . ." —
„Des heidnischen! Von allen Sünden und allen Dämonen
beherrschten!" — „Aber doch des Großartigsten," wagte
Julian einzuwerfen, „was bisher Manneskraft und Heldenschaft geschaffen haben auf Erden."

„Mag sein, kühner Weltling! — Denn die Kirche, die
unvergleichbar großartigere, hat nicht sündige Menschenkraft,
sie hat der heilige Geist geschaffen. Und — sehen wir
davon ab! — welchen Wert haben im Vergleich mit der
Kirche Recht und Staat und des Staates ganze sogenannte
Herrlichkeit?" — „Heiliger Vater," wagte der Jüngling
schüchtern zu fragen, „haben nicht doch auch Staat und
Vaterland ihre Berechtigung? — Von jeher haben die
Menschen in dem Helden, der für sein Volk kämpft, ein
Herrliches bewundert . . ." — „Heidnische Menschen."
— „Die Dichter und die Geschichtschreiber von Homer und
Herodot bis auf unsere Tage . . ." — „Fleischlich, weltlich

Gesinnte. Sie preisen die rohe blutige Gewalt." — „Aber die Pflege des Rechts durch seine Juristen ist doch der Stolz des römischen Volkes! Und sagt nicht selbst der Apostel Paulus: „alle Obrigkeit ist von Gott geordnet?" — „Du wähnst in deiner Eitelkeit, mich in die Enge zu treiben, junger Mönch: — aber du zwingst mich nur, noch tiefer einzudringen, dein Irrsal an der Wurzel zu fassen und es dir ganz aus den Gedanken zu reißen. Recht und Staat! — Wohl: — der Apostel nennt auch sie von Gott geordnet, und jedermann soll unterthan sein der Obrigkeit, die nun einmal Gewalt über ihn hat. Allein sagt er etwa, daß dies erfreulich sei? Mitnichten!

Freilich: Recht und Staat und Obrigkeit sind notwendig. Unentbehrlich sind sie: — jawohl! — aber nicht ein notwendiges Gut wie Kirche und Glaube, nein, wie die Krücke dem Lahmen, wie die bittere — oft an sich giftige — Arznei dem Kranken oder — gut für die andern! — wie der Maulkorb dem beißenden Hund, wie die Fessel dem Tobsüchtigen, wie der Käfig dem reißenden Tier nicht zu seinem, zu der andern Vorteil aufgezwungen werden. Ein notwendig Übel sind Recht und Staat. Bevor der Lahme lahmte, bedurfte er der Krücke nicht, und gesundet er, — fort wirft er den verhaßten Notbehelf, der ihn an seine Entwürdigung gemahnt. Der Gesunde nimmt die ekle Arznei nicht und der Genesende speit sie aus seinem Munde."

„Und das soll — ähnlich — gelten von Recht und Staat?" — „Gewiß, du allzuweltlicher Mönch! Oh ich will sie dir zerschlagen, Recht und Staat und Heldentum, diese deine hohlen Götzen von Thon, daß du ihre Scherben mit Verachtung auf dem Boden von dir stößest." — „Darauf bin ich doch neugierig," dachte Julian, mit kochendem Unwillen im Herzen. — „Waren im Paradiese

Recht und Gericht und Staatsgewalt? Waren Krieger
und Richter erforderlich, — ja nur denkbar! — solang der
Mensch vollkommen war, wie Gott ihn geschaffen und gewollt? Sicher nicht! Erst durch den Sündenfall — also
durch den Teufel — ist der Streit um Mein und Dein,
ist der schwere Fluch der Arbeit — diese härteste Strafe,
die, nach ausdrücklicher Erklärung der Bibel, Gott in
seinem Zorn auf den Menschen gelegt — ist Gewaltthat
und Krieg unter die Menschen gekommen. Erst jetzt schlug
Kain den Abel, erst jetzt stritten Abraham und Lot um
die Weidegründe. Erst jetzt — also durch den Teufel —
wurden Richter unentbehrlich und Krieger. Gott hat sie
zugelassen, nun ja, wie der Arzt mit Seufzen den Gelähmten
nach der Krücke greifen sieht. Durch den Teufel ist die
Sünde, und durch die Sünde sind Recht und Staat gekommen in die Welt, und mit dem Teufel zugleich werden
Recht und Staat und Richter und Imperator und deine
lieben „Helden" untergehen am jüngsten Tage in strafenden
Flammen. Im Himmel — im vollkommenen Zustand —
werden die Seligen wieder so wenig des Rechtes, des
sündhaften Staates, bedürfen als weiland im Paradies.
Fluch daher, wie über die Sünde selbst, so über Recht und
Staat, ihre Nachkrankheiten! Ja, die Heiden, deren
höchstes Gut das Vaterland, deren Licht die versündigte,
verteufelte Vernunft, deren Heimat diese Erde, — die
mögen auf Recht und Staat und Heldentum das Schwer-
gewicht all' ihres Strebens legen. Aber gerade dies ist
sündhaft, ist durch und durch sündhaft! Denn das Dies-
seits zieht vom Jenseits, das Fechten zieht vom Beten,
das Richten vom Büßen ab. Des Christen Heimat ist
nicht auf dieser Welt. Die Erde ist sein Kerker: er flieht,
er haßt, er verachtet diese Weltlichkeit, die vom Fluch der
Sünde, vom Teufel durchdrungen ist: — er wünscht sehn-

lich ihren baldigsten Untergang herbei mit allem Pomp
und Stolz von Staat und Recht, mit Richterstab und
Heldenschwert! — „Eigentum?" Des Menschen Sohn
hatte nicht, wohin er konnte sein Haupt legen! „Strafrecht?"
Christus lehrt, wer dir den Mantel raubt, dem gieb das
Wams dazu, wer dir die linke Wange schlug, dem biete
die rechte zum Schlage dar. „Richtertum?" „Richtet
nicht, auf daß ihr nicht gerichtet werdet." Kein Christ
darf einen Christen vor Gericht verklagen! Auf den Verbrecher soll den ersten Stein nur der Schuldlose werfen:
also weder Richter noch Henker will Christus! All' das
sind Ausgeburten der durch den Sündenfall verdunkelten
Vernunft. Ich wiederhole: der Christ, der im Jenseits
seine Heimat hat, darf, soll, kann kein Herz haben für die
vergängliche, dem Untergang geweihte, versündete Welt und
ihren Staat. Möge der bald mit dem Teufel zugleich in
Flammen untergehen: es ist seine gerechte langverwirkte
Strafe." Hier machte der Erzürnte eine lange Rede-
rast. Er suchte offenbar nach einem Übergang und fand
ihn nicht.

In Julian tobte der leidenschaftlichste Widerspruch: —
aber das warnende Auge des Lysias hielt ihn in unwilligem
Schweigen gebannt.

„Einstweilen aber," fuhr endlich der Bischof fort, „solang das Reich Gottes, das himmlische, nicht gekommen
ist, solang die Kirche auf Erden den als ein Übel von
Gott einstweilen noch geduldeten Staat neben sich ertragen
muß, — einstweilen muß doch schon — in aller Demut!
— dafür gesorgt sein, daß das Oberhaupt der Kirche nicht
jenen sündhaften Weltlingen in Ohnmacht zu Füßen liegt.
Es muß wenigstens der Anfang geschaffen werden auch
einer weltlichen Herrschaft der Kirche, die erste Stufe muß
gelegt werden zu einem stolzen Bau, auf dessen Spitze der

römische Bischof bereinst die oberste Gewalt, auch die weltliche Herrschaft — ich sagte es schon! — üben wird auf
der ganzen Erde."

Hoch auf horchte Julianus. Der Papst bemerkte seinen
fragenden Blick. „Ja, auch auf Erden! Was ich binde
oder löse, soll auch auf Erden schon gebunden sein oder
gelöst. Wie kann ich binden und lösen — auch auf Erden!
— ohne irdische Macht? Jeder heidnische Centurio des
Imperators hat mehr Befehlsgewalt in den Straßen Roms
denn der Nachfolger Petri. Das muß anders werden."

Einen raschen warnenden Blick warf Lysias auf den
jungen Mönch. „Ich staune doch!" sprach dieser. „Mit
welcher Demut hast du, erhabener Vater, noch bei dem
letzten Einritt des Imperators — man schrieb es uns in
das Kloster! — dich den Knecht . . ."

„Ei, es ward mir schwer genug, das Haupt der Kirche,
die da heilig ist, zu beugen vor dem unheiligen Haupte
des unheiligen Staates. Aber noch — noch kann ich
meine Ansprüche nicht den Laien zu erkennen geben: —
denn noch kann ich sie nicht beweisen. Und um den Beweis
zu beschaffen, — deshalb hab' ich dich, o Presbyter, die
Schärfe deines im Urkundenwesen und im weltlichen Recht
vielbewanderten Geistes berufen. Der gottselige Abt Konon
hat dich mir auf das wärmste empfohlen. Und deshalb
auch hab' ich diesen noch Unreifen zugelassen zu unserer
Unterredung: auf deinen brieflichen Wunsch: — du rühmtest,
er sei geschickt im Schreibwerk und mit der Sprache der
Rechtsurkunden im Kloster wohl vertraut gemacht worden:
— wohlan, hier mag der Anfänger seine Erstlingsleistung
schaffen: — in dem Dienst der Kirche."

Mit äußerster Spannung hefteten sich die dunkeln
Augen Julians an die schmalen, scharfgeschnittenen Lippen
des Bischofs: er brachte kein Wort hervor.

An des Sprachlosen Statt sprach Lysias: „Er wird
es sich zu höchster Ehre rechnen, auch im Unscheinbarsten
dir, heiliger Vater, zu dienen. Vergieb sein seltsam
Schweigen: die Ehrfurcht, die tiefe Scheu vor deiner
hohen Würde bindet ihm die Zunge. — Wohlan, sprich
es aus: was soll ich, was soll der Jüngling für dich
thun?" — „Eine Urkunde schreiben." — „Gern. Welcher
Art?" — „Eine Schenkungsurkunde. In aller Form
Rechtens, — hört ihr? Scharf, genau, mit Einfügung
aller Klauseln, die ein solches Rechtsgeschäft unanfechtbar
machen für jedermann." — „Das soll geschehen. Allein
weshalb wählst du hierfür nicht . . .?" — „Einen welt=
lichen Rechtskundigen?" lächelte der Bischof, „aus guten
Gründen! — Es handelt sich um eine Schenkung des
frommen Imperators Constantin, dem Gott nun im
Himmel seine Verdienste um die Kirche in ewiger Selig=
keit vergilt."

Julian schoß eine Blutwelle in das Antlitz.

„Ihr werdet eine Urkunde aufsetzen, in welcher der
Imperator zum Dank für die wunderbare Heilung von
dem Aussatz meinem Vorgänger, dem wunderthätigen
Sankt Silvester, und dem römischen Stuhl für ewige Zeiten
zu eigen schenkte die Stadt Rom und das Weichbild von
Rom im Umfang von so und so viel Miliarien (. . . das
werd' ich noch nachtragen! . . .), mit allen Herrschafts=
rechten der imperatorischen Gewalt: also mit dem Recht,
eigne Truppen zu halten, Krieg zu führen, Verträge zu
schließen, Frieden zu machen, Gerichtsbarkeit in Straf=
und in bürgerlichen Sachen, Verwaltungshoheit, Münz=,
Zoll= und Steuerrechte, Weg= und Brückenrecht: kurz, alle
Hoheitsrechte, wie sie jetzt der Augustus übt."

Ohne die Willensabsicht des Bischofs irgend zu ver=
stehen, starrte Julian ihn an. Sogar Lysias faßte nicht

gleich den Inhalt dieses Auftrags. „Ich staune! Solch unberechenbar weites Zugeständnis hat der Imperator der Kirche . . .?"

„Ja, der Aussatz ist ein schweres Leiden und nur durch ein Wunder heilbar!" — „Und aufsetzen? Abschreiben meinst du wohl, heiliger Vater?" Unwillig erwiderte dieser: „Schwerfälliger! Wozu abschreiben? Das könnte ich doch selbst." — „Ich verstehe nicht ganz . . ." — „Verfassen sollst du die Schenkung. Der Imperator trug sich, ich weiß es — oder ich will lieber sagen: ich vermute es — mit ähnlichen Gedanken. Mein Vorgänger Silvester drang in ihn mit solchen Bitten. Der Tod Constantins kam der Erfüllung zuvor. Wohlan! Verbessern wir sehend den blinden Zufall zu frühen Sterbens! Ergänzen wir, was der Imperator wollte, wollen sollte, wollen mußte, — zum Heil seiner Seele und der Kirche. Ihr verfaßt den Rechtsinhalt der Schenkung. Seine Unterschrift . . . die werde ich besorgen: ich kann sie machen, nachmachen . . . so gut . . . wie er selbst . . . Aber was ist dem Knaben . . .?"

„Nichts! Nur eine Ohnmacht!" sprach Lysias, den Sinkenden in seinen Armen auffangend. Der stöhnte noch einmal leise. Dann vergingen ihm vollends die Sinne.

———

VIII.

Als der Jüngling die Augen wieder aufschlug, sah er sich in einem ihm unbekannten Gemach. „Wo bin ich?" fragte er Lysias, dessen Blick gespannt auf dem bleichen Antlitz ruhte.

„In Sicherheit vor den Menschen und nun — den
Göttern sei Dank! — auch in Sicherheit vor dem Tode.
Du rangest in diesen Tagen und Nächten schwer um dein
Leben mit den Mächten der Finsternis. Aber die guten
Götter des Lichtes und des Gedeihens haben mein Flehen
erhört. Nachdem du heute — es ist der dritte Tag —
das Bewußtsein voll wieder gefunden, ist die Krankheit
gebrochen: es war ein Rückfall in das hitzige Fieber, das
dich bei der Entlarvung der Mönche ergriffen hatte, erneut
durch eine ähnliche Erregung. Du bist abermals genesen.
Aber nun ist deines Bleibens nicht mehr in Rom. Du
mußt fort — heute noch. Fliehen!"

„Fliehen! Warum? Vor wem?" — Unseliger! Hast
du vergessen, was geschehen? Dort in der Krypta!" —
„O nein!" entgegnete der Bleiche, sich schaudernd aufrichtend. „Der Papst! Die Urkunde — die Fälschung, die
er forderte . . ." — „Still! Nicht so laut! Wer weiß,
ob seine Lauscher nicht sogar bis hierher . . ." — „Was
ist das für ein seltsamer Raum? Unter der Erde, wie es
scheint. Nur ein schmaler Lichtstreif fällt von oben durch
mächtige Gewölbquadern. Und welche Bilder sind rings
eingehauen in die Wand! Sonnen! Viele Sonnen! Ein
ägyptischer Krieger, nein, ein Gott mit einem Sonnenschild.
Und dort . . . das ist Phöbos Apollo —! Wo bin ich?"

„In dem geheimen Gewölbe des Apollotempels nahe
der Brücke Hadrians." — „Wie? Unter den zähesten Heiden?
Ich staune."

„Du wirst bald noch stärker staunen. Versuche, ob du
das Lager verlassen kannst. Siehst du! Es geht! So
wird dich ein Maultier bei Einbruch der Dunkelheit davon-
tragen, ehe deine Verfolger . . ." — „Aber wer verfolgt
mich?" — „Der heilige Vater. Er hat Verdacht geschöpft,
du seiest doch noch nicht ganz reif gewesen für seine Pläne.

Er ließ dich auf deinem Krankenlager im Haus unseres Gastfreundes, wohin ich dich brachte, scharf überwachen. Mit Mühe gelang mir's, nachdem ich durch vertraute alte Freunde dich hierher geflüchtet, seine Späher glauben zu machen, du seiest — in einem Fieberanfall — mir entsprungen. Ich verabschiedete mich bei dem heiligen Vater unter dem Vorwand, dich zu suchen. Du seist mir für jene Urkundenverfassung unentbehrlich." — „Was kann er wollen? Doch nicht mich morden?" — „Das ist nicht nötig. Aber auf immerdar für jedes Menschenauge verschwinden lassen in einem der vielen Klöster, über die er unbedingter gebeut als der Imperator über seine Kastelle. Schon Mancher ist so . . . verloschen, spurlos. Du aber sollst nicht, du Stern der Hoffnung für mich und für das Römerreich, ja für die Götter selbst, erlöschen in der Nacht eines Zellenkerkers." — „Nein! Jetzt will ich leben — wirken! Ich will ihnen zeigen, diesen Priestern ohne Vaterland, ohne Staat, — diesen wollüstigen Heuchlern, Lügnern, Fälschern . . ." — „Rege dich nicht auf. — Spare deine Kräfte. Du wirst sie brauchen. Denn dein Weg ist weit."

„Wohin . . .?" — „In die Freiheit." — „Aber . . . der Imperator? — Wird er nicht alsbald erfahren, daß ich nicht wieder in das Kloster . . .?"

„Bei dem Imperator, in dem ganzen Palast ist wieder einmal eingetreten einer jener plötzlichen rätselhaften Umschläge, die nicht eben selten sind. Wieder einmal ist zurückgedrängt der Einfluß seiner bösesten Geister: der Eunuchen und des Präpositus des Schlafgemachs, des elenden Eusebius, des bittersten Feindes deines Hauses. Der Imperator selbst hat befohlen, in vollem Wechsel der Gesinnung oder doch der Maßregeln, — niemand begreift die Ursache — daß du das Kloster vertauschen sollst mit der Stadt Macellum in Kleinasien." — „Also bin ich frei!" jubelte der Jüngling. Dieser Gedanke schien ihm neue Kräfte zu geben: er sprang auf.

„Nicht nach des Tyrannen Meinung! Die Stadt ist eine Feste: und du wirst in ihren Mauern bewacht sein wie bisher in dem Klostergarten. Aber du sollst einen Lehrer erhalten: — für weltliche Dinge." — „O welche Freude!" — „Selbstverständlich einen eifrigsten Christen. Aber getrost. — Ich darf ihn dir auswählen; mir über= ließ das . . . nun, sagen wir: ein Ratgeber des Impe= rators." — „Und du wählst?" — „Mich selbst. — All= mählich bist du reif geworden, mehr zu vernehmen von meinem Gotte, ja nun darf ich es aussprechen: von meinen Göttern." — „O mein Vater! Ich folge dir, wohin du führst." — „Nur noch kurze Zeit! Alsbald wirst du mich führen. Mich und die Menschheit: zum Siege, zum Lichte, zum Siege des Lichts und aller großen Götter."

IX.

Sobald es völlig dunkel geworden, holte Lysias, der sich in die Stadt begeben hatte, den noch Wankenden ab aus seinem Versteck; beide warfen über die Mönchskutten lange Soldatenmäntel, die der Presbyter mitgebracht hatte. Durch menschenleere Gassen und Gäßlein führte der Orts= kundige an das Pränestinische Thor im Osten der Stadt.

Der ägyptische Söldner, der hier Wache stand, senkte ehrerbietigst den Speer, als ihm Lysias ein Wort zuflüsterte, und ließ sie vorübergleiten.

Wenige Schritte vor der Umwallung lag seitwärts, rechts von der breiten Via Gabiana, ein ansehnliches

Grabmal in einem kleinen Haine von Pinien: die Obelisken zu beiden Seiten, die Sphinx als Wächterin davor, der Ibis als häufigstes Symbol wiesen auf das Land des Nils.

Lysias schlug in die Hand: da tönten leise Schritte aus dem Wäldchen: ein Neger in der Tracht des Morgenlandes führte ein Roß und ein Maultier auf die Straße, half schweigend den beiden aufsteigen und verschwand, nachdem er ehrfürchtig vor Lysias die Arme über der Brust gekreuzt hatte. Der trieb beide Tiere zu raschem Ritt, bis sie die Stadt eine gute Strecke hinter sich hatten. Kein Wort sprachen sie. Mit stillem Staunen sah der Jüngling auf den von solchen Geheimnissen umgebenen Meister. Nun zog der den Zügel und hielt: „Hier wollen wir kurze Rast halten, mein Sohn," mahnte er. „Steig ab und setze dich neben mich hier auf den Rasen und lehne den Rücken an diesen Meilenstein. Du bist noch recht schwach! Da, trinke von diesem Wein, du bedarfst der Stärkung. Ich binde die Tiere an jenen Ölbaum."

Julian sah wie träumend um sich her, dann empor gen Himmel, wo ungezählte Sterne prachtvoll leuchteten. Alles däuchte ihm so rätselvoll.

Es war eine milde warme Septembernacht: der Mond stieg eben im Osten aus dem niederen Buschwald empor und übergoß die weite Ebene mit seinem feierlichen Licht. Alles still, nur zuweilen hoch in den Lüften eines ziehenden Wandervogels Ruf. Der Jüngling saß regungslos, wie ein Verzauberter.

„Schläfst du, mein armer Knabe?" fragte Lysias, sich nun neben ihm niederlassend. — „Nein, Meister. Ich wache und staune. Und kann kein Ende finden des Staunens. Was hab ich erlebt, — wie bin ich verwandelt seit wenigen Monden! Wie Schuppen gleitet es von meinen Augen.

Aber am meisten staune ich über dich, du Mann der
Wunder, der Geheimnisse. Sprich, bist du ein Zauberer,
einer jener Magier deiner Heimat, dort am heiligen un=
erforschlichen Nil? Du hast bisher alle meine Fragen über
dich, über die unfaßlichen Widersprüche in dir abgewiesen,
hast mich stets auf die Zukunft verwiesen. Diese Zukunft,
— wann endlich wird sie Gegenwart?"

Der Gefragte antwortete nicht gleich; er zog aus der
Brusttasche der Kutte eine längliche Rolle, die mit Sternen,
mit den Himmelszeichen, mit krausen, wirren Schnörkeln,
mit Linien in verschiedenen Farben dicht überdeckt war;
sinnend blickte er hinein, sah dann, leise rechnend, auf gen
Himmel, folgte mit dem Finger auf dem Papyrus mehreren
Strichen und hob nun erst an: „Ja, mein Sohn, jetzt kam
die geweihte Stunde der Enthüllungen. Günstig stehen alle
Sterne, alle Zeichen winken Heil: sieh, diese goldenen
Striche enthalten dein Horoskop." — „Wie kommst du
dazu, o Meister. Wer hat ...?" — „Ein Freund, ein
Lehrer, wenn du willst, wenigstens in Sternkunde, — der
zugleich ein treuer Freund deiner Eltern war — hat mir
die Stellung der Gestirne im Augenblick deiner Geburt
anvertraut, sobald ich ihm schrieb, daß ich dich in jenem
Kloster gefunden. Denn du warst ja dort aller Welt ver=
borgen. Nur jener blödgläubige Johannes — auch ein
Bekannter deiner Eltern — hatte dich vor mir entdeckt."
— „Und wer ist jener Freund meiner armen Eltern, der
sich um den eingesperrten Waisenknaben kümmerte?"

„Das bleibt geheim. Er will, daß sein Name nie
genannt wird. Auf dem unverbrüchlichen Geheimnis beruht
seine Macht." — „Seine Macht? Welche Macht?" —
„Die Macht, dir zu nützen, dich zu schützen. Ihm offenbar
verdankst du den plötzlichen Umschlag ..." — „Also lebt
er am Hofe?" — „Frage nicht weiter. — Aus deinem

Horoskop nun, o geliebter Sohn, ergab sich mir, was mich im tiefsten Kern erschütterte: daß dein Geschick und das meine, das meiner . . . meiner Familie unauflöslich miteinander verflochten sind." — „Das hat sich schon bewährt, mein Lehrer und Erretter," sprach Julian, dankbar seine Hand ergreifend und an die Lippen ziehend.

„Aber mehr noch: aus deinem Horoskop geht zweifellos hervor, daß du, ein Liebling der großen Götter, wie nur etwa noch Alexander oder Cäsar . . ." — „Alexander oder Cäsar," wiederholte Julian in Bestürzung, weit die Augen aufreißend und in die Sterne schauend. „Berufen bist zu allergrößten Thaten: ja zu der größten, die gethan werden kann, — sagen deine Sterne.

Welche aber ist die größte aller möglichen Thaten?

Das konnte, mußte ich leicht mir selber sagen! Nachdem die Lehre jenes jüdischen Schwärmers die alten Götter aus ihrer Herrschaft vertrieben hat: — was ist die größte That? — Du wirst die Christenkirche stürzen und die Olympier rächen und erneuen."

Da sprang Julian auf: „Aber ich glaube ja nicht an die Olympier." — „Glaubst du noch an Christus?" — „Nein! Oder ja, ja doch! Nein! Ich . . . ich weiß es nicht. Mir schwindelt." Er sank wieder gegen den Meilenstein. „Ich kann nicht mehr denken."

„Du sollst jetzt nicht denken. Das heißt: nicht über diese schwersten Dinge. Du sollst, du mußt erst bei mir denken lernen." — „O, mit welcher Heißgier werde ich jedes deiner Worte einschlürfen! Du bringst mir . . ." — „Die Freiheit. Die Schönheit. Die Wahrheit." — „Aber verehrter, großer Meister — du selbst — wer bist du? Welches Rätsel, welche Widersprüche schließest du ein? Ich lerne dich kennen in jenem Kloster als Priester: — als Johannes übergeordnet, als Vertrauten des Abtes, der als

4*

ein kirchlicher Eiferer gilt, als Vertrauten sogar des
Papstes: — und zugleich bist du es, der mir die Augen
öffnet, der mir den bisher so felsenfesten Glauben unter-
wühlt, der du die alten Götter verehrst. Und du hast
Freunde am Hof! Du hast in Rom verborgene Freunde:
— des Apollo-, des Osiristempels geheime Gewölbe sind
dir zugänglich: — der Ägypter am Thor beugt sich vor
dir: — stumme Neger bienen dir: — wer bist du, Lysias?"

„Ptolemäos heiße ich mit meinem wahren Namen.
Das heilige Land des Nils ist meine Heimat. Väterlicher-
seits stamme ich ab von jenem großen Ptolemäos, der
Alexanders Feldherr und Nachfolger in Ägypten war;
aber die Mutter unseres Stammes ist eine Tochter der
Pharaonen gewesen und alle meine Ahnen sind Söhne
und Priester des Sonnengottes und des Zeus Ammon als
dessen Sproß auch Alexander selbst sich fühlte. So haben
meine Vorfahren seit unvordenklichen Tagen in Ägypten
in königlichen, in priesterlichen, in halbgöttlichen Ehren
gewaltet. Rom hat nach der Eroberung des Landes nur
die weltliche Macht erworben und sie zum Heile, zur
Wohlfahrt unseres Volkes verwendet: gar viel römisch
Blut, Töchter der edelsten Geschlechter, haben sich dem
Mannesstamm unseres Hauses zugemischt: so bin ich nicht
minder Römer als Grieche und Ägypter. Die Größe
Roms war auch unsere Größe: unsere priesterliche Herrschaft ward von Rom nie angetastet: vielmehr wurden
Osiris und Isis und der unbesiegte Sonnengott am Tiber
bald gefeiert wie am Nil. Als Oberpriester des ägyp-
tischen Sonnengottes waren meine Ahnen — ja noch mein
Vater! — neben dem Statthalter Roms, oft auch vor
ihm in der Verehrung des Volkes, die ersten Männer des
Landes! Da — da kam das Gräßliche. Das unerträgbar
Grausame! Kaum hatte Constantin die Kirchenlehre der

Schranken entledigt und ihr sich parteiisch zugeneigt, —
da mißbrauchten die Bischöfe, die Priester, die Mönche
die ihnen gewährte Freiheit zur furchtbarsten Unterdrückung
des alten Gottesdienstes. Das Blut der Heiden floß in
Strömen, unsere Tempel, unsere heiligen Haine, die Bilder
der Götter wurden zerstört, verbrannt, zerschlagen, die
Tempelschätze geraubt, den Kirchen zugewendet.

In einem solchen rasenden Ausbruch der christlichen
Wut zu Memphis ward mein Vater, — der Götterweise
Bokcharis, als Oberpriester des gesamten Götterdienstes
am Nil am meisten von ihnen gehaßt! — da er um keinen
Preis die Taufe nehmen und nicht die verborgnen Tempelschätze ausliefern wollte, auf das grausamste gefoltert, dann,
da er beharrlich blieb, ermordet, ebenso meine älteren
Brüder: unseres Geschlechtes uralte Paläste wurden nieder-
gerissen, ausgeplündert, all unser Vermögen geraubt. Mich,
den zehnjährigen, rettete Tefnach, ein entfernter Verwandter, nur dadurch, daß er versprach, wie er selbst, unter
Todesbedrohung, die Taufe genommen, nun so mich zum
eifrigsten Christen zu erziehen, zum Priester weihen zu
lassen. Und die strenge Überwachung des Bischofs zu
Alexandria sorgte dafür, daß dies alles geschah — äußerlich.
Aber mein Erzieher — ich danke es dir, o Verklärter!
— erzog mich im geheimen in dem glühendsten Hasse
gegen die Christen, die Mörder meines Vaters, die Räuber
unseres Vermögens, die Verderber unserer Götter, die
Schänder unserer Heiligtümer. Er weihte mich in alle
Geheimlehren, in alle Weisheit und Wissenschaft Ägyptens
ein. Wisse: alle heimlichen Verehrer der alten Götter
standen und stehen in verborgenem innigen Zusammenhang:
er war das Haupt dieses geheimen Bundes, dessen Glieder
über alle drei Erdteile verstreut sind; und als er starb,
schwor ich, als sein Nachfolger, in seine erkaltende Hand:

ich werde nicht ruhen und rasten, bis ich an den tief-
gehaßten Christen tausendfältig Rache, wilde, heiße, uner-
sättliche Rache genommen und die alten Götter Ägyptens,
Griechenlands und Roms wieder eingesetzt habe auf die
goldenen Stühle ihrer Weltherrschaft!

Ich habe geschworen und ich werde es halten: Rache,
Rache, fürchterliche Rache!

Und an Stelle der Bischöfe soll in Ägypten vom Ka-
nopos bis Meroë wieder herrschen sein ehrwürdigstes, den
Göttern entstammtes Priestergeschlecht: ich selbst und . . .
mein Haus — und du, geliebter Sohn, den, einen Sproß
des verhaßten Hauses der Constantier, die Sterne, nein,
die Götter selbst, mir zugeführt haben, neben mir zu
kämpfen, zu siegen, zu rächen und zu herrschen im Morgenland und Abendland. Sieh, da schoß am Himmel hin
ein Stern: — die Götter winken Gewährung. Auf Julianus! In den Sattel! Deinem Ziel entgegen!"

X.

Jahre waren verstrichen seit jener eiligen Flucht aus Rom.

In Macellum, der alten, von dem Flusse Sarus um-
spülten Feste der Provinz Kappadokien, in dem Säulen-
gang des Palatiums — es war ein entgötterter Tempel
des Ares — wandelten in vertrautem Gespräch Lysias
und Julian: statt der Mönchskutten trugen sie weltliche
Gewandung. Der Jüngling war merklich verändert: er
war der Mannheit erheblich entgegengereift. Die Spuren
der wiederholten todesgefährlichen Krankheitsanfälle waren
geschwunden: blieb die Gestalt auch zeitlebens eine schmäch-

tige, faſt allzuzarte: — das Krankhafte in dem Ausbruck
des Geſichtes war jetzt gewichen. Zwar ein ſuchendes
Sehnen lag in den dunkeln ſchwärmeriſchen Augen; aber
dies Sehnen ſchien, wenn ein Schmerz, ein ſüßer, ein geliebter Schmerz zu ſein.

Dieſer Zug, dieſer Ausbruck war neu auf dem Antlitz
des Jünglings und ſo ſtark ausgeprägt, daß er auch einem
minder ſcharfen Beobachter als Lyſias aufgefallen wäre.
Dieſer begann denn, alsbald nachdem ſein prüſender Blick
auf Julian geruht hatte: „Aus der Lyra deiner Seele,
geliebter Sohn, zittert ein neuer Ton. Eine Saite, —
eine neue Saite — iſt darin aufgezogen . . ." — „O
Meiſter!" erwiderte Julianus; es ſollte eine Verneinung
bedeuten: — aber dies mißlang: verlegen wandte er das
Geſicht zur Seite: — er errötete; gar auffallend war in
dieſen ſonſt ſo bleichen Wangen das plötzliche, lebhafte
Einſchießen der Blutwellen.

„Du ſchweigſt?" — „Ich ſtaune!" rief Julian. „Oft
ſchon hat mich deine Sehergabe in ehrfurchtvolle Scheu
verſetzt. Aber das iſt doch das Wunderbarſte! Wie —
woburch — vermagſt du in meiner Seele zu leſen?
Erleuchtet dich wirklich ein Strahl unſerer Götter?"
Lyſias lächelte ſeltſam, ein wenig unheimlich: „Vielleicht
wäre es erſprießlich für mich, — mehr noch für dich! —
dich in ſolchem Glauben zu beſtärken: du würdeſt mir dann
immer folgen, blindlings folgen." — „Das werde ich
ohnehin, mein großer Meiſter."

„Wer weiß! — Wodurch ich in deine Seele zu ſchauen
vermag? Einmal, weil ich, ſeit bald einem halben Jahr-
hundert im Kampfe mit den Herrſchern der Welt, in gar
vieler Menſchen Bruſt zu leſen gelernt habe: — vor allem
aber, weil ich dich liebe, o Julianus, mit begeiſterter
Hoffnung auf Rächung und Rettung der Götter. — Sieh,

diese Liebe ist so zwingend, daß ich auch jetzt wieder, von weiter Ferne, aus Ägypten, zurückgekehrt, sofort zu dir eilte — noch bevor ich in mein eigen Haus eintrat. Dein neues Geheimnis ist mir kein Geheimnis: bu liebst, o Julianus, liebst zum erstenmal."

„Und für ewig!" rief der Jüngling schwärmerisch: „Auch wann der unbesiegte Sonnengott meine Seele aus der Asche dieses Leibes, in anderer Hülle, in eine höhere Sphäre auf den goldenen Stern meiner Läuterung entrückt haben wird: — Alles an Julian mag er wandeln durch verklärendes Licht: — nicht dies Gefühl." — „Teurer Schwärmer! — Also: bu sahst in diesen Wochen meiner Abwesenheit wiederholt ein Mädchen . . ." — „Eine Göttin!" — „Sie zog dich an: — ihre zarte Schönheit, gerade weil sie dich zu meiden schien." — „Wahr, alles wahr. Täglich, wann ich in die Bäder des Aurelianus ging, traf ich an der gleichen Stelle, unter dem Platanenhügel, eine schön geschmückte Sänfte, bie, getragen von vier gleich gewandeten Sklaven, abbog nach dem Frauenbad der Amphitrite. Die Fenster waren durch Lattengitter geschlossen: — bu weißt, man sieht dann von innen heraus, nicht aber hinein. Eines Tages strauchelte einer der vorderen Sklaven, er ließ die Tragestange los, die Sänfte drohte, seitwärts umzuschlagen: ich sprang herbei, riß sie empor, und stützte die Last, bis jener wieder zugriff: dabei war das Gitter in die untere Öffnung herabgeglitten und ich sah in der Sänfte —" — „Ein wunderschönes Mädchen." — „Dunkle, große, seelenvolle Augen..!" — „Dunkles, reichflutendes Haar, marmorweiße Büge..." — „O, spotte nicht! Denn — durch Zufall — trifft dein Erraten zu. Sie dankte anmutvoll: — wie lieblich klang die sanfte Stimme! Ich . . . ich erglühte und doch durchzog mich leise kalter Schauer. Ich wagte nicht, nach

ihrem Namen zu fragen: süße Scheu hielt mich ab. In
den nächsten Tagen . . . welche Wonne durchrieselte mich,
ward, sobald ich in die Nähe der Platanen kam, der
Gitterladen herabgelassen, wir wechselten — im Vorüber-
wandeln — wenige haftige Worte: der Freigelaffene, der
die Sklaven führte, schien die Zwiesprache nicht gern zu
sehen . . ." — „Ein Freigelaffener?" unterbrach Lysias
verwundert. „Und wie heißt . . . haft du den Namen
nicht erfahren?" — „Jawohl! Helena! „Herrin Helena"
redete sie das Gefolge an." Lysias nickte stumm. „Nun
und das Ende?" — „Das Ende war ihr plötzliches Verschwinden. Sie hat die Stadt verlassen." — „Du irrst,"
lächelte Lysias ruhig. — „Leider weiß ich es gewiß. Ich
hatte mir ein Herz gefaßt . . . ich hatte beschlossen, den
nächsten Morgen sie selbst — nicht die Sklaven: das
widerstrebte mir — zu befragen um ihre Herkunft, ihre
Eltern. Zu rechter Zeit war ich an Ort und Stelle:
alsbald erschien auch die Sänfte, aber nicht nach dem
Bade ward sie getragen! Unter unsern Platanen glitt das
Gitter herab — eine weiße Hand winkte mir grüßend —
ach den Abschiedsgruß! — Rechtsab bogen die Sklaven,
nach dem Flusse zu, — in den Hafen eilten sie, vor meinen
Augen bestieg die Unbekannte ein dort harrendes Schifflein.
Das zog die Segel auf und war draußen in der blauen
Ferne verschwunden, noch bevor ich den Marmordamm
des Flußufers erreicht hatte." — „Unmöglich! Ganz un-
möglich! Vergieb! Ich muß in mein Haus! Sofort."
Und verwirrt, bestürzt, wie der Jüngling den fest in sich
Geschlossenen nie gesehen, eilte Lysias aus dem Gemach.
Zu Julians schmerzlichem Erstaunen ließ ihm der geliebte
Lehrer gleich darauf sagen, obwohl gerade erst zurück-
gekehrt, rufe ihn ein wichtiges Geschäft sofort wieder ab
in eine ferne Stadt von Asien, wo Glaubenskämpfe aus-

zubrechen drohten. Vergeblich eilte der Jüngling, Abschied
zu nehmen, in die Wohnung des Geheimnisvollen: der
war schon aufgebrochen mit seinem ganzen Haushalt.

XI.

Wenige Tage nach des Lysias plötzlicher Abreise nahte
sich dem Nordthore von Macellum ein stattlicher Zug:
glänzend gerüstete Reiter sprengten voraus — die purpur-
farbnen Helmbüsche bezeugten, daß sie der kaiserlichen
Leibwache, den Domestici, angehörten. Darauf folgte eine
festgeschlossene Sänfte von eigenartiger Gestalt und dunkler
Färbung, umwogt von zahlreichen bunt gekleideten Sklaven,
die sich in dem Tragen der Last ablösten, während den
Schluß des Aufzuges abermals berittene kaiserliche Leibwächter in größerer Zahl bildeten.

Die Ankömmlinge hielten in dem Säulenhof des Palatiums: ein junger Mann steckte neugierig den Kopf aus
der Sänfte; er versuchte, auszusteigen: jedoch der Befehlshaber der Wachen schob ihm die Hand von dem Griff der
Thüre zurück: „Geduld! Ich weiß noch nicht, ob ich dich
hier herauslassen darf. Der Eunuch des Imperators
trug dessen versiegeltes Schreiben zu dem Präses von
Kappadokien! — Schon kommt er aus dem Palatium
zurück. — Nun, was soll hier geschehen?"

Der glänzend gekleidete Palast-Eunuch erwiderte: „Du
darfst ihn hier aussteigen und sich in dem geschlossenen
Hof ergehen lassen . . . mit . . . mit dem andern, den
der Präses selbst herbeiholt: aber — bei Todesstrafe für
uns alle! — keinen Schritt aus dem Thore dieses Hauses.
Siehe, sie kommen."

Aus dem Inneren des Hauses traten in das Atrium zwei Männer: wachsam blieb der ältere stehen: „Wohlan, Julianus, du magst an jene Sänfte gehn." Staunend, mißtrauisch unterbrach Julian: „Ist es eine Sänfte? Ich dachte . . . ein Sarkophag! Ganz schwarz — und über der Thüre, grell gemalt, ein weißes Kreuz! Tote bringt man so."

„Oder Gefangene," lächelte der Präses. „Aber dies⸗ mal ist der Insasse weder das eine noch das andre. Der Imperator in der unergründlichen Güte seines Herzens . . ." — „Ja sie ist unergründlich! — Sogar unerfindlich!" spottete Julian leise für sich. — „Hat verstattet, daß du den Reisenden . . ." — „Er reist wohl in den Hades?" — „Sprechen darfst, während die Reichspost dem Zuge frische Pferde zuführt. Ich lasse euch allein. Denn ich will nicht hören, was ihr sprecht. Am Ende müßte ich es verantworten!" Er trat zurück in das Haus.

Als Julian vor der Sänfte stand, öffnete der Eunuch deren Thür: da sprang mit hastiger Bewegung ein Jüng⸗ ling heraus, wenige Jahre älter denn Julian, und warf sich diesem in die Arme. „Julianus! mein Bruder!" rief er jetzt. „Denn du mußt es sein! Man sagte mir, du würdest hier gefangen gehalten."

„So bist du Gallus, mein Bruder? Du lebst!"

„Wie du siehst! und du . . ." — „Unsere Mutter, ach die schöne Mutter, lebt sie?" — „Ich weiß es nicht." — „Unsre Schwester . . . Juliana —?" — „Sie lebt. Wenigstens noch vor kurzem . . ." — „Wo lebt sie?" — „Ich weiß nicht. Aber vor wenigen Monaten erhielt ich einen Gruß von ihr." — „Durch wen?" — „Ich weiß nicht — durch eine vornehme Jungfrau, die weder den eignen Namen noch irgend andres sonst sagen wollte . . . oder durfte! Sie redete mich an — sie war sehr hold —

und sprach: „ich soll dich und deinen Bruder Julianus grüßen von eurer Schwester Juliana: sie liebt euch zärtlich. Ich wohnte lange mit ihr in dem gleichen Hause — oder in dem gleichen Gefängnis," — lächelte sie." — „Im Gefängnis!" seufzte Julian. — „So rief auch ich, ergrimmend." — „Sprich nicht von Grimm gegen Constantius!" mahnte Julian, sich erschrocken umblickend, „wenn du leben willst."

Aber der Bruder fuhr trotzig fort: „oh, ich hoffe noch ganz anders zu sprechen! Und länger zu leben als . . . .! Nun, die schöne Fremde sah meinen Schmerz und beschwichtigte lächelnd: „Das Gefängnis war nur ein Kloster." — „Schlimmer als ein Kerker!" knirschte Julian. Nun traf die Reihe des Staunens den andern Bruder. „Was? Wie sprichst du über Klöster?" — „Still! Schweig! Erzähle von Juliana — von dir — wie lebtet ihr all' diese Jahre?" — „Von der Schwester weiß ich im übrigen so wenig wie du —! Die Fremde sagte nur noch, sie sei eine Zeit lang — zur Strafe — in das gleiche Kloster verwiesen gewesen, in welchem Juliana schon lange gelebt habe: — wahrscheinlich all' diese Jahre seit unserer Trennung." — „Ich bin schon dankbar, daß sie noch lebt."

„Ich nicht! Wem dankbar? Etwa dem blutigen Tyrannen . . .?" — „Schweig, bei Phöbos Apollo! Oder sprich leiser."

„O dürft' ich es ihm in die Ohren schreien, wie ich ihn hasse! Sollen wir ihm danken, daß er nicht auch ein Mädchen gemordet hat? Er, der alle Männer des großen Constantinischen Hauses bis auf uns beide ausgerottet? Sie verschont er: bedroht sie doch nicht seinen Thron. Und was haben wir alle andres verbrochen, als daß wir seine nächsten Verwandten sind? Hat er Juliana doch auch so schwer getroffen als er konnte, ohne sie zu töten: er hat

ihr das Leben nur geschenkt unter der Bedingung der Ehelosigkeit: er zittert — wie vor uns — vor ihrem möglichen Gemahl." — „Ehelosigkeit!" wiederholte sinnend
Julian. „Bis vor kurzem hielt ich sie nicht für ein Unheil." Er errötete und brach ab. „Und die Arme, Schutzlose — sie versprach alles, was man, unter Drohungen
gegen sie und uns beide für den Fall der Weigerung,
von ihr verlangte. Solch abgezwungen Gelübde ist freilich
nichtig . . ." — „Ich weiß doch nicht," meinte Julian.
„Die Schwester wird sich daran gebunden glauben." —
„Das wollt' ich ihr schon ausreden." — „Aber du selbst,
lieber Bruder, wo, wie hast du all' die Jahre gelebt?"
— „In Castra nigra, einem alten Burgnest fern am
Halys, in strengster Überwachung, abgesperrt von aller
Welt. Nur durch Zufall — oder vielmehr durch treue
Freundschaft gegen unser Haus — erfuhr ich vor einigen
Jahren, daß du lebst und ein gar frommer, schwärmerischer
Christ seist." — „Ich war es! — — Aber durch wen ver-
nahmst du von mir?" — „Erinnerst du dich wohl an
einen Mönch, einen Büßer, Johannes, der zuweilen
auf seiner unablässigen Pilgerfahrt zwischen Rom und Je-
rusalem im Haus unserer Eltern zu Nikomedia gastete und
rastete?"

„Gewiß! War er doch zugegen in jener blutigen Nacht.
Er, zusammen mit einem kleinen buckeligen Arzt, — dessen
Namen hab' ich vergessen! — hat die Mutter, hat uns
drei Kinder gerettet. War er doch in den Jahren, die ich
in Jonien verlebte, bevor ich in das heilige Kloster —
das verfluchte! — gebracht wurde, der Lehrer meiner
Knabenzeit. Ach, mit Schmerz würde er erkennen, wie
weit sich seither der Schüler von seinem Lehrer entfernt
hat! Ich sah ihn zuletzt — vor Jahren — zu Pfingsten . . ."
— „Das sagte er mir, als er, der Treue, in unermüd-

lichem Forschen und Suchen entdeckt hatte, daß auch ich
noch lebe und in welchem Versteck. Und er erzählte mir
viel von dir und deinem edeln, frommen Geist. Wie strahlten
dabei die sanften Augen vor Stolz auf dich! Du würdest
noch einmal eine Säule der Kirche, meinte er. — Und
vielleicht lebe auch unsere schöne Mutter noch. So glaube
ein geheimer Freund unseres Hauses am Hofe." — „Der
muß freilich sehr geheim sein," lächelte Julianus bitter.
„So geheim, daß man gar nichts von seiner Freundschaft
spürt . . ." — „Du irrst! Johannes beteuert: daß damals der Mutter, der Schwester, unser beider Leben gerettet worden, — vielmehr als ihm selbst sei das jenem
Ungenannten zu danken." — „An dieser Selbstverleugnung
erkenne ich Johannes." — „Und dieser geheime Beschützer
— nie dürfe er mir ihn nennen! — habe ihm unsern
Aufenthalt verraten, auch anvertraut, daß aus den ein-
gezogenen Gütern unserer Mutter in Jonien jährlich ein
— freilich geringer! — Betrag auf Befehl des Imperators
abgeführt werde in eine ihm unbekannte Stadt Galatiens:
— zu Gunsten einer Witwe. Johannes hält es nicht für
unwahrscheinlich, das sei unsere Mutter." — „Was sollte
den Imperator zu solcher Gnade bewogen haben?" Gallus
zuckte die Achseln: „Johannes wußte nicht! Vielleicht doch
eine Regung des Gewissens oder ein Aberglaube: der
Tyrann soll ja so furchtsam sein."

„Oh, unsere Mutter, die geliebte, die heiß geliebte!
Noch seh' ich sie vor mir stehen, die schönste der Frauen.
Ach, ihre Augen! Diese wunderbaren Augen! Wie drang
ihr sanfter Blick in die Seele! Ob sie noch leuchten in
ihrem weichen Glanz? — Und wie gelang es damals wohl
Johannes und jenem andern, — ich meine, es war ein
Arzt, der Bucklige? — uns alle zu retten? Johannes
schüttelte den Kopf, befragte ich ihn." — „Auch mir schwieg

er beharrlich hierüber. „Der andere that alles!" erwiderte
er ablehnend. — Aber sieh, die Pferde sind gewechselt.
Da schreitet schon mein Kerkermeister heran. Wir müssen
scheiden."

„Ach, auf wie lange, geliebter Bruder?" — „Vielleicht
auf immerdar!" — „Soll ich dich nur gefunden haben,
dich wieder zu verlieren? Nein, ich lasse dich nicht!" Und
zärtlich hielt Julian den Bruder umschlossen.

„Scheidet!" sprach der Centurio, näher tretend. „Ich
habe strengste Befehle." — „Aber sag' uns wenigstens,"
rief Julian tief bewegt, „wohin führst du meinen Bruder?"
— „Ich darf es jetzt sagen: zum Imperator selbst." —
„Zum Tod also!" rief Gallus.

Der Centurio zuckte die Achseln, aber der ernste Ausdruck seiner Mienen verriet, daß er keinen Zweifel hege; er
schob seinen Gefangenen in die vor ihm niedergesetzte
Sänfte. „Leb wohl, Bruder!" rief Julianus ihm nach.
Vor des Jammernden Augen ward die Thüre der Sänfte
zugeschlagen: — fort ging in raschestem Lauf der hastende
Zug.

XII.

Julian, aus der Thüre des Hauses tretend, verfolgte
ihn mit den Schritten, dann mit den Augen, solang er
vermochte, bis das Gewölk weißen Kalkstaubes auf der
Legionenstraße alles verhüllte.

Nun versank er in schmerzlich trauerndes Sinnen; er
ließ sich auf eine Steinbank neben einem der Grabmäler
nieder, wie sie auf beiden Seiten der Straße zahlreich

ragten; eine dunkle Cypresse neigte über ihm die Wipfel
im Abendwind. Lange saß er so und brütete und grübelte,
weshalb die Götter — so dachte und sprach der Schüler
des Lysias nun! — die Verfolgung der Unschuld durch
das Böse zulassen? „Warum siegt das Schlechte, warum
leidet das Gute? — Er fand keine Antwort.

Da weckte ihn aus seinen Träumen der Hufschlag
eilender Rosse, die von der Stadt her nahten.

Ein Häuflein von Reitern, ähnlich dem der Entführer
des Bruders, hielt vor dem Palatium: — Julian sah es
durch das offene Thor — der Führer sprang ab, ver=
schwand in dem Hofraum und erschien alsbald wieder,
geleitet von dem Präses; die beiden schritten, aus dem
Thor auf die Straße eilend, auf Julian zu, der sich von
der Bank erhoben hatte und, Ernstes ahnend, ihnen ent=
gegenging. „Dies ist der, den du suchest," sprach der
Präses. „Wie?" staunte unwillig der Centurio, der,
ganz gerüstet, in seinen Waffen klirrte — „du läßt den
Gefangenen so weit auf der Straße sich entfernen?"

„Sorge nicht! Ein Späher war ihm gefolgt: — dort
hinter dem Grabmal zur Rechten kauert er. Auch sperrt
die Straße weiter unten ein scharf bewachtes Brückenthor.
Er konnte nicht entrinnen." — „Weh mir, vermochte ich
nicht, ihn zu bringen!" Nun trat er auf den Jüngling
zu und legte gebieterisch die gepanzerte Rechte auf seine
Schulter.

„Augenblicklich, o Julianus, hast du mir zu folgen. —
Nein, nicht erst in das Palatium zurück! — Wie du gehst
und stehst, so lautet der Befehl." — „Wessen?" — „Des
Imperators selbst." — „Wohin?" — „Das wirst du bald
erkennen! — Aber komm, ich muß deine Ergreifung mel=
den." Und er zog ihn am Arme mit sich fort in die
Stadt hinein, wo in der Mitte der Reiter ein

Ungewaffneter auf prächtig gezäuntem Roſſe ſaß, in gold=
ſtrotzenden, reich geſtickten Gewanden.

Wie der Mann ſich vorbeugte mit ſeltſamem Grinſen,
erſchrak Julian ob der abſtoßenden Häßlichkeit des gelben,
gedunſen feiſten Geſichtes, deſſen Wangen ſchlaff herab=
hingen wie Fettlappen; unheimlich blinzelten die kleinen
hellen Augen.

„Hier iſt mein Gefangener, oh Illuſtris,“ meldete der
Centurio mit kriegeriſchem Gruße. „So?“ raunte der
Vornehme mit dünner Stimme: „du alſo biſt Julian, der
Sohn des Verbrechers Julius?“ — „Des Opfers von
Verbrechern, willſt du ſagen. — Und wer biſt du?“ So
zornig lautete die Frage, — der Illuſtris fuhr zuſammen
im Sattel: „Ich?“ ſprach er dann giftig. „Ich bin —
merke dir den Namen! — Euſebius, der Vorſteher des
geheiligten Cubiculums.“ — „Ah, der Ober=Eunuch! Der
Vollſtrecker — Verzeihung! — der Einbläſer der Blut=
befehle des Auguſtus! Man ſagt, der Imperator ſei nicht
ganz ohne Einfluß bei dir, Euſebius.“ — „Schweig doch!“
warnte wohlwollend der Präſes, hinzutretend. „Vergieb
ihm, oh Illuſtris. Der Knabe kann einen Witz nicht ver=
halten, und müßte er daran ſterben.“

Tod bedeutete der böſe Blick, den Euſebius auf den
Recken warf. „Dazu,“ ziſchte er aus den Zähnen, „war
dieſe Bosheit gar nicht mehr nötig.“

„Wohin — wohin ſchickſt du mich?“ — „Ich ſchicke
dich deinem Bruder nach!“ — „Und was haben wir ver=
brochen?“ — „Das frag’ im Jenſeits den Imperator, ſo=
bald er dort eintrifft, — was ſpät geſchehen möge. Oder
noch auf Erden. Die Eingeweide von — nun, gewiſſe
Eingeweide, die haben vor euch beiden ſchlimmen Brüdern
gewarnt.“ — „Dann darf ich wohl nicht zu Pferd . . .?
Richtig: da ſteht ſie ja ſchon in der Mitte der Reiter, die

Sänfte — ganz schwarz — über der Thür ein Silberkreuz — einem Sarge täuschend ähnlich. Genug! Gallus, — ich folge dir!"

XIII.

Des Todes jeden Augenblick gewärtig, lag der Gefangene in den Kissen der Sänfte, stumm, ohne Klage, ergeben in sein Geschick.

Das rührte ganz allmählich das Herz des rotbärtigen Centurio, dem Eusebius, der gefürchtete Blutmensch, von dem Brückenthor von Macellum ab eine andere Richtung einschlagend, die Ausführung des imperatorischen Auftrags überwiesen hatte.

„Bei Tius und Donar," sagte er zu seinem neben ihm reitenden Stammgenossen, „mich erbarmt es um den Buben! Schad' um das junge Blut. Er ist heldentapfer. Sieben Tage schleppen wir ihn nun herum: er weiß es längst, daß es zum sichern Tode geht, und er fürchtet sich wirklich nicht. Lieber laufe ich sieben Stunden Sturm gegen ein persisches Felsennest unter einem Hagel von Pfeilen, als daß ich sieben Tage jeden Augenblick für meinen letzten halte. Es ist eine ausgesuchte Grausamkeit." Und er schüttelte die zottigen, rotgelben Haare unter seinem Helm, den ein braunes Bärenhaupt überragte mit dem als Mantel auf die Schultern herabhängenden Fell. — „Still, Berung," mahnte der andre. „Wir sind hier nicht daheim im sichern Neckarwalde. Des Imperators Späher horchen überall." — „Meinetwegen, Vetter Eburwin. Ich habe nur meinen Arm, nicht meine Gedanken in Sold gegeben. Und dem Imperator möcht ich einmal ein paar von diesen Gedanken

sagen! — Nun, jetzt hat er's bald überstanden. Schon
sind dort, trotz dem Abenddunkel, die Türme der Feste
Vetera sichtbar; dort: da soll ich ihn vor den Richter
stellen, der soll die Thatsache untersuchen und, . . . nun,
Eusebius hat diesen Richter ausgesucht! Man hat noch nie
erlebt, daß ein von Eusebius Angeklagter seinen Richter
lebend verlassen hat." — „Anklage!" meinte Eburwin.
„Möchte wissen, worauf sie geht? Der bleiche, zarte Träumer
sieht nicht aus wie ein Verbrecher."

„Sein Verbrechen ist seine Geburt. Sein Bruder soll
ja schon mit dem Beil enthauptet sein zu Thana. So
erzählte mir gestern ein Bote der Reichspost, der uns kreuzte.
Aber halt: wir stehen bereits vor den Wällen des Kastells.
Siehe da, man erwartet uns schon: Fackeln nahen aus dem
finstern Eisenthor. Der dort in der Mitte, mit den sena-
torischen Abzeichen, das ist gewiß der Richter. Schau, die
Amtsdiener neben ihm schleppen schwere Fesseln. Und dort
— der baumlange Neger — wirklich, der trägt schon auf
der Schulter das Richtbeil. Rasch ist die Rechtspflege des
Imperators, das muß man sagen! Und der arme Junge,
der nicht ahnt, lebend im Sarge, in seiner geschlossenen
Truhe, wie nah ihm das Ende! Er soll's doch vorher
wissen. Ich mag nicht, daß er mir vor seinen Feinden
feig zusammenbricht vor Schrecken."

Er trieb seinen mächtigen Gaul dicht an die Sänfte,
hob deren Gitter auf und flüsterte hinein: „Nun, mein
junger Held ohne Helm und ohne Schwert, nun gilt's,
dich zusammenzunehmen. Beiß die Zähne übereinander und
furche die Brauen: das hilft immer ein wenig, den Schmerz
verhalten. Ich glaube — aber, fasse dich jetzt! — du bist
nun bald erlöst: schau hin, du wirst jene Fackeln nicht
mehr zu Ende brennen sehen." — „Dank, Germane!" erwiderte der Jüngling mit ruhiger fester Stimme. „Sprich,

5*

glaubſt bu an einen Gott?" — „Das will ich meinen! An viele herrliche Götter glaube ich!" — „So auch ich. Aber der oberſte iſt der Gott des Lichts, der auch meines Lebens Licht angezündet hat. Klaglos, bankbar geb' ich ihm ſein Geſchenk zurück, verlangt er's wieder. Nicht der Imperator, Phöbos Apollon hat es mir gegeben — und nicht der Imperator, Phöbos Apollon ruft mich ab zu höherem Licht. Ich folg' ihm gern."

„Der ſtirbt ſo wacker, Eburwin, als dürfte er nach Walhall fahren. — Da kommt der Richter. „Geſchwader! Rechts ſchwenkt ab! . . . So! Halt!"

Die Fackeln näherten ſich nun, in der Mitte der Richter, der Sänfte, deren vier Träger ihre Laſt auf die Straße niedergleiten ließen. Schon ſchritt der Richter mit finſtrer Miene an die Thüre, ſie zu öffnen, als plötzlich von der Stabt her lautes Rufen erſcholl und der donnernde Huf-ſchlag eines einzelnen Reiters, der über die eiſerne Zugbrücke herausjagte.

„Platz! Platz! Gebt Raum für einen Eilboten des Imperators! Haltet ein mit der Hinrichtung! Beide Brüder ſind frei. Gallus iſt zum Cäſar des Morgenlandes ernannt. Richter, gieb den Gefangnen frei! Julianus barf — nach ſeinem früher geäußerten Wunſche — bie hohe Schule zu Athen beſuchen. Beide Brüder ſollen ſich der höchſten Gunſt verſichert halten." So rief der Reiter von ſeinem ſchweißbedeckten Roß herab, eine Urkunde in der Hand vorweiſend.

Der Richter nahm das Schreiben entgegen, erkannte das imperatoriſche Siegel, küßte es ehrerbietig, burchflog den Inhalt, bückte ſich tief vor der mittlerweile geöffneten Thüre der Sänfte und bat: „Möge es meinem allergnädigſten Herrn, dem Vetter des göttlichen Conſtantius, dem Bruder des Cäſars Gallus, gefallen, für heute Nacht in meinem schlichten Haus abzusteigen und es durch die Spur seiner Fußtritte für ewige Zeiten zu verherrlichen! Ich bin dein Sklave, o Herr! Tritt in die Freiheit über meinen Nacken hin."

Und er kniete nieder, das Haupt vorbeugend. Julian sprang — an ihm vorbei — hinaus. — „Wie heißest du, Germane?" fragte er zu dem Hengst des roten Riesen hinauf. — „Berung heiß ich, Beros Sohn!" — „Ich danke dir, Berung. Gieb mir die Hand. Siehst du, Phöbos Apollo, mein Gott, an den ich glaube, hat mich gerettet." — „Nein! Das hat dir Woban, der waltende Wunschgott, gethan!" — „Nein, mein Sohn," rief eine weiche Stimme, „dich hat gerettet in seiner Gnade Christus der Herr!" Und der Bote ließ sich halb ohnmächtig von dem Sattel in Julians Arme gleiten.

„Wie?" staunte der. „Du — Johannes, — du der Bote des Imperators? Welch ein Wunder!" — „Ja, mein geliebter Sohn: Christus der Herr, er thut noch Wunder für die Seinen. Er — er allein hat dich gerettet vor dem sichern, nahen Tode! Vergiß es nie im Leben."

Und bewußtlos sank der Alte auf die Erde nieder vor Julian.

———

XIV.

Jahr und Tag waren verstrichen.

Da wandelte zu Heliopolis in Ägypten in seinem Ar-beitsgemach Lysias langsam auf und nieder, ganz vertieft in ein langes Schreiben Julians, das also lautete: „Seinem geliebten Lehrer und Befreier Lysias der dankverpflichtete Schüler Julian."

„Dankverpflichtet. Wie kühl! Wie abgemessen! Also nicht: „Dank begeistert.“ Wie der Schuldner widerwillig des Gläubigers gedenkt.“

„Zwar ist es noch nicht gar zu lange her, daß ich dir hier, in dem Athen unseres göttlichen Platon, an den Ufern des Ilissos wandelnd, im Schatten der Platanen meine „Geschicke,“ was mehr ist, meine Gedanken — die „geschickten“ wie die „ungeschickten“ (ist das nicht hübsch? Wie nennt man diese Wendung?) mitgeteilt habe, da du, meinem Rufe folgend, als Lehrer eines nur wenig mehr Gelehrigen, hierher gekommen warst. Allein ich fühle: nur unvollständig — ich weiß nicht, weshalb? — konnte ich mich damals dir erschließen. Oder vielleicht besser: wann ich mich erschließen wollte, ergriffst du den Schlüssel und schlossest mir Mund und Seele, selbst den suchenden Blick des Auges zu. Es steht ein Ungreifbares, Unsichtbares zwischen uns. Das will ich vertreiben. Denn es wäre schwarzer Undank, käme ich ferner und ferner ab von dir — von dir, dem ich alles schulde: — die Freiheit, das Licht, das Höchste: Phöbos Apollo selbst.

Aber freilich: — gerade er ist es: — Phöbos Apollo, — der, wie es scheint, uns scheidet. Denn anders als dir erscheint er mir, seitdem ich, gelöst von der Übergewalt deines reiferen Geistes und von anderen Lehrern belehrt . . .“

„Aha, das ist's, das ist's,“ knirschte Lysias, den Papyrus in der Faust zerknitternd. „Verdrängt haben sie mich aus seinem Gemüt, diese glaubenslosen Sophisten und Rhetoren! Aber ich will sie wieder haben, diese Seele. Nicht für mich wahrlich, für die großen Götter, die nicht zu ergrübelnden: ich muß ihn wieder gewinnen, mit jedem Mittel. Und ihr wißt es, Phöbos Apollo und Vater Zeus und Athene, nicht bloß um meiner Herrschaft willen, auch nicht

nur für das Glück des geliebten Kindes führe ich diesen Kampf.
Aber mein muß er bleiben — oder ach! wieder werden —
Julianus, der Beherrscher der Welt, der Sternen verkündete
Wiederhersteller der Götter und meiner Herrschgewalt am
Nil. Und auch was für mein Kind die Sterne gelobt: —
„Julian und Helena, das Doppelgestirn der Herrschaft und
der Liebe!" — wahr muß es werden: oder die Sterne
hätten gelogen. Und dann wären auch die Götter Lüge,
— ebenso wie die Wunder des verhaßten Jungfrauensohnes:
— unertragbar zu denken!"

Er stand nun an dem Fenster, das in den Garten
blickte: leise Klänge einer Lyra drangen zuweilen aus einer
halboffnen, um den Springquell gebauten Marmorgrotte.
„Armes Kind," seufzte er.

„Aber zurück zu seinem Briefe."

„Als ich plötzlich von der schon betretenen Schwelle
des Hades zurückgerissen ward durch den von dir so
ungerecht gehaßten Johannes" (—„noch immer hängt er
an dem Schwachkopf!" —) „und mich hierher versetzt sah
in diese den Göttern und allen Musen geheiligte Stadt,
da badete meine Seele in Entzücken. Eitel wie ich leider
bin," — („zu meinem Glück, so dachte ich früher": er-
seufzte der Leser, „aber nun beherrschen ihn andere —
nicht mehr ich! — durch diese Schwäche) — schmeichelte
es mir wohl auch, daß dieses liebenswürdige Völklein der
Athenäer — es sind die erfreulichsten der Menschen! — seine
Freude an dem Sproß des Herrscherhauses hatte und hat,
der so eifrig ihren Lehrern lauschte und lauscht. Sie
loben meine Leutseligkeit: ist es mir doch Herzensbedürfnis,
jedem Menschen, dem ich begegne, Freundliches zu erweisen: sie ehren mich auf den Straßen, in den Bädern
mit frohem Zuruf — oh ihr Götter — vernimmt das
Constantius (— und was vernimmt es nicht, sein unge-

heures Ohr? —), kann ein einz'ger solcher Zuruf mir das
Leben kosten! Und die Gefahr, angegeben, verklagt zu
werden bei Hof, umgiebt mich hier stets und überall: einer
meiner Mitschüler, Gregor (— er soll aus Nazianz stammen und ist die giftigste Kröte von einem Menschen, die
mir im Leben vorgekommen! —), schrieb neulich schon an
unsern gemeinschaftlichen Lehrer Aidesius: „Welch' Unheil
erzieht sich der Imperator an diesem Menschen, der in
kindischer Eitelkeit mit dem Philosophenmantel prunkt und
sehr wenig zu glauben scheint!" (Wie dankbar bin ich dir
auch dafür, daß du mich diese altägyptische Geheimschrift
gelehrt hast, in der ich sogar über Constantius die Wahrheit schreiben kann, ohne alsbald daran zu sterben!)

Allein jene Freude der Eitelkeit ist ein Kleines gegen
die berauschende Geisteswonne, in der ich schwimme, seit
ich nicht nur die Fesseln der traurigen Lehre des Galiläers
von mir gestreift, — das ist dein Verdienst (— das mich
für immer zu deinem Dankesschuldner macht —), seitdem
ich an des Zerstörten Stelle ein voll befriedigendes Neues
gefunden. Und sieh, o teurer Lehrer — (aber zürne nicht! —),
das ist, was ich an dir, an deiner Lehre vermißte: zer-
stören konntest du, nichts auferbauen."

„So?" rief Lysias zornig! „Undankbarer!"

„Denn was du botest (— o vergieb! —), . . . es
waren doch nur die alten Götter" — („giebt es Herr-
licheres?" grollte Lysias) — „des kindlichen, gedanken-
losen Volksglaubens, nur ein ganz klein wenig von den
grobsinnlichsten Fabeln gereinigt. Aber alle Olympier,
so, wie sie die Dichter gesungen, nur ein wenig gesäubert
von Ehebruch und Vatermord, sollte ich verehren! Und
auch dein Phöbos Apollo, — immer blieb er noch der
Sohn des Zeus und der Latona, der Tochter eines Titanen,
und dein Zeus soll bald in Schwanengestalt, bald als

Stier gebuhlt haben. Wenn ich das glauben soll, warum nicht auch, daß der Esel Bileams einen Vortrag gehalten habe? (Ich habe hier in Athen manchen Vortrag von Professoren gehört, der mir jene Eselsgeschichte ganz glaubhaft scheinen läßt.")

„Der Unselige! Er wagt es in frechem Witzeln den wüsten Aberglauben der Hebräer dem Glauben an unsere Götter zu vergleichen!"

„Das ist wohl der letzte Grund, der uns bei deinem so heiß von mir erbetenen Besuch hier nicht zu rechtem Einklang gelangen ließ. Aber seither (— etwa acht Monde sind verstrichen —) habe ich ganz gewaltige Fortschritte gemacht: leider führt mich jeder Schritt — ich sage wahrlich nicht: über dich empor — wohl aber weit, weit hinweg von dir. Höre nur! Ich habe — mit des Imperators Verstattung — nicht nur Byzanz besucht und die dortigen Lehrschulen der Sophisten Nikokles, Himerius, Proäresius und des Philosophen Chrysanthius, nein: — höre nur und frohlocke mit mir! — selbst Nikomedia . . ."

„Wie? o wehe mir! Die Stadt des Maximus, der alle großen Götter in eitel Symbole verflüchtigt! Ach, ihr Götter und Lysias und Helena: — sollen wir ihn denn ganz verloren haben?"

„Du kannst dir vorstellen, welch' schmerzliche Gefühle in mir aufstiegen, da ich die Stadt, die Straße, das Haus wiedersah, wo meine Eltern, all' die Unsern ausgemordet wurden. Gram, Grimm und Groll erwachten aufs neue in mir. Aber bald ward all' dies, ja alles Irdische verdrängt durch Einen Namen, durch Einen Mann: durch Maximus, den weisen, den großen Lehrer, den Kenner — was sage ich! — den Vertrauten der Götter, der wahren, nicht der Fabelwesen Homers und deines Glaubens. „Maximus" ist wahrlich „der Größte": ja, oft scheint er mir

kein Sterblicher zu sein! nein, ein unsterblicher Gott an
Weisheit in Menschengestalt!

Zwar sollte ich ihn und seinen Freund Libanius nicht
hören dürfen in ihren Vorträgen! Constantius hatte es
ausdrücklich verboten. Allein ich sparte mir gar manchen
Solidus ab an meinem Taschengeld für Speise und Trank
(— es war keine Entbehrung: denn mit dem wenigsten
an Nahrung komme ich aus, mager wie die Cikade, die
Günstlingin der Götter —): dafür gewann ich einen Schnell=
schreiber, daß er mir jedes Wort, das der Meister sprach,
nachschrieb und spornstreichs überbrachte. So ward dem
Imperator gegeben was des Imperators, ganz nach des
Galiläers Gebot. Und dann war mir ja nicht verboten,
außer den Lehrstunden mit ihm zu verkehren. O mein
Lysias! Welche Welt erschloß sich mir da! Eine neue herr=
liche, unausdenkbar große! Seine Weisheit verhält sich
(— zürne nicht! —) zu deinem wenig geläuterten Glauben
an den Zeus, der ein Schwan, und an den Apis, der ein
Stier, wie etwa du dich vor Jahren zu meinem Wahn=
glauben an die Wunder des Moses und des Gekreuzigten
verhieltest."

„O hört es nicht, ihr großen Götter!" zürnte Lysias.

„Aber schreiben nicht kann ich dir das alles: tage=
lang, wochen=, mondelang müssen wir darüber verhan=
deln. Es genüge einstweilen, zu sagen, daß Maximus,
dann der greise, ehrwürdige Aidesius von Pergamus mich
in die eleusinischen Geheimnisse einweihten, die du mir
vorenthieltst, weil sie dem alten Glauben an die Götter,
wie du ihn lehrst, allerdings nicht entsprechen. Denn
manches lösen sie in Sinnbilder auf, was du beharrlich
als wirklich geschehen festhältst. Aber mich ziehen diese
symbolischen mystischen Deutungen unwiderstehlich an. Klar,
lichterhellt ist mir nun die Welt, sind mir die Götter und

die Geschicke der Menschen. Ich schwimme, ich bade, ich
tauche unter in der Seligkeit der Erkenntnis. O warum
bin ich ein machtloser Unterthan, ob dessen Nacken stets
das Beil des Argwohns schwebt, — warum bin ich nicht
Imperator, diese Erkenntnis vom Thron herab den Römern
zu verkünden an Stelle der hebräischen, und (— o vergieb
mir! —) deiner wenig höheren olympischen Fabeln! Nicht
zwingen wollt' ich sie: — höchstens ein wenig — ganz
sänftiglich! — drücken auf den rechten Weg: mit gelinder,
ganz gelinder, mit gängelnder Gewalt, — mit der des
Spottes zumal. Vielleicht würden mir anfangs auch die
Verehrer der alten Götter nicht eben leicht folgen können:
aber es siegt das Licht, es siegt Phöbos Apollo, der un=
besiegte Sonnengott (der jedoch nicht wie der deine, o teurer
Meister, im Ehebruch erzeugt und auf dem schwimmenden
Inselchen Delos geboren ist)."

In finsterem Groll ließ der Priester das Schreiben
sinken. „O verzeiht ihm, Vater Zeus und Latona und du
selber, Phöbos Apollo. Er verhöhnt euch, er, der euch
rächen sollte!" Dann las er weiter. „Außer Maximus,
dem ich fortan allein als meinem Lehrer folgen werde,
lernte ich, wie bemerkt, Libanius kennen, den ausgezeich=
neten Rhetor: auch ihn hat mir der Imperator versperren
wollen: auch zu seiner Weisheit drang ich durch einen
Regen von Gold, wie dein Zeus zu der schönen Danae
gelangte. (Sage, glaubst du das nun alles wirklich?
Schon eher glaube ich sein Abenteuer mit Europa als
Stier: stiermäßige Vorzüge sollen ja manchen Weibern
lockend scheinen! sagt man. Ich weiß freilich davon
nichts.)

Auch Libanius verdanke ich gar viel des Großen,
Herrlichen. Er lobt mich stark und das gefällt mir stark.
(Diese Wiederholung des Eigenschaftsworts ist nicht Nach=

lässigkeit, ist Absicht: ich meine, das macht sich hübsch:
nicht? [Bemerkst du auch die vielen Zwischensätze? Das
ist jetzt feinster Stil in Nikomedia. Ich suche auch darin
Maximus und Libanius nachzueifern.]) Aber glaube nicht,
o Lysias (in Wahrheit mein „Lysias" d. h. mein „Er=
löser"), daß ich nur in Büchern, im Grübeln gelebt habe
all' diese Monde.

Mein Leib, meine Gesundheit, meine Kraft sind merk=
lich erstarkt: sie drängen von selbst zu allen Übungen des
Gymnasiums, zu der Palästra, zur Erlernung aller Waffen=
künste: du solltest mich den Germanenspeer mit dem Schwerte
beiseite schlagen, den Perserpfeil mit dem kleinen Reiter=
schild auffangen sehen! Die Gymnasiarchen sagen, ich sei
tollkühn: aber ich bin es nicht: denn ich weiß, über mir
hält Phöbos Apollo den Strahlenschild, der aller Feinde
Augen blendet. Und unglaublich, meinen sie, sei, was
mein zarter Körper an Behendigkeit, an Ausdauer leiste.
Aber es ist leicht zu erklären: geringe Speise genügt mir:
— pfui über den, der sich den Wanst mit mehr Speise
belastet, als er ganz unerläßlich bedarf! — ich huldige
nicht dem Bacchus, obwohl ich edeln Wein zu würdigen
weiß, und mit Ekel, mit Abscheu wende ich mich ab von
dem Dienst der Aphrodite, wie ihn die Jugendgenossen
treiben. Nein, würde mir je das Glück der Ehe, — rein,
wie meine jungfräuliche Braut, würde ich das rosenbekränzte
Lager besteigen und nie ein ander Weib berühren. Aber
ach! Die Göttin, die mir damals zu Macellum flüchtig
erschien, — sie hat sich niemals wieder gezeigt: und nur
ihr Gemahl werd' ich, — keiner andern."

„Das wollen wir sehen!" rief Lysias zornig, von der
Ruhebank aufspringend. „Die Sterne sind andrer Meinung,
du, abgefallen von den Göttern und von mir. Aber wer
war jene Unselige, die all' meine Pläne vereitelte. Die

gegen die Sterne sich vermaß? Das thut man nicht ungestraft!"

„Und doch ist mir hier im götterbegnadeten Athen
auch der Reiz des Weiblichen wieder genaht."

„Was? Wie? Eine zweite Nebenbuhlerin?"

„In den Vorträgen, die wir nach Aufgaben unserer
Lehrer in der Rhetorenschule zu halten hatten, erschienen
bei hohen Festen — so zur Feier der Thronbesteigung des
Imperators — auch vornehme Frauen und Mädchen: viele
Schöne sah ich. — Eine besonders, deren kluges Auge
oft so feinverstehend auf mir zu ruhen schien: — sie war
reich geschmückt: — ich erfuhr ihren Namen nicht. Aber
sie kam nur, wann ich den Vortrag hatte."

„Endlich fand ich hier am Jlissos auch zum erstenmal
im Leben der Freundschaft unvergleichlich Gut."

Bittrer Groll zuckte um des Lysias Mund.

„Denn dich, o Meister, entrücken das Alter, die überlegene Reife und mein Dank hoch oberhalb des gleichen
Bodens, auf dem Freunde stehen müssen. Aber hier in
den Ringkampfspielen des Gymnasiums lernte ich einen
Jüngling kennen, wenig älter als ich, aus altedelm
römischem Hause, der hat in schöner warmaufwallender
Freundschaft mein ganzes Herz gewonnen.

Es wird dich besonders freuen, daß er, ebenso wie
vor ihm sein Vater, der Comes Varronianus, sein ganzes
Haus, die Taufe und die Lehre des Galiläers schroff ab-
lehnt, stolz der Abstammung von Ares gedenkend. Er ist
stärker und gewandter als ich, so daß ich meine ganze
Kraft zusammennehmen muß, in dem Fünfkampf ihm
nicht zu erliegen: erlieg' ich ihm doch zuweilen, dankt er's
seiner überlegenen Ruhe und meinem flackerigen Ungestüm.
Er dämpft meine Eitelkeit sehr heilsam durch solche Siege
und meine Hitze durch seine kühle Ruhe. Dazu aber kommt

ein Großes: ein Krieger, aus kriegsberühmtem Haus —
Jovianus heißt er — bekämpft er mit Recht und mit
dem Feuereifer mehr noch seines Beispiels als seiner Rede
meine einseitige Vertiefung in Philosophie und frommes
Ergrübeln der Götter; — wie er mich zum Waffenkampf
heranzieht und mich zwingt, hier mein Alleräußerstes an
Kraftanstrengung zu leisten, so nötigt er mich auch in die
große Heldengeschichte unseres Reiches hinein. Es regt
sich in mir ein kriegerischer Sinn! Die Geschichte der
römischen Kriege — (ebensoviel Siege, bis die Adler dem
Labarum weichen mußten!) ganz besonders aber Bücher
über Feldherrnkunst lesen, erforschen wir abends und nachts
bei der Lampe bis die Sterne bleichen: die Siege Cäsars
über Gallier und Germanen, die Siege Trajans über Perser,
Daker und Geten, Marc Aurels über die Barbaren am
Ister, und jetzt die Feldherrnkünste Frontins arbeiten wir
durch, daß uns die jungen Stirnen brennen. Ach, wer
auch einmal im Ernst dem Speer des Germanen, dem
Pfeil des Parthers trotzen dürfte! Heißer als die Rose
der Liebe, die ich nicht kenne, verlange ich den Lorbeer
des Helden: — auch ihn werd' ich nie kennen lernen.
Wie beneide ich meinen Bruder Gallus! Nicht darum,
daß er nun hoch und herrlich in Antiochia als Cäsar, als
Beherrscher des Morgenlandes, schalten und walten darf:
— der Imperator hatte ihn (wie mich!) wirklich damals
hinrichten lassen wollen: man sagt, geängstigt durch Weis=
sagungen von Gefahren, die ihm von seinen Vettern
drohten: Eusebius, der Oberste der Eunuchen, von jeher
ein Feind unseres Hauses, soll ihm das durch einen Chaldäer
aus den Eingeweiden geschlachteter Germanen haben weis=
sagen lassen. Auf einmal erfolgte abermals (— wie zur
Zeit unseres Aufenthaltes in Rom —) ein Umschlag:
Eusebius ward in den Hintergrund gedrängt, man weiß

nicht, durch wen oder wie, auch Johannes konnte oder
durfte es mir nicht erklären: der Imperator ließ jenen
Weissager selbst schlachten und seine Eingeweide den Hunden
vorwerfen, und nun ward Gallus plötzlich statt um einen
Kopf kürzer um eines Kopfes Höhe länger (ist das nicht
hübsch gesagt?) und zum Cäsar gemacht mit dem Auftrag,
den Orient zu verwalten. Freiwillig und aus Güte
handelte Constantius freilich nicht: sondern gezwungen von
der Notwendigkeit, seine ganze Sorge dem Abendlande zu-
zuwenden, das ihm ein Anmaßer zum großen Teil entrissen hatte. Nun dieser Feind vernichtet ist, mag es den
Imperator vielleicht schon wieder lebhaft reuen, einen
Vetter verschont und erhöht zu haben. Aber nicht diese
Erhöhung neid' ich dem geliebten Bruder, o nein! Nur
das Schwert, das er gegen Parther und Perser schwingen
darf, diese alten Erzfeinde des Römerreiches, die ich für
viel gefährlicher und hassenswerter erachte als Jazygen am
Ister und Germanen am Rhein (von denen ich freilich erst
jetzt aus Cäsar, Livius und Tacitus einiges lerne!). Ich
begreife Gallus nicht, der solange säumt, die Perser zurück-
zutreiben aus den Grenzlanden, die sie dem schwachen
zagen Constantius abgetrotzt. Oh ein Perserkrieg! Im
Perserkriege fechten dürfen, siegen, fallen: — das wäre
fast noch herrlicher als den Lehren meines großen Maximus
lauschen!

Während ich dies schreibe, bringen beunruhigende Gerüchte über Gallus an mein Ohr. Jovian, der Viel-
getreue, hörte in den Bädern der Hygiäa erzählen, ein
Schiffer habe im Piräus die Nachricht verbreitet, in Asien
sei ein Aufstand ausgebrochen, Blut sei geflossen auf den
Straßen von Antiochia: aber ob eine Empörung gegen
den Imperator oder gegen Gallus, das war nicht zu
ermitteln.

Zum Schluſſe bitte ich dich herzlich: vergieb mir, wenn irgend ein Wort in dieſem Brief dich gekränkt haben ſollte: du weißt, das lag mir fern. Würb' ich doch mein Herz-blut für dich vergießen, für meinen Befreier aus dem Geiſtesgefängnis, aus den Feſſeln des Galiläers. Aber ſtill ſtehen auf dem Wege nach der Erkenntnis, das kann ich nicht, auch nicht dir zu Liebe! Haſt du ſelbſt doch mich gelehrt: „die einzige Sünde iſt, ſich vor dem Licht verſchließen, nicht nach dem Lichte trachten.“ Lieb iſt mir Platon, lieb Lyſias, aber lieber die Wahrheit. Ich ſchließe mit dem Wunſch: komm: komm bald hierher nach Athen in meine Arme und ſuche und finde deinen Julian, in vielem verändert, — aber nicht in der dankbaren Liebe zu Lyſias, ſeinem Erlöſer.“

XV.

Mit zornig gefurchten Brauen ließ der Leſer das Blatt ſinken und ſetzte ſich auf die Ruhebank.

„Weh, weh um meine Hoffnungen! Weh um meine Macht, mein Prieſtertum und um meine Götter! Nun entreißt mir mein Werkzeug jener myſtiſche Schwärmer, mir, dem Reiche, den Göttern ſelbſt. Aber nein!“ Hier erhob er ſich ungeſtüm wieder von dem Sitze. „Ich will, ich darf nicht verzagen und verzichten. Laß ſehen, ob ich dieſe Seele wie Chriſtus und Johannes ſo nicht auch jenem Träumer entreiße. Aber nun muß gehandelt werden. Jetzt, Helena, hilf — hilf den Göttern, dem Vater und vor allem dir ſelbſt.“ —

Und er rief einen Freigelaſſenen herbei und befahl:

„Ich bitte meine Tochter, — sie weilt in der Marmor= grotte — hierher in die Bibliothek zu kommen."

Alsbald erschien ein anmutiges junges Mädchen in ganz weißer Gewandung; sie trug eine goldene Lyra im linken Arm; das dunkelbraune Haar, die sanften dunkeln Augen hoben sich in schöner Wirkung ab von der blendend weißen Farbe des Nackens und der Stirne; ihr einziger Schmuck war eine um das Haar gewundene Epheuranke und eine goldene Spange, die auf der linken Schulter das langfaltige Gewand zusammenhielt; lieblich tönte ihre Stimme und ein wenig traurig, als sie sprach: „Du hast befohlen, mein hoher Vater."

„Mein Kind, ernste, lebenentscheidende Dinge haben wir zu verhandeln in dieser Stunde. Lies diesen Brief. Er ist . . ." — „Ich kenne die Schriftzüge. Er ist von ihm — von Julian." — „Lies in Ruhe, ungestört, allein Ich gehe einstweilen in das Heiligtum. — Ich bete zu den Göttern um Erleuchtung, um Offenbarung." — —

––––––––––

Als der Priester nach geraumer Zeit wieder eintrat, war seine Haltung fest: die Ruhe, die der gefaßte Entschluß mit sich bringt, war über ihn gekommen. Aber die Jung= frau fand er in Thränen; vergeblich versuchte sie, die Augen vor seinem Blicke zu bergen; er setzte sich zu ihr auf das Ruhebett und hob mit sanfter Gewalt das blasse schmale Gesichtchen in die Höhe. „Weine nicht, verzage nicht, du von Kind an den Göttern Geweihte, du, des obersten Gottes Priesterin. Jetzt gilt es, den Mut, die Kraft bewähren, welche die Himmlischen ihren treuesten Dienern verleihen. Hoffe, Helena!" — „O mein Vater," erwiderte die sanfte Stimme, „was ist da noch zu hoffen? Er hat dich verlassen, er hat deine Götter verlassen. Und

daß er mich, die er nie gesehen, nie lieben wird, das
stand mir schon fest, als er damals zu Macellum, wie du
mir erzählt, für jene Unbekannte erglühte. Ich beschwor
dich schon damals, jede Hoffnung, jeden Gedanken aufzugeben, der mich ins Spiel brächte. Du meintest damals,
zwar für den Augenblick soll er mich nun gar nicht, wie
du geplant hattest, kennen lernen, solange noch jenes Bild
ihm teuer sei, ihn so ganz beherrsche. Allein du sagtest,
wenn er jene nicht wieder sieht, wenn Jahr und Tag
darüber hingegangen, dann wird sein wundes, liebebedürf-
tiges Herz einer neuen, einer hoffnungsfrohen Neigung
offen stehen. Ich schwieg, ich gehorchte dir — wie immer —,
aber ich hoffte nicht mehr. Dieser Brief bezeugt es, —
er hat die Erstgeliebte nicht vergessen: und ob es deine
Wünsche kreuzt, — mich beglückt es, daß er so edel, so
zart und so treu ist, wie ich ihn mir — nach deinem so
oft wiederholten Lobe — gedacht. Du hast schon dem
Kinde diesen Jüngling so gerühmt, hast mich so unabänderlich seine Braut genannt, daß ich Thörin leise anfing,
ihn zu lieben, noch bevor ich ihn je gesehen. Und als ich
ihn nun in Macellum, wohin du mich entboten, damit er
mich kennen und lieben lerne, täglich sah von unserem
Haus aus, ihm unbemerkt, — da hast du freilich erreicht,
daß ich ihn wirklich liebte, — aber er mich? Nie!
Vater, hoher, weiser Vater — gesteh' es endlich dir selbst:
— du hast dich oder vielmehr die Sterne haben dich getäuscht."

„Unmöglich! Dann lögen die Sterne, die Götter
selbst, dann wäre nicht nur das tiefste Geheimnis meiner
Lehre, dann wäre der ganze Glaube an die Götter und
die Sterne eitel Selbsttäuschung. Vernimm: einer meiner
Freunde, — ich darf ihn nicht nennen, seine Macht, sein
Einfluß beruht darauf, daß niemand ihn nennt, weder

tadelnd noch lobend — der größte Sternkundige der Zeit,
hat gleich nach deiner Geburt festgestellt, daß dein Geschick
geheimnisvoll verknüpft sei mit dem Julians, dessen Ge-
burtsstern er am gleichen Tage sechs Jahre vorher befragt:
Julian und Helena werden, ein Doppelgestirn: des Glückes
und der Herrschaft sein — Julian wird die höchsten
Thaten, ja die höchste That im Römerreich verrichten.
Das aber kann nur Eins bedeuten: er wird die Herrschaft der Götter erneuen, sie rächen an den mir tief, heiß,
grimmig verhaßten Christen. Und alles, was ich selbst,
was die Magier, die Sterndeuter Ägyptens, Chaldäas,
Persiens, die ich befragte nach Julians Horoskop, erforscht
haben, alles bestätigt diese Weissagung. Dies gab meinem
fast entmutigten Hoffen, Streben, Trachten neue Kraft.
Man hatte mich gezwungen, Christenpriester zu werden ..."

„Ach, mein Vater, zur Lüge gezwungen! Ich hab' es
nie begriffen, daß du dich dazu zwingen ließest. Es muß
eine furchtbare Qual sein."

„Es ist Mittel zum Zweck der Rache, der Herrschaft.
Es war das beste, das einzige Mittel. Nur so konnte
ich die Pläne, die Anschläge der Kirchenparteien kennen
lernen: oft und oft habe ich sie vereitelt, bald die eine,
bald die andere, bald Athanasianer, bald Arianer unter-
stützend. So wirkte ich über zwei Jahrzehnte, bald im
Morgen- bald im Abendland, vor den Augen der Imperatoren und der Bischöfe ein eifriger Christ: die Aufsicht
über mehrere Klöster und Kirchenschulen und Einsiedler
und Büßer — wie über jenen dumpfsinnigen Musterchristen
Johannes! — wurden mir übertragen: ich lernte ihre
Stärke und ihre Schwächen, ihre fanatischen Tugenden wie
ihre Laster, ihre Heuchelei, ihre Herrschgier kennen. Während ich im Abendlande ketzerische Christenpriester zur An-
zeige brachte, versenkte ich mich im Morgenland in den

6*

alten Schulen und Priesterschaften des Zeus Ammon, des
Apollo Helios, des Mithras, des Osiris, immer tiefer,
immer begeisterter in den Glauben der Väter. Es gelang
mir, — durch Hilfe meines unnennbaren Freundes am
Hofe — das Kloster zu entdecken, in dem der Knabe gefangen gehalten und geistig gemordet ward, dem die
„höchste That", das heißt also die Herstellung der Götter,
und — deine Hand von den Sternen bestimmt ist. Nachdem ich ihn aus dem Kloster und aus dem Kirchenglauben
befreit hatte, wollte ich dort zu Macellum das Band
knüpfen, das euch vereinen sollte. Heimlich ließ ich dich
kommen: durch Zufall, — nicht durch meine Veranstal-
tung, durch meine Zuführung — solltet ihr euch kennen
lernen. Ich trug dir auf, während meiner notgedrungenen
Abreise zum Abte Konon, der Verdacht geschöpft hatte und
mit Anklage bei Constantius, beim Papste drohte, jene
Bäder der Amphitrite zu besuchen gerade zu der Stunde,
in der ich den Jüngling gegenüber in dem Männerbade
wußte. Du sahest ihn auch ein paarmal: — das genügte . . ."

Die schönen Wangen erröteten: „Es genügte . . . für
mich! Ja, ich gewann ihn lieb den schlanken, blassen,
verträumt blickenden Schwärmer mit den sehnenden Augen
unter den langen dunkeln Wimpern. Und ich wußte ja,
. . . du hattest es jahrelang gelehrt! . . . daß er mein von
den Sternen vorbestimmter Bräutigam sei. Aber," lächelte
sie wehmütig, „die Sterne haben, scheint es, nur voraus
gewußt, daß ich ihn lieb gewinnen würde: — ohne ihn
je gesprochen zu haben. Er dagegen blieb frei: — er hat
mich nie gesehen. Denn wenige Tage nachdem ich ihn
aus verschlossener Sänfte erschaut, entdeckte er jene Unbekannte: — nur für sie hatte er seither Augen. Und als
du zurückkamst, da . . . "

„Da führte ich dich sogleich weit fort aus der Stadt. Nachdem ich — aus seinem Mund! — erfahren, daß eine andre Helena — wie hatte mich dieser Name doch in dem Glauben bestärkt, mein Plan sei gelungen! — daß eine andre Helena, welche die Götter verderben mögen..."

„O mein Vater! Er liebt sie!"

„Ebendeswegen! Daß ein anderes Mädchenbild nun seine Seele mit der ganzen Macht erster Liebe erfülle, da erkannte ich, jede Aussicht für dich war verloren, lernte er in diesem Augenblick dich kennen. Deshalb mußtest du ihm — damals! — sofort und für lange entrückt werden. Aber seitdem ist lange Zeit verstrichen — und keine erste Liebe bleibt die letzte."

„Er liebt sie noch immer."

„So glaubt er! Allein laß doch sehen, ob jenes Traum-bild standhält, sieht er nun dich: — du bist sehr schön, bist viel schöner geworden als du damals warst! Und jedenfalls: — es ist hohe Zeit, daß meine Gewalt über ihn wieder erstarke. Allzulange haben mich dringende Sorgen in Armenien, in Corduene, zu Samara, fern ge-halten, wo ich die entmutigten Götterfreunde, die von den Bischöfen und den Beamten des Constantius hart verfolgt, wieder emporraffen, versammeln, im Ausharren bekräftigen mußte. Jetzt aber: — er selbst lädt mich ja zum zweiten-mal nach Athen. Wohlan: ich folge seinem Rufe: — aber nicht allein. Jetzt soll er dich sehen, dich kennen lernen, du holdes Geschöpf: — ich meine, es braucht nicht erst den Zwang der Sterne, nur den sanften Reiz deiner Augen, ihn dir unlösbar zu verbinden . . . Horch! Was ist das? Laute Stimmen im Atrium. Ein eilender Schritt naht . . ."

Da ward der Vorhang des Gemaches zurückgeschlagen, ein staubbedeckter Bote stürmte herein. „Vergieb, o Herr,

diesen Ungestüm. Allein mein Gebieter Julian befahl, . . .
dir . . . dir allein . . ." — „Sprich nur, dies ist meine
Tochter." — „Ich soll dich warnen! Dir melden: ver-
wische, verleugne jede Spur des Zusammenhangs mit
Julian! Vor allem: komm nicht nach Athen, du findest
ihn nicht mehr dort." — „Wo ist Julian?" — „Ach,
Herr, ich weiß nicht! In Gefangenschaft! Vielleicht schon
tot!" — „Ruhig, Helena, mein Kind! Warum? Weshalb?" — „So weiß man hier noch von nichts? Der
Cäsar Gallus, des Herren Bruder, hat sich zu Antiochia
wider den Imperator empört, er ist überwältigt oder über-
listet: gefangen ward er zu Constantius geschleppt. Dieser
hält Julian für mitschuldig der Empörung und ach! vor
meinen Augen ward der teure Herr unter der Anklage des
Hochverrats verhaftet, um vor den Imperator — nach
Mailand — geführt zu werden. Kaum konnte er mir
noch den Auftrag an dich zuraunen. Ach, er ist verloren,
wie Gallus, der bereits auf Befehl des Imperators erdrosselt ist."

Mit einem erstickten Weheschrei sank Helena auf das
Ruhebett.

XVI

In nächtiger Stunde stand in dem hohen turmähnlichen
Solarium des Palastes zu Mailand in goldübersäten
Purpurgewanden ein kleiner unansehnlicher Mann.

Unruhig hastete er in dem schmalen Gelaß auf und
nieder, die unsteten Augen bald empor zu den Sternen
des wolkenlosen Himmels der Herbstnacht gerichtet, bald
versenkt in die seltsam verschnörkelten Zeichen der Himmels-

karten und der sterndeuterischen Papyrus, die, von einer
duftausströmenden Ampel beleuchtet, auf dem Citrustisch
ausgebreitet lagen. Nun schob er ärgerlich eine dieser
Rollen zurück, mit unsicherer Bewegung der zitternden
Hand, so daß sie über den Rand des runden Tisches auf
den Mosaikestrich glitt. Unwillig stieß er sie mit dem
Fuß zur Seite. „Ach, was thun?" seufzte der Einsame.
„Woran glauben? Wem glauben? — Außer den'heiligen
Büchern selbstverständlich," fügte er rasch mit einem scheuen
Blick der matten kleinen Augen nach oben bei. — „Aber
die heiligen Bücher, — wie wenig doch reden und raten
sie von den Dingen dieser Welt! Wie soll ein Mann
danach regieren? „Liebet eure Feinde, vergeltet Böses mit
Gutem! Sagt immer die Wahrheit!" O Sohn Gottes
(und vielleicht wesenseins mit Gott, denn man kann doch
nicht wissen! —) du hattest leicht so sprechen! Du hattest
nicht — außer ungezählten Barbaren an den Grenzen —
ungezählte Verschwörer und heimliche Empörer in deinem
eignen Haus, unter deinen Verwandten unschädlich zu
machen.

O ja, es mag schon etwas geben, was den Mann in
allen Zweifeln fortreißt — von selbst — zum richtigen
Entschluß: die wilde Kampfgier des Alamannen, der fromme
Glaube des Büßers, die Vaterlandsbegeisterung des Römers:
— nicht meines Römers mehr — des Römers längst
vergangner Zeiten! Aber ich? Ich Armer! Nichts auf
der Welt reißt mich fort. Das ist mein Unglück! Wär's
auch einmal zu einer plumpen Thorheit: — andre
Herrscher haben sie auch begangen und dann gut gemacht
durch eine Klugheit oder vielleicht auch nur durch neue
besser glückende Thorheit: das wohl öfter als durch höhere
Einsicht. Aber ich! Ach, ich glaube an keinen mehr.
Und am allerwenigsten — an mich selber."

„Habe nie einen Freund," riet der große Vater· — „du könntest seinem Einfluß folgen."

„Nun hab' ich keinen Freund: — ängstlich erstickte ich jedes Vertrauen — auch das knospende in meine Gemahlin: — keinen Freund — aber siebzig, hundert Günstlinge! Die steigen und fallen: — absichtlich wechsle ich rasch, auf daß keiner Einfluß gewinne. Ach, haben sie nicht alle Einfluß? Siebzig Schmeichler statt Eines Freundes; — was ist schlimmer?

Und wie mit den Menschen, steht's mit den Sternen, den Sternbüchern, den Träumen, den Traumbüchern: — alle widerstreiten einander! Ach, wer an sich selbst glauben könnte! Nur an sich, ganz an sich! Er brauchte wohl sonst an niemand zu glauben. Aber solche Menschen giebt's wohl nicht. Ihnen würde die Welt gehören. — Da schoß ein Stern! Was bedeutet das? In dieser Stunde? In dieser Richtung — hart an dem Jupiter vorbei? — Oh, es ist ja Sünde, sagt der Bischof, der arianische, von Alexandria, auf Sterne und Träume zu achten. Aber verkündete nicht der Stern den Weisen aus Morgenland des Heilands Geburt? Und deuteten nicht von jeher Propheten und Heilige Zeichen am Himmel und auf der Erde? Nur richtig deuten, — das ist die Sache!

O, wenn ich doch nur mich selber fragen könnte, — statt die Priester, die Höflinge, die Sterne zu befragen. Aber poche ich an meine Brust, —. so klingt es hohl. Da ist nichts drin. Kein Zwang! Zum Guten nicht und nicht zum Bösen. Nur die Furcht, die immer wache Furcht, ein andrer, nicht klüger, nur wilder, heißer als ich, — ein Mann, der handeln muß, könnte aus Thorheit und aus Glück mir Diadem und Leben rauben. Was soll ich thun? Diese Frage ist die Qual meines Daseins."

Er stieß in seinem unsichern Umhereilen an einen

niedrigen Armstuhl, auf dem ein Purpurmantel lag. Stuhl und Mantel fielen. Haftig riß er den Mantel in die Höhe. „Böses Zeichen! Böses Zeichen! — Gerade jetzt, da ich die Entscheidung treffen soll! — Wen fragen? Wem vertrauen? — Dem Bischof dieser Stadt? Ah, er lernt durch meine Beichte schon allzuviel von meinen geheimsten Gedanken, und da ich ihm manches verschweige, ist seine Freisprechung obenein gar nicht gültig. Er will, ich soll öffentlich den Arianismus verwerfen! Wie kann ich denn das, da ich heimlich an ihn glaube? Mein amtlicher Stern= deuter Abras, mein Chaldäer? Ei, er weissagt immer Glück, weil das gefällt. Trifft dann Unglück ein — wie gewöhnlich! — hat er immer eine pfiffige Ausrede. Pfiffig! Das kann ich nicht leiden — an andern! Selbst bin ich's gern, — wär's gern noch mehr," und die kleinen Augen blinzelten. „Aber die Pfiffigkeit hilft nicht. Die Pfiffig= keit der Weltgeschichte ist überlegen: — sie führt den Pfiffigen zum Gegenteil seiner Pläne. — Ich wollte pfiffig die Katholiken bemütigen in Athanasius — und Athanasius bemütigt mich! — Wer ist nicht pfiffig? Wer ist klug und dabei gut —? Ich — wahrlich nicht! Gut bin ich schon gar nicht, möchte es gar nicht sein: denn Güte ist Dummheit. Klug? — Ich möchte es so gerne sein! Aber, ich bin viel zu pfiffig, einfach klug zu sein. — Klug und gut? — wer ist das? Ohne Zweifel Eusebia, meine Gemahlin. Auch schön ist sie. Und jung. Und warm. Und höchst liebenswürdig: — leider kann ich von all diesen vier Tugenden keinen Gebrauch machen! — Wie sehnt sie sich nach einem Kinde! Ich . . . weniger. Töchter sind fast unnütz: ihre Männer sind ehrgeizig. — Und Söhne! Hinrichten ließ der große Vater den Sohn, welcher der tüchtigste war von uns Söhnen allen. Vielleicht gerade deshalb!

Aber ich grüble und grüble uub die Zeit verrinnt! Und der Sterndeuter hat doch gesagt, daß unter der heutigen Stellung der Gestirne der Entschluß am günstigsten ausfallen werde. Also — noch heute Nacht!

Wen fragen? Vor allen würde ich befragen: den schlimmsten, schärfsten, giftigsten — Eusebius. Er muß es mit mir gut meinen, so bösartig er ist gegen alle Menschen: — denn er hat so viele Feinde, er weiß, — nicht eine Stunde länger lassen sie ihn leben, sobald ich Leben oder Macht verlor. — Aber ich kann ihn nicht fragen: — er ist mir jetzt unerreichbar. Dann die gütevollste: das heißt Eusebia — und den Klügsten oder doch Sternkundigsten: Philippus, zugleich der einzige Arzt, dem ich vertraue. Aber Vorsicht! Widerstreiten sich Eusebia und Philippus, dann ... nichts! Stimmen sie zusammen, — so verschieden geartet, sie so weltunklug, er so weltklug — so soll mir — ohne daß sie's ahnen! — dies das Zeichen des Richtigen sein.

Vergebt, o Vater Christi und du o Christus — (vielleicht selbst mit Gott Eins!), auch du, heiliger Geist, — daß ich nach Zeichen suche, aber ihr oder eure Priesterschaft erlaubt es ja doch selbst, daß man in zufällig aufgeschlagenen Bibelsprüchen die Zukunft erforscht. Ist es aber doch eine Sünde, nun, so beicht' ich sie ja und mach' sie gut — die arianische Basilika zu Ravenna bedarf eines neuen Altars. Ich gelob' ihn — falls ihr darauf besteht! — obwohl die Einnahmen knapp geworden! — oder ich will ihn — später — geloben.

Ach!" seufzte er, Halt machend vor einem runden Metallspiegel, der in das Getäfel von veilchenfarben geflecktem synnadischem Marmor eingelassen war, „nun hab' ich mich heiß und müde gedacht. „Empfange nie einen Menschen, auch deine Nächsten nicht," mahnte der Vater, „in abge-

spannter Haltung. Sie müssen stets auch äußerlich verspüren, daß du der Gewaltigere bist." Ha, ihm ward das
leicht — mit seinen sechs Fuß Höhe und seiner breiten
Heldenbrust."

Unzufrieden betrachtete er sein Bild in dem Spiegel:
„Ich sehe nicht aus, daß sich andere vor mir fürchten.
Ich sehe immer aus, als fürchte ich die andern. Und
leider ist das wahr. Ich habe mich in Schweiß gegangen,
gegrübelt. Aber jetzt — jetzt nimm dich zusammen, Constantius, Sohn des großen Constantin. Ach, wehe den
Söhnen großer Väter."

Und er strich sich mit einem duftenden, dunkelroten
Seidentuch, das er aus der Brusttasche des weißen pur-
purgesäumten goldgestickten Hausgewands zog, die feuchten
Tropfen von der flachen Stirn, fuhr sich mit der Hand
durch die spärlichen sandfarbnen Haare, zog den Silber-
gürtel fester an, und richtete sich aus der gebückten vorgebeugten Haltung mit Anstrengung auf: — dann erst schlug
er den Vorhang des Eingangs zurück.

Auf der Schwelle lag, den Rücken an den Marmor-
pfosten gelehnt, die Beine lang ausgestreckt, ein riesiger,
vollgerüsteter Krieger, den Speer senkrecht in der Faust:
das rote Blondhaar, das ihm dicht aus der Sturmhaube
mit dem Bärenhaupte hervorquoll, das blitzende blaue Auge
bekundeten die Abstammung des Leibwächters, der sich nun,
klirrend in seinen Waffen, erhob.

„Geh, Berung, bedeute dem Ostiarius im zweiten Vorsaal, er möge die Befohlenen hereinführen. — Sind sie
erschienen, so lege dich außer Hörweite. Oder . . . du verstehst nicht griechisch?" — Der Riese schüttelte das gewaltige
Haupt. — „So bleibe, wo du lagst!" Er ließ den Vorhang wieder fallen: so sah er nicht die mißmutige, ver-
ächtliche Miene, mit welcher der Germane ihm nachgeblickt

hatte. — „Bei Donar und Tius, ist mein Vertrags=
jahr abgelaufen, — nicht einen Tag länger bleib' ich,"
brummte er, wie er, seinen Auftrag zu erfüllen, dem Vor=
saal zuschritt. „Leib thut mir's, daß ich — gegen Vater
Beros Warnung! — je in diese Dienste trat. Der erzählte,
Weiber und Kinder hätte er einmal morden sollen, that's
aber nicht. Und dieser Imperator . . . der fürchtet sich ja!
Tag und Nacht fürchtet er sich. Ich diene keinem Feigling.
Und niemals mehr Arbeit mit dem Speer: nur Gefangne
geleiten oder auf dieser Schwelle wachen, wie ein Hof=
hund. Wundert mich, er legt mich nicht an eine Kette.
Mich ekelt's an."

XVII.

Einstweilen war der Augustus in seinem Gemach vor
eine große schwarze Tafel von Ebenholz getreten, die auf
einer Staffelei lehnte: sie war mit Sternzeichen und mit
Zahlen übersäet, in Farben verschiedenartiger Kreide: grübelnd
verfolgte er mit dem Auge, dann mit dem Zeigefinger der
Rechten eine vielfach verschlungene Linie, die in hellem Gelb
gehalten war; seltsam, unheimlich Lächeln zuckte um die
schmalen Lippen, als er vor sich hin sprach: „Nun, Vetter=
lein, wollen wir sehen. Du ahnest in deinen philosophischen
Grübeleien nicht, daß an dem Ausgang dieser Stunde dein
Leben hängt. Denn erweisest du dich nicht als mein Werk=
zeug, — so wirst du gebrochen: eine Waffe gegen mich
sollst du nicht werden. Ich zerschmettere alles, was gegen
mich ist. Du bist morgen Cäsar oder — nichts! Ah, da
sind sie!"

Er wandte sich: in das Gemach schritt seine jugendschöne

Gemahlin, eine schlanke, anmutvolle Gestalt in einfachem, rosenfarbenem Gewand. Das edle, nur allzubleiche Gesicht, der gütevolle Blick des lichtblauen Auges trug einen Zug von verhaltenem stummem Leid.

Ihr folgte ein kleiner Mann in grauem Haar: sein langer weißer Bart wallte auf ein dunkelbraunes Gewand; der Ausdruck des auffallend schönen Antlitzes war in hohem Maße vergeistigt; und durchdringend, in die Seele bohrend wie ein Blitz, traf der Blick dieser hellgrauen Augen, wann er die langen Wimpern, die er meist gesenkt trug, plötzlich aufschlug. Um den feingeschnittenen Mund spielte oft ein Lächeln, das, halb wehmütig, halb gutmütig spottend, auf hohe geistige Überlegenheit und reichste Welterfahrung schließen ließ. Wer den Mann zuerst sah, mußte beklagen, daß ein so hochbedeutender Kopf auf einem verkrüppelten Rumpfe ruhte: denn ein häßlicher Höcker entstellte den zwerghaften Leib.

Ehrfürchtig begrüßten beide den Herrscher.

„Es ist gleich Mitternacht," begann der, „ich stellte die Sanduhr, als der Sklave die elfte Stunde ausrief. Verzeih', Eusebia, daß ich dich so spät in der Nacht noch . . . aber die Sterne und ihr Gang sind nun einmal bei Tage nicht verfolgbar. Setze dich dort, nein, da hin, unter die Ampel. (Ich will jede Bewegung in ihrem Antlitz sehen," sprach er zu sich selbst.) „Und du, Philippus, sieh nach, rechne, ob es an der Zeit ist."

Der Kleine trat an die schwarze Tafel, rechnete ein wenig und sprach sich verbeugend, „es ist an der Zeit, hohe Zeit sogar."

„Hei, du weißt gar nicht," lachte Constantius heiser, „wie sehr du da die Wahrheit sagst! Vernehmt also — dort liegen die Berichte aus Vienne, aus Autun, aus Rheims: fast ganz Gallien ist verloren, ist in der Gewalt der Barbaren."

„Das wolle Gott nicht," rief die Imperatrix, lebhaft aufspringend. Der Bucklige aber nickte stumm vor sich hin. — „Gott hat es leider schon gewollt," grinste der Augustus. — „Gott wohl weniger," entgegnete der Sterntundige, „als du selbst." — „Ich? Was wagst du zu sagen?" fuhr ihn Constantius an. — „Die Wahrheit, wie immer, wenn ich sie weiß. Wer hat die Alamannen selbst ins Land gerufen, jenen ungetümen König Chnodomar, den germanischen Herkules, wie unsere verzagenden Kohorten ihn nennen? Wer hat ihm . . .?" — „Ich," erwiderte der Imperator unwillig. „Du vergissest: es galt, dem Tyrannen Magnentius und dessen Bruder Decentius Gallien zu entreißen. Da riet Eusebius . . ." — „Die Barbaren ins Land zu rufen! Vergebens warnte hier diese vieleble Frau, umsonst sagte ich voraus, — dazu bedurfte es nicht erst der Sterne! — sie würden wohl kommen, aber nicht mehr gehen. Du folgtest dem Eunuchen, weil . . ." — „Weil dem Eunuchen Constantius am höchsten gilt: dir — ja selbst meiner Gemahlin hier! — der Staat." — „Ich dachte," schloß Philippus mit einem blitzenden Blick seiner durchdringenden Augen, „auch dem Imperator gilt der Staat mehr als der Imperator. Vergieb den Irrtum, o Herr! Ich werd' ihn nie wieder begehen." Ärgerlich biß der die schmale Unterlippe, wie er pflegte, wann er keine Erwiderung fand. „Da — hört nur!" — begann er wieder — „oder lest, — lest selbst." Er schritt auf den mit Briefen bedeckten Rundtisch zu und reichte den beiden eine Anzahl von längeren Schreiben und viele kurze „Noticiä".

Die bleichen Wangen der schönen Frau erblaßten noch mehr, wie sie las.

„Wie?" seufzte Philippus? „Was seh' ich? Fünfundvierzig Städte Galliens in den Händen der Alamannen und Franken! Straßburg, Speier, Worms, Trier, Tongern! Entsetzlich! Nun, zum Glück ist doch noch unser das alte, das stärkste Bollwerk unserer Macht am Rhein: — Köln." — „O nein, auch Köln . . ." Wider Willen war dem Imperator dies Wort entfahren. „Was? Wie!" riefen Eusebia und der Arzt wie aus einem Munde, beide sprangen auf. „Auch Köln verloren?" — „Dann ist alles, ist Gallien ganz dahin!" klagte Philippus. „Nein, nein, nicht doch!" entgegnete Constantius ärgerlich. „Ich . . . ich habe mich nur versprochen . . ." Und hastig zerriß er in ganz kleine Stücklein eine kurze Papyrusrolle, die er vorher aufgerollt und der Augusta hatte reichen wollen. „Dank den Sternen!" sprach Philippus. „Es ist auch so schon schlimm genug. Aber war auch Köln gefallen, dann fand sich kein Feldherr im ganzen Reich, der es unternommen hätte, den Rhein wieder zu erobern. Köln bedeutet ein Heer von vielen Legionen und . . ." Gereizt, verdrießlich fiel Constantius ein. „Genug, genug von Köln . . .! Nun also! Was thun? Was thun? Entweder ich breche selbst auf nach Gallien noch diese Nacht . . ." — „Wohl, welch männlicher Entschluß!" rief Eusebia mit einem erfreuten Blick auf den Gemahl. „Ganz unmöglich!" fiel der Arzt ein. „Deine Gesundheit, o Herr! Dein kostbares Leben!" — „Es ist wahr," meinte Constantius, plötzlich leise hüstelnd. „Es ist unersetzbar." — „Wenigstens für ihn," dachte der andre. „Oder," fuhr der Imperator fort, „ich entsende einen Vertreter. Aber wen?" — „Einen bewährten Feldherrn, den besten, den du hast!" rief die Imperatrix. „So?" höhnte Constantius giftig. „Daß er sich nach Besiegung der Barbaren alsbald auch gegen mich als den besten bewährt? Nein, nein! Ich danke! Ich habe genug an der Empörung des Magnentius. Das war ja ein recht bewährter Feldherr! Welche Mühe hatten wir, den Schurken

zu vernichten!" — „Hm," nickte der Alte. „Aber einen
Nicht-Feldherrn kannst du auch nicht senden. Sonst .." —
„Sonst steigen die Germanen nächstens zu uns über die
Alpen!" — „Es müßte auch ein Staatsmann sein: denn
es gilt nicht nur zu schlagen in Gallien, auch zu regieren."
— „Ein Staatsmann! Ja, der den Staat retten kann,
aber nicht den Staat retten will für sich —" — „Vielmehr für dich." — „Für den Staat selbst, denk' ich,"
sprach Eusebia ruhig. „Das ist ja wohl dasselbe, hoff'
ich," meinte Constantius mit einem unzufriednen Blick auf
seine Gemahlin. „Da ist der tapfere Malarich," fuhr diese
eifrig fort.

„Ein Germane! Daß er am Ende gemeinsame Sache
macht mit seinen Stammgenossen?" — „So wähle," riet
Philippus, „den erfahrenen Ursicinus." — „Ein Fremder!"
meinte der Imperator. „Es wäre gut, müßte es kein
Fremder sein! Das grausame Geschick hat gewollt, daß
des Constantinus großes Haus — fast — ausgestorben
ist." — „Das Geschick!" dachte Philippus. „Er hat es
ausgemordet. — Welche Umwege er einschlägt, uns auf
den Namen zu führen, der ihm vorschwebt! Wir sollen
ihn zuerst nennen; aber wir werden uns hüten."

„Fast," wiederholte der Imperator, lauernd. Er hielt
inne. Aber umsonst: seine beiden Hörer beharrten im
Schweigen. Sie vermieden es auch, sich anzusehen: denn
jene kleinen listigen Augen blitzten unablässig zwischen ihnen
hin und her. „Nun läg' es ja nahe," fuhr er ausholend
fort, unwillig über solche Zurückhaltung, „nun läg' es ja
nahe, zu denken eben . . . an den einzigen, der nunmehr
noch . . . Was giebt es?" Er schrak zusammen und
tastete nach dem Dolch, den er unter der seidenen Tunika
verborgen trug. „Wer wagt es, mich zu stören?"

———

XVIII.

Der alamannische Leibwächter meldete: „Der Prä=
positus sacri cubiculi bittet . . . Du habest befohlen, sobald
er eingetroffen . . ." — „Jawohl, jawohl! Herein mit
ihm! — Zur rechten Stunde." Wie nun Constantius sich
dem Eintretenden entgegen wandte, suchten sich und fanden
sich die Augen der Imperatrix und des Arztes: Eusebia
seufzte tief, Philippus legte blitzschnell den linken Zeige=
finger an den Mund.

„Da bist du endlich, Eusebius. Laß nur die Pros=
kynese! Beginne deinen Bericht. Du weißt, man darf
keine Geheimnisse haben vor Gattin und Arzt," lächelte er
verschmitzt. Der oberste der Eunuchen — die aufgebunsene,
fettliche Gestalt schlotterte in den weiten, lose hängenden
Gewändern, — verneigte sich tief vor der schönen Frau
und warf dann einen giftigen Blick auf Philippus.
„Deine Befehle, o Herr, sind genau und erfolgreich erfüllt.
Wie immer, wenn du deinen Sklaven Eusebius mit solchen
betraust. Du befahlst auch, ich solle mich sofort nach meiner
Rückkehr melden, — deshalb allein wag' ich es, hier zu
stehen. Eben stieg ich aus der Sänfte." („Gerade recht
komme ich freilich noch, scheint mir," dachte er bei sich.
Hoffentlich noch „gerade recht".)

„Berichte mir nun genau. Die beiden — auch ich —
wissen bisher nur durch deine schriftliche Meldung . . .
das Gelingen: — aber nichts Näheres. Rede!" — „Leider,"
begann der Präpositus, „kann ich nicht reden, ohne anzu=
klagen." „Das ist stets so bei dir," lächelte Constantius. —
„Ohne Ratgeber anzuklagen, denen du, o Herr, immer
wieder mehr folgest als deinem treuesten Sklaven, obwohl

ihr Rat sich wiederholt als verderblich erwiesen hat. Darf
ich dich erinnern, wie du — vor Jahren — plötzlich Befehl gabst, deinen Vetter Julian fürder nicht, wie du
ehedem weise beschlossen hattest, in jenem Kloster zum
Mönch zu erziehen, sondern ihn durch Unterricht in welt-
lichem Wissen für den Staatsdienst vorzubereiten?" —
„Gewiß. Hatt' ich es zu bereuen?" Eusebius zuckte die
Achseln: „Warte das Ende ab. — Wer war es doch, der
dir damals jenen Rat erteilte? Dieser Philippus da!"
„Nicht ich: durch mich die Sterne," warf dieser ein.
„Wahrlich," fuhr Eusebius fort, „beneidenswert ein Mann,
der zugleich den Sternen am Himmel und zugleich den
Eingeweiden des Imperators ihre Geheimnisse ablauscht."
„Höre," schalt Constantius, „diesen Spott solltest du
sparen. Das Höckermännlein da hat mich wiederholt von
Tod drohender Krankheit geheilt, hat durch seine Gegen-
gifte aus meinen Eingeweiden das Gift entfernt, das . . ."
— „Nie darin war! Oder durch die Fürbitten der Priester
des Herrn und all' deiner Unterthanen bei Gott schon
unschädlich gemacht war." Da sprach Philippus — und
das überlegene Lächeln des feingeschnittenen Mundes stand
ihm schön: „Oh Eusebius, schlägst du meine Arzneien so
gering und die Fürbitten so hoch an?" — „Gewiß." —
„Wohlan! So mache ich dir einen Vorschlag. Du und
deine molossische Dogge, ihr nehmt beide vierzig Unzen
Schierling; deinem Hunde gebe ich sofort Gegengift, für
dich leistet sofort der Imperator, der ja zu höchst in Gottes
Gnade steht, und leisten alle Bischöfe des Reiches Fürbitte
und versprechen dein Gewicht in Gold der heiligen Kirche:
— dann wollen wir sehen, welcher Patient den andern
überlebt."

Betroffen schwieg Eusebius; der Imperator aber konnte
ein höhnisch Lächeln nicht ganz unterdrücken, als er ver-

weisend sprach: „Ei, ei, Philippe! Man sagt, die Jünger Galens sind schlechte Jünger Christi."

„Mag sein! Aber ich habe meinen Meister nie verraten, wie der oberste der Jünger den seinen: ich muß nicht er-röten, kräht der Hahn."

Jedoch Eusebius fuhr fort: „Und erinnere dich weiter. Endlich war es mir gelungen, dich zu überzeugen, daß jene Befreiung Julians aus dem Kloster ein Fehler ge-wesen: meine Späher hatten uns hinterbracht, daß Julian heimlich Rom besucht hat, daß jener Priester Lysias nicht ganz unverdächtig scheint."

„Lysias!" rief Philippus. „Niemand liebt heißer das Römerreich."

„Daß Julians Bruder Gallus drohende Reden von Rache gegen dich ausgestoßen hat. — Du hattest Befehl gegeben, beide Brüder zu verhaften, beide vor dich zu führen: das heißt . . ." „Das heißt: schon auf der Reise zu ermorden," ergänzte Philippus.

„Was aber geschah? Plötzlich — ein Mönch Johannes tauchte wieder einmal im Palatium auf, — sehr verdächtig, weil ein Freund jenes Hauses . . ." „Dann ist der Imperator der verdächtigste Mann im Reiche," warf der Arzt ein, „denn er ist beider Brüder Vetter und hatte in erster Ehe beider Brüder Schwester sich vermählt." — „Ein vertrauter Jugendfreund dieses Philippus da! Was geschieht? Sie flüstern zusammen: Philippus befrägt die Sterne . . ." „Auf mein Geheiß!" nickte der Augustus. — „Und das Ergebnis seiner Sternenweisheit ist: du be-gnadigst die Schuldigen, du entlässest den jüngeren, reich beschenkt . . . —" „Aus einem winzigen Teile des ein-gezogenen Vermögens seiner Eltern!" schaltete Philippus ein. — „In volle Freiheit . . . —" „Das heißt: stest von deinen Spähern überwacht" . . . ergänzte der Alte.

7*

„Nach Athen. — Dort zieht der Jüngling alsbald die Augen des Volkes auf sich . . ." — „Durch seinen Fleiß, seine Bescheidenheit, sein leutseliges Wesen." — „Jawohl," wollte die Augusta eifrig rufen: aber ein warnender Blick des Arztes hielt sie noch rechtzeitig zurück. — „Er besucht Byzanz, er verkehrt in Nikomedia mit Feinden der heiligen Kirche, mit argen Spöttern, mit lecken Sophisten. Einstweilen aber . . . der andere Bruder, sieben Jahre älter, offen, ungestüm, — ihn machst du vollends zum Cäsar und räumst ihm die Verwaltung des Morgenlandes ein." „Konnte ich etwa zugleich," fuhr ihn der Imperator heftig an, „diesen verfluchten Magnentius in Aquileja bekämpfen und zugleich in Antiochia die Perser im Auge behalten? He, konnt' ich das?" — „Und wählst zu deinem Vertreter von allen Sterblichen den Gefährlichsten. Wahrlich, glänzend hat sich die Weisheit des Sterngudkers bewährt, der diesen Rat erteilt hat, während deine Ungnade mich auf Monate von deinem Hof verbannte."

„Auf deine wunderschöne Villa in den Sabinerbergen," meinte Constantius. „Kein hartes Exil! Sie ist prachtvoller eingerichtet als dieser mein Palast. Tauschen wir, Präposite?"

„Alles, was ich habe, ist ohnehin dein, o Herr. — Aber bald verrät sich der unbändige Troß, der racheburstige Haß des neuen Cäsars: er verfolgt deine treuesten Beamten, er läßt die dir ergebensten Heerführer hinrichten, und als du endlich auf die Anklagen deiner Treuen hin von deiner Seite vertraute Männer entsendest, den Frevler zur Rechenschaft zu ziehen, da ruft der Tyrann seine Leibwachen unter die Waffen, ruft den Pöbel von Antiochia zum offnen Widerstand auf, deine beiden Sendboten werden ergriffen, unter hundert Wunden durch die Straßen der Stadt geschleift und endlich in die Fluten des Orontes geworfen.

Nun droht dir der Abfall des ganzen Morgenlandes. Gallus, ein neuer, ein gefährlicherer Magnentius, rüstet den Bürgerkrieg. Da — endlich! — erinnerst du dich deines getreusten Sklaven und entsendest mich nach Antiochia, mich allein, ohne Geld, ohne Waffen, ohne Heer, — denn du hattest keines . . . —"

„Ich möchte dich wohl ein Reitergeschwader befehligen sehen, oh Eusebius," warf der Bucklige ein. „Deine Beine, die sich von selbst unter dem Bauche des Gaules zusammen= schließen, würden deinen Sitz festigen."

„Allein also reise ich in die Höhle des Untiers, das heißt: nach Antiochia. Und wirklich gelingt es mir, den Anmaßer ohne Kampf zu überwinden. Ich bewege ihn, unter Zusicherung deiner Verzeihung und Huld . . ." — „Wieviel Meineide hat dich das — unter Brüdern — gekostet?" fragte Philippus. „Hast du ihm wirklich geschworen?" forschte Constantius mit scheuem Blick. — „Der Bischof von Antiochia lieh mir selbst zu diesem Eid einen Nagel vom Kreuze Christi und entband mich im Voraus von der Sünde!"

Da atmete der Herrscher tief beruhigt auf.

„So beredete ich den Thoren, seine schon aufgebotnen Scharen zu entlassen und mit mir zu dir zu reisen. An= fangs zwar führte er noch eine so starke Bedeckung durch seine Anhänger mit, daß ich mehr sein Gefangener war als er der meine. In Byzanz hielt er noch als Cäsar des Morgenlandes die Cirkusspiele ab. Aber allmählich gelang es mir, ihn immer sicherer zu machen . . . immer mehrere seiner Gewaffneten ließ er unterwegs zurück . . .

Hätten ihn nicht alle Götter verlassen (— wollte sagen: alle Heiligen!) — er hätte merken müssen, wie er, gleich einem großen Fisch in einer Spitzreuse, immer mehr in die Enge geriet, immer mehr die Möglichkeit des Rückzugs, der freien Entschließung verlor. Kam er doch bei jedem Schritt immer weiter fort von den Grundlagen seiner Macht und immer tiefer in das Gebiet deiner Herrschaft. In Adrianopel teilte ich ihm deinen eben eingelaufenen Befehl mit . . ." — „Ich habe gar keinen dorthin geschickt." — „— Vergieb, ich erriet deinen Willen! — daß er hier sein ganzes Gefolge zurückzulassen habe." „Und der Thor gehorchte?" fragte Philippus. — „Ich übergab ihm des Imperators eignen Siegelring als Pfand der Sicherheit. In nur wenigen Wagen der Reichspost, ohne alle Krieger des Gallus, fuhren wir von Adrianopel weiter. Ich setzte mich nun zu ihm in das zweisitzige Gespann — sein Entkommen zu verhüten — gegen seinen Einspruch. Nun merkte er nachgerade, daß ich nicht sein Ehrengeleiter, daß ich sein Bewacher war. Er ward nun bald wütig, bald niedergeschlagen. Oftmals rief er: „Oh Julianus, räche mich!" „Endlich, zu Petovio in Pannonien, fand ich es sicher genug, auch den Schein des Ehrengeleits abzuwerfen: hier stand ja Barbatio . . ." „Der Schurke," murmelte Philippus.

„Dein treuer Diener mit starker Schar sarmatischer Söldner. Ihm übergab ich noch am Abend unserer Ankunft den Gefangenen; die Abzeichen der Cäsarenwürde rissen ihm die wilden Sarmaten vom Leibe, wir brachten ihn dann noch nach Pola in Istrien, wo ich als Ankläger und Richter auftrat . . ."

„Nicht auch gleich als Henker?" fragte Philippus.

„All' das ist bei Hochverrat dasselbe, naseweiser Arzt! Die Hände auf den Rücken gebunden ward er von mir angeklagt, gerichtet, verurteilt und vor meinen Augen von den Sarmaten erdrosselt in weniger als einer viertel Stunde."

Eusebia erschauerte: „Mörder!" hauchte sie vor sich

hin. „Ich fürchte mich vor ihm." — „Ich bin zufrieden mit dir, Präpositus. Von dieser Stunde an bist du Patricius." „Und gegen dieses Gift weiß ich kein Gegengift," seufzte der Arzt halblaut. Aber Eusebius hatte es verstanden. „Warte, Giftmischer," flüsterte er ihm rasch zu. „O Herr, welche Gnade," rief er laut, sich auf das Antlitz niederwerfend. — Schwer ward es dem Dickgebunsenen, sich wieder zu erheben. — „Aber mein Werk ist erst halb gethan: laß mich den Lohn voll verdienen. Noch lebt der jüngere Bruder . . ." — „Wie?" rief die Frau, einen warnenden Blick des Sterndeuters nicht beachtend vor heftiger Erregung, — „willst du den Schuldlosen morden wie den Schuldigen?" Mißtrauisch sah Constantius auf seine Gattin: „Schuldlos? Woher weißt du das?"

Sie erschrak, sie fuhr zusammen, heißes Rot schoß in die bleichen Wangen.

Aber Philippus kam ihr zu Hilfe. „Frage, o Herr, lieber den jüngsten Patricius deines Reiches, woher er die Schuld des Jünglings kennt? Worin sie besteht außer darin, daß er der Lieblingsbruder deiner verstorbenen Gemahlin war? Und erkennst du denn immer noch nicht, daß dieser Höfling planmäßig darauf ausgeht — seit der ersten Nacht deiner Herrschaft, jener Nacht in Nikomedia, in welcher blutiger Maientau fiel, wie das geängstete Volk flüstert — alle deine von der Natur, vom Blut oder sagen wir von Gott dir gegebenen Stützen — die Glieder deines Hauses — zu vernichten, auf daß du, deiner von der Natur gegebenen Helfer beraubt, solch Widernatürlicher bedarfst wie der oberste der Eunuchen ist? Ja, blicke nur Tod und Verderben, Patricius. Zum Basilisken, der durch den Blick tötet, kann dich doch sogar der Imperator nicht machen." „Hui," lächelte der, „du bist sehr kühn,

Mann der Sterne. Ich für meinen Teil möchte es nicht wagen, meinen Günstling so zu reizen." — „Was soll der fürchten, Herr, der den Tod nicht fürchtet? Glaubst du, es ist ein besonderes Vergnügen, als dein Unterthan und obenein noch als dein Arzt und als dein Sterndeuter zu leben? Nicht den Sternen, deinem Unstern folgst du: — diesem da." Constantius lachte. Aber Eusebius meinte grimmig: „So mach' doch dem ein Ende! Du kennst ja der Gifte so viele. Stirb! Oder höre wenigstens auf, Arzt und Sterndeuter des Herrn zu sein." — „Nein, o Patricissimus. Ich habe dem großen Constantinus versprochen, — zwar ohne Eid auf alte Nägel! — über diesen seinen Sohn — bald nach dessen Geburt — zu wachen, mit allen Kräften meines Geistes für seine Gesundheit und sein Heil zu sorgen. Und ich halte das. Weil ich's versprochen. Und weil ich es liebe, dieses arme, rasch sinkende Reich der Römer. Nicht aus Liebe zu Constantius: — denn er ist nicht liebenswürdig, — außer" — fügte er bei — „für Eusebia."

Diese errötete wieder und schlug die Augen nieder.

Der Imperator aber lachte abermals: „Hört, ihr beiden, ihr solltet euch gegenseitig aushelfen: Eusebius hat zu viel der Lobes-Süßigkeit, Philippus zu viel der Grobheit-Bitterkeit für mich! — Aber genug nun von beiden. Eusebius, Gallien ist in Barbarenhand."

„Ich erfuhr es unterwegs."

„Schau, schau, er ist durch seine Kundschafter trefflich bedient, wo immer er weilt. Besser als ich! Wen soll ich senden es wieder zu erobern?" — „Barbatio, den Magister Militum für Illyricum." „Den Schlächter von Petovio," rief die Imperatrix. „Und deinen Neffen, o Patricius," fügte Philippus bei. Constantius hatte die Stirne gerunzelt: „Nein, das schlage dir aus dem

Sinn, Unersättlicher. — Du machtest deine Verwandten gern zu Halbgöttern, wenn du könntest. Wen soll ich senden, gütige Augusta?"

Da erhob sich diese von dem Sitz, und dem Gemahl voll ins Auge sehend, sprach sie, diesmal ohne zu erröten:

„Julianus, deinen letzten Vetter."

„Ha," fuhr Eusebius auf wie von einem Pfeil getroffen. „Den Bruder des Gallus, den Rächer?"

„Wird dir bange, Mörder?" fragte der Herrscher, plötzlich ganz verwandelt. „Er ist hochbegabt," fuhr Eusebia lebhaft fort, „tugendhaft, unbefleckt von jedem Laster, ja frei auch von den bloßen Thorheiten der Jugend . . ."

„Kennst du ihn?" forschte Constantius. „Er gilt dafür," fiel Philippus ein. „Ihn kennen! Wie konnte man ihn kennen lernen, da du ihn immer eingesperrt hieltst, erst im Kloster, dann in jener alten Burg? Als dein einziger noch lebender Verwandter hat er ein Recht auf deine Beachtung. Und du hast einiges gut zu machen, sollt' ich meinen, an seinem Geschlecht."

Unwillig erwiderte Constantius: „Mein Arzt, mein Sterndeuter bist du, nicht mein Beichtiger." „Ich staune," rief Eusebius, „wie man so verblendet sein kann! Wer . . . wer empfiehlt diesen unheimlich tugendhaften Jüngling? Wer?" „Die Sterne," antwortete Philippus feierlich. „Längst schon, in der Stunde, ja im Augenblick seiner Geburt habe ich ihm das Horoskop gestellt." „Woher konntest du diesen Augenblick wissen?" fragte Eusebia erstaunt.

„Ich war ein Freund seiner Mutter, — der spurlos Verschwundenen," seufzte er mit einem Blick des Vorwurfs und der Forschung auf den Augustus; aber der wandte rasch die Augen ab.

- „Ich weilte an ihrem Lager, als sie den Knaben gebar, wie später in jener Mordnacht, da sie ihn — für immer, wie es scheint! — verlor: — ihn, den andern Knaben, die Tochter, den Gemahl! Sowie das Kind das Licht der Welt erblickt hatte, eilte ich auf meinen Sternenturm. Schon damals sah ich große Geschicke für ihn voraus. Seither hab' ich oft und oft über ihn die Sterne befragt: — sie versicherten mir, daß er noch lebe in all' den Jahren, da der Imperator mir verboten hatte, ihn nach Julian und den Seinen zu befragen! Und heute, jetzt in dieser Stunde, da der Jüngling sein vierundzwanzigstes Lebensjahr voll= endet, der wichtigsten Verbindung seiner Sterne, heute, jetzt befrag' ich sie in Gegenwart des Herrschers. Dazu hat er mich herbeschieden."

„Immer noch solch Vertrauen, nach der Erfahrung mit Gallus!" grollte Eusebius.

„Schweig!" herrschte ihn Constantius an. „Die Menschen — auch die Patricier! — lügen und betrügen: meine Gemahlin, Philippus und seine Sterne haben mich noch nie getäuscht. Alles ist noch eingetroffen, was er vorher= gesagt hat." „Ja, er ist ein ungewöhnlich kluger Kopf," meinte der Eunuch. — „Philippus war es, dessen Aussprüche mich wiederholt bestimmten, die Verfolgung des Knaben einzustellen." — „Aber in Gallus hat er sich doch geirrt." — „Nein, ich irrte mich. Philippus riet nur, einen meiner beiden Vettern zum Cäsar zu erheben, er nannte nicht Gallus: der Erfolg hat gelehrt: — ich griff fehl. Philippus hat in den Sternen gelesen: Julians Geschick, sein Glück und Glanz sind auf das engste mit meinem, mit des Römerreiches Glück und Glanz verknüpft: — er ist dazu bestimmt, mir noch näher verbunden zu werden, als Geburt und meine erste Ehe ihn mir verbunden haben. Hohe, tapfre Feldherrnschaft und kluge Staatskunst schlum=

mern in dem träumerischen Grübler und Schwärmer, so sagen die Sterne."

„Ja," fiel Philippus mit Feuer ein, „noch mehr: die Sterne sagen, dieser Jüngling wird dem Römerreich verlorne Provinzen wieder gewinnen, er wird jenseit eines breiten Stroms in Barbarenlanden halb unbekannte Völker unterwerfen, er wird die größte That vollbringen. Er wird . . ."

Die Imperatrix suchte seinen Eifer mit einem mahnenden Blick zu dämpfen: denn sie bemerkte, wie ihres Gatten Züge sich verfinsterten, wie er drohend den Lobredner beobachtete, wie er die Unterlippe biß: aber der Seher achtete es nicht: er war an die schwarze Tafel getreten und verfolgte mit dem Zeigefinger eifrig die vielfach geschlungene gelbe Linie. „Er wird," fuhr er fort, „nach dem Imperator, neben dem Imperator — nach einer großen, schweren Gefahr — der mächtigste Mann werden. Wenn er als Cäsar ausgesandt wird, dann . . ."

Da trat der Herrscher hastig zu Eusebius und raunte diesem zu: „Der thörichte Sternseher! Er ahnt nicht, daß er mich mit jedem dieser Worte abmahnt. Julian ist unterwegs hierher. „Nein, das wolle Gott nicht!" rief Eusebius entsetzt." — „Sorge, daß er nicht lebend das Palatium verläßt. Seine Mutter ist heimlich aus Aquileja, seine Schwester heimlich aus Syrakus hierher gebracht, sie weilen in dem Palast der Gärten vor der Stadt; ich wollte volle Versöhnung. Aber nun, . . . nach dieser Weissagung! — Sowie sein Haupt gefallen, werden beide wieder, getrennt, in ihre Verbannungen zurückgesandt."

Ein Siegeslächeln ging über die Züge des Patricius, wie er sich tief verbeugte. „Nur in die Sterne selbst muß ich noch einmal sehen," fuhr Philippus fort und stieg haftig die Staffeln hinan zu dem Gerüst, das dicht an die Öffnung in der Saaldecke reichte.

Gespannt achteten auf ihn sechs Augen: er blickte scharf, schweigend nach oben.

Plötzlich schrie er laut auf· „O weh, wehe mir! Was hab' ich gethan? Nein, mein Imperator, thue nicht, thue ja nicht, was ich riet. Ich Unseliger!" Und er sank, in Schmerzen stöhnend, auf das Knie.

„Rede! Ich befehl' es!" gebot Constantius, rasch die Stufen hinaneilend und ihn an der Schulter rüttelnd. „Gestehe, was hast du gesehen?" — „Ach! Wenn er nach Gallien geht . . . ein früher Tod . . .! Er wird Gallien zurückgewinnen . . . aber der Cäsar Julian kehrt nie . . . nie aus Gallien zurück. Du wirst ihn nie mehr wiedersehen." „Wirklich? Wirklich und wahrhaftig?" fragte der Herrscher, gierig ihm ins Antlitz starrend. — „So gewiß da oben die Sterne stehen!" „Wirklich?" frohlockte der Augustus. „Der Cäsar kehrt aus Gallien nie zurück? Wohlan! Vernehmt es, aber schweigt noch davon: — es ist mein Wille — unabänderlich: — Julianus ist zum Cäsar ernannt. Julianus wird nach Gallien entsendet."

XIX.

Der weite Garten des Palatiums zu Mailand, an dem rechten Ufer des Flüßleins Olona anmutig hingelehnt, wäre schöner gewesen, hätte nicht die schon in der ersten Zeit der Imperatoren zur Herrschaft gelangte Überfeinerung und übertriebene Künstelei von der Natur allzuwenig übriggelassen.

Bäume und Gebüsche waren mit der Schere in allerlei
unmögliche Formen verunstaltet: neben die geometrischen
und astrologischen Figuren dieser mißhandelten Gewächse
waren in den letzten Jahrzehnten allerlei christliche Zeichen
getreten: das Kreuz, die Dornenkrone, das Lamm, die
Taube, der Fisch. Die Wege waren mit einem Sande
bestreut, der alle Farben, nur nicht die des Sandes, zeigte.

Trotz der spätherbstlichen Jahreszeit — es war zu
Anfang des Novembers — erhielten die vorherrschenden
immergrünen Gewächse noch einen Schein des Sommers.

In dem, dem Palatium gegenüberliegenden Hinter-
grunde des Gartens wölbte sich eine Grotte über eine
Quelle.

Die Quelle war künstlich — durch Wasserleitung aus
dem Flüßchen hergeführt — und die Grotte war künstlich:
— aus allerlei buntem Gestein, das nirgend in der Welt
zusammen vorkam, zu grellster Farbenwirkung zusammen-
gesetzt. Den Weg zu der Grotte umhegten auf beiden
Seiten Buchshecken, die von der Schere der Kunst am
leichtesten und am schonungslosesten mißhandelt wurden.

Den Gang wandelten auf und nieder zwei jugendliche
Frauengestalten, ein Weib und ein Mädchen: beide schön,
aber beide nicht den Eindruck blühender Gesundheit aus-
strahlend. An der Imperatrix Arm hing ein Mädchen,
wenig jünger und noch zarter als die schmächtige Frau.
Thränen füllten die Augen der Jungfrau, wie sie zu der
etwas höher Gewachsenen emporsah.

„Wie gütig du bist, oh Eusebia. Wie dankt dir meine
wogende Seele! Ach, nach so vielen Wechselfällen, hin und
her geworfen von dem Wellenspiel, dem unheimlichen,
dieses Hofes, fand ich in dir das einzige Herz, das die
arme Schwester des Imperators liebt, dem sie vertrauen
darf.“ — „Ein hartes Wort, du Empörerin, gegen deinen

Bruder, meinen Gemahl!" Die Frau lächelte dazu, aber es war kein glücklich Lächeln. Das Mädchen blieb stehen: „O Teure, Constantius . . . kann nur sich selbst lieben: könnte er andre lieben, — er müßte doch vor allem dich lieben. Aber . . ."

„Er liebt mich nicht," sprach die Augusta, ruhig weiter schreitend. „Vielleicht hätte er unser Kind geliebt, falls uns der Himmel eins geschenkt hätte. — Aber wer weiß!" fuhr sie fort, traurig, wie mit sich selbst redend. „Ein Mädchen hätte er gehaßt, weil es kein Erbe, den Sohn, weil er ein Erbe, ein Nachfolger, vielleicht ein Liebling des Volkes gewesen wäre. — Sieh, du Kleine, gerade weil ich selbst nie das Glück der Liebe, der Ehe genossen, deshalb erfreut es mich so tief, dir, geliebte Schwester, zum Glück der Liebe zu verhelfen." — „Wie gut du bist!" Sie bogen nun in die Grotte ein und ließen sich auf die halbrunde Bank im Hintergrund des Steingewölbes nieder.

„Sieh, Helena," fuhr die Herrscherin fort, zärtlich das dunkelbraune Haar von der Jungfrau Schläfe hinter das feine Ohr streichend, „Herzensschwester, sind wir doch beinahe — aber zum Glücke nur beinahe! — Schwestern geworden in — in — der Neigung zu Einem Manne." „Wie? Oh Eusebia!" rief das Mädchen und sprang auf. Aber mit trübem Lächeln zog die junge Frau sie wieder zu sich hernieder und schlang beschwichtend den Arm um ihre Schulter. „Beruhige dich! Es hat keine Gefahr." — „O doch! Wenn er ahnt, daß du ihn liebst, du Vielschöne!" — „Aber ich liebe ihn ja gar nicht. Und er? Er weiß wohl nicht, daß ich lebe: — am wenigsten, daß ich seine Base und seine — Beherrscherin bin. Vor mehr als einem Jahre war's. Lange bevor dein Bruder — oder vielmehr seine Günstlinge oder sagen wir: seine Staatskunst — ihn bewogen hatten, mich Arme auf seinen

Thron zu befehlen, als Nachfolgerin seiner ersten Gattin, der Schwester Julians, die schon vor dem Tod des großen Constantin gestorben war. Damals erwachte in mir, — ich lebte harmlos in meinem Vaterhause zu Korinth — allmählich der Drang, mehr von der Hellenen Dichtung und Weltweisheit zu erfahren als unter der strengen Aufsicht des Bischofs, meines Großohms, in unserem Hause von den Mädchenlehrern gelehrt werden durfte: die wußten vielleicht auch nicht mehr, als sie lehrten. Mein geliebter Vater . . . er that alles, was er mir an den Augen absehen konnte . . ."

„Diesen schönen Augen!"

„Er, seine Zärtlichkeit, bemühte sich, mir die früh verlorne Mutter zu ersetzen. Gern erfüllte er mir auch diesen Wunsch und brachte mich nach Athen, wo wir viele Monate in dem Haus eines Verwandten, eines Lehrers an der Hochschule, lebten. Ich sog eifrig und beglückt ein, was mir an Schönheit und an Wissen geboten ward. Der Vater sah das mit Freuden und eines Tages nahm er mich mit in die Stoa Hadrians, wo die berühmtesten Philosophen Vorträge halten, zuweilen auch für Frauen und Mädchen. Aber hier sprachen nicht nur die Lehrer: sie gaben oft auch ihren hervorragendsten Schülern Streitfragen zur Besprechung auf: die jungen Leute mußten dann in Rede und Gegenrede ihre Meinungen vertreten. Laß mich nur gestehen: ich verstand im Anfang nicht allzuviel! Zumal nicht aus der Alten Munde. Vielleicht, weil ich auf die nicht genug acht gab! Aber einer ihrer jungen Schüler" — sie stockte und errötete leicht —: „er war nicht eigentlich schön: andere neben ihm sahen viel stattlicher aus: — aber der eine hatte so tiefe Augen! Und seine Stimme war so seelenvoll! Auch was er vertrat, gefiel mir gut, soweit ich es verstand. Kurz, ich gewann ihn lieb: um

seiner Augen, seiner Stimme, seiner edlen, seinen Weise,
um seiner Begeisterung willen. Ich fehlte nie, wann er
sprach. Oft senkte ich die Wimpern, nur seiner Stimme
zu lauschen. Und oft versenkte ich den Blick in seine
dunkeln Augen, ohne dann — leider! — auf seine gelehrten
Worte zu achten. Viele Monde währte das. Da starb
mein geliebter Vater und plötzlich ward mir geboten, Ge=
mahlin des Imperators zu werden! Denn unser Geschlecht
ist das vornehmste, reichste, angesehenste im Peloponnes,
wo die Constantier noch nicht gar tiefe Wurzeln geschlagen
haben. Ich mußte gehorchen. Ich verließ Athen. Den
Jüngling sah ich niemals wieder. Er hieß . . . Julian.“

„Ah!“

„Beruhige dich, wiederhole ich! Es war nichts als ein
Wohlgefallen, ein Wohlgefallen nur der Seele: — nie
ein Wunsch und auch Constantius ahnt nicht . . .“

„O Gott, es wäre Julians Tod!“

„Und als du unschuldvolles, ahnungsloses Kind, — du
kennst nicht die Welt und nicht die Hölle: das heißt diesen
Hof! — als du mir nun in rührendem Vertrauen erzähltest,
wie dich das Bild jenes Unbekannten aus dem Haine von
Macellum nie mehr verlassen will, da erkundete ich — und
brachte es, durch Hilfe des treuen Philippus und — noch
eines Freundes — bald heraus: dein Unbekannter sei
mein . . . Bekannter, sei des Imperators Vetter, Julian.
Da gelobte ich mir: — auch er, meintest du, ja recht gewiß
behauptetest du's! habe auf dich geblickt mit Augen der
Liebe! — diese beiden jungen, hilflosen, von der furchtbaren
Macht dieses Hofes abhängigen Menschen sollen glücklich
werden. — Glücklich machen, o Helena, ist auch eine Art,
glücklich sein.“

„Für Engel und für Heilige,“ flüsterte die Jungfrau
und küßte der Freundin schmale, unruhig zuckende Hand.

„Und wirklich gelang es mir, ein wenig Schutzengel zu spielen für Julian und für dich. Dir vereitelte ich eine dichte Reihe von Verheiratungen," lächelte sie, „die dir drohten." „Dank! Dank! Freilich," lachte das Mädchen, „trug mir meine Weigerung ein paarmal den Zorn des Bruders ein. Wiederholt glaubte er meinen Willen zwingen zu können, indem er mich zur Strafe von dem Hofe — den du damals noch nicht schmücktest! — verbannte in ferne Burgen, in Klöster. Und auch — Ihn hast du be=schützt!" — „Nicht ich allein hätte das vermocht: aber er hat zwei Freunde, die ihn schon früher, auch jetzt, vor mir — und ohne mich — wiederholt beschirmt haben und die mir ihn vor kurzem retten halfen, als nach der Empörung des Gallus das Schwert des Verderbens an einem Haar über seinem Nacken hing. Constantius hatte befohlen, ihn von Athen hinweg in einer jener geschlossenen, schwarzen Sänften abzuholen: — du weißt, man pflegt sie nur mit dem Sarkophag zu vertauschen. Zum Glück Julians konnte dein Bruder diesmal nicht Eusebius aussenden mit diesem Auftrag: der hatte noch mit Gallus zu thun. Einstweilen war am Hof die Nachricht eingetroffen, daß eine Provinz — Gallien — schwer von den Barbaren bedrängt sei. Der Imperator schwankte hin und her. Er wußte nicht, wen dorthin schicken. Da faßten ich und ein andrer — einer der beiden Freunde Julians — den kühnen Gedanken . . ich darf noch nicht mehr verraten: aber der Jüngling wird hier in dem Palast etwas ganz andres finden als den ihm zugedachten Tod; zum Beispiel: dich, du holdes Kind."

„Dank, Dank! Aber sage mir: — wenn du darfst! — Du hast ihn doch nur so kurze Zeit gesehen, gesprochen . . ." — „Gesprochen? Nie!" — „Woher hast du so Eindringendes über ihn erfahren?"

„Ich sagte dir ja: er hat zwei Freunde." — „Hier

am Hof?" — „Ja einen. Und noch einen: in der Ferne."
— „Am Hof. Ich ahne: — den Edelsten, Weisesten . . . .!
Und noch einen in der Ferne. Einen der Mächtigen in den
Provinzen?" „O nein! Es ist der Unscheinbarsten einer
im Reiche. Ein Büßermönch. Der hat mir viel von Julian
erzählt, er kennt ihn von Jugend auf. Und er liebt ihn
wie ein Vater. Und mein trefflicher mutiger Vater hat den
ihm befreundeten Mönch beschützt, als der Mönch — und
noch Einer! — in jener blutigen Nacht zu Nikomedia" —
sie schauderte leise — „die wenigen Überlebenden aus
Julians Hause gerettet hatte . . . Der Mönch ist ein
Jugendfreund des Arztes, des Sternweisen. Was aber
ihn von Anfang an mit solcher Liebe an Julian wie an
Gallus knüpfte, — ich weiß es nicht zu erklären. Hier liegen
dunkle Geheimnisse. Einmal, als ich ihn geradezu darum
befragte, geriet der arme Johannes in gewaltigste Erregung, Thränen brachen ihm aus den müden Augen und
er beschwor mich, niemals darauf zurückzukommen. Aber
du — fast möcht' ich dich beneiden! — du weißt ja viel,
vielmehr von Julian als ich: — durch seine Schwester, mit
welcher du im Kloster in Kleinasien, in dem sie verbannt,
abgeschlossen, vergessen von der Welt lebte, mondelang eine
Art von leichter Ungehorsams-Haft teiltest."

„Ja, es war eine gute Zeit: herzlich lieb gewann ich
die schöne sinnige Juliana. Nur ist sie so viel frommeren
Sinnes denn ich: — bewundernd sah ich auf zu ihrem glühenden Glauben. Und ich ahnte damals wahrlich nicht, daß ich
den von ihr so warm geliebten Bruder, — und doch waren
sie beide Kinder, da sie auseinander gerissen wurden! —
ja daß ich bald ihre beiden Brüder — durch Zufall —
sehen würde. Zuerst traf ich auf Gallus: ich konnte ihn
erfreuen durch die Nachricht, daß die Schwester lebe. Dann
sah ich Julian selbst in Macellum, wo ich einige Wochen

raſtete auf der Rückreiſe an den Hof, nachdem der Bruder
mir den jüngſten Ungehorſam gegen ihn und das neueſte
„Nein" — für einen perſiſchen Prinzen! — verziehen hatte.
Die Sänfteträger, meine Sklaven, kannten ihn und nannten
mir meinen halbgefangenen Vetter. Ach, Euſebia, er iſt
nicht ſchön —: du ſagſt es — aber dies Auge! Und dieſe
Stirn! Und der Adel, die Reinheit der Seele in dieſem
Antlitz! Wer ihn einmal geſehen, — nie kann er dieſe
Züge vergeſſen." „Du haſt Recht," hauchte die blaſſe
Frau, leiſ', aber tief erſeufzend. — „Wie wird ſich Juliana
freuen, darf ich ſie hier begrüßen! Denn du ſagteſt, ſie
komme hierher. O wie ſchön wird uns zu Dritt dann das
Zuſammenleben erblühn! — Welche Jahre der Freuden
liegen vor uns!" „Wer weiß," ſprach die junge Frau
ernſt. „Ich glaube nicht ..." — „Wie meinſt du das?"

„Ich meine: wir ſollen ... oder doch ich ſoll nicht
auf lange Zukunft hinausblicken. Nicht allen Menſchen iſt
ein langes Leben zu wünſchen. — Aber," hob ſie nun an,
ſich zur Heiterkeit anſtrengend, „auch ſonſt ... wer weiß!
— Vielleicht freuen wir uns zu früh. Denn — wir machen
ja die Rechnung ohne den Wirt." — „Du fürchteſt ... mein
Bruder? — Er könnte ſchwanken. Seine Gnade könnte ...?"
— „Auch das vielleicht. Allein es iſt noch ein anderes ...
Er ..." Sie hielt inne und ſann ernſtlich nach. — „Was
iſt, o teure Freundin? Was hehlſt du mir?" — „Ich
darf dir ... zur Stunde ... noch nicht alles ſagen.
Der Imperator behielt mich heute Nacht zu geheimer Zwie=
ſprach zurück, nachdem er die beiden Männer entlaſſen. Er
vertraute mir noch andere Pläne an ..." Sie verſtummte:
ſie prüfte das Antlitz des jungen Mädchens. „Wie ahnungs=
los!" dachte ſie. „Darf ich ſie mit einer Hoffnung zu den
Sternen heben, die dann, verſagend, ſie plötzlich ſtürzen läßt?"

„Was ſinneſt du ſo Ernſtes, Euſebia?"

„Mein Kind," sprach diese, ihr über das dunkle Haar
streichend, „glaubst du . . . du sprachst von Blicken der
Liebe Julians: . . . aber glaubst du . . .? Mehr als ein
Jahr verstrich, seitdem . . . er trat dann in die Welt
hinein: — er hat seither wohl gar manche andere gesehen . . ." „Oh Eusebia!" rief das Mädchen tief
erschrocken. „Oder wenn nun der Imperator" — hier
achtete sie scharf auf die Wirkung ihrer Worte — „als
Bedingung der Begnadigung — ihm auferlegt, die Tochter
irgend eines vornehmen Hauses heimzuführen? Glaubst
du, daß . . .? Was soll er dann thun?" — „Sie zur
Gattin nehmen und mich vergessen! Mich ewigem Sehnen
überlassen!" rief Helena und warf sich, laut aufschluchzend,
an der Freundin Brust.

Beschwichtend streichelte die junge Frau ihr die Wange:
„Stille! Fasse dich, thörichtes Kind. Ich zweifle ja nicht an
seiner Beständigkeit . . ." — „So innig liebt sie ihn?"
sprach sie zu sich selbst. „Nun, desto glücklicher wird sie
ihn machen. Schäme dich, Eusebia."

XX.

Die Freundinnen wurden nun aufgestört durch nahende
Schritte.

Alsbald traten in die Grotte Hand in Hand Philippus
und Johannes, der Büßer-Mönch. Nach ehrfurchtvoller
Begrüßung der Frauen begann der Arzt: „Du hast mir
befohlen, Augusta, dir alles zu berichten, was ich über
das Eintreffen unseres Schützlings erfahren kann. Er ist
nun in Bälde zu erwarten: ein Eilbote, vorausgesandt von
Julians bisherigem Wächter, meldete soeben deinem Gemahl,

daß der Gefangene — als solcher gilt er noch immer —
vor Sonnenuntergang eintreffen wird. Es ist Befehl gegeben, ihn sofort in das Palatium und vor den Imperator
zu führen. Gestern noch sollte er dort . . ." er stockte
mit einem fragenden Seitenblick auf Helena. „Ohne
Sorge," ermutigte die Frau mit ihrem herzgewinnenden
Lächeln. „Die Freundin ist eingeweiht: sie ist auch seine
Freundin. — Willkommen, frommer Vater. Was führt
dich her?" fragte sie, zu Johannes gewendet. — „Wie
schon oft: die Sorge um ihn, um Julian, hohe Herrin.
Ich erfuhr zu Rom, wo ich einige Wochen des Büßens,
abgeschlossen von der Welt, am Grabe der Apostelfürsten
gebetet hatte, von dem Untergang des unseligen Gallus.
Ich ahnte, daß dieser Schlag auch den Bruder treffen
werde und ich eilte hierher zu dem altbewährten Rater
und Retter, zu Philippus, dem besten Freund des unglücklichen Hauses des Julius." „Nach dir, o Johannes!"
entgegnete dieser. „Ganz verzweifelt pochte der Gute vor
einer Stunde an meine Thür. Nun, ich konnte ihn trösten."
Und er klopfte ihm freundlich die Schulter.

„Dank, Dank euch beiden!" sprach Helena, jedem der
Männer eine Hand hinreichend. Die Imperatrix erhob
sich: „Laßt uns nun ein wenig wandeln, — dort unter
den schönen Cypressen. Es ist wohl noch manches zu be-
reden." Sie winkte den Arzt näher an sich heran und
schritt mit ihm den beiden andern voran. „O Philippus!"
sprach sie leise, „mein Herz ist schwer und traurig. Wohl
haben die Sterne und du ihn vor dem nahen schimpflichen
Tode gerettet. Allein wehe um ihn, — wenn deine
Weissagung sich erfüllt! Zwar hat sie, — ich merkte es
wohl! — sie allein meinen Gemahl umgestimmt. Aber
ach: — schicken wir ihn nach Gallien, so schicken wir ihn
ja, wie du voraussiehst, in frühen Tod."

„Ja, Herrin," seufzte Philippus. „Es ist so, — es wird so sein. Aber sieh, nach meiner Meinung von der Welt und von dem Wert des Lebens ist diese Entschließung doch das größere Glück für ihn. Nicht nur, weil sie allein ihn dem Henker entriß, — auch über die Gefahr des heutigen Tages hinaus. Ein junger Römer, ein Sproß des Herrscherhauses, edel von Sinnesart, schwungvollen Geistes, wie alle berichten, wird er nicht frühen Tod willkommen heißen? — Den Heldentod: — nachdem er das Römerreich aus schwerer Gefahr gerettet, eine verlorene, eine unentbehrliche Provinz zurückgewonnen, unsterblichen Heldenruhm errungen hat? Oh Augusta, — ich glaube, auch du denkst so und hoffentlich, — nein gewiß! — auch er. Wen die Götter lieben, dem senden sie das Glück, in der Schöne der Jugend zu sterben. Als Jüngling stirbt Achilleus, als Jüngling Alexandros. Gönnen wir unserem Schützling das schöne Los. — Schönheit, ach Schönheit!" Er blieb stehen und blickte in Begeisterung zu der Frau neben ihm empor. „Oh Eusebia, du, von den Wogen der Schönheit umflutet, — du weißt es nicht, wie schmerzlich sie der Häßliche entbehrt." „Nun," lächelte die, „wenn das dir ein Stachel ist, — diesen kann ich dir aus der wunden Seele ziehen. Es ist ja wahr, deine Gestalt ist . . ." — „Verkrüppelt." — „Aber, wenn du es denn gerne hörst, du eitler Sternweiser: — dein Antlitz ist sehr schön: ich freue mich an deinem Auge, das selbst einem Sterne gleicht, an deinen edeln Zügen, so oft ich sie betrachte."

„Du bist mitleidig, Eusebia," seufzte der Höckerige. „Aber auch dein Mitleid thut wohl. Jetzt — jetzt sind viele Jahrzehnte drüber hingegangen. Ich habe längst entsagt. Aber wie furchtbar litt ich einst unter dieser meiner Entstellung! Denn auch ich war einmal jung,

Eusebia, und heiß schlug das Herz in dem verkrüppelten
Leibe. Und nun sich sagen müssen: „hätte nicht die Amme
dich als Kind auf die Erde stürzen lassen, — du könntest
— an Geist und Kraft fehlt es dir nicht! — mit allen
Nebenbuhlern und allen Mitbewerbern kühnlich in die
Schranken treten und ringen um . . . um den höchsten
Preis. So aber, ein elender Krüppel, mußt du zur Seite
stehen und zuschauen, hoffnungslos, wie andre Jünglinge
das schönste, edelste Geschöpf umwerben. — Oh, es war
zum Verzweifeln!" Er blieb stehen und atmete schwer.
„Armer Freund," sprach die Frau und legte leise die
Hand auf sein graues Haar. „Und wer — wer war das
Weib, für das du bis heute solche Wärme des Gefühls
bewahrt hast? Lebt es noch?" „Ach, ich weiß es ja
nicht!" klagte der Traurige. „So vieles verraten mir
die Sterne: — aber von ihr schweigen sie mir, wie die
Menschen. Sie ist verschwunden, spurlos! Seit achtzehn
Jahren! Denn wisse nun, edle Frau — ja du sollst es
wissen, du sollst erkennen, daß meine Liebe, meine Sorge
für Julian nur der Selbstsucht entsprossen ist: — Julianus
ist der Sohn meiner heißgeliebten Irene Basilina."
„Armer Freund! Aber wie — wie ist all das ge-
kommen, wie hat es geendet? Wie griff das in dein
Leben ein?" — „In meines — und das von andern.
Siehst du ihn da — in diesem Gang neben uns — mit
Helena wandeln, den Mönch, den Einsiedler, den Büßer
Johannes? Auch daß Er das Mönchsgewand trägt mit
dem Stachelgürtel des Büßers, — auch das haben die
Sterne durch Irene gefügt." — „Was werde ich hören?"
— „Vor mehr als dreißig Jahren lebten in Rom zwei
Brüder aus dem vornehmen Hause der Manlier, Marcus
und Cajus: die Jünglinge waren mir, dem etwa Gleich-
altrigen, nahe befreundet, und nahe befreundet auch waren

unsere beiden Geschlechter den edeln Fulviern. Die Tochter
dieses Hauses war die schöne, die unvergleichliche Irene
Basilina; ach ihre Augen! Ihresgleichen gab es nie auf
Erden, — den Augen der Gazelle vergleichbar in ihrem
sanften feuchten Glanz! Wir alle — auch ich, der hoff-
nungslose Krüppel! — wie meine beiden Freunde, —
ach, wie alle Jünglinge Roms — waren von Liebe
ergriffen zu der Wunderbaren. Sie aber hielt alle in
gleicher kühler Ferne: keinen zeichnete sie aus vor den
andern.

Eines Abends hatten die Manlier mich und einige
andere zu sich gebeten zum Schmause. Auf den Befehl
des Marcus, des ungestümen, heißblütigen jüngern Bruders,
trugen die Sklaven die Schüsseln auf, obwohl Cajus noch
fehlte. Schon hatte der feurige Wein von Sicilien mehr-
fach gekreist; ungeduldig schalt Marcus auf den Bruder,
der noch immer fehlte; argwöhnisch erzählte er, Fulvius,
der Vater, habe Cajus — allein, nicht auch ihn! — auf
mehrere Tage in seine Villa bei Tibur zu Gast geladen,
als der Vermißte eintrat, strahlender Miene: er hielt eine
goldene Spange in der Hand und rief frohlockend: „Wün-
schet mir Glück, Bruder und Freunde! Denket nur: in
diesen Tagen, vor meinem Abschied von den Fulviern, trug
ich der Herrlichen die Ode vor, die ich auf die Reize der
schönen Villa, dies liebliche Gebäude des Anio gedichtet:
— die Strophen gefielen der Jungfrau so sehr, daß sie,
ihre Mutter um Erlaubnis bittend, diese Spange von
ihrem Mantel löste und mir schenkte. Wer ward je so
von ihr ausgezeichnet? Ich bin der Glücklichste der
Menschen."

„Aber nicht mehr lang!" schrie rasend vor Eifersucht
sein Bruder, riß mit Riesenkraft die centnerschwere bron-
zene Amphora vom Boden auf, hob sie mit beiden Händen

in die Höhe und sprang damit auf den Bruder los, ihm den Schädel zu zerschmettern."

„Entsetzlich!" — „Der, in seiner Todesangst, raffte vom Seitentisch das spitze lange Messer, mit dem die Sklaven den Braten zerlegt hatten, hielt es zur Abwehr gerade vor sich hin. Blindlings rannte der Wütende hinein. Die Klinge durchbohrte das Herz, die Amphora entfiel den Händen, aufschreiend stürzte er nieder, mit einem gräßlichen Fluche den Bruder verwünschend, den er über und über mit seinem Blute bespritzte: noch einmal ballte er die Faust gegen ihn: — dann starb er. Von Stunde an entsagte der unselige Brudermörder — wider Willen! — der Welt, in der ihm bei seiner reichen Begabung und Bildung, seiner Schönheit, seiner Abkunft aus vornehmem, vielbegütertem Hause jede höchste Stufe ersteigbar war: der große Constantin hatte ihn — wegen seiner Tapferkeit in dem Gotischen Kriege — ausgezeichnet, ihn in die Schar seiner besten Schola aufgenommen. Ohne Abschied von den verzweifelnden Eltern, von mir — von ihr — verschwand er spurlos auf lange, lange Zeit. Bald darauf ward die schöne Irene — „Schönauge", „Euopis", hieß sie in ganz Rom, — die Gemahlin des ausgezeichneten Julius, des edeln Bruders des großen Constantin.

Julius, von jeher mein Gönner, bestand nun darauf, daß ich der Arzt, der nächste Freund seines Hauses ward. So sah ich die einst Geliebte — ach die heute noch Geliebte! — gar oft: meine schwache Kunst durfte ihr und den Ihrigen zuweilen nützen. Ich begleitete sie von Rom nach Nikomedia, als Constantin seinem Bruder ein hohes Amt in jener Stadt, in jener Provinz übertrug. Da — kurze Zeit vor dem Thronwechsel — pochte an meine Thür ein Mönch, ein Einsiedler, ein Büßer: ich erkannte ihn nicht. Wer sollte den glänzenden, jugendschönen, heiter weltlich gesinnten Krieger Cajus wieder erkennen in dem niedrigen, von Demut und Reue gebeugten, fast greisenhaften Büßer, der sich Bruder Johannes nannte! Es war eine jammervolle Wandlung — auch des Geistes. Vergessenheit nicht nur, . . . nein, Haß und Verachtung hatte der Reue-Kranke zugewandt aller weltlichen Lust nicht bloß, nein, auch aller weltlichen Wissenschaft und Kunst, aller Freude an Waffenwerk und Staat: — all' das galt und gilt ihm als sündhaft, bös, teuflisch oder doch als gefährlichste Versuchung. Nur Selbstverleugnung, Reue, Buße, Zerknirschung, Feindesliebe erfüllen ihn. Wahrlich, ich bin nicht ein Freund des jetzt alleinherrschenden Glaubens: und manches auch in Bruder Johannes erscheint mir krank. Aber das ist wahr: an diesem Unseligen hat der Christenglaube Wunder gewirkt: er hätte in Selbstmord, in Wahnsinn geendet, hätte ihn nicht die Lehre von der äußersten Selbstüberwindung, von der alles verzeihenden Feindesliebe, von dem Leben nur für andere, erfüllt und gerettet.

Ich brachte nun den frommen Büßer — nach heftigem Widerstreben — dazu, die Jugendgeliebte mit mir aufzusuchen, sich ihres Eheglücks, ihrer blühenden Kinder — zwei Knaben und ein Mädchen — zu erfreuen. Ich glaube, er gab mir nach, weil er sich zwingen wollte, sich ihres Glückes mit einem andern zu freuen. Und wie freute er sich, wie hat er sich als rettender Freund bewährt in all' diesen Jahren! In jener Mordnacht pflegte er den schwerkranken — wir glaubten: den sterbenden — Gallus: ganz wie ich, der dazu verpflichtete Arzt, trotzte er den ansteckenden Beulen. Und als nun der Mord des Hausherrn geschehen, als nur durch Zufall die Mutter mit den Kindern verschont geblieben war, — da war er es, der diese vier rettete — mit äußerster Gefahr des Lebens. Denn jeder war mit dem Tode bedroht, der sich

eines der geächteten Häupter annahm." — „Aber nicht er
allein konnte das. Der Augustus hat mir mitgeteilt: du
vor allem haft ihm damals jene weitere Blutschuld erspart.
Ich glaube, er dankt es dir im stillen." — „Nun ja,
ich flüchtete — mit Hilfe deines Vaters! — die Mutter,
die bewußtlose, in das Haus meiner Schwester, wie Johannes die drei Kinder in dem Asyl einer Basilika barg.
Damit war — nach dem jetzt anerkannten Recht der
Kirche — wenigstens das Leben der schuldlosen Kinder
gerettet und drei Tage Zeit waren gewonnen, nach welchen
die blutige Mordgier eines Eusebius nicht mehr allein den
neuen „Herrscher" — beherrschte. Zwar ward die Zuflucht von den Spähern des Eunuchen entdeckt und nach
Ablauf der Schutzfrist von drei Tagen mußte Johannes
die Geborgenen herausgeben den heischenden Prätorianern
— aber ihr Leben wenigstens war — dem Rechte nach
— gesichert. Die drei Geschwister wurden dann auseinander gerissen: keines wußte, jahrelang, ob die andern noch lebten: auch die Beamten des Staates, des
Hofes wußten deren Versteck nicht. Ebensowenig den
Verbleib der unglücklichen Mutter, die, während ich in den
Palast befohlen ward, den zornigsten Verweis des Imperators entgegenzunehmen und die Einziehung der
Hälfte meines Vermögens, von einem Centurio aus den
Armen meiner Schwester gerissen worden war und seither
verschollen ist. Ob sie wohl noch das Licht der Sterne
schauen, die wunderbaren Augen?" Erschüttert hielt er
inne, keuchend hob sich ihm die schwer atmende Brust.

Die blasse Frau erfaßte seine beiden Hände: „Philippus, du bist — ach du bist, wie wir alle sein sollten,
ob wir an Christus glauben, ob an Jupiter. Aber sage
mir, wie konntest du — eine solche Seele! — dich erhalten an diesem Hof, wo Eusebius walten und die

Seinen?" — „Dein Gatte glaubte zu entdecken, daß ich
ihm als Arzt unentbehrlich sei. Es gelang mir, seine
wirklich schwache Gesundheit zu kräftigen, von gefährlichen
Krankheiten ihn herzustellen: ich hatte seinem großen Vater, dem Gönner und Wohlthäter unseres Hauses, versprochen, — er hatte groß Vertrauen in meine Heilkunst;
— dem Sohne treu zu dienen. Bald vertraute Constantius nicht nur meiner Kräuterkunde, — auch meiner
Kenntnis der Lehren, der Weissagungen der Gestirne.
Und so blieb ich, weil ich's versprochen habe und weil ich
glaube, daß es gut ist für dies geliebte Reich der Römer,
daß an diesem Hof Ein Mann ist, der stets die Wahrheit redet."

„Der Imperator erträgt sie nur von dir und mir."

„Und doch — wie wenig vermag ich über ihn! Meinen
Bitten gelang es nie, diese achtzehn Jahre hindurch, über
den Aufenthalt der vier Verschwundenen von ihm etwas
zu erfahren. Durch andere — durch den Mönch, der
unermüdlich in allen drei Erdteilen nach ihnen suchte,
durch einen Schüler in der Sternkunde, Lysias, erkundete
ich einzelnes. Vergebens bat ich den Herrscher, die noch
Lebenden von ihnen zu vereinen, daß sie gemeinsam leichter
ihr Schicksal tragen möchten. „Und gemeinsam wirksamer
Rachepläne und Verschwörungen einfädeln?" Diese Gegen-
frage war all mein Bescheid. Ob wohl die Mutter, die
Schwester noch lebt?"

„Die Schwester lebte noch vor kurzem; das erfuhr ich
gestern von Helena, die sie in Kleinasien in einem
Kloster traf."

„Dank den Sternen! Aber die Mutter? Ich darf
nicht ruhen und rasten, um sie zu sorgen! Nicht nur die
alte, nie erloschene Liebe drängt mich dazu: — ein feierlicher Eid, den Johannes und ich in jener grausen Stunde

an der Leiche des gemordeten Freundes schworen, nie im
Leben abzulassen, den vier Unseligen Stab und Stütze zu
sein. Aber sieh, Johannes winkt: es ist Zeit für ihn,
abermals zu büßen: er muß noch in die Basilika: er
rutscht dort auf den Knieen um den Altar, ich weiß nicht,
wie viele Male. — Es ist doch ein wunderbar Gemisch,
das drei Jahrhunderte aus den schlichten Worten jenes
armen edeln Judenjünglings zusammengebraut haben!
Immer, wenn man das Ganze verwerfen, verwünschen
möchte, erlebt man — neben Früchten des Wahnsinns! —
Wunder gewirkt durch diese Lehre, die uns fast zwingen,
an ihre Göttlichkeit zu glauben. Warum auch nicht? Die
große Weltseele lebt in uns allen: — weshalb soll sie
nicht in jenem unvergleichlichen Nazarener in reicherer
Fülle und eblerer Reinheit gelebt haben als in uns andern?
Platon heißt der Göttliche: — warum nicht Christus?"

„O schweige, Philippus. Bitte, verstöre mir nicht die
Ruhe der Gedanken! Wecke mir nicht die Zweifel, die ich
mit Mühe beschwichtet habe. Ich bin des Constantius
Gemahlin: — ach so vieles scheidet unsere Seelen! — laß
uns nicht auch im Glauben geschieden sein. Du aber, —
mir ist — mir ist, o weiser Freund, du hast allen Glauben
verloren!"

„Ja; den an die Götter, die alten und die neuen; und
— was noch trauriger zu sagen —, auch den an die
Menschen, zumal an die Alten!" — „O du Beklagenswerter! Ich könnte nicht leben, wenn ich nicht glaubte!
Die Menschen zwar: — ach nur an wenige glaube ich
noch, seit man mich zwang, die Menschen zu beherrschen!
Aber mein Gottesglaube! Sieh, Philippus, unser Haus
hat früh der Lehre Christi sich zugewandt, — lange bevor
diese zur herrschenden erhoben ward: deshalb halt' ich auch
an dieser Lehre und an Christi heiligem Bilde fest, mag

feine Kirche — ich feh' es ja felbft, mit widerftrebenden
Augen! — verunreinigt fein, feit fie herrfcht." — „Sie
kann nur verfolgt fein oder verfolgen, fcheint's." — „O,
fprich nicht fo. Ich . . ." Da faßte der alte Mann ihre
fchmale, durchfichtige Hand und fprach: „Du edle, gute
Frau! Wohl dir, daß du glaubft, daß du glauben kannft!
Dir ward darin das befte, das beneidenswertefte Los.
Und nie und nimmer werde ich je den Zweifel wecken in
einer Seele, die der volle Friede des Glaubens befeligt:
es wäre Frevel. Weiß ich denn, ob meine Weisheit, die
mich befriedigt, befriedigen muß — weil ich nichts Befferes
habe! — die bittere Weisheit des völligen Entfagens —
eine andere Seele nicht zur Verzweiflung treibt?" Er
feufzte tief und fuhr mit der Linken über die Stirne, fo
weiß wie Elfenbein. „Armer Freund!" klagte die Frau,
feinen Händedruck erwidernd, „an gar nichts glauben! Es
muß dir ja das Herz abftoßen." — „Doch nicht! Ich
glaube ja wirklich an die Sterne: ich glaube, daß fie dem,
der reinen Herzens ihre Geheimniffe erforfcht, die Wahrheit
verkünden." — „Und das ift alles? Und du glaubft
nicht an die hilfreich leitende, allgütige Vorfehung?" —
„Kind! — hohe Frau, wollte ich fagen — laffen wir das!"
— „Und du glaubft auch nicht (— denn ich ahne wohl,
was du insgeheim einwendeft: — den fo häufigen Sieg
des Böfen über das Gute auf Erden!) an die ausgleichende
Gerechtigkeit nach dem Tode? Du fchweigft. Ich beklage
fie: — aber großartig ift fie, diefe Kraft der Entfagung."

„Nicht doch," wehrte er ab. „Ich kann mich darin
gar nicht meffen mit einem andern: — und noch dazu
mit einem Jüngling! — und fchlimmer noch: — gar mit
einem Barbaren." Er verfank ein wenig in Sinnen;
dann fuhr er fort: „Denke nur, da war ein junger
Germane — als Geifel an den Hof des großen Conftantin

gesandt — als Knabe von fünfzehn Jahren. Jener ge=
waltige Herrscher — die Menschen erkannte er, das muß
wahr sein! — entdeckte reiche Gaben in dem Jungen: er
gewann ihn lieb: er ließ ihn zusammen mit Söhnen der
vornehmsten Senatorenhäuser erziehen: in Rom, in
Memphis, in Athen, in Byzanz, in Nikomedia, in alle
christliche, heidnische und mystische Weisheit einweihen.
Wohl achtzehn Jahre lang. Später kam er wieder an den
Hof, wo ich ihn genau kennen lernte, bis er vor kurzem
— ein reifer Mann — nach Haus entlassen ward. Der
ist von allen Männern, die ich je gesehen, der merkwürdigste.“
— „Warum? — „Ja, denke dir nur! Ich glaube doch
noch an die Sterne, — ohne diesen süßen Trost hielt ich's
nicht aus. Dieser Germane aber sprach, als wir nach
vielen langen Nächten des dialektischen Ringens vonein=
ander Abschied nahmen: „so siehst du also, teurer Meister,
ich muß auch deines Trosts entraten. Ich glaube auch an
die Sterne nicht.“ „Unseliger,“ rief ich, „an was dann
glaubst du?“ „An die Notwendigkeit. An mein Volk.
Und an mein Schwert,“ sprach er, gab mir die Hand und
ging. Ich hab' ihn nie wieder gesehen. Möchte wohl
wissen, was aus ihm geworden ist. Ob ihn das Leben
nicht gebrochen hat, diesen stolzgemuten Heldensinn, der,
ganz stützenlos, nur auf sich selber steht?“

„Gut für deinen jungen Freund, daß er nicht zu
andern an diesem Hofe so gesprochen hat. — So was
kann ich, mag ich gar nicht denken!“ — „Ja, dein Gatte
sorgt jetzt so eifrig für das ewige Seelenheil seiner Unter=
thanen, daß er darüber ihre verzweifelnden Klagen über
ihr — freilich nur lebenslängliches! — Unheil unter seiner
Herrschaft überhört. Und wenn er doch nur endlich ein=
mal wüßte, ob das Christentum die einzige Wahrheit auf
katholisch oder auf arianisch ist? Auch mich hat er damit

gequält. Aber ich erwiderte grob, meine Sterne und mich möge er in Ruhe lassen: wir verständen nichts von „o" und „oi"." „Ich gestehe," lächelte die blasse Frau, „ich auch nicht." — „Wirst's schon noch lernen müssen, arm Töchterchen — erhabne Augusta, wollt' ich sagen. — Und zu seinem Unglück neigt dein Herr neuerdings sehr dem arianischen oi zu, statt dem alleinseligmachenden katholischen o. Mir ist's ganz unglaublich gleichgültig, wie du weißt. Aber . . ." — „Nun?" — „— Da lebt — fern in Alexandria — ein Mann, — ich kenne ihn genau, seit zwanzig Jahren, — der verteidigt nun einmal aus heiligster Überzeugung das katholische o. Wenn Constantius mit dem ernsthaft anbindet, — er hat schon ein wenig angefangen! — dann ist er verloren. Dazu brauche ich nicht in die Sterne zu gucken." — „Und wie heißt dieser Gewaltige?" — „Athanasius, der „Unsterbliche". Merk dir den Namen. Denn wahrlich: er wird unsterblich sein. Aber Johannes winkt: — ich folge. Leb wohl, gütigste der Frauen."

XXI.

Die Sonne neigte nun zum Untergang: rötliches Dämmer-licht flutete über die Ebene des fernen Po und ließ die Türme und Wallmauern von Mailand wie von Purpur übergossen erstrahlen: da hielt ein kleiner Reiterzug, armenische Söldner waren es, vor dem südöstlichen Thor, der Porta Romana. Während der Anführer mit der Thorwache verhandelte, spornte ein Unbewaffneter — nur trug er, statt des Reisehutes, einen Helm, — sein Roß an die halboffne schwarze Sänfte, die in der Mitte des Zuges geführt wurde.

„Wir sind am Ziel, Julian," rief der Reiter, ein stattlicher Jüngling, der ein paar Jahre älter schien als der Gefangene. „Da vorn begrüßen dich die Zinnen von Mailand."

„Blutigrot ist ihr Gruß, morituram salutant!" erwiderte Julian, den Kopf aus dem Fenster der Sänfte vorstreckend. „Zum letztenmale wohl sehe ich ihn scheiden, den schönsten der Götter. Und Abschied nehmen nun auch wir, o mein Jovian. Wie soll ich dir danken für all' deine Freundschaft, deine todesmutige Treue! Fast mit Gewalt ertrotztest du's, den Verhafteten aus Athen, mitten aus deinen, aus unsern strategischen Studien herausgerissen, bis hierher begleiten zu dürfen. Weh um deine künftige Laufbahn! Du hast dich den Mächtigen verdächtig gemacht. — Aber kehre jetzt wenigstens um: — tritt nicht freiwillig in die Höhle des . . ."

„Löwen — willst du doch nicht sagen? Wo wäre da der Löwen-Mut und die Löwen-Großmut? Nein, Freund Julian. Der Himmel hat mir nicht den kleinsten Teil deines Geistes gegeben: — aber du sollst es erleben: es giebt noch ein treues Herz: — es giebt altrömische Freundschaft. Das Thor geht auf. Rasch hinein."

Damit spornte er sein Pferd und sprengte hinter dem Befehlshaber über die Fallbrücke. Die Sänfte folgte. „Wie heißt es doch in meinem Drama Euridike," sprach Julian: „Das Thor des Hades schließt sich rasselnd hinter mir, doch hohe Götter walten in dem Hades auch."

„Kein übler Vers und auch kein übler Trost."

————

Zu derselben Zeit ging der Imperator mit haftigen ungleichen Schritten in seinem Gemach auf und nieder.

„Jetzt — jetzt muß er herein sein. Jetzt hab' ich ihn! Wer weiß, ob es nicht doch klüger wäre, den Rächer für immer unschädlich zu machen. Freilich: Gallien und die Barbaren und Philippus mit seinen Sternen! Jedenfalls entscheide ich mich erst, nachdem ich den Knaben von Angesicht gesehen. Und durch Geiseln will ich seine Treue binden, die seinem Herzen nahe stehen. Sie sind doch schon angelangt?"

Er trat auf die Schwelle des Gemaches: hier wachte statt des riesigen Alamannen ein Neger aus der libyschen Wüste; der hockte auf den Fersen und betete zu einem Götzen, der auf ein Straußenei gemalt war; fast nackt trug er nur einen scharlachroten Schurz um die Lenden, in dessen Gurt ein langes, geschweiftes Messer stak. Des Constantius Züge verfinsterten sich bei dem Anblick: „Ah, ein schwarzer Hund heut' statt eines weißen? Hm, ja! Den Germanen hat Eusebius dem Henker überantwortet." Er winkte dem Neger: der sprang auf und kreuzte bemütig die Arme über der nackten Brust. — Der Augustus fragte: „Die beiden Frauen . . . sind sie eingetroffen?" — „Schon heute früh, o großer Herr der Erde." — „Und getrennt untergebracht?" — „Wie du befahlst, o herrlicher Leu. Die ältere, die aus Aquileja kam, in den Bädern Diokletians; die jüngere, die aus Syrakus, in dem Garten deiner Villa am Lambrus."

„Gut. Befehle ich, den Mann zu verhaften, den ich jetzt erwarte, werden die beiden Frauen sofort zurückgeführt in ihre Verbannungen. Anderenfalls bescheidest du sie hierher in den Palast, aber in die Gemächer meiner Gemahlin. Da ertönt der silberne Hammer im Vorsaal. Mein Vetter kommt. Du untersuchst seine Gewänder: — er ist gefährlich — hörst bu? Sehr! — Nicht das kleinste Messer, nicht eine Nagelfeile buldest bu bei ihm. — Eile ihm entgegen . . ."

Alsbald standen sich der Imperator und sein Gefangener gegenüber.

Julian blieb hart an der Schwelle stehen, Constantius hatte sich auf einen erhöhten Sitz niedergelassen: das Gemach war durch mehrere Flammen duftenden Öles auf Schalen hoher Kandelaber wie durch Tageslicht erhellt: „Das also ist der Träger der römischen Herrlichkeit": — war Julians Gedanke — „er ist ihr nicht gewachsen."

Constantius aber dachte: „Dieser bleiche Knabe — mit den schwärmerischen Augen — er ist nicht gefährlich." Nach längerem Schweigen begann der Imperator: „Vetter Julian, was erwartest du hier zu finden?" — „Den Tod." — „Hast du ihn verdient?" — „So wenig wie mein Vater." — „Und dein Bruder? Hat der nicht den Tod verdient?" — „Leider: ja." — „Das gefällt mir, dieses Ja. — Wäre ich nur für mich vorsichtig, hättest du Ursache zu fürchten. Aber ich bin Gott" — er schlug das Zeichen des Kreuzes — „verantwortlich für dies Reich der Römer. Ich bedarf dein: — nicht ich, vielmehr das Reich der Römer: — willst du ihm dienen?" — „Ja, treu bis in den Tod." — „Willst du auch mir treu dienen?" — „Dem Reich und dir." — „Das gefällt mir, Vetter. (Er ist von kindlicher Einfalt," dachte er beruhigt.) „Höre. Ich brauche einen Vertreter in Rat und Schlacht. Unverwandte Vertreter: sind gefährlich — wir haben's erlebt! Ich wählte darum deinen Bruder: — wir haben's erlebt, was davon kam. Wenn ich nun dir vertraue, wirst du — wie er — mein Vertrauen mißbrauchen?" — „Nein." — „Wohlan. Ich will es mit dir wagen. Gallien ist . . . ist . . . stark bedroht: vier ... fünf Städte sind in der Hand der Germanen." — „O Schmach und Schande!" — „Hm, auch dieser edle Zorn gefällt mir." (Brächte doch auch ich solch' thöricht Aufflammen zuwege," dachte er.) „Willst du ausziehen, Gallien dem Römerreich zu erhalten?" Begeistert schritt der Jüngling drei Schritte vor. „Ich ...?" — „Bleib'! Bleib', wo du stehst! Nicht näher! Nun, willst du?"

Gluten stiegen in Julians bleiches Antlitz, als er zögernd wiederholte: „Ich? — Ich bin kein Feldherr!" „Ah," meinte Constantius mit Behagen, „ich seh's: du fürchtest die Germanen." — „Beim Helios — nein." „Bei — bei — wem — schwörst du, Unseliger?" schrie Constantius aufspringend. — „Vergieb ... beim Genius Roms!" — „Auch noch sehr heidnisch. — Also du willst...?" — „Ich ... ich weiß nicht, was ich können werde. Aber ich habe den besten Willen: nichts steht mir höher als dies Reich der Römer und sein Wohl: das darfst du glauben." Bei diesen Worten verschönte sich das jugendliche Antlitz: die dunkeln Augen leuchteten.

„Schwöre mir, Gallien nicht zu verlassen, solang ein einziger Barbar unbesiegt in Gallien lebt."

„Ich schwöre." — „Gut: ich glaube dir, Julian. (Der Knabe ist ein Schwärmer durch und durch!) Aber nicht deinem Wort allein: — ich werde dich zu binden wissen. Was weißt du von ... von deiner Mutter ... deiner Schwester?" Da fuhr Julian flammend auf: „Unmenschlich ist's von dir, diese Frage zu thun." — Wohlgefällig nickte der Imperator: „Hm, du liebst sie also heiß! Sie — oder ihr Andenken. Nun wisse: deine Schwester lebt." — „Ich hörte davon." — „So? So? Ei sieh! — Nun: auch deine Mutter lebt." — „O Constantius, Dank! Welche Gnade! Welche Güte." Und überwältigt von Rührung sank er auf die Knie: Thränen brachen aus seinen Augen.

(„Er weint: — er ist ganz ungefährlich.) Mehr noch·
ich habe beide kommen lassen aus ihren bisherigen Ver . .
Verweilungen. Sie sind hier." — „Hier? Ich darf sie
sehen! O Constantius! Laß mich . . ."

„Gemach! Das Wiedersehn und die Freiheit von euch
dreien ist der Preis für Verpflichtungen, die du übernehmen
wirst. Du gehst nach Gallien, sobald ich es befehle." —
„Mit Freude!" — „Du übernimmst es, die Provinz den
Barbaren zu entreißen mit den Mitteln, die du dort an-
treffen wirst." — „Herr, welche sind das? Wie viele
Legionen, welche Gelder, welche Vorräte? Welche Städte
sind verloren, welche noch unser?" — „Hm, diese Fragen
mißfallen mir sehr! Wie? Du willst schon markten, feilschen?
Reut dich dein Ja?" — „Nein doch. Aber Köln vor
allem, Köln ist doch nicht noch gefallen? Wenn das wäre, . .
könnte ich's nicht übernehmen. So viel habe sogar ich schon
von Feldherrnschaft für Gallien gelernt. Wie steht's mit
Köln?"

Constantius schien die Frage zu überhören: er hastete
unmutig in dem Gemach auf und nieder.

Aber Julian beharrte: „Köln ist doch noch unser?"
„Ja, ja doch!" fuhr ihn der Augustus heftig an. „Ich
würde ja selbst gehen, die Aufgabe zu lösen: ist sie doch
gar leicht. Allein mich und alle Kräfte des Reichs rufen
die Sarmaten an den Ister, die Perser an den Euphrat.
Nicht Einen Mann mehr, als in Gallien stehen, darfst du
von mir verlangen. Willst du Gallien damit retten oder
den Barbaren überlassen für immer?" — „Niemals!
Was ist es auch, das ich wage? Mein Leben? Es gehört
dem Reich. Mein Name, mein Ruhm als Feldherr? Ach,
ich habe keinen zu verlieren. Meine Eitelkeit? — Die
zu verlieren wäre ein Gewinn. Es sei!" — „Gut. Aber
nicht nur·als Feldherrn: — als Herrscher brauche ich dich

in Gallien. Ist die verwüstete Provinz den Barbaren
entrissen, muß sie wieder bewohnbar gemacht werden.
Cäsar mußt du werden."

„Wie Gallus," dachte Julian.

„Wie Gallus, denkst du jetzt. Ja, laß dich seinen
blutigen Schatten warnen. Bleibe treu! Bedenke —" hier
schritt er plötzlich dicht an ihn heran und sah ihm mit
drohendem, grausamem Blick ins Auge: „Bedenk' es wohl:
deine Mutter und deine Schwester sind in meiner Hand:
— wertvolle Geiseln!" Er trat nun zwischen die Vorhänge
und winkte dem Neger: „Rufe die Frauen, die draußen
harren."

Julian fuhr auf: „Du . . . du bist furchtbar, Imperator!"

„Vergiß das nie! Die Furcht vor dem Imperator,"
höhnte er, „ist der Weisheit Anfang: — wenigstens für
seine Unterthanen. — Und höre noch eins. Als Cäsar
sollen die Provinzialen nur einen Mann verehren, der
dem Herrscher möglichst nahe verbunden ist. Nun bist du
zwar mein Vetter. Aber das genügt nicht. Du warst
auch mein Schwager: jedoch dies Band zerriß schon längst
der Tod. Es soll neu geknüpft werden. Meine Schwester
soll deine Gemahlin werden." Julian fuhr auf. „Nein,
o nein! Nein. Nie!" Grimmig zischte Constantius ihn
an: „Nein? Du wagst es? Bist du rasend? Die höchste
Ehre der Welt? Und ein Wink von dieser Hand und dein
Kopf schmückt die Zinnen dieser Feste. Und du wagst
es . . .?" Julian hörte gar die Drohung nicht. Er
hatte die Augen geschlossen und beschwor, nach innen
blickend in seine Seele, ein Mädchenbild herauf, das hier
ruhte wie unter silberner Flut: „Helena!" sprach er zu
sich selbst. „Helena! Darf ich? Dich lieb' ich! Keine
andre je! Darf ich, diese Liebe im Herzen, einer andern

Gatte werden? Ich müßte ihr sagen, daß nur das Reich,
der Staat . . . Aber nein! Nein! Keine Spaltung zwischen
Ehe und Liebe. Hilf mir, Helios, mein Gott! Keine
Unwahrheit! Lieber den Tod als des Herzens Lüge. —
Nein," sprach er laut, aus seinem Brüten auffahrend.

„Nein, wagst du zu sagen . . .? Unseliger, so sei
denn . . . Schweig! — Da — da sind sie." Julian
rührte sich nicht. Das Haupt auf die Brust gesenkt blieb
er reglos stehen, die Augen zu Boden geschlagen. „So
seid ihr einig, Dank dem Himmel?" fragte eine sanfte
Stimme. Die Imperatrix schwebte freudig bewegt über
die Schwelle. „Aber nein, so scheint es! Der Augustus
zürnt! — wie finster er blickt! Hilf mir, o hilf, Helena,
ihn versöhnen." Bei dem Namen Helena fuhr Julian aus
seinem Brüten: er wandte sich: er sah die beiden Frauen.

Da schrak er zusammen: das Blut schoß ihm in die
Wangen: er taumelte: er stützte sich auf die nächste Halb-
säule, welche eine Büste Constantins trug.

„Bei — bei allen Göttern! Imperator," fragte er,
„wer . . .? wer? . . . welche von beiden ist deine —
Schwester?" Bevor Constantius antworten konnte, faßte
die Imperatrix die Jungfrau an der Hand und führte sie
raschen Schrittes dem Jüngling zu: „Diese da," lächelte
sie traurig, aber mit herzgewinnender Anmut. „Habe nur
keine Angst vor der andern! — Diese da, Julianus, ist
deine Braut. Willst du nun des Imperators Schwager
werden?" — „Und . . . und —" lächelte die Jungfrau
verschämt, „und mein Gatte?" Da senkte Julianus das
Knie vor den beiden Frauen: „O Helena!" rief er. „Ja,
der Gott, der große Gott thut noch Wunder."

————

XXII.

Wohl war der Herrscher mächtig erstaunt gewesen über den plötzlichen Umschlag in dem Entschlusse seines Vetters: nicht ohne Mißtrauen erfuhr er, daß die beiden füreinander Bestimmten sich bereits kannten: sein Argwohn erwachte aufs neue. Jedoch seine Gemahlin erinnerte ihn, daß ja in keines andern als in seinem Kopf — nicht in ihrem oder in des Sterndeuters Ratschlägen — zuerst der Gedanke an diese Verbindung aufgetaucht sei. So beruhigte er sich denn wieder und gestattete auch, daß noch an diesem Abend Julian die Mutter und die Schwester zugeführt werden durften. Dem neuen Cäsar wurde ein ganzer Flügel des Palastes zur Wohnung angewiesen: Constantius selbst geleitete ihn dorthin mit Gemahlin und Schwester.

Als sie den viereckigen Zwischenhof durchschritten, bemerkte Julian ein halbes Dutzend Leibwächter, aus deren Mitte riesengroß ein Gefangener ragte: das Licht der Pechfakeln fiel auf sein blondrotes zottiges Haupt. „Berung!" rief Julian stehen bleibend, „Freund Berung! Wohin gehst du?" — „Wohin ich dich einmal führen sollte: — zum Tod. Leb wohl." „Dein Freund?" forschte höchst argwöhnisch der Augustus. „Der germanische Bär?" — „Er war sehr gutherzig gegen mich auf dem Wege aus Macellum. Was hat er verbrochen?" — „Er hat seinen Soldvertrag gekündet und dann, beim Wein, im Rausche gesagt: — Späher hinterbrachten es dem Wächter über meine Sicherheit — er lebe lieber unter den Bären des Neckarwaldes als unter den Füchsen dieses Palastes." Julian lächelte: „Und deshalb sterben? Im Wein ist Wahrheit."

Eusebia erschrak: „Gott! Welche Keckheit des Wortes. Man sieht, der junge Philosoph hat nie am Hofe gelebt."

Constantius maß den Kühnen mit hoch erstauntem Blick: „Es ist Majestätsbeleidigung, o — Cäsar!" sprach er auf griechisch. — „Aber: Wahrheit? Wir wollen sehen, ob der Germane wirklich Wahrhaftigkeit hat. Gieb acht, wie er sogleich ums liebe Leben lügen wird. — Sprich," fragte er nun wieder auf lateinisch, — „vielleicht kannst du den Hals retten: — du hast unter den Füchsen des Palastes gewiß nur meine Diener gemeint, — nicht mich?" — „Dich vor allen, Herr." Constantius starrte vor Staunen: er kämpfte sichtlich mit sich selbst.

„Das ist Mannesart! Oh Imperator," — rief da Julian — „gewähre deinem Cäsar seine erste Bitte: — schenke mir dies verwirkte Leben."

„Es sei!" erwiderte Constantius weiterschreitend, „nimm ihn mit zu seinen Bären. Hoffentlich fressen sie ihn." Er winkte, die Leibwächter nahmen dem Gebundenen die Ketten ab. — „Siehst du," sprach Julian leise zu ihm, der sich an ihn herandrängte und treuherzig ihm die Rechte bot, „siehst du, auch dich hat gerettet mein Gott! Weißt du noch, wie er heißt? . ." — „Der waltende Wodan." „Unverbesserlicher!" lachte Julian und folgte den vorausschreitenden Frauen.

————

Constantius vermied es, der ersten Begegnung Julians mit den Seinen anzuwohnen; er verstattete, daß der treue Jovian, der ängstlich vor dem Außenthore des Palastes auf die Entscheidung harrte, daß, auf den Wunsch der Imperatrix, auch Philippus und der Mönch Johannes herbeigerufen würden, und kehrte in sein Gemach zurück, Eusebius eine Abschiedsunterredung zu bewilligen: denn dieser hatte Urlaub auf unbestimmte Zeit verlangt: „zur Herstellung seiner durch die Aufregungen der letzten Zeit erschütterten Gesundheit," wie es in der Gesuchschrift hieß.

Die beiden Frauen und die beiden Freunde erklärten nun dem immer noch staunenden Julian die Vorgeschichte, die Zusammenhänge dieser plötzlichen Wandlungen. —

Daß nur die Weissagung von Julians frühem Tod in dem wieder eroberten Gallien den schwankenden Imperator entschieden habe, verschwiegen Eusebia und der Sternweise selbstverständlich dem in Glück und Liebe schwebenden und schwelgenden Brautpaar ebenso wie Jovian. Nach einer Unterbrechung des Gesprächs ergriff Johannes, der bis dahin nur selten ein Wort zur Erklärung eingeworfen, sich demütig zurückgehalten hatte, die Hand Julians und sprach, den tief eindringenden Blick auf ihn gerichtet: „es ist edel von dir, geliebter Sohn, daß du dich soweit überwindest, dem Mann zu dienen, dessen Hand das Blut der Deinen vergossen hat. Siehst du, so erfüllest du das Gebot des Herrn: „vergeltet Böses mit Gutem!" — Du bist ein Christ der That! Dafür wird dir mancher Zweifel am Glauben vergeben werden. Denn ach, ich glaube, du — der Schüler eines Lysias, eines Maximus, — du zweifelst ein wenig?"

Um Julians feingeschnittene Lippen spielte ein leises Lächeln: „Ja, Vater Johannes, ich glaube auch, ich zweifle ein wenig; und ich verdiene dein Lob nicht. Keineswegs der Christ, — der Römer in mir hat den Widerwillen überwunden, diesem — Augustus zu dienen. Und auch überwunden die Sehnsucht nach den Hainen und Hallen der Akademie, nach den Lehrern, die in Nikomedia und die am Ilissos wandeln, das Verlangen nach den Papyrusrollen in den Bibliotheken der Stoen: denn wer am Becher der Weisheit zu nippen begann, wenn auch, wie ich, nur am Rande, — den verzehrt der Durst nach reicherem Wissen. Ach, wie viel hätte ich noch zu lernen, zu forschen! Und nun reißt mich der Tubaschall hinaus aufs Schlachtfeld, in verbrannte Städte, in die Speere der Barbaren. Werd' ich jemals wieder die Muße finden, einem Maximus, einem Libanius zu lauschen?"

„Nun," meinte Jovian lächelnd, „diese Wahl blieb dir, glaub' ich, erspart. Du konntest von dem Imperator hinweg nur nach Gallien gehen oder auf das Blutgerüst, nicht aber nach Athen zurück. Und es ist nun genug der Forschung, Cäsar Julian: nun gilt es Feldherrnschaft." Und des jungen Mannes schönes Antlitz leuchtete bei diesen Worten.

Julian schlang den Arm um seine Schulter: „Dank, mein Jovian! Du bist mein guter Genius. Die Götter selbst — o schilt mich nicht, Johannes! — haben dich mir als solchen verkündet. Hört mich, ihr edeln Frauen! In der letzten Nacht warf ich mich hin und her in der engen Sänfte und konnte lange nicht Schlaf finden. Unablässig beschäftigte mich der Gedanke, was denn, falls ich am Leben bliebe, mein Beruf, was mein Geschick sein werde? Mächtig zog es mein Herz zu den geliebten Lehrern, zu den Büchern zurück. Erst kurz vor Sonnenaufgang schlief ich ein. Und nun kam mir ein Traum — gerade in der Zeit, da die Träume am wahrhaftigsten . . ."

„In Christus geliebter Sohn," klagte Johannes, „das ist heidnischer Wahnglaube." „In allen Göttern (— was mehr ist —) geliebter Vater," lächelte Julian, „und jener vielgepriesene Judenjunge, der Frau Potifar so sehr gefiel, hat der nicht einem Herrscher geweissagt aus seinen Kuh-Träumen? Oder ist Jehovah ein anderer als Gott Vater? Du verstummst! Nichts für ungut! — Aber ein bißchen Spott ist oft mein einziger Trost, bei so viel aufgezwungener Heuchelei."

Da seufzte die Imperatrix tief.

„Nun wohlan, der behelmte Genius Romas — ich

konnte seine Gesichtszüge im Gewölk kaum erkennen — schwebte auf mich zu, mit der Linken hob er einen Legions= adler in die Höhe, mit der Rechten reichte er mir ein Schwert und sprach: „mir gehörst du, Julianus! Du bist ein Römer. Kämpf' und siege."

Ich erwachte, — ich fuhr empor: — ich sah noch seinen Helmkamm schimmern im Morgengold: es war der Helm Jovians, der sich vom Rosse zu mir niederbog: — und seine Züge waren die des Genius. — Oh ihr teueren Frauen, ihr treuen Freunde! Glücklicher als ich kann kein Sterblicher sein. Ich soll Mutter und Schwester neu geschenkt erhalten, ich habe eine geliebte Braut und treue Freunde."

„Und eine Beschützerin," sprach Philippus, — auf die Imperatrix deutend, die noch bleicher schien als sonst — „ohne die du jetzt gar nichts hättest, o Cäsar Julian, als ein Grab." —

Eusebia winkte ihm, zu schweigen: „Sein Glück — euer Glück vielmehr! — ist mein reichster Lohn: — ist mein Glück. Freue dich, Cäsar: wir alle, die wir's wohl meinen mit dir, sind ernst, allzuernst für deine Jugend, für deine Neigung zum Witz. Dies junge Geschöpf da, deine Helena, ist unter einem fröhlichen Stern geboren: — ihre Heiterkeit wird dir ein Labsal sein. Sieh nur, wie sie so strahlend lächeln kann, und silberhell ertönt ihr Lachen."

Einstweilen trat Philippus zu Johannes und flüsterte: „o Freund, und wir? — Wir sollen die Geliebte wieder sehen! Nach so viel Jahren! Mir pocht das Herz zum springen. Ob sie noch schön ist?" — „Schweig, Philippus! Nicht solche Worte! Willst du auch in mir die alte Sünde wecken? An ihr Seelenheil denke! Wie mögen all' die Jahre, die Einsamkeit, die ungerechte Strafe ohne Schuld,

auf ihren Glauben gewirkt haben? Ob ihr Gemüt der
Haß verbittert, vom Gottvertrauen abgelenkt hat?" „Es
wäre kein Wunder," meinte der Arzt. „Aber still —!
Draußen im Hofe wird eine Sänfte niedergesetzt! Sie
kommen! — Irene soll ich wieder sehen." Er zitterte
heftig. Der Mönch senkte die Augen und betete: „Und
führe uns nicht in Versuchung."

XXIII.

Nur kurze Zeit vorher waren Mutter und Tochter nach
so vieljähriger Trennung einander wiedergegeben worden,
und kaum hatte sich ihre stürmische Erregung in zärtlichen,
ängstlichen Fragen, in Thränen des Schmerzes und der
Rührung, ausgedrückt, als sie aufgefordert wurden, sich
aus der Villa in den Palast, zu dem Sohn, dem Bruder
zu begeben, dem neuen Cäsar, und dem verlobten Schwager
des Imperators.

Auf ihre staunenden Fragen über den Zusammenhang
all' dieser sich überstürzenden Dinge — den Untergang des
Gallus hatten sie schon in ihren Verbannungen erfahren
— wußten die Eunuchen, die sie einluden, die Sänfte zu
besteigen, keinen Bescheid zu geben: sie waren auf Raten
und Vermuten angewiesen.

„Mein geliebter Knabe! Ach nein: nicht mehr Knabe,"
sprach die Mutter. „Er war stets unter den Söhnen
mein Liebling — ich kann's nicht leugnen — Gallus war
so unbändig. Julian hing an mir mit so zärtlicher Liebe!
Wie er wohl aussehen mag? Er war gar klein und
schmächtig für sein Alter."

„O nein! Er ist gewiß groß und stark und männlich

geworden," rief das schöne junge Mädchen. Die Schwester
schmückten die günstigen Dinge an Julians Erscheinung:
das dunkle Lockenhaar, die Augen, der feine Mund; und
sie war frei von den unvorteilhaften: der spitzen Nase, dem
spitzen Kinn, den tiefen Augenhöhlen und den vorstehenden
Knochen der allzuhagern Wangen. „O wie liebte auch ich
ihn! Dachte ich an ihn in all' der Zeit, sah ich ihn stets
als schönen jungen Helden. Du wirst es sehen, Mutter,
er muß der stattlich Schönste von allen sein. O, wie
sehne ich mich, an seinem Herzen zu ruhen! Die Sänfte
hält. O Mutter, Mutter, laß mich vorauseilen. Ich
kann die Sehnsucht nicht mehr zügeln."

Auf stieß sie die Thüre der Sänfte, flog die Stufen
zu dem Palasteingang hinan. schlug den schwerfälligen
Vorhang zurück, eilte atemlos in den taghell erleuchteten
Raum, ließ, ohne ein Wort, die Blicke über die Anwesenden
gleiten und rief nun jauchzend: „Julian! Mein Bruder!
Geliebter, herrlicher Bruder!" Und mit ausgebreiteten
Armen eilte sie auf den etwas weiterstehenden schönen
Jüngling zu, der errötend zurückwich.

„Guten Geschmack hast du, Schwesterlein," lachte Julian,
sie auffangend. „Aber du mußt dich schon mit mir be-
gnügen: — der da ist mein Freund Jovian."

Das Mädchen verstummte vor Scham und lieblicher
Verwirrung, Helena kam ihr zu Hilfe: „Die neue Schwester
aber, hoff' ich, kennst du noch, die Mitgefangne," lächelte
sie und umarmte Juliana.

„Jedoch die Mutter? Wo bleibt die Mutter?" rief
Julian und flog auf den Eingangsvorhang zu.

Plötzlich blieb er wie gebannt stehen: mit großen Augen
starrte er vor sich hin, die Arme in stummem Staunen
erhebend. Denn wunderbar in der That war der Anblick
dieser Frau. Hochaufgerichtet, ihren Sohn überragend, blieb

die Matrone, von der Stirne bis zu den Knöcheln in ein dunkelgraues Trauergewand gehüllt, dicht am Eingang stehen: das edle Antlitz war zu beiden Seiten umflutet von einem breitwallenden Strome silberweißen Haares, das aus der ganz eng anliegenden Mantelkapuze vorn auf ihre Brust niederquoll.

Das Wunderbarste aber an der wunderbaren Erscheinung waren die großen, dunkelbraunen Augen, die in bläulichem Weiß schwimmend, mit ihrem unbestimmten Blick nicht an irgend einem Erdending zu haften, in das Unendliche, in das Unirdische, das Jenseitige suchend, zu schauen schienen.

So, die Rechte auf einen hohen schwarzen Stab gestützt, blieb die hehre Gestalt unbeweglich stehen und fragte mit tiefer, nur leise zitternder Stimme: „Wo ist Julian, wo ist mein lieber Sohn?" „Mutter!" rief der aus tiefstem Grund der Seele und sank ehrfürchtig vor ihr nieder, ihre Kniee umfassend. Feierliches Schweigen waltete nun in dem weiten Saal.

———

Endlich sprach die immer noch aus der Maßen schöne Matrone, den Blick der verklärt schimmernden Augen tief in seine Seele senkend: „Ja, — Dank sei dem dreieinigen Gott! — er ist mir rein geblieben: in diesen Augen leuchtet unbefleckter Glanz. Die Sünde der Welt hat ihn mir nie berührt. Lieber wär er mir gestorben. Aber er lebt! Er lebt, Dank dem Herrn, der alle seine Wege seinen Engeln befohlen hatte. Über schuppige Häupter der Drachen und über giftige Schlangen ist er gewandelt — unversehrt! Der Herr hat große Wunder an ihm gethan. Dir, o Herr, dreieiniger Gott, Gott Vater, Gott Sohn, Gott heiliger Geist —- dir weih' ich sein Haupt und sein Leben ganz und gar. Dem Erlöser und seiner Botschaft des Heils, die

allein mich vor Verzweiflung, vor Wahnsinn, vor der Ver-
fluchung Gottes und der Welt behütet hat in den Schrecken
jener Mordnacht, in der verzehrenden Qual meiner einsamen
Sehnsucht! — Christus dem Herrn, in dem allein das Heil
ist, weihe ich den Sohn, diesen Sohn von tausend Schmerzen!
— Ihr andern aber alle, wer ihr auch seid, ob die Höchsten
der Zeitlichkeit und die Weisesten, — beugt, ich beschwöre
euch, beugt eure Knie in den Staub vor Gott und sprechet
mit mir: „Dank sei dir, Herr Jesus Christus, Gottes ein-
geborner Sohn! Dank sei dir! Lob und Preis in Ewigkeit, der du durch deiner Güte und Barmherzigkeit und
Allmacht Wunder diese Stunde hast herbeigeführt. Lob
und Preis sei dir und Anbetung in Ewigkeit. Amen!"

Da erhob die Frau, hoch sich reckend, den Stab, auf
den sie sich gestützt hatte; nun zeigte sich: der Griff des
schwarzen Schaftes war ein silbernes Kreuz: hell blitzte es,
augenblendend, in dem Licht der Fackeln.

Und alle, alle — bis auf einen — sanken bei ihrer
Beschwörung in die Kniee, die drei Frauen und Johannes
zuerst: der flüsterte vor sich hin: „das ist eine Heilige
auf Erden." Auch Philippus folgte — zögernd —:
„Wahnsinn ist es," dachte der, „aber göttlicher Wahnsinn
wie der Sibylle."

Nur Julian blieb stehen: er zitterte am ganzen Leibe:
scheu wandte er den Blick von der Mutter ab: er wollte
entfliehen.

Da sprang Jovianus auf, faßte ihn fest an der Schulter,
zog ihn nieder und, selbst wieder auf die Knie sinkend,
raunte er ihm zu: „Die Mutter! Julian, um ihrer Seelen-
ruhe willen! Die Mutter!" „Heucheln? Lügen?" knirschte
der. — „Schone die Mutter!"

Und er zwang den Widerstrebenden zu sich nieder; die
Matrone hatte die Zögerung nicht bemerkt: denn mit ver-

zückten, weit geöffneten Augen hatte sie nach oben geblickt, sprachlos, achtlos ihrer Umgebung. Jetzt legte sie die Hand dem vor ihr knieenden Sohn auf das Haupt und schloß feierlich: „Segne ihn, Christus, sein Erlöser und Gott! Ich und mein Haus: — wir wollen dir dienen. Leben wir, so leben wir dir, sterben wir, so sterben wir dir, darum wir leben oder sterben, — dein sind wir, Jesus Christus. Amen." Feierliche, weihevolle Stille folgte diesen in höchster Begeisterung gesprochenen Worten. —

Aber doch lag ein gewisser dumpfer Druck über allen: die Matrone hatte so plötzlich, so gewaltig, ja gewaltsam den auf ganz anderes gerichteten Gedanken der drei Frauen und der drei weltlichen Männer eine Richtung aufgezwungen, die dem Augenblicke ferne lag: Julian trat der Schweiß auf die zu Boden gesenkte Stirn.

Der erste, der aufsprang, war Jovianus: „Auf!" rief er und schlug dem Freunde, der, in wehvollem Zwiespalt ringend, vor sich hinstarrte, auf die Schulter. „Hörst du die Tuba draußen schmettern durch die Nacht? Es ist der Sammelruf der Legionen, Cäsar Julian," rief er. „Sie giebt dem ganzen Heer das Zeichen zur Versammlung morgen früh vor den Thoren der Stadt: als Cäsar wirst du feierlich begrüßt. Dann zur Hochzeit."

„Jawohl," fiel Philippus sich erhebend ein, „unter guten Sternen: unter Eusebias Augen!"

Und dann," schloß Julian, sich kräftig ermannend und hoch aufrichtend, „dann sofort nach Gallien auf: — und wehe den Barbaren!"

———————➤✶◄———————

Julian
der Abtrünnige.

Geschichtlicher Roman

von

Felix Dahn.

Zweites Buch.
Der Cäsar.
v. 355—361 n. Chr.

. . . . . „Tapferster Führer der Heere.
Hoch als Gesetzbegründer berühmt; mit dem Arm und dem Rate
Treuer Wahrer des Vaterlands, nicht aber des Glaubens,
Abgefallen von Gott, doch getreu bis zum Tode dem Reiche."
Prudentius, christlicher Dichter des V. Jahrhunderts.

Leipzig
Druck und Verlag von Breitkopf und Härtel
1898.

„Ein größeres Werk beginne ich, eine höhere Ordnung der Dinge tritt mir entgegen mit Julian. Der Geist einer erhabneren Natur hat diesen Jüngling geleitet von der Wiege bis zum letzten Lebenshauch. In Frieden und Krieg ward alles durch ihn so plötzlich gebessert, daß er, klug wie Vespasian, an Güte als ein zweiter Titus geschätzt ward, in ruhmreicher Kriegsthat Trajan, in Milde Antonin, in klarer, tiefer Geistesforschung Marc Aurel vergleichbar."

Ammianus Marcellinus XV, 9, XVI. 1.

Vorbemerkung.

Die Gestalt des Serapion ist geschichtlich begründet: ein germanischer Königssohn ward unter dem Namen Serapion in die ägyptischen Geheimlehren eingeweiht und kämpfte dann bei Straßburg gegen Julian. Ein philosophischer Brief Julians an „Serapion" ist erhalten. Vergl. Ammianus Marcellinus, rerum gestarum ed. Eyssenhardt. Berolini 1871. Libri XVI. 12, p. 85.

I.

Wo der Rheinstrom, der gewaltige, an Breite fast einem See vergleichbar, sich oberhalb der Batavischen Insel in zwei Arme spaltet, da saßen damals auf beiden Ufern in dem von Urwald und Ursumpf durchzogenen Lande die salischen Franken: jene Bátäver, die dereinst unter Claudius Civilis sich in dem Freiheitskampf gegen Rom erhoben, hatten einen Hauptbestandteil gestellt zu dieser Gruppe von Völkern, die sich seit vier, fünf Menschenaltern unter jenem Namen der „Freien" zusammengeschlossen.

Auf dem batavischen Eiland, ziemlich nahe der Abzweigung des „Rheines", d. h. des nördlichen Armes von dem südlichen: der „Waal", krönte, einen Pfeilschuß weit von dem Strom, den höchsten Hügel das stattliche Gehöft eines Gaukönigs.

Einige Zeit, bevor der neue Cäsar auszog, in dem unbekannten Lande eine unbekannte Aufgabe zu lösen, war in der Halle dieses Königshofes eine Anzahl von Gaukönigen und Edelingen der salfränkischen Völkerschaften zur Beratung versammelt: aber auch weither gereiste Gäste — aus anderen Germanenstämmen — waren erschienen.

Den Hochsitz nahm der Herr des Hauses ein, der greise König Nebisgast, dem das in einer breiten Woge bis auf die Schultern wallende silberweiße Haar und der lange gleichfarbige Bart hochehrwürdiges Ansehen gaben; da sein

Augenlicht schwach war, half ihm sein auf der Bank gegenüber sitzender Sohn, wann der Alte mit unsicherer Hand
nach dem Becher auf dem Rundtisch tastete: liebevoll folgte
des jungen Mannes Auge jeder Bewegung des Vaters.

Die andern Fürsten, die Gäste, saßen auf den halbkreisförmigen Bänken, die rings um den Trinktisch gereiht
waren; die aufwartenden Knechte waren entlassen: denn
wichtige Beschlüsse sollten nunmehr gefaßt werden.

Den Ehrenplatz zur Rechten des Hauswirtes erfüllte
eine riesige Gestalt, ein gewaltiger Mann von etwa vierzig
Jahren, von dessen Mantel, dem schwarzen Fell des Ur-
stieres, der branbrote Rauschebart sich grell abhob; der
Eichentisch dröhnte, als der Riese den schweren in Erz ge-
triebenen doppelhenkeligen Mischkrug darauf niederschlug.
— „Bei Tius und beim roten Donar," rief er, „schänk
wieder ein, Merowech. Zu winzig ist der Walen größter
Krug für alamannischen Durst."

Der Königssohn lächelte, wie er mit dem leer getrunkenen
hohen Krug aus einem weitbauchigen Thongefäß, das auf
dem Estrich stand, den starf, ja streng duftenden tief dunkelroten Wein schöpfte: „Und doch, König Chnodomar, diente
dies dein Becherlein da dem Imperator Constantin als
gewaltigster Mischkrug: darin ward der Wein mit Wasser
gemischt für neun Gäste."

„Bah, waren eben Walen, wenige Wichte, leibarme
Lotter," rief der Alamanne, den mächtigen Krug wieder
mit beiden Händen zu dem bärtigen Munde führend. „Aber
guten Haustrunk führst du, Bataver! Wo hast ihn her?"
— „Der Imperator Constantius sandte ihn dem Vater —
zugleich mit mir, als er mich freigab." „Wie lange,"
fragte der Gast, der neben Chnodomar saß, — der suebische
auf dem Oberhaupt zusammengeknotete Haarwirbel bezeichnete
auch ihn als Alamannen — „wie lange, Merowech, warst

du gefangen bei den Römern?“ „Nicht doch gefangen, König Ur,“ erwiderte da der Vater des Gefragten unwillig. „Von freien Stücken gab ich den Knaben — fünfzehn Jahre zählte er — dem großen Constantinus hin als Unterpfand des Friedens. Dieser Friede allein rettete mein Volk. Allbezwingend stand der Augustus in meinem Gau: jeder Widerstand war unmöglich, ausmorden hätten uns die Legionen können in wenigen Tagen: der Friede ward uns gewährt gegen Vergeiselung von einigen Söhnen der Edeln und — von des Königs Sohn. Ich gab ihn hin, den blondgelockten: — ich entbehrte seither des Sonnen= strahls in der Halle. Meine Augen wurden trüb und die Mutter hat ihn nicht mehr wieder hereinhüpfen sehen über die Schwelle. Aber dieser Preis hat meinem Volke den Frieden erkauft, den unentbehrlichen, für fast zwanzig Jahre. Wir Bataver hatten Ruhe, während all' unsre Nachbarn, die zur Unzeit wider den großen Imperator sich erhoben, unter den Schwertern der Übermacht bluteten. All' diese Jahre hab' ich den einzigen Sohn vermißt, wie einen Toten. Erst seit kurzem hab' ich ihn wieder.“ Und er weidete die müden Augen an dem Anblick der jungen Heldengestalt.

„Nun,“ lachte Chnodomar, tief in den Mischkrug blickend, „er ist ihm aber gut bekommen, dieser römische Tod, dem Buben. Der schlaue Fuchs, Constantius, den du den großen Imperator nennst, — möge er zwischen Schwertern und Schlangen im Eisstrom Hels sich wälzen! — hat ihn erziehen lassen mit vornehmsten Edelingen seines Reichs. Latein und Griechisch hat er gelernt und die Bücher von dem gekreu= zigten Sohn Allvaters und, wie man sagt, alle Geheimlehren der Zauberer Ägyptens. Zum Priester eines ägyptischen Gottes ward er geweiht und einen ägyptischen Namen hat er deshalb geführt: — wie klang's doch noch?“ —

„Serapio heiß' ich den Römern, nach Serapis, dem größten

Gotte der Ägypter." „Ja, er lernte auch dessen Weihen und Geheimnisse," sprach der Vater mit Stolz. „Aber ein batavischer, ein salischer Held ist er geblieben," rief ein Graubart, der neben dem Königssohne saß und schlug ihn auf die Schulter. „Merowech" haben wir dich nach einem großen Ahnen, nach des Claudius Civilis Sohn, genannt bei der Wasserweihe, der Namensgebung. Nach jenem Merowech, der, des sterbenden Vaters Auftrag gemäß, die zersplitterten Gaue unserer Völkerschaften zusammenschloß unter dem großen Namen der „Franken" — anfangs geheim, den lauernden Römern verborgen, bis endlich, — vor einem Großhundert von Wintern etwa — der fünfte Sproß von jenem Merowech der Franken Namen laut verkündete: und hell wie Donnerkrach fuhr er bis Rom!" „Ja, 's ist richtig," bestätigte der alte König, nachrechnend. „Ich bin im achten Glied, mein Merowech im neunten verenkelt jenem Claudius Civilis." „Wir Sugambern," fuhr der Graubärtige fort, und sein blaues Auge blitzte mit noch jugendlichem Feuer, „wir vor allen Söhnen Wodans haben den ältesten Span mit Rom: unsere Ahnen zuerst hat Rom auseinandergerissen, einen Teil vertrieben, den andern hierher verpflanzt, mit Gewalt, aus der alten Heimat und verknechtet: aber die Rache verjährt nicht. Und darum sage ich: ihr Könige der Franken, thut nach dem Vorschlag der eberkühnen Alamannen! Seht diesen König Chnodomar: — dem Donnergotte gleicht er, seinem Ahn. Schon haben sie halb Gallien erobert: brecht den Frieden, den Rom uns aufgezwungen, schließt Bündnis mit den Alamannen und teilt euch mit ihnen in das gallische Land. Tot liegt lange schon der Imperator Constantin, vor dem euch bangte. Schwache Hände nahmen ihn auf, seinen goldnen Stab. An der Donau mit den Jazygen, fern in Asien mit den Persern kämpfen die Legionen: das Land vom Rhein bis

an die Loire liegt schutzlos: es gehört dem Starken. Greift
zu! Siegvater will's euch schenken." Und er hob das
Wisenthorn, das, auf silbernem Fußgestell ruhend, vor ihm
stand und that einen tiefen Zug.

„Nicht also, Mälo, Mälfrids Sohn," begann sein
Nachbar zur Linken, den Kopf mit dem schwarzbraunen
kurzkrausen Gelock schüttelnd. „Ich warne! Wie oft haben
— nicht wir freilich! — aber unsere Nachbarn im Norden
und Osten, den Frieden gebrochen, den sie mit Rom geschlossen. Plündernd und raubend brachen sie ein, der
blinden Gier folgend. Aber kurz war jedesmal die Freude!
Mochten die Räuber im Anfang mit Glück geheert haben,
— alsbald kamen immer wieder die Legionen unter ihren
Adlern, den unbezwinglichen —" „Die sind jetzt abge-
schafft," warf Merowech kurz dazwischen. — „Und unter
unbesiegbaren Feldherrn." „Hohohohöh," lachte Chnodomar,
daß die Halle dröhnte. „Nun, schließlich sind sie doch noch
immer Sieger geblieben, die Cäsaren. Und" — hier stieg
ihm heiß das Blut in das Antlitz — „eins vergeßt ihr
immer, ihr Ungestümen. Ihr sitzt in euren Wäldern und
Sümpfen, ihr andern, ihr —" „Ihr Barbaren, willst
du sagen," ergänzte Merowech ruhig. „Ihr Ärmeren —
darf ich sagen. Rücken die Kohorten heran, den so oft
wiederholten Treubruch zu strafen, ihr weicht in Wald und
Sumpf . . ." „Wohin der Legionar nicht gern nach-
dringt," lachte Mälo. — „Weiber, Kinder, Vieh und die
geringwertige Fahrnis nehmt ihr mit in den meilentiefen
Wald. Wenig schadet's euch, wirft der Centurio die Fackel
in das leere Holzgehöft. Bald zieht der Südling ab,
weichend vor den kalten Regenschauern eures Herbstes
schon, und derselbe Wald, dessen Verhack und Verhau euch
Zuflucht geboten, bietet euch die Balken, das neue Gehöft
emporzuzimmern. — Wir aber, wir haben etwas zu ver-

lieren zu Köln an unsern schönen römischen Steinhäusern, an unserer reichen Habe . . ." „Und an Wohlleben. Aber nicht an Freiheit, die habt ihr längst verloren," lachte Chnodomar. „Freiheit!" meinte achselzuckend der Ubier. „Ihr habt die Freiheit, zu darben und zu frieren." „Und zu leben, wie wir wollen," rief Mälo. „Oder vielmehr: wie wir müssen," sprach Merowech nachdrucksam. „Nach unseres Stammes, unserer Ahnen uns vererbter, uns unsagbar teurer Art. Freiheit ist, meine ich," schloß er nachdenklich, „seine Eigenart ausleben können. Die Gallier sind zu Römern geworden. Und ihr zum Teil." — „Ist Römerart schlechter? Meine Mutter war Römerin." — „Meine nicht, Dank den Göttern." „Was will das sagen?" fuhr der Ubier hitzig auf, die Hand am Schwert. „Das soll sagen, o Spurius," erwiderte Merowech gelassen: „die Fehler meines Volkes sind mir lieber als die Vorzüge der Fremden. Ich habe in diesen achtzehn Jahren gar vieler Völker Söhne und Sitten gesehen zu Rom, zu Byzanz, zu Antiochia, zu Alexandria: nichts fand ich, was mir besser gefiel als Germanenart. Klüger sind manche, nicht edler und nicht stärker. Die Welt aber gehört nicht den Schlauesten: den Stärksten und den Edelsten. Und das sind wir." „Heilö!" rief Chnodomar und trank ihm zu. „Der kann reden wie fechten. Er führt das Wort wie den Speer." „Denken kann er vor allem," meinte der Ubier. „Und das hat er von den Römern und Griechen, von ihren Philosophen gelernt. Und die Welt? — Noch gehört sie dem Imperator. Also muß der wohl der Stärkste und Edelste sein." „Constantius!" lächelte Merowech. „Das glaubt er selbst nicht von sich. Und wem die Welt gehört, — das wird sich noch darweisen." „Nun," lachte Chnodomar dröhnend, „das schöne Stück Welt zum Beispiel, das Gallien heißt, das gehört ihm schon nicht mehr, sondern zum großen Teil uns! — und bald, wenn ihr uns helfen und dann die Beute teilen wollt, was noch daran fehlt, das Ganze euch und uns." „Hm," murrte der vierte der Gäste, der bisher geschwiegen, ein hagerer Mann mit finsterem Ausdruck des Gesichtes. „Euch helfen — mit euch teilen! Das ist es gerade, was wir nicht wollen, wir Chatten. Uralter Grenzstreit scheidet unsere Gaue von euch, ihr gewalttreibenden Alamannen. Und Blutrache habe ich noch zu suchen an einem eurer Königsgeschlechter: vor drei Menschenaltern fiel einer meiner Ahnen durch alamannischen Jähzorn."

„Und wie viele deiner Gesippen, Abgandester, fielen durch das Schwert der Legionen?" fragte Merowech. „Oder verbluteten, gefangen, im Cirkus, zerrissen von wilden Tieren? Ich meine doch, unter den gefangenen Königen und Edeln, die der fromme Constantin zu Trier in der Arena von Bären zerreißen ließ, war dein eigener Vater? Hast du das vergessen?"

„In dem Eisstrom Hels will ich schwimmen," fuhr der Chatte auf, „vergeß' ich's jemals. Aber die Römer sind Fremdlinge. Bitterer trennt unter Volksverwandten der Haß: die Alamannen sind Wodans Söhne wie wir. Lieber den Uferfranken als den Alamannen, diesen schlimmen Nachbarn, neigen wir zu. Wenig freute es mich, die hier zu treffen in der Halle der Franken. Helfen? Teilen! Ich mag nicht! Kämpft es allein aus, ihr Alamannen, mit den Römern. Dem Sieger nehmen wir dann, wir Chatten und ihr Salier, das Ganze ab." Haßvolle Blicke schoß er auf die beiden Alamannenkönige.

„Nun," lachte Chnodomar, „aufrichtig wenigstens ist deine Staatskunst, Chatte. Gerade so aufrichtig sei meine Abwehr: auf dem gemeinsamen Heimritt schlag' ich dich tot."

„Staatskunst!“ rief Merowech, laut klagend. „Ja,
das ist sie, unsere uralte Staatskunst der Thorheit, des
Neides, der Zwietracht, des Nachbarnhasses und des
Stämmezwists! Soll's denn so fortgehn in alle Zukunft?
Was hatte die Römer unbezwinglich gemacht diese Jahr-
hunderte lang? Der Eine Wille, der sie alle lenkte. Was
erschüttert jetzt ihre Macht und neigt sie zu Fall? Die
Zwietracht, der Neid der Cäsaren!“

„So rätst auch du, mein lieber Sohn,“ forschte bedächtig der alte König, „wir sollen den Frieden mit Rom
brechen, sollen den kühnen Alamannen uns verbünden?
Bedenk' es wohl! Genauer als wir alle kennst ja du die
Stärke Roms! Dich reißt auch nicht Raubgier und
Kampfeslust dahin, wie andere Jünglinge: — du bist ein
junger Weiser mir zurückgekehrt. Was du sonst gelernt
hast, von Bischöfen, von Priestern des Apollon, des
Serapis, des Moses, — ich weiß es ja nicht! Aber eins
hast du nun gelernt: Rom, seine Größe und seine Krankheiten. Und dich selbst beherrschen hast du gelernt . . .“
„Und andere durchschauen und dadurch auch beherrschen,“
bestätigte Mälo nickend. „All' das nur wenig,“ sprach
Merowech, die langen Locken schüttelnd. „Aber eins hab'
ich gelernt: — mein Volk lieben über alles mit heißer
Liebe und mit ganzer Seele.“ „Seltsam,“ spottete
Spurius. „Stand das in den Schriftrollen der Serapis-
priester zu lesen?“ — „Nein, Ubier. Und auch nicht in
dem heiligen Buche der Christen. Da steht gar nichts von
der Liebe zu dem eignen Volk. Der Sohn des Juden-
gottes sah sein Volk doch schwer leiden unter dem Joche
Roms: — nicht Ein Wort hat er darüber gesagt: „er gab
— und ließ! — dem Imperator was des Imperators
war,“ — auch seine verknechteten Stammgenossen. Nein.
Nicht Bücher haben mich das gelehrt, den Knaben, der,

fern der Heimat, zum Jüngling, zum Mann heranwuchs:
— sondern die Not des Herzens. Und des Herzens Stolz.
— Seht, ich war so jung! Und die Verführung lockte so
stark. Von allen Seiten. Ich meine nicht die Verführung
zu den Lastern, den unglaublichen, die auf meine Jugend
eindrangen. Nein: die Verführung zu dem Abfall von
mir selbst: von meiner Eigenart. Ich sah täglich, wie
andere, Römer und Barbaren, die nicht stärker, tapferer,
klüger waren als ich, rasch emporstiegen. Gold, Ehren,
Macht, schöne Weiber, Genuß jeder Art erlangten sie, indem sie — sich selbst aufgaben, so falsch und selbstisch und
tückisch und kriechend und lügend und — nach erlangtem
Sieg — so tödlich grausam wurden, wie — nun, wie der
Imperator Constantius selbst und seine Bischöfe und
Patricier. Und oft flüsterte es in mir: „mach's doch wie
die und du bringst es weiter als sie alle! Lüge! Spinne
Ränke! Verführe die Weiber deiner Feinde und deiner
Freunde, beider Geheimnisse zu erkunden. Schmeichle und
heuchle! Nimm die Taufe — vor allem! — und du
kannst alles werden, was dein Herz begehrt in diesem Reich,
an diesem Hof!"
Aber da trat das Bild der Heimat, unseres Hauses,
unseres Volkes vor meine Seele und — ich schämte mich
abzufallen von meines Volkes altvererbter Edelart. Ich
sah den Vater in dem Silberhaar, der in Krieg und
Frieden nur für die Seinen lebte. Ich sah der Mutter
gütevolles Antlitz und ihr fraulich Walten im Gehöft.
Ich sah die schöne Schwester in dem Goldgelock, die Braut
des Nordlandkönigs, und verglich die Keusche, rein wie
der Morgentau, mit den römischen Mädchen, in der
Knospe vor dem Aufblühn schon verderbt. Ich sah die
Volksgenossen tagen im Ding unter der alten Esche, ein
Wort fester bindend als in Rom alle Eide auf heilige

Knochen und als ellenlange Vertragsurkunden. Ich dachte,
— nein, ich fühlte anfangs nur, — wie bei uns das
alles schlicht war, treu, rein, ehrenfest, wahrhaftig, ob rauh,
ja roh und zuweilen blutig wild: und siehe, mich ekelte
des Glanzes um mich her: — morsches faules Holz, das
da leuchtet vor eitel Fäulnis! Und ich sagte zu mir unter
den Eunuchen zu Mailand und unter den gemalten
Freundinnen der Patricier und unter den meuchelmörderischen
Großen des Palastes und unter den näselnden Christen-
priestern und unter den gaukelnden Magiern Ägyptens:
„Nein, Merowech, Nebisgasts Sohn," sprach ich zu mir,
„du wirst nicht wie diese. Du bleibst ein Franke, bleibst
deines Volkes Sohn und dessen wert." Siehst du, Spurius
Romanus, so hat mich mein Volk — mein Volk allein!
— gerettet vor der Fäulnis. Soll ich's nicht lieben? Soll
ich ihm nicht vergelten? Ich hab's geschworen: auch ich
rette mein Volk. Oder ich sterbe."

———

II.

Große Stille folgte diesen Worten.

Der alte König reckte die zitternde Hand über den
Tisch und drückte schweigend die Rechte seines Sohnes.
Auch der zungengewandte Ubier war verstummt. Erst nach
einer Weile fand er wieder Worte. „Nun gut, ich will
das nicht schelten: lieb' ich doch auch meiner Mutter auf
mich vererbte Römerart. — Allein — vergieb, o Königssohn! — ich sehe nicht die Gefahr, aus der du dein Volk
erretten willst, wie du sagst. Kein Mensch bedroht euch,
haltet ihr den oft beschworenen Bund mit Rom. Des

Imperators Schild beschirmet seine Treuen." „Er braucht die Schilde dringend, mein' ich, für sich selbst," lachte Chnodomar und trank. „Du allein im Volk der Bataver," fuhr der Kölner fort, „siehst Gefahren. Aber nur du beschwörst sie herauf. Denn nur du drängst zum Kriege. Sieben Gaue sind's der Bataver: wo sind die Könige der andern sechs? Gewiß doch lud auch sie wie uns Nebisgast in seine Halle. Warum kamen sie nicht? Ich sehe nicht Labeo und nicht Briganticus, nicht Chramn und nicht Guntchramn, nicht Truchtbrecht noch Grimmbrand? Wo sind sie?"

Mehr traurig als zornig furchte der alte König die Stirn: „Du höhnst, „Agrippinenser": — so nennt ihr euch ja gern. Du höhnst mit Recht. Labeo und Briganticus, Halbrömer wie du, hassen meine nahe verwandte Sippe mit dem gleichen Hasse wie vor dreihundert Wintern ihre Ahnen Claudius Civilis, meinen Ahn, gehaßt. Aber auch die andern vier . . ." „Unvermischt Germanenblut," meinte Spurins spöttisch. „Jawohl," fiel Merowech ein, „und echt germanische Thorheit bewahren sie. Weil meines Vaters Gau der volkreichste, hassen und beneiden sie uns." Aber Spurins schüttelte den Kopf: „'s ist nicht nur das! Sie wissen recht gut, kömmt es zum Krieg, — Merowech wird auch von ihren Gauleuten zum Herzog gekoren: — Merowech müssen auch sie dann folgen." „Jawohl," rief Mälo schmerzlich, „das ist's!" „Ja," schloß Merowech. „Lieber dem Fremden, dem Römer dienen als dem Stammgenossen sich fügen auch nur ein weniges. Siehst du, Spurius, hörst du, Abgandester: — das ist die Eine Gefahr, die furchtbare, die unser Volk bedroht: der uralte Neid, die Eifersucht, die trotzige Selbstgenügsamkeit, die Unbotmäßigkeit. Nicht in bald vier Jahrhunderten haben sie's gemerkt, daß diese Sinnesart sie

alle miteinander zu Grunde richtet. Nur die Not, die
Not gemeinsamen Krieges, kann sie heilen von dem Erb=
laster der zwieträchtigen Eifersucht." „Und der Führer
in diesem Kriege," sprach Abgaudester kalt, „heißt — das
versteht sich — Merowech. Denn das ist der Weg zur
Macht." „O Chattenfürst," erwiderte dieser mit Schmerz,
„glaubst du wirklich, dieser Weg ist ein lockender? Die
Spuren wahrlich schrecken ab! Hast du vergessen den Lohn,
der dem großen Cherusker geworden? Noch singen und
sagen von ihm die Harfner in den Hallen. Wie Gott
Baltar, — früh traf ihn der Mordstahl der eignen Gesippen
— des eignen Ohms! — beim Mahle. Und mein eigner
hoher Ahn, Claudius Civilis, was war sein Ende? Ver=
lassen, verraten, geächtet von dem eignen Volk, das er be=
freien wollte, das er schon befreit hatte, als Zwietracht
und Neid sein Werk wieder zerstörten, verbannt, flüchtig
im fernen Cheruskerland, am Grab Armins, hat er die
große Seele ausgehaucht. Glaubst du, solche Beispiele sind
verführend?" „Nun also!" entgegnete der Kölner. „So
halte Ruhe! In solche Gefahren kann einen Sehenden nur
Eines reißen: die Ruhmsucht."

„Meinst du, Beklagenswerter? Da sprachst du's aus:
du hast kein Volk mehr, hast kein Vaterland. Nicht Ruhm=
sucht wahrlich, — die hätt' ich im Dienste Roms viel
großartiger befriedigen können! — die heiße Liebe zu
diesem meinem armen Volk reißt mich dahin. Ja, hört
es beide, ihr Zweifler: ich lebe gern, ich freue mich meiner
Kraft, ich hoffe noch Schönes, Großes zu gewinnen in
Krieg und Frieden: ich weiß, wie tief mein Tod den greisen
Vater beugen würde, — vielleicht bis in den Hügel" —
er streifte den Alten mit warmem Blick: „aber ohne Be=
sinnen, von diesem Trinkhorn weg, spring' ich in den Tod,
nützt mein Sterben irgend diesem Volk der Franken."

„Heils, Heil dir, Held Merowech! Ein wacker Wort!"
So riefen da Chnodomar, Ur und Mälo. Aber der Vater
schwieg: nur sein Auge leuchtete hell auf.

Nach einer Weile begann der Ubier: „Meinst du's so
gut mit diesem deinem Volk, so treib' es nicht in den Krieg
mit Rom, bloß um es an Gehorsam gegen dich oder auch —
ich will sagen — an Eintracht zu gewöhnen. Zu blutig
ist der Kaufpreis."

„Er wäre es nicht: denn er ist das einzige Mittel.
Aber wenn du das denn wirklich gar nicht fassen kannst,
— so höre: — nicht nur der Wunsch, die Sehnsucht nach
jenem Ziel: der Einung, wenigstens unserer paar Gaue
— an mehr ist ja nicht zu denken! — bitter, mit Händen
greifbar, aufbringsam wie die Überschwemmung und un-
vermeidbar, drängt, zwingt, stürzt uns in den Krieg gegen
Rom — eine ganz andere Not —"

„Ich bin begierig, dies Schreckgespenst kennen zu
lernen."

„Du nennst es bei Namen: es ist ein Schreckgespenst:
es ist der Hunger. Jawohl, des Hungers fürchterliche
Not! Du lächelst — denn du denkst — wie immer —
nur an dich. Du sitzest in deinem schönen säulengetragenen
Marmorhaus am flutenden Rhein, hinter den sichern, hohen
Mauern der Colonia Agrippina und schlürfst behaglich aus
korinthischem Becher den sicilischen Wein. Deine Sklaven
und Sklavinnen arbeiten für dich, verkaufen für dich und
schütten den Kaufpreis vor dich hin, während du, auf
weichen Polstern gebettet, der syrischen Flötenspielerin
lauschest, oder der Tänzerin zuschaust aus Amathus."

„Warte nur, du Hälbling," warf der grimme Ur dazwischen, „wir wollen dich unsanft aufstören zwischen deinen
Singerinnen und Hüpferinnen."

„Ihr götterverhaßten Römlinge!" grollte Chnodomar.

„Noch sind wir euch den Lohn dafür schuldig, daß ihr
weiland Civilis Treue geschworen und damit eure falsche
Stadt, die schon zur Niederreißung verurteilt war, erhalten
habt: bald darauf habt ihr eine halbe Tausendschaft der
tapfersten Überrheiner des Civilis durch ein üppiges Gelage
in eurer Arena in Rausch und Schlaf hinein betäubt, dann
die Thüren gesperrt, Feuer hineingeworfen und eure Gäste
im Rauch erstickt, in den Flammen verbrannt. Aber ihr
seid immer die frommen Agrippinenser, die eifrigsten Götter=
verehrer. Nun wartet! Wir wollen ja sehen, wer stärker,
Jupiter und Mars, oder Wodan und Tius."

„Jedoch da draußen," fuhr Merowech fort, „da drüben,
rechts vom Rhein, wenige Meilen nordöstlich, im Urwald
und Ursumpf, da wächst, unablässig quellend, jedes Jahr
eine Menge germanischen Volks heran, das schon lange,
schon seit zwei Jahrhunderten fast nicht mehr Land genug
hat, Brot daraus zu ziehen, nicht mehr Weide genug findet,
sein Vieh zu erhalten! Zu schmal, viel zu schmal, schon
seit vielen Menschenaltern, ist für unseres Volkes gewaltig
wachsenden Leib geworden das schmale Land, wie es —
vor mehr als einem halben Jahrtausend! — für die
damaligen Siedler genügend gefunden war. Aber dich
kümmert's nicht: — du hast genug und übergenug im
üppigen Köln: mögen die überm Rhein drüben verhungern."

„Das sollen sie aber nicht, so lang ich lebe!" schrie
Chnodomar, „und so lang sie nur auf dem Schild über
den Rhein zu schwimmen haben, um im reichen, schönen
Gallien alles zu finden: Wein und dunkeläugige Weiber
und römischen Goldschmuck und Ruhm und Siegeslust
dazu und —" „Um all' das nicht, o Alamannenheld,"
unterbrach Merowech, „würde ich es verantworten, das
Frankenvolk über den Rhein zu führen und in den Krieg
mit Rom: — denn blutig wird er! — Nur weil wir

müffen, weil wir keine Wahl haben, — nur deshalb folg ich dir, Chnodomar, falls der Vater es verstattet und das Gauding zustimmt."

Heils, wackrer Junge," rief der riesige König. „Wenn du nur kömmst und dreinschlägst, — warum du's thust, — das gilt mir gleich. Hier meine Hand und nieder mit den Römern!"

————

III.

„Julianus der Cäsar wider Willen an seinen geliebten Lehrer Lysias.

Mein letzter Brief, o Lysias, berichtete dir in das ferne Land am Nil die wunderbaren Wandelungen, die der Gott, der allein alles schaut, das Künftige wie das Vergangene, und die von ihm durchsonnte (durchsonnt, von Helios gesagt, ist gut, nicht?) Gegenwart in meinen Geschicken bewirkt hat bis zu jenem Abend, da ich, statt des Todes, die Cäsarwürde, eine geliebte Braut, die Mutter, die Schwester und den Auftrag erhielt, das Unmögliche zu thun: das heißt: fast ohne Mittel Gallien den Barbaren zu entreißen.

Noch in derselben Nacht drängte mich die Dankbarkeit, dir zu schreiben. Denn wahrlich, nie werd' ich's vergessen: — ohne dich wäre ich wohl in jenem Kloster verrückt geworden, oder ein Christenmönch geblieben (— was dasselbe ist). Am folgenden Tage ward ich aus dem Palast abgeholt von einer glänzenden Reiterschar. Einstweilen waren, durch Eilboten herbeigerufen, die Besatzungen der nächsten Festen und Städte nach Mailand zusammengeströmt. Dazu kamen die Leibwächter, die Palastwachen, die

Prätorianer und die zahlreichen andern Kriegerscharen in dieser Stadt: sie hatten ihren festlichen Waffenschmuck angelegt und all' diese vielen Tausende bildeten einen gewaltigen Halbkreis auf dem Blachfeld, das sich im Nordwesten der Stadt, von dem Kastell aus, gegen den Fluß Olonna hin erstreckt.

Wie schlug mir vor stolzer Freude, vor römischer kriegerischer Begeisterung das Herz, als ich, zur Linken des Augustus, umringt und umrasselt von den Reitern seiner Leibwache — parthische Söldner, Kataphraktarii, ganz gepanzert, Mann und Roß in klirrenden Schuppen= ringen — im hellen Schein der Herbstsonne in die Mitte dieses kleinen Römerheeres sprengte! Ich ritt ein feuriges, spanisches, in Afrika gezüchtetes Weißroß („Argos" heißt das schöne Tier) — die Imperatrix hat es mir geschenkt! Ich hatte Mühe, die kaum gelernte Reitkunst (— Jovian hatte schon in Athen darauf bestanden —) nicht zu ver= gessen, sie richtig anzuwenden bei so glühender Erregung. Am liebsten wär' ich gleich von da mit diesen Reitern in die Speere der Alamannen gestürmt! Aber es kam anders, ganz anders!

Es verdroß mich, daß ich, dem Beispiel des Imperators folgend, von meinem prächtigen Renner steigen und hinter Constantius eine Art Rednerbühne oder Richterbühne (oder vielleicht am richtigsten: „Schaubühne" dachte ich boshaft!) auf vielen Stufen erklettern mußte, von deren purpur= behangner Brüstung herab mein Vetter alsbald eine Rede an die Heerscharen hielt, die mir wie fast alle Reden, die ich bisher (außer den meinen!) gehört, zu wenig gerundet, dagegen (zumal von Galiläerpriestern) zu länglich schien. Er sprach von den Gefahren, die das Reich bedrohen, von der Notwendigkeit, für das Abendland, zunächst für Gallien einen „Cäsar" zu bestellen (erste Klammer: ja freilich:

einen Julius Cäsar brauchte Gallien, das Land abermals einem Ariovist und seinen Germanen zu entreißen: und Julian ist kein Julius Cäsar [zweite Klammer: es ist jetzt, nach neuester Sitte, sogar in Athen und Nikomedia verstattet, solche Doppelzwischensätze zu machen], ausgenommen mein Griechisch: diesen Cäsarbrief hätte der Sieger von Pharsalus nicht so ausgebiftelt griechisch schreiben können! hat er doch nie zu des Libanius Füßen gesessen) und er frage sie, ob sie nicht die knospenden Tugenden (das gefiel mir: „knospende Tugenden" ist neu!) des Neffen des großen Constantin zu diesem Zweck mit dem Purpur belohnen und zugleich anspornen wollten (aber ich bitte dich, Lysias! kann man Knospen „spornen")?

Ich fühlte, daß ich über und über errötete von wegen meiner sprossenden Tugenden, und doch (— Helena [die Frauen waren uns in Sänften (und in „Sänfte" d. h. in Sanftmut: ist das nicht hübsch?) gefolgt] meinte später, so schön sei ich noch nie gewesen, was freilich nicht eben viel besagen will —) (um diese eingeschachtelten Zwischensätze dürfte mich Libanius selbst beneiden!) sagte ich mir: die (mehr als) zehntausend Menschen, deren (mehr als) zwanzigtausend Augen auf mich gerichtet sind, Menschen von Atropatene bis zum Piktenwall und die plötzlich in ein ohrenzerreißendes Geschrei: „Sieg und Heil dem Cäsar Julian!" ausbrachen, — diese armen Thoren würden auf Vorschlag des Augustus den Eunuchen Eusebius mit seinen (— nun sagen wir: nicht mehr sprossenden, sondern ausgetilgten —) Tugenden mit gleichem Gebrülle begrüßt haben.

Und am Schlusse der imperatorischen Rede schlugen die Tausende von Kriegern ihre ehernen Schilde gegen die Kniee: — sehr unrömisch, wirst du sagen, allein du vergissest, die meisten unserer „römischen" Krieger sind seit lange schon Barbaren. — Und Philippus, dein Lehrer, erklärte mir später, das sei ein Zeichen ihres Beifalls: hätten sie mit den Spitzen ihrer Speere auf die Schilde geschlagen, so wäre das der Ausbruck ihres Zorns gewesen. Und dann, meinte er, hätten die Speerspitzen auch vielleicht, wie er sich stark medicinisch ausdrückte, unsere Bäuche auf deren Inhalt untersuchen mögen. Nun, bei mir hätten sie nicht viel gefunden: am ganzen Galiläertum gefällt mir am besten — das Fasten.

Wenn aber ein Imperator, der nicht sprechen kann — (und Constantius kann es nicht: während Julian, sein Cäsar, es wirklich kann:) einmal angefangen hat, zu sprechen, dann hört er sobald nicht wieder auf (und er hat den Vorteil, daß ihm kein Hörer widersprechen, ja nicht einmal davonlaufen kann, wie wir Hörer langweiligen Lehrern thaten im lieben Athen).

Kaum hatten die Krieger ausgeschrieen, da wandte sich der Augustus gegen mich Armen und hielt eine Rede — gegen mich oder an mich. Er ermahnte mich, durch Helden= thaten den Namen Cäsar zu verdienen: (ziemlich über= flüssig: ermahne du den jungen Enterich, durch eifrige Be= mühung ein junger Adler zu werden: [mein Fleisch ist schwach, aber mein Geist ist noch schwächer: — ein hübsches Wort der Bescheidenheit: aber ich glaube nicht daran!]) Daran hing er einen langen Redeschweif, besetzt mit klin= genden Schellen, sein Vertrauen in mich werde nie enden in Aonen (es handelt sich für ihn doch höchstens noch um vierzig Jahre!) „und durch die weitesten Entfernungen von Thule bis zum Atlas nicht abgeschwächt werden" (das hat er abgeschrieben aus einem paphlagonischen Philosophen Eugenius, den ich auch gelesen habe: aber der Imperator hat die Redensart falsch angewendet, er hat sie von der „Sehnsucht" auf das „Vertrauen" übertragen!).

Nun ward mir von den Vestiarien der Purpurmantel

umgeworfen. Da fiel mir das Wort meines göttlichen
Homeros ein: „Jetzt ergriff ihn der purpurne Tod und
die mächtige Moira": denn nun hatte mich wirklich das
Schicksal des Purpurs ergriffen: der Weltgeschichte fühlt'
ich mich verfallen. Dabei vergehen mir Witze und Zwischensätze! Furchtbarer Ernst steigt auf in mir: vorher war
mein Name gleichgültig: nun muß er für kommende Jahrhunderte Abscheu oder Lob — vielleicht beides? — bedeuten.

Jenes Vertrauen von Thule bis zum Atlas sollte mir
gleich nach der Rückkehr in den Palast bewiesen werden.

Leider durfte ich nicht zurückreiten: um unsere Eintracht vor Heer und Volk zur Schau zu stellen, mußte ich
mit dem Imperator in einem achtspännigen Siegeswagen
(fehlte nur der Sieg!) zurückfahren: er küßte mich auf
Stirn und beide Wangen (ich schauderte, des Vaters den-
kend und des Bruders!) und zärtlich — namentlich aber
recht augenfällig — hielt er — auf der ganzen langen
Fahrt! — den linken Arm um meine Schulter geschlungen.
Ich dachte Roms und Helenas und — trugs.

Im Palast angelangt, hoffte ich, nun werde die Vermählungsfeier beginnen. Ich irrte. Ich ward von Jovian,
der herbeieilte, mir die Hand zu drücken, auf Befehl des
Herrschers getrennt und von einer Ehrenwache von mau-
rischen Söldnern, die mir recht unheimlich vorkam, und
sechs Priestern, die mir die Sache nicht erfreulicher machten,
viele, viele Stufen abwärts in ein gruftähnliches Gewölbe
geleitet. Dunkel, abschüssig war der Weg: als führe er
in den Styx. Ich mußte, um gewisse Besorgnisse zu verscheuchen, mir vorsagen, daß, falls man mich „gallisieren"
wollte, das heißt behandeln wie meinen armen Bruder
(hübsch, nicht? aber doch fast herzlos? Ich will's nie
wiederholen, aber einmal mußt' ich's sagen), man mich

nicht kurz vorher — wie das Allerheiligste in der Kirche — allen Leuten zur Anbetung gezeigt haben würde.

Ich schritt also die feuchten Stufen hinab, so fröhlich als thunlich, und befand mich alsbald in einem katakomben-gleichen Heiligtum, in welchem die Galiläer vor Constantin ihre verbotenen Andachten verrichtet hatten — (man er-wäge: welche Frechheit! Im Palast des Augustus selbst, wo oben die Todesstrafen für solche Versammlungen ge-schrieben wurden. Angenehme Unterthanen, dachte ich bei mir).

Alsbald begannen die zahlreich hier versammelten Priester, vereint mit meinen Begleitern, einen ihrer Ge-sänge, die stets wie Grabeslieder tönen. — Sowie sie verstummten, sprang eine schmale Mauerpforte auf und vor mir stand der Imperator, gefolgt von den Bischöfen von Mailand und von Ravenna und allen Großen seines Hofes.

Ich mach' es kurz, kürzer als die beiden Bischöfe, die mich aufforderten, Constantius den Eid unverbrüchlicher Treue zu schwören, solang er oder ich lebe. Bräche ich ihm im mindesten die Treue, so solle mich im Leben das Leiden des Naëmans des Syrers schlagen (das heißt der Aussatz), und der Fluch Datams und Abiras. Und für das Jenseits ward mir eine Reihe wenig erwünschter Bade-behandlungen durch die großen Teufel und viele kleinen Teufelchen in einem Schwefelpfuhl in sichere Aussicht gestellt.

Ohne Bedenken leistete ich den Eid auf eine große Truhe: denn Helios, der mein Herz durchleuchtet, weiß: nichts liegt mir ferner als Empörung und Verrat. Nach-dem ich geschworen, fragte mich der Bischof von Mailand: „weißt du auch, wer in dieser Truhe Zeuge deines Eides war, o Cäsar?" Ich erklärte, ich könne, obwohl nun

Cäsar, nicht durch Kirchentruhen-Deckel sehen: aber es ahne
mir etwas Heiliges. „Sankt Apollinaris, dessen Zahn,
und Sankt Jakobus, dessen kleiner Finger hier verwahrt
werden." Ich wußte wirklich nicht, was darauf sagen,
weil mir beide Altertümer gleichgültig waren und zwar,
wenn echt, ebenso wie in dem wahrscheinlicheren Fall.
So begnügte ich mich mit einer Verneigung vor Zahn und
Zeh und Bischof und sagte nur: „Schön." Darauf verschwanden die Priester mit Zahn und Zeh und ich hoffte:
nun geht es wieder aufwärts aus der dumpfen Gruft, in
der mich der Weihrauch zu ersticken drohte: mich verlangte
es sehr nach Luft, nach Helios und — Helena. Aber
weit gefehlt!

Als alle Priester bis auf einen sich entfernt hatten,
trat Constantius auf mich zu mit einem so unheimlich
drohenden, so Grausames verkündenden Blick, daß ich erschrak: — ich leugne es nicht. Und langsam und leise
begann er: „Cäsar Julian, manche deiner unbedachten
Ausrufe, — Schwurformeln! — gestern haben mir den
Verdacht geweckt (der ist ein Leisefchläfer, dacht ich), du
hängst nicht so fest an dem heiligen Glauben als für dein
Seelenheil notwendig. Hüte dich! Dein Seelenheil zwar
ist deine Sache. Aber wehe dir, tritt je dein Zweifel an
dem Alleinseligmachenden hervor für andere wahrnehmbar.
Mein Cäsar glaubt oder — stirbt. Aber ich muß sicher
gehn. Dein Eid auf jene Heiligtümer schützt mich nicht,
falls du nicht an sie glaubst. Wenig erschüttert warst du,
— ich sah's — als du erfuhrst, worauf du geschworen.
Deshalb sollst du mir — vor diesen Zeugen — noch
schwören auf das, was allen Menschen, was dir vor andern heilig ist. Höre."

Hier trat er nah an mich heran und grinste: „Deine
Schwester, deine Mutter sind, du weißt es, meine Geiseln

für dich. Nie laß' ich sie aus meiner Hand. Ich weiß,
du liebst deine Mutter, denn ich hab's gesehen heute, wie
dein Blick auf ihren Augen ruhte. Wohlan, schwöre mir
Treue bei den Augen deiner Mutter. Schwöre, sie mögen
erblinden, brichst du mir dein Wort." Ich fuhr zurück
und schüttelte seine Hand ab, die auf meiner Schulter lag.
„Nie! Niemals!" „So?" schrie er. „So? Also du
sinnst doch auf Verrat? Denn sonst könntest du ja
schwören! Du bist entlarvt zu rechter Zeit. Aber du
sollst nicht vollenden, was du planst. Geht, ruft Eusebius
zurück! Der Cäsar ist verhaftet." Ich überlegte: die
Pflicht gegen Rom, — Gallien! — die Barbaren! —
Helena! Und ich wußte ja und weiß: nie, nie, nimmer-
mehr werde ich die Hand des Empörers ausstrecken nach
dem Diadem: Helios ist mein Zeuge. Also gefährde ich
die Wunderaugen nicht ... „Halt," rief ich, „Imperator.
Ich schwöre: Ich schwöre dir Treue bei den Augen meiner
Mutter! Nie streck' ich die Hand aus nach dem Purpur.
Ich schwör's."

„Gut", sprach Constantius: „er hat's geschworen. Sie
soll erblinden, schwur er, bricht er die Treue: ihr alle
habt's gehört. Du aber wisse": — und nun zischelte er
in mein Ohr — „ich verlasse mich nicht nur auf die un-
sichre Rache Gottes, mehr noch auf meine eigne: die ist
sicher! Deine Mutter bleibt in meiner Faust: brichst du
die Treue und blendet sie nicht Gott, — ich schwör's bei
Gott Vater, Gott Sohn und Gott heiligem Geist: — so
blend' ich sie, ich, Constantius."

Ich hasse ihn von tiefstem Grund der Seele.

IV.

Nachgerade bemerke ich, daß dieser Brief an dich, o teurer Lehrer meiner Thorheit (d. h. nicht meine Thorheit, deine Weisheit hast du mich gelehrt!), allmählich zu einer Art von Tagebuch sich auswächst. Wohlan: es schadet nicht. — Ich werde fortfahren, meine Thaten (ach! bisher mehr Leiden), Eindrücke und Urteile so zusammenzustellen und dir gelegentlich die Blätter zu senden: es wird mir, meine ich, zur heilsamen Selbst-Klarmachung gereichen, zu einer Beichte: wohl wird es dabei nicht ganz abgehen ohne die Sünde der Eitelkeit in der Art der Beichte selbst. — Aber du, der du mich zuerst auf diese Schos-Sünde aufmerksam gemacht, du mußt billig die Befriedigung genießen, auch hierin recht gehabt zu haben. Abthun kann ich die süße Schwäche nicht.

————

Am Mittag jenes Tages vermählte mich der Imperator in Gegenwart des Bischofs von Mailand der geliebten Braut in der Basilika des heiligen Apollinaris. Alle diese galiläischen Dinge muß ich über mich ergehen lassen: — freilich schilt mich mein Gewissen einen argen Heuchler. Aber was thun? Sage ich offen der Kirche ab, ist nicht nur mein Leben wieder in Gefahr und mein Glück, das heißt meine Ehe, — auch der Seelenfriede meiner heißgeliebten Mutter — ich werde, wenn nicht getötet, wieder in ein Kloster gesteckt und — bekehrt. Und unterdessen geht das Reich oder doch mindestens Gallien für immer verloren! Dringend schreit der Rhein, schreit das Abendreich nach einem Retter: Constantius rettet's nicht, das weiß ich, seit ich ihn gesehen. Ob ich es rette —? Das weiß nur der

Gott. Aber er, der Allschende, hat nun einmal mich an diese Arbeit gerufen: — ich darf sie nicht wegwerfen, indem ich den Galiläer offen verleugne. Und unter der Hand kann ich doch recht viel thun für jene, die den alten Göttern — deinen Göttern — treu geblieben. Freilich, o teurer Lysias, sind deine Götter durchaus nicht die meinen mehr. Aber mir näher, lieber sind sie doch tausendmal als die Heiligen.

Also ein wenig Heuchelei? Ach ja! Es beißt mich oft in die Seele. Aber es geht nicht anders! „Erst Rom," sagt mein tapfrer Freund Jovian, „dann alles Weitere." Er ist nicht für Wissen und Forschen angelegt, mein Jovian, aber er trifft mit seinem gesunden Verstand und wackern Herzen stets das Richtige. Das heißt: oft das an sich Unrichtige, das aber für die dringende Not das einzig Zweckmäßige ist.

————

Wie soll ich dir das Glück schildern, das ich in meinem geliebten jungen Weibe fand, in Helena! Mein Freund Philippus (— auch dein Lehrer, wie ich höre: — er ist wohl der nie genannte Freund am Hof gewesen! —) sagt, er habe längst in den Sternen gelesen, eine Helena werde mein Weib und mein Glück sein. Auch du hast mir einmal (vielleicht durch ihn belehrt) höchstes Glück geweissagt durch ein Weib „Helena!" Sie ist so ungleich ihrem Bruder — Dank den Göttern! — Und auch so heiter! In den düstern Sorgen, die gleich nach meiner Abreise von Mailand nach Gallien über mich hereinbrachen, war ihre unverzagte Fröhlichkeit mein einziger Stern: die holde Thörin glaubt, mir könne nichts mißlingen! Und denke nur, obwohl sie — selbstverständlich! — in strengster Zucht der Kirchenlehre aufgezogen ward, gelang es mir doch bereits, sie — die Schwester des Constantius! — von jenen Banden

leicht und leis zu lösen. Freilich, glaube ich, hat das
mehr ihre Liebe zu mir als meine Überredungskunst bewirkt.

————

Oh, es ist mir zu gönnen, daß diese Eine Seele mich
nicht auch bedrängt, das Unglaubliche zu glauben, wie
ach — die nach ihr Geliebteste. Auch meine schöne Schwester
folgt mehr der verehrten Mutter als mir. Doch geb ich
Juliana noch nicht ganz verloren: sie schwankt.

Und Freund Jovian? In allen andern Dingen hab' ich
an ihm eine Stütze: aber hierin — in dem mir Heiligsten!
— nicht. Zwar er und sein ganzes Haus ist, wie ich dir
schrieb, nicht getauft. Aber der liebe Mensch! — Von
allem darf ich ihm reden: — nur nicht von den Offenbarungen der Mystik und den Fragen der Philosophie. „Es
reizt mich nicht," so lehnt er ab. „Es ist mir gleich! Ich
habe weder Fähigkeit noch Bedürfnis, das Unwißbare zu
wissen. Ich bin ein Römer und ein Kriegsmann: was ich
als solcher zu thun habe, sagen mir Herz und Verstand.
— Mehr begehr ich nicht zu wissen." Mit diesem prächtigen
Nichtswisser, ja „Nichtswissenwoller" erörtere du Maximus
gegen Aidesius!

————

Allein bald nach dem Aufbruch von Mailand blieb mir
kaum mehr Zeit für die Liebe und Helena, geschweige für
Forschen und Grübeln!

Auf die Vermählungsfeier in der Basilika folgte ein
Gastmahl im Palatium, das den Fehler hatte, viel zu lang
zu währen! Wie meine Mutter weinte vor Rührung auch
die gütige Eusebia, der ich so viel — beinahe alles! —
verdanke. Endlich, endlich war ich allein mit der Geliebten,
mit meiner jungen Gattin! O Lysias! — — Ich hatte
ja nie ein Weib berührt! Fremd war mir geblieben der

Gott, der unter allen am süßeſten beſeligt: nun kenn' ich
ihn: Eros iſt ſein Name!

Übrigens ſollte ich noch in derſelben Nacht erfahren,
daß ich nun zwar des Imperators Cäſar geworden, aber
ſein Gefangener geblieben war. Es drängte mich gegen
Morgen, nachdem das holde Weib an meiner Seite ſanft
entſchlummert war, mein von heißem Dank gegen den Gott
erfülltes Herz auszuſtrömen unter den leuchtenden Sternen,
meinen Beſchirmern. Leiſe öffnete ich die Thüre des
Thalamos und wollte hinausſchreiten aus der Vorhalle in
den offnen Hof des Palaſtes: ſiehe, da ſtieß ich auf zwei
mauriſche Speerträger, die dicht vor der Hofthüre Wache
hielten: — eine „Ehrenwache" erklärten ſie zu ſein, die
mir die Gnade des Herrſchers gewährt habe. Und ſo iſt
es geblieben bis auf dieſen Augenblick, da ich dir hier in
Vienne ſchreibe. Auf Schritt und Tritt umlauern mich
die Späher, die „Agentes in rebus" des Auguſtus; kaum
daß ſie mich allein in das Bad ſteigen laſſen, und mein
Tod wäre dieſer Brief — denn ich bin überzeugt, alle
Sendungen von mir und an mich werden geöffnet und ge=
leſen, — könnte ich mich nicht unſerer lieben Geheimſchrift
bedienen. Auch auf Jovian erſtreckt ſich jene Ehre unaus=
geſetzter Beobachtung, und Philippus konnte nie ohne
Zeugen mit mir ſprechen; eher noch in ſeiner Ungefährlich=
keit der Mönch Johannes, den du mit höchſt ungerechtem
Haſſe verfolgſt; er hängt ſo treu an der Mutter und mir:
ich zweifle nicht, er würde willig für uns ſterben.

Man wollte mir einen ganzen Hofſtaat aufnötigen: —
ich dankte für eine ſolche Legion von Belauſchern — und
nahm nur drei Diener, darunter einen prächtigen Germanen,
der mir nachläuft wie ein zahmer Bär, und mich, glaub'
ich, auch wie ein ſolcher verteidigen würde mit ſeinen
bärenſtarken Pranken; dann einen Arzt, Oribaſius, den

mir Philippus aus der Zahl seiner Schüler wählte:
(— also wird er mich nur berufsgemäß, nicht absichtlich
vergiften —) endlich einen Buchsklaven, den mir die Augusta
schenkte, zusammen mit einer ganzen kostbaren Bücherei.
Welch' feine Seele hat Helios in die Hülle dieses allzu-
zarten Leibes gesenkt! Denke dir nur mein Erstaunen, als
ich in der von ihr übersandten Sammlung alle meine
Lieblingsbücher, alle diejenigen Schriftsteller fand, die ich
in meinen Vorträgen zu Athen angeführt hatte. Ich erinnerte mich, sobald ich Eusebia erblickte, daß diese seelen-
vollen Augen in jenen Vorträgen so eindringlich, so aus-
druckreich zu mir emporgeblickt hatten. Sie ist so gütig,
so liebevoll besorgt um mich wie eine Schwester. Warum
wohl die Götter jene duftige, anmutvolle Blüte an einen
Constantius ausgeliefert haben? Nun, in ihrer Umwand-
lung nach dem Tode wird sie auf einem besseren Gestirn
ein gerechteres Los finden!

Der Imperator geleitete mich selbst bis Pavia mit
einem kleinen Heer, wohl um sich zu vergewissern, daß ich
auch wirklich nach Gallien gehe! Er schrieb mir sogar die
Tagesordnung vor, nach der ich zu leben habe — die
Stunden des Kirchenbesuches sind nicht vergessen! — Ja,
selbst den Speisezettel für meine Tafel hat er verfaßt.
Aber er kann nicht verhindern, daß ich in den Basiliken
zu Phöbos Apollo bete und daß ich die meisten Gerichte
unberührt lasse. Schon hab' ich alle Köche fortgejagt und
teile die einfache Speise meiner Kriegsleute.

Ebenso genau wie Fisch und Braten schrieb mir der
Augustus mein Thun und Lassen in Gallien vor, wem
von den Beamten ich vertrauen dürfe, — es sind recht
wenige und gerade die, vor denen der kluge treue Philippus
mich warnt! — und die vielen, welche ich „beobachten"
lassen solle, um über sie geheime „Berichte", das heißt

Anklagen an den Hof zu senden. Mich wundert nur, daß er mir nicht in Mailand in seiner Schreibtafel vorzeichnete, wo und wann ich die Alamannen, wann und wo und wie ich die Franken anzugreifen und zu schlagen habe.

———————

V.

Und wie sieht es aus in diesem Gallien, das ich den Barbaren wieder abnehmen soll? Ach, Helios möchte schaudernd sein Auge abwenden von dem Elend in dem Lande! Und wer hat dies Elend verschuldet? Zum größten Teile Constantius. Er hat in seiner Wut und Hast, vor allem seine persönlichen Gegner niederzuwerfen, er selbst — der Imperator! — hat, um Decentius, den Bruder des Anmaßers Magnentius, zu vernichten, Könige und abenteuerische Gefolgsherren der Alamannen und der Franken in das Land gerufen: er hat ihnen noch obendrein Geld bezahlt und andre Geschenke gespendet dafür, auf daß sie, ihrem eignen Herzenswunsch folgend, den Rhein über-schritten, ja, er hat ihnen sogar (— sagt man! —) ur-kundlich das Recht eingeräumt, alles Land in Gallien, das sie besetzen könnten, für immer zu behalten, wenn sie nur Decentius beseitigt hätten. Auf diese Urkunde beruft sich, hör' ich, der wildeste dieser Könige, der ungetüme Chnodomar: aber daran kann ich doch nicht glauben! Alsbald behandelten die Barbaren, nachdem des Con-stantius' Anhänger sie selbst über den Rhein geführt, alle Römer ohne Unterschied, auch die zu Constantius hielten, als Feinde. Und unaufhaltsam, wie die See nach durch-brochenem Deich, ergossen sich diese Germanen weithin über

alles Land: fünfundvierzig starke Festen, — nicht vier oder
fünf, wie man mir vorgetäuscht hatte! — deren wehrhafte
Mauern zugleich blühende Städte umschlossen, sind von
ihnen erobert und, sofern römische Steinhäuser zu verbrennen sind, niedergebrannt. Von Rhein, Maas und
Mosel landeinwärts haben sie über siebzehn Stunden weit
das Land besetzt und mehr als dreimal so viel, — vierundfünfzig — Stunden weit erstrecken sich ihre Streifzüge
über das schutzlose Land! Die reichen Grundherren zuerst
flohen von ihren Villen in die festen Städte, bald folgten
Colonen und Sklaven mit dem noch geretteten Vieh.
Schon zwei Jahre lang vermag die in den engen Stadt-
festungen zusammengedrängte Bevölkerung nur noch von
jenem Getreide zu leben, das sie innerhalb der Wälle baut
auf den Stätten niedergerissener Häuser. Die spärlichen
Besatzungen aber, seit Jahren ohne Sold, ohne Vorräte,
ohne Erneuerung von Waffen und Ausrüstung, weigern
ihren Befehlshabern offen den Gehorsam, wollen diese sie
vors Thor hinausführen gegen die Barbaren, bei deren
Nähe, ja bei deren Namen schon sie zittern. — Und all'
das soll ich bessern, — ich Flavius Claudius Julianus!
— unter den Götterfreunden zwar der erste, unter den
Philosophen und Dialektikern nicht der letzte, aber unter
den Feldherren und Staatsmännern der unauffindlichste
(ist hübsch, „unauffindlichst", nicht?).

Hier unterbrach mich der treue Jovian: allzulange
schon, meint er, mühe ich mit Schreiben: — aber die
Mühe ist süß: ich diktiere meinem holden Weibe, das unsere
Geheimschrift rasch erlernt hat, ein Stück dieser Briefe,
während ich ein andres selbst schreibe. Ist es Eitelkeit,
daß ich selbst das mitteile? Wahrscheinlich. Ach, der wirk-

liche Cäsar beschäftigte lesend und schreibend drei Schreiber
zugleich! Ob ich es wohl auch hierin noch ihm gleich thun
werde? wie in der — befohlnen — Eroberung des Rheins?
— Ich habe Jovian zu meinem Präfectus Prätorio für
Gallien ernannt: — freilich müssen wir's erst haben. Er
rief mich ab in den Hof des Palatiums zu Vienne, in
dessen Lesegemach ich dies schreibe: er behauptet, in den
andern Leibesübungen, zu denen er mich, den oft Widerstrebenden, schon in Athen herangezogen, gehe es so leiblich;
aber meine Beine seien noch allzu ungelenk im Springen!
(Allerdings ist meine Zunge viel gelenker im Reden.) Und
so zwingt er denn seinen Herrn und Cäsar täglich, mit
der Sprungstange weiter und weiter zu hüpfen. Im
Schloßhof liegt weicher Schnee (— es ist Januar —):
das ist ein Glück. Denn eben fiel ich sausend auf meine
sehr uncäsarische spitze Nase. O Plato, Plato, welche
Beschäftigung für einen Philosophen!

————

Aber zurück zu Gallien und meinen unlösbaren Aufgaben.

Schon auf dem Wege hierher, in der That am ersten
Tag nach meinem Aufbruch von Pavia, zu Turin — am
zweiten Dezember — erfuhr ich durch eilende Boten, welche
die verzagenden Städte Galliens Hilfe heischend an den
Hof gesandt, daß auch Köln, das alte stolze Hauptbollwerk
unserer Macht am Rhein, gefallen war! — Ein wahrer
Donnerschlag von einer Nachricht! — Mein Herr, der
Imperator, hatte das, wie sich nun ergab, genau gewußt:
allein er hatte es nicht für nötig erachtet, mir diese Kleinigkeit mitzuteilen: wahrscheinlich aus gütiger mitleidiger
Schonung. Ja, er trieb die (— wie soll ich sagen? —)
die christliche Selbstverleugnung so weit, daß er mich ganz

ruhig anhörte, als ich ihm auseinandersetzte, unerachtet des
Verlustes so vieler fester Plätze an die Barbaren sei ich
entschlossen, den Auftrag der Befreiung Galliens anzunehmen,
da ja Köln noch unser sei. Und er lächelte beifällig, als
ich ihm tags darauf nun meinen Feldzugsplan entwickelte:
(— ja, meinen: allein, ohne Jovian, hatte ich ihn ent=
worfen. Jovian hat ihn nachträglich voll gebilligt: „es
ist wieder Eitelkeit," denkst du jetzt, o Lysias, „daß er mir
beides schreibt!" —) der stützte sich ganz auf jene Feste:
von dort aus konnte ich zugleich die Franken im Norden
und die Alamannen im Süden beobachten, bedrohen, ihre
etwa geplante Vereinigung auseinanderhalten, sie vereinzelt
angreifen und schlagen. Die Art seines Lächelns hierbei
fiel mir zwar ein wenig auf: es war so listig überlegen:
aber errötend sagte ich mir, der soviel Reifere mache sich
ein wenig lustig über die junge Feldherrnschaft seines
Cäsars. Jetzt freilich weiß ich, was das imperatorische
Lächeln bedeutete: es verlachte die Leichtgläubigkeit des
Harmlosen, der an Worte glaubt, die er am Hofe hört.

Mein Augustus wußte genau, daß Alamannen und
Franken sich vereint hatten, daß Chnodomar, ein König
der Alamannen, und ein batavischer Königssohn mit=
einander Köln belagert, erstürmt und halb verbrannt hatten,
zur Strafe dafür, daß die doch germanische — ubische —
Bevölkerung neben der römischen Besatzung auf den Wällen
gegen die Stammgenossen gefochten hatte. Der Führer
der römisch Gesinnten, Spurius Romanus, fiel in dem
erbrochnen Thor, durch das Schwert des Alamannen.

Der Verlust Kölns war der Zusammensturz all' meiner
Pläne, fast auch meiner Hoffnungen. In dem ersten
Schmerz — (und vielleicht auch Zorn!) — wollte ich
meinem klugen Herrn den Feldherrnauftrag und die Cäsaren=
schaft vor die Füße werfen. Hatte ich doch nichts dadurch

erreicht, als den sichern Untergang in einem Unternehmen,
daß — jetzt — von jedem Verständigen mir als That
der Eitelkeit, der Thorheit angerechnet werden muß.

Zwar sagte ich mir, daß ich rühmlicher durch den Speer
der Germanen falle als — wie Gallus — vom Henker
erdrosselt. Und in dem Abschiedsblicke meines Herrn lag
so was wie der Gedanke: „Der muß mir Gallien schaffen
oder ich schicke ihn zu Gallus in den Hades!"

„O Lysias!" Wenn du einen leibschwachen, ungeübten
Jüngling, der in gebundener Zurückgezogenheit bisher sein
Haus nicht verlassen, plötzlich auf den Kampfplatz der
olympischen Spiele stellst, ihm zurufend: „nun zeige dich
in allen Wettkämpfen dem versammelten Volke, vor allen
deinen Landsleuten, für welche du wettstreiten sollst, zugleich aber auch den Barbaren, die du in Schreck und
Furcht vor dir versetzen sollst": würdest du dessen Seele
nicht völlig niederschlagen und vor dem Kampf kampf-
unfähig machen? Dies war meine Lage. Aber eine große
Seele verzagt nicht und beugt sich nicht: — und nicht
klein gab mir Helios die Seele!

Ich widerstrebte bald dem Verzweifeln. Und auch
Jovianus kam zu Hilfe. „Ich bin kein Philosoph," sprach
der in seiner schlichten, nüchternen Weise, „und kein Sterndeuter und kein Schwärmer für deinen Homeros: ich bin
durchaus prosaisch und hausbacken." (Helios weiß, daß
Jovian nie lügt, also auch nicht in diesen Worten!) „Aber
aus deinem Homer hab' ich mir einen Spruch gemerkt:
„Ein Wahrzeichen nur gilt: — für die Heimat kämpfen
und sterben." Du mußt nach Gallien gehen. Wahrscheinlich bist du dann verloren. Aber gehst du nicht, ist
Gallien gewiß verloren. Rom ruft. Du mußt." Ich
sah es ein, zerriß den heftigen Brief, den ich an den
Augustus geschrieben (Schade darum: er war ein kleines

Meisterstück mehr noch des Zornes als des Stils!), und
setzte die Reise fort nach Gallien und — in den Untergang.

Denn was soll ich, der ich die vierundzwanzig Jahre
meines Lebens fast nur in Klöstern, Schulen, Büchereien
zugebracht, in Theologie, Mystik, Philosophie, Rhetorik,
Dialektik, der ich nie das geringste Amt bekleidet, nie eine
Zehntelkohorte befehligt, erst seit einem Jahre fechten und
reiten gelernt und allerdings viel Kriegsgeschichte und
Kriegskunst getrieben habe — in Büchern! — was soll
ich ausrichten als Feldherr und als Staatsmann? Es ist,
als sagt man einem Mann, „spring in diese verdeckte
Grube: dann sollst du Cäsar heißen,“ in der Grube aber
harren des Waffenlosen ungezählte Bären. — Und man
wußte recht wohl, in welche Grube man mich springen hieß.

VI.

Richte ich aber — durch der Götter unverdiente Gnade!
— etwas aus, so wird es erst recht sicher mein Verderben.
Die Spuren schrecken.

Da war mein Vorgänger in Gallien, Silvanus, trotz
seines römischen Namens ein Franke, der sich bis zum
Befehlshaber unsres Fußvolks emporgeschwungen: er ver-
teidigte erfolgreich den Niederrhein gegen seine eigenen
Landsleute, treu, tapfer, klug. Aber seine Neider am Hofe,
Eusebius und die andern Eunuchen, ertrugen nicht seine
Tüchtigkeit und seine Erfolge. Sie fälschten Briefe von
Silvanus — nur die Unterschrift war echt: den hochver-
räterischen Inhalt hatten sie auf die leeren Blätter ge-
schrieben. Sein Untergang ward am Hof beschlossen. Er

erfuhr es. Nun, da er seine Verurteilung — ohne Ge-
hör! — vernahm, wollte er zunächst entfliehen: aber er
sah sich rings umgarnt, die Wege bewacht. Jetzt erst ließ
sich der treue Mann, der nie gestrauchelt hatte, nur um
sein Leben zu retten, zu der That fortreißen, an die er
nie gedacht: zur Empörung! Fünf Tage vorher hatte er
noch gehorsam den Sold an die Truppen bezahlt und sie
aufs neue für Constantius vereibigt. Jetzt erst, aus Verzweiflung, griff der Arme nach dem Diadem: denn ein
Mann, der bei Constantius auch nur einmal verdächtigt
worden, ist ja verloren: — nur der Purpur konnte ihn
retten. Seine Legionen riefen ihn in dem damals noch
römischen Köln zum Imperator aus: — er duldete es!
Tief verwerfe ich das, mit Abscheu! Nie, nie werde ich,
nur um mein Leben zu schützen, die Treue brechen! Erst
Rom, dann alles andre. Was gilt ein Julian — aber
freilich auch was gilt ein Constantius! — gegen Rom!

Ich verurteile ihn also aufs schärfste: — aber ich beklage ihn doch. In Ermangelung eines Purpurmantels
wurden die Purpurwimpel und Fahnentücher von den
Drachen der Reitergeschwader, den Standarten und Vexilla
herabgerissen, zusammengenäht und ihm über die Schultern
geworfen. Wie barbarisch, wie unrömisch! Wie bezeichnend
für diese ganze unrömische Hast und Not! Unheilvoller
Drachenpurpur, nicht erretten, verderben solltest du den
Armen! Mit derselben Tücke, mit welcher der Augustus
vor kurzem meinen unseligen Bruder umgarnt und vernichtet hat, entsandte er, zuerst Unkenntnis des Geschehenen,
dann Vergebung heuchelnd, an Silvanus einen Vertrauten,
der die Tücke so weit trieb, sich selbst scheinbar der Empörung anzuschließen, bis er nach achtundzwanzig Tagen
einen Haufen sarmatischer Söldner bestochen hatte, vor
Sonnenaufgang in den Palast zu Köln zu bringen, die

fränkischen Gefolgen des Silvanus niederzuhauen und diesen
selbst in einer Galiläerkapelle, wo er die allen Galiläern
heilige Zuflucht gewonnen hatte, mit vielen Streichen zu
ermorden. Auf die Beschwerde des Priesters erwiderte
der fromme Imperator: erstens seien jene Söldner nicht
getauft und zweitens sei die Kapelle vorher entweiht, also
nicht mehr Zufluchtsort gewesen, da einmal ketzerischer
Gottesdienst der Sabellianer darin gehalten worden sei.
O Lysias, was alles muß der große reine Helios schauen!
Nie, niemals, nie würde ich den Frevel des Eidbruchs —
selbst gegen einen Constantius! — auf meine reine Seele
laden, auch wenn es das einzige Mittel wäre, mein Leben
zu retten. Lieber dreimal sterben!

Aber die Tücke des Augustus und seines Werkzeugs ist
doch noch ärger als die Verzweiflungsthat des Germanen.
Und das Allerschlimmste ist: — jene Falschheit findet Billi-
gung auch bei Männern, die ich zu unsern besten zählen
muß, so tief ist Manneswackerheit bei uns gesunken!

Da ist ein tüchtiger Grieche aus Antiochia, Ammianus
Marcellinus: ich lernte ihn nahe kennen zu Athen und zu
Byzanz: — er ist ein trefflicher Kriegstribun, schreibt aber
in seinen Mußestunden an einer Geschichte nicht bloß der
Vergangenheit Roms, — auch unserer Tage, ein bellagens-
werter Schriftsteller! — Der Mann gefällt mir durchaus,
ist kein Schmeichler (— derb hielt er mir, fast wie du,
meine Eitelkeit vor —): der erzählt mir zu Turin haarklein
jene Ränke des Imperators, jene Verstellung des vertrauten
Sendlings — (Ursicinus heißt er und ist auch ein tüchtiger
Kriegsmann) und nicht ein Wort der Mißbilligung fügt er
bei! Nicht aus Feigheit oder Klugheit: er schalt sehr offen
vor mir über den Augustus — nein, offenbar, weil er
verlernt hat, schlechte Mittel zu verwerfen, wenn sie nur
fruchten. Und er dient gerade unter Ursicinus weiter. Und

das ist der Besten einer! O wehe dem, der gezwungen ist, über solche Römer und Griechen zu herrschen! Dank allen Göttern, daß ich nicht ein Sohn des großen Constantinus bin und nie dazu verdammt sein kann, Imperator dieses gesunknen Römerreichs zu heißen!

In der Verwirrung, die nach der Ermordung des Silvanus unter unsern Truppen zu Köln einriß, gelang es den Germanen, diese Hauptfeste zu bezwingen. Früher gab der Germanen Zwietracht uns den Sieg: soll sich das umkehren? Verhüte es Zeus, der Erretter, und die städtebeschirmende Pallas!

<hr />

VII.

Von Turin brach ich nun also weiter auf, Gallien zu erobern mit — dreihundertundsechzig Kriegern.

Du siehst, — kaum für ein Jahr ist die Zahl berechnet, falls ich täglich einen verliere! Doch sind es tüchtige Leute: — leider muß ich sagen: meist Germanen, deren Dienstfrist abgelaufen war und die gern die Gelegenheit ergriffen, über die Alpen in die Nähe ihrer Heimat zu gelangen. Viele gewann mir Berung, mein alamannischer Bär. Auf meine zweifelnde Frage erwiderte er: „Herr, solang ihr Schwerteid währt (— sie schwören auf ihre Schwerter, die sie, die Spitze nach oben, in die Erde stoßen —), sind sie dir treu bis zum Tod: am Tage darauf fechten sie vielleicht neben ihren Gaugenossen wider dich.“

„Und du?“ fragte ich. „Wie lange währt dein Schwerteid?“ „Ich habe dir den Bluteid geschworen. Ich diene dir solang das Leben währt, das ich dir danke.“ (Ich hab' ihn vom Tod durch Henkershand gerettet: — er

war ein wenig zu freimütig für den Hof.) Aus dieser
verläſſigen Schar will ich mir eine Leibwache bilden, ſo
eine Art Gefolgſchaft, wie ſie bei den Germanen vorkommt,
durch Tapferkeit, Ehre und Treue ausgezeichnet. Man
muß auch von ſeinen Feinden lernen. Und man muß ſie
kennen, um ſie mit Erfolg zu bekämpfen.

Ich leſe nun zum erſtenmal und gar eifrig in des
Tacitus Büchlein von den Germanen. Es gefällt mir aber
nicht. Ich glaube, er überſchätzt ſie, dieſe ungeſchlachten
Barbaren. Nicht ihr Dreinſchlagen, aber die Möglichkeit,
daß ſie etwas ſchaffen, zumal einen Staat. Der Mann,
der da ſchreiben konnte, „da die Geſchicke des Römerreichs
ſchon drohend heranſchreiten, kann uns nur noch die Zwietracht dieſer Völker retten" — ſchaute zu trüb in ſeine
Gegenwart und in Roms Zukunft. Zweihundertfünfzig
Jahre ſind ſeitdem hingegangen über unſer Reich: — es
ſteht immer noch! Ja, wenn es gelänge, die alten Götter
wieder auf die alten Altäre zu ſtellen, und ſo den alten
Römergeiſt wieder zu beleben, — ich glaube, unſer Reich
erhielte ewigen Beſtand. Weisſagend ſcheint mir jenes
ſchöne Wort des venuſiniſchen Sängers: Auch Rom wird
— wie ſein Lied — nur leben:

> „So lange noch
> Schreitet hinauf zu dem Kapitol
> Der Pontifex mit der ſchweigenden Jungfrau."

Nicht die Barbaren werden Rom zerſtören, nur die
Römer. Die entrömerten Römer! Entrömert aber ſind die
Quiriten, die nicht mehr in Latium, nicht in der von ihnen
beherrſchten Welt, ſondern in dem Chriſtenhimmel ihre
wahre Heimat erblicken zu müſſen, nicht überzeugt, nur
überpredigt worden ſind. („Überpredigt" iſt . . . nun du
weißt ſchon, was ich meine. [Oder weißt du's nicht?] Nicht
ganz übel!)

Diese Germanen mögen Schlachten gewinnen und Beute, aber sie suchen ja bei uns nur Ruhm und Raub, und eilen mit beiden, wann gewonnen, in ihre Waldsümpfe zurück, untereinander selbst um beide zu raufen. Ja, wenn sie einmal denken lernten, sich einen und uns — dauernd — näher rücken, in unsrem Lande bleibend, dann . . .! So aber, wie sie sind, acht' ich sie nur ihren Bären gleich und . . .

Eben kommt ein Eilbote mit einem Schreiben vom Augustus. Er frägt, ob ich denn noch immer nicht gesiegt, nicht wenigstens Köln wiedergewonnen habe? O ihr Götter! Und ich sitze noch in Vienne, überlegend, wieviel Helme ich in ganz Gallien zähle? Und wo überall sie verstreut sein mögen? Constantius hielt einstweilen einen Triumpheinzug in Rom. Wahrscheinlich wegen der Siege, die ich noch erfechten soll. — Philippus schreibt, der Triumphator saß allein in einem prachtvollen Siegeswagen, erstrahlend von Gold und Edelgestein. Regungslos, wie eine Bildsäule saß er, keine Bewegung der Hand machte, keine Miene verzog er. Das Volk hielt ihn für einen leblosen Götzen, wie sie im Morgenland umhergefahren werden. Seine zarte Gemahlin mußte ihm nachfahren; aber auch meine Mutter und Schwester führt er überall mit sich als seine „Gäste": — als seine Geiseln!

Zum Andenken an seinen Besuch ließ er einen einhundertfünfzehn Fuß hohen Obelisk aus Granit vom Nil, in den Tiber geschleppt, aufrichten im Cirkus. Mit der Kraftanstrengung, die hierzu vergeudet ward, konnte man alle Sturmböcke vernichten, mit denen der Perserkönig Sapor die Mauern unserer Grenzfesten in Asien erschüttert. Denn — o Schmach und Schande dem römischen Namen! — der Perser bringt ungestraft in unser Land im Osten wie der Germane im Westen. Neun Schlachten hat Constantius, seit er herrscht, Sapor, „dem König der Könige, der Sonne und des Mondes Bruder", geliefert: alle neun sind römische Niederlagen! Und was ist die Rache des frommen Imperators? Eine scheußliche Nachricht geht mir zu! In einem Reitergefecht ward Artasana, ein Sohn des Königs Sapor, gefangen von unserer Übermacht nach tapferster Gegenwehr. Constantius, der gottselige Galiläer, befahl — wider alles Völkerrecht! — den verwundeten Königssohn, einen herrlichen Jüngling, nackt vor dem ganzen Heer zu geißeln, zu foltern, dann an einem Galgen aufzuhängen! Das heißt die Rache der Götter herabbeschwören! Ich fürchte sehr, sie wird nicht ausbleiben. O warum kann ich nicht dahin fliegen, wo die Gefahr am größten? Drei unsrer wichtigsten Burgen: Amida, — für den Tigris, was Köln für den Rhein! — Singara und Bezabde sind schwer bedroht.

Constantius hat mich zum Konsul für dies kommende Jahr ernannt und mir die konsularischen Abzeichen übersandt. O wär' ich ein Konsul wie die Scipionen!

───

Allmählich lerne ich die Feldherren und die Beamten kennen, über die ich in Gallien zu verfügen habe: ich beschied sie der Reihe nach hierher: das heißt, diejenigen, die ihre von den Barbaren bedrohten Städte verlassen können.

O Lysias! Was für Menschen!

Ein paar Haudegen ohne Gedanken: alle, die denken können, denken nur an sich. Und ich entdecke bei jeder Gelegenheit, daß der Imperator in seinem Mißtrauen gegen mich sie alle angewiesen hat, bei jedem meiner Befehle nach ihrem Gutdünken zunächst Berufung an den fernen Herrscher einzulegen. Zum siebentenmal ward mir eine

folche Vollmacht vorgelegt. Und ich Ohnmächtiger, also
Gebundener: — ich heiße „Cäsar" — —!

———

Eine große Freude — mehr: einen weissagenden Gruß
der Götter habe ich erlebt! Bei dem Antritt des Konsulats
hielt ich feierlichen Umzug in der Stadt, Gold= und Silber=
münzen ausstreuend unter das Volk. (Es gelang mir,
den Gottesdienst in der Basilika zu vermeiden: sie ist bau=
fällig und ich schützte Besorgnis vor. Ach, wieviel Lügen
wird mir Helios noch verzeihen müssen, weil ich sie in
seinem Dienste log! Aber das Lügen, das Heucheln frißt
zerstörend an der Mannes=Wackerheit.)
In dem Gedränge fiel eine alte Frau zu Boden. Ich
sah's, sprang aus dem Wagen, hob sie auf: sie war blind,
nahm ich nun wahr. „Dank, lieber Herr, danke dir, Phöbos
Apollo, den ich nicht mehr schauen kann," sprach die
Greisin. „Sage mir, du Gütiger, — denn deine Stimme
ist freundlich und gütewarm, — was ist heut' für ein
Fest in der Stadt der allobrogischen Juno? Ach, ich weiß
nicht mehr, was in der Welt geschieht! Mein Mann war
Priester des Apollo in einem Weihtum bei Paris: er
ward uns entrissen, — verschwand mir, — weil er sich der
Schließung und Entweihung durch den Bischof widersetzte,
damals ward auch mein Sohn von dem Centurio erschlagen:
mich haben sie hierher verbannt, weil ich dabei auf den
Imperator schalt. Sprich, warum drängt sich das Volk?"
„Höre nur, Mütterchen," antwortete ich, „was sie
rufen." „Heil Julianus, dem Konsul, dem Cäsar."
Da fuhr die Alte in die Höhe und sprach wie verzückt,
wie eine Pythia: „Cäsar Julian? Cäsar Julian? Meine
Mutter hat geweissagt: — ein Cäsar Julian, ein zweiter
Julius Cäsar, wird die Barbaren schlagen. Und er wird

die Altäre der Götter herstellen. Cäsar Julian: ich hab'
ihn erlebt. Nun will ich gerne sterben." „Sie ist ver=
rückt seit Jahren," sprach, höflich entschuldigend, ein Diakon
zu mir. „Vergieb ihr die Gotteslästerung, o Herr!" —
Damit drängten sie mich wieder in meinen Wagen. Ich
sandte ihr durch Berung einige Goldstücke. Aus den Wahn=
sinnigen aber sprechen höhere Mächte.

O wie heiß verlangt mein Herz, die Barbaren zu
schlagen! Dieses Omen nehm ich an. Und das andere?
Nun, solange ich Cäsar heiße, sollen in meinem Gallien
wenigstens die Götter und ihre Verehrer nicht verfolgt
werden. Ich seh's voraus: — deshalb allein schon werd'
ich nicht lange Cäsar heißen. Aber schützen, dulden darf
ich doch. Verfolgen um des Glaubens willen würd' ich
nie, hätt' ich die Macht eines wahren Cäsars. Wie scheuß=
lich solche Verfolgung, — ich hab's zu tief gefühlt, um
selbst dieser Schuld jemals fähig zu sein.

Oh ich Thor! Ich bangte um Amida im fernen Asien
— und ach! „schon brannte einstweilen mein nächster
Nachbar Ukalegon," singt der Sänger von Mantua: —
ich meine, Autun ganz nah in „meinem" (!) Gallien.

Ein Schwarm von Germanen, Alamannen, geführt von
Chnodomar, dem „roten Stier" — so nennen ihn die zittern=
den Provinzialen, — drang mitten im Winter (— diese
Bären scheinen nie zu frieren! —) ohne Widerstand zu
finden, vom Rhein, von Basel her über Besançon und
Dijon bis Autun. Die Stadt hat nur eine verfallene
Mauer und eine zaghafte Besatzung. Man sagt, sie ver=
handelt schon! Und ich! Ich sitze hier in Vienne, ratlos,
hilflos, heerlos! Kein Geld, keine Vorräte! keine Waffen!
Mit dreihundertsechzig Hellenen, die ich mitgebracht, und

tausend, die ich vorgefunden. Ach, die Götter haben Rom aufgegeben, weil Rom die Götter aufgegeben hat!

Nein! Nein! Die Götter des Sieges haben denen noch nicht den Rücken gewandt, die treu an ihnen hangen. Ein Eilbote aus dem geretteten Autun! Chnodomar der Gefürchtete hatte, des Falles der Stadt gewiß, die Belagerer verlassen mit seiner Gefolgschaft, weiter ins Land hinein zu stoßen. Wirklich wollte der Befehlshaber die Thore öffnen. Aber alte ausgediente Krieger, die in ziemlicher Menge dort angesiedelt sind, tapfere Latiner und zähe Illyrier, widersetzten sich dem feigen Entschluß: ein grauhaariger Centurio — Marcus Cornelius heißt der Wackere — ergriff den Befehl, brachte dem Mars Repulsor ein Opfer in dem lange versperrt gewesenen Kapitol der Stadt, befragte die Götterzeichen und, da sie günstig ausfielen, brach er in der Nacht aus den Thoren und schlug die überraschten Barbaren in die Flucht. Mars Repulsor sei gepriesen!

Ich bringe ihm morgen — heimlich — ein Dankesopfer, sobald ich aus dem öffentlichen Sonntagsgottesdienst in der Basilika zurück bin.

Nur meine holde Helena habe ich bisher zu den Göttern bekehrt: sie hilft mir den Altar bekränzen. Jovian ist gleichgültig.

VIII.

Wie leicht wäre es, wie verlockend leicht für einen Freund der Götter, die junge Herrschaft der Kirche wieder zu stürzen, die ja fast nur aus allerlei äußeren Gründen von Constantin vorbereitet, von seinen Söhnen rasch emporgezimmert ist! Die ehrlich Überzeugten — gewiß giebt es deren viele — wiegen nicht schwer: denn es sind meist ungebildete Leute.

Es wäre gar nicht notwendig, mit Gewaltmitteln vorzugehen, was ich verabscheue. Nein! Es würde schon genügen, die zahllosen Spaltungen geschickt zu benutzen, die innerhalb des neuen Glaubens ausgebrochen sind: auf das grimmigste befehden sich die frommen Leutchen untereinander als „Häretiker", als Schismatiker und verfluchen sich gegenseitig um die Wette als vom Satan und den Dämonen Besessene.

Ich bin nun selbst in diesen Streit hineingezogen: — ich! — Du kannst dir denken, mit welcher Wollust des verhaltenen Hohnes ich mir alle die Haarspaltereien der Lehren vortragen lasse, von denen die ewige Seligkeit abhängt, und wie ich bald mehr der einen, bald der andern Richtung zuzuneigen mich anstelle.

In Mailand schon ward ich hineingezwungen in diese Dinge: — aus Pflicht der Dankbarkeit. Der Imperator, lange schwankend, ist nun entschieden auf die Seite der arianischen Lehre getreten, die sich von der rechtgläubigen buchstäblich nur durch „ein Jota" unterscheidet: — an diesem Buchstaben hängt wieder einmal für uns alle das ewige Heil. Die Arianer lehren, Christus ist nur wesensähnlich Gott dem Vater — homoi-ousios, die Katholischen: er ist ihm wesenseins — homo-ousios. Darüber ist nun

ein Kampf entbrannt, der in allen drei Erdteilen mit allen
Mitteln (— auch mit Mord — so heißt es) geführt wird.
Im Morgenland soll ein ausgezeichneter Mann, ein hervorragender Vorkämpfer der Katholischen, Athanasius, hart
verfolgt werden unter Zulassung, ja auf Befehl des
Augustus. Ich möchte wohl mehr von diesem Athanasius
erfahren: was man mir von ihm — schon zu Mailand
und Turin — erzählt, reizt mich: ich möchte mich mit
diesem Geist und Mannesmut im Kampfe messen.

Hei, wär' ich nur Imperator! (Neulich hab ich's mit
Unrecht von mir weggewünscht.) Nur deshalb möcht' ich's
sein. Ich wollte ihn schon bezwingen, diesen Athanasius,
den sie den XIII. Apostel nennen und einen zweiten Paulus,
— den gewaltigsten Geisteshelden, der bisher dem Galiläer
erstanden. Nicht mit roher Gewalt, wie Constantius und
seine arianischen Bischöfe — nein, nur mit den Waffen
der Gedanken möcht' ich ihn überwinden — ihn und alle
katholischen Lehrer wie seine häretischen Widersacher. In
Mailand war mein alter Beschützer Johannes bei dem
Augustus schwer verklagt, er habe kühnlich für Athanasius
gesprochen und den Mahnungen des arianischen Bischofs
zu Alexandria, des Verdrängers des Athanasius, getrotzt.
Constantius wollte den mutigen Mönch in irgend einem
Kloster verschwinden lassen: ich erfuhr es durch unsern
gemeinsamen Freund Philippus, und meine und der Augusta
Fürbitte retteten den tapfern Schwärmer (wie unrecht thust
du ihm!) noch einmal. Doch war er von uns allen dreien
nicht zu dem Versprechen zu bewegen, künftig zu schweigen.
Ganz heldenhaft sprach der schwächliche Alte: „Ich werde
nie schweigen, wann es gilt, Zeugnis abzulegen für
Christus den Herrn." So was gefällt mir! Aber recht
eigensinnig ist er doch schon, Freund Johannes. — Hier
nun in Vienne, wo man wirklich lieber an Alamannen

und Franken denken sollte als an Arianer, Ebioniten und Sabellianer (— das sind andre christliche Sekten —), hier bestürmen mich die Bischöfe und Priester der streitenden Bekenntnisse, ich möge doch die reine Lehre schützen. Und das heißt jedesmal: die Andersgläubigen verfolgen: „Denn," — sprach der katholische Bischof von Arles zu mir: „die wahre Religion darf und kann nicht eine falsche neben sich dulden."

Ein scheußlicher Satz — er riecht nach Blut: mir graute. Zum Glücke fiel mir der schöne Spruch eines ihrer Besten ein, des Tertullian, der lautet: „Die Religion darf nicht aufgezwungen, freiwillig muß sie angenommen werden." Aber das strenge Haupt schüttelnd erwiderte der Bischof: „Die Irrgläubigen müssen von Staats wegen bestraft werden, daß entweder sie selbst gebessert oder doch andre abgeschreckt werden durch dies Beispiel."

„Abgeschreckt vielleicht von der Wahrheit hinweg," wagte ich zu erwidern. „Und wer sagt, was Wahrheit, was Irrtum?" — „Die Kirche." — „Es giebt viele nebeneinander: — welches ist die rechte?" — „Es giebt nur Eine!" — „Welche?" — „Natürlich die meine."

Heiliger Aristoteles! Welche Logik! — Das beste ist, während ich den Auseinandersetzungen zuhöre, ob der heilige Geist nur vom Vater ausgehe oder auch vom Sohne, und ob die „Perichoresis", die »circum in cessio« d. h. die alle drei Personen der Dreieinigkeit durchdringende Geisteseinheit nur die Eigenschaften oder auch das Wesen der drei göttlichen Personen umfasse, und bald dem einen, bald dem andern Recht gebend zunicke, habe ich Zeit zu überlegen, wie wohl die Stelle in Plotin über den ersten Ursprung aller Dinge (II. 3) richtig auszulegen oder ob der neue Sturmbock, den ich erfunden habe, nicht zu schwerbeweglich, oder ob mein Quästor Florentius nur ein

Dummkopf oder ein Schurke, endlich, ob die sehnlich erwartete Getreidezufuhr aus Britannien für meine Festen noch immer nicht unterwegs ist? Freilich begegnete mir gestern, weil ich nicht genug acht gegeben, daß ich die Lehre der Semi-Arianer billigte, die ich vorgestern verworfen hatte.

Eben geht mir ein Gesetz des Imperators zu, das kurz und deutlich befiehlt: alle Tempel allerorten sind sofort zu verschließen und sorgfältig zu bewahren, daß niemand Eintritt finde: jedes den Göttern dargebrachte Opfer ist mit Todesstrafe und Vermögenseinziehung bedroht. Und in Rom ist bereits eine solche Hinrichtung vollstreckt worden. Freilich hatte der Opferer in den Eingeweiden des Tieres die Zukunft des Reiches erforschen wollen. Das ist Hochverrat! Ja die gleiche Strafe — der Tod! — bedroht ausdrücklich jeden Statthalter einer Provinz, der jene Thaten ungeahndet läßt. Und ich muß das verkünden! Aber die Furcht des Tyrannen vor den Göttern, die er leugnet, verrät sich darin, daß er ihnen das Reden verbietet: allen Orakeln ist Schweigen auferlegt und niemand darf sie mehr befragen.

Wochen und Monate sind verstrichen, seit ich diese letzten Zeilen schrieb.

Der Winter, das Frühjahr verging mir in unablässiger Arbeit „um die Trümmer der Provinz zu sammeln" (wie ich neulich [ich glaube nicht übel] meinem neuen Freund Ammianus Marcellinus schrieb [du begreiffst: ein Cäsar muß sich gut stellen mit einem Manne, der die Geschichte der Gegenwart schreibt. Aber dieser Grieche ist ehrlich bis zur Grobheit. Er wird mich nie zu viel, eher zu wenig

loben, gerade, weil er mich ein wenig liebt. Das merke
ich denn doch]), die Beamten für Krieg und Frieden prüfen,
schlechte durch gute ersetzen, die Steuerlast mildern, unter
der die Provinzialen wie überbürdete Lasttiere erliegen (sie
flüchten aus unsern Städten zu den Barbaren, sie fürchten
weniger Chnodomar als den römischen Steuerboten), die
ganze in Stocken geratene Verwaltung wieder in Bewegung
setzen, zugleich Nachricht von den Feinden und ihren Ab-
sichten erkunden, die schwachen Besatzungen der bedrohten
Städte verstärken, die überall verzettelten, ach oft durch die
Flucht verschlagenen Truppenteile zusammenziehen, ermutigen,
mit Römergeist wieder erfüllen, Waffen, Vorräte beischaffen,
einen neuen Feldzugsplan entwerfen: — all' das nahm
diese Monate in Anspruch.

Endlich war ich fertig: das heißt vielmehr, wie der
nüchterne und wahrhaftige Jovian trocken bemerkte: „du
hältst es nicht mehr aus, seitdem die Wege wieder gangbar
und die Barbaren auf diesen Wegen sind. Fertig! Du
bist es so wenig wie vor sechs Monaten, wenn man
darunter versteht: dem Feind gewachsen, ausreichend gerüstet.
Aber gleichviel: fertig in solchem Sinne wirst du nie, solange des Imperators Geiz und Mißtrauen dir alle Unter-
stützung von außerhalb Galliens verweigert. Du sollst das
halbverlorne Gallien mit Galliens Mitteln allein wieder
gewinnen. Also drauf los! Es ist gleichgültig, wann
man das Unmögliche beginnt." Er hat recht, wie immer.
Er ist der gesunde Menschenverstand, und ich? Vielleicht
Höheres: — aber verständig gewiß nicht. Wohl: die
Götter helfen edler Thorheit gern.

So nahm ich denn schmerzlich Abschied von meiner
holden Helena! Sie muß in dem sichern Vienne zurück-
bleiben. Denn mein Helmbusch verschwindet jetzt unter
einem Gewölk von Gefahren jeder Art: — ich weiß nicht,

ob und wann und wo er nochmal auftaucht. Bange be-
schleicht mir oft das Herz die Ahnung, ich sehe die „Hold-
anlächelnde" — denn sie lächelt so oft und so lieblich! —
niemals wieder. Ach auch sie geht ja einer schweren
Stunde entgegen: mit welcher Seligkeit erwarte ich ihr
Kind! Noch ungeboren hab' ich es schon dem höchsten
Gott geweiht, der es mir gab! „Helioboros" oder „Helio-
bora" — wird es heißen. (Oh, ich fürchte, die Heiterkeit,
die Helena in mein kämpfedunkles Leben wirft, — wird
das einzige Helle darin bleiben.) Sie zeigte der Imperatrix
ihre holde Hoffnung an. Constantius schickte einen seiner
eignen Ärzte, leider nicht Philippus! Aber ich lasse auch
den bewährten Oribasius bei ihr. Und so nahm ich
schmerzlich Abschied von Helena und von Vienne. In
einer Stunde breche ich auf: es geht gegen die Barbaren!
Endlich! Welche Wonne!

IX.

Ich schreibe dies am Tage meiner Ankunft in Autun:
der wackern Stadt, die sich der Belagerer aus Kraft ihrer
eignen Bürger erwehrt, hatte ich längst die Aufmunterung
(die Ehre, wie die Schmeichler sagen würden, aber ich habe
keine —) meines Besuches zugedacht. Außer meinen dreihundertsechzig Gefährten — ich habe sie alle beritten gemacht — habe ich an Fußvolk nur eine schwache Legion
Ballistarier. Denn ach! wir führen Ballisten mit, Festen
und Städte zu belagern, die vier Jahrhunderte hindurch
römisch gewesen sind.

Mein Weg ging den Rhone aufwärts, auf unserer alten

Legionenstraße, über Lyon, Mâcon, bis Châlons, dann
über die Saône nach Autun, wo ich heute — am 23. Juni
— eintraf.

Hier war vor den Thoren der Feste, — um mich besonders zu erfreuen! die ganze Geistlichkeit aufgestellt: —
dahinter die Kurialen der Stadt, die Kollegien und dann
erst die Gewaffneten: ich sprang vom Pferd, schob den
süß lächelnden Presbyter zur Seite, drang durch die De-
curionen und rief: „Wo ist Marcus Cornelius, der Erretter, daß ich ihn umarme?" Tiefe Stille: — sichtbare
Verlegenheit: — man weicht vor meinem Blick zurück.
Endlich tritt, mit glänzenden Ehrenscheiben die Rüstung
bedeckt, an mich heran ein Kriegstribun (— wie ich später
erfuhr, der elende Befehlshaber, der sich und die Stadt
hatte den Barbaren ergeben wollen! —) und hüstelte:
„jener freche Alte, meinst du, großer Cäsar, der gegen die
kriegermäßige Unterordnung in seiner Oberen Zuständigkeit
eingriff und — ohne meine Ermächtigung — gegen die
Belagerer einen Ausfall machte? Der höchst heilige Presbyter dort hat ihn bei dem Augustus angezeigt, daß er
den auf hohen Befehl geschlossenen Tempel des Mars
wieder geöffnet, ein Opfer darin dargebracht, aus den
Eingeweiden des Opfertieres den Sieg geweissagt und
diesen Sieg — offenbar durch Hilfe der Dämonen! —
ohne jede Vollmacht! — frecher Weise dann auch wirklich
erfochten hat. In Ketten ward der Frevler abgeführt und
vor den Imperator gestellt, der ihn zu lebenslänglicher
Arbeit in den Bergwerken von Sardinien begnadigt hat."
O wie gern hätt' ich dem Elenden die Reitgerte über
das aufgeblasene Gesicht gezogen! Jovianus fiel mir in
den schon erhobnen Arm. Ich entsetzte den Tribun und
schickte ihn gefangen an Constantius unter der Anklage der
Feigheit vor dem Feind.

Ein glücklich Zeichen traf mich (du wirst gleich sehen, wie fein das ausgedrückt ist: denn das Zeichen traf mich, nicht ich das Zeichen!), als ich einritt in die Stadt: die Bewohner hatten das Südthor, mich ehrend zu begrüßen, mit allerlei Laubgewinden geschmückt: gerade wie ich unter das Thor ritt, fiel der schönste Kranz — ein Lorbeer= kranz! — hinab und traf meinen Helm, mich schön um= rahmend. Freudig riefen sie mir zu: „so von dem Himmel fällt dir der Sieg!" Ich hütete mich wohl, den Kranz zu entfernen. Denn frommer Sinn weiß: ja, unverdient von den Göttern geschenkt, fallen auf unser Haupt Glück und Ruhm!

———

Hier wird nun aber guter Rat teuer. Ich, angehender Feldherr, habe keine genauen Straßenkarten auftreiben können von Gallien: das heißt von dem nordöstlichen. Und die Landeskundigen streiten vor mir über den nächsten und zugleich sichersten Weg, der mich nach Norden zu den Bar= baren führt. Ich soll entscheiden! Und ich weiß davon so wenig, wie von den zehn verlornen Stämmen der Hebräer! — Die einen wollen, wir sollen über Arbor ziehen, die andern, über Sebelaucus und Cora. Ich werd's überlegen.

———

Ich wandle gern unerkannt, nur von Jovian begleitet, durch die Straßen der Stadt oder meines Lagers. Das Sagum, der Kriegsmantel, mit der bis an die Augen ge= zogenen Kapuze, macht mich unkenntlich. Dann lausche ich im Schatten der Häuser oder der Zelte den Gesprächen der Leute an dem Wachtfeuer. Viel hör' ich so, was ich als Cäsar nie erführe. Auch manche nicht schmeichelhafte Wahrheit. Die Eitelkeit könnte man sich dabei abgewöhnen, litte man an ihr (— du lächelst! — daher füg' ich bei:

„ober wäre diese Krankheit heilbar": in mir wohl nicht!).
Die Krieger lachen über mich: über mein häufiges Reden=
halten, über mein mangelhaftes Reiten (wartet nur, ihr
sollt nicht mehr lachen, reite ich euch allen voran, in die
Keilhaufen der Alamannen!), über meine lauten Selbstge=
spräche. Große Götter, ich bin doch ohne Zweifel der
gebildetste Mensch meines Umgangs. Soll ich mich nicht
gern mit mir selbst unterhalten: — schon zur Erholung
von den Predigten der Priester? Aber sie loben mich auch
— um manches. (Es ist Selbstüberwindung, daß ich
hiervon schweige!) Gestern abend nun hört ich einen unter
dem Helm ergrauten Adlerträger am qualmenden Wacht=
feuer sagen: — sie sahen mich nicht hinter der Statue
der Diana Epona: —

„Bah, ich habe schon unter dem großen Constantin
hier gefochten, ich kenne die Waldwege, der junge Cäsar
kennt sie nicht. Die beiden großen Legionenstraßen sind
— ganz gewiß! — von den Alamannen gesperrt: sowohl
die über Arbor, als die über Cora. Wir sind viel zu
schwach, sie im Stirnangriff aus den Verhacken zu ver=
treiben, mit welchen sie diese Wege unterbunden haben
werden: das verstehen sie, die Racker. Haushohe Mauern
von lauter gefällten Stämmen, mit Zapfen in Löchern
verbunden: dazwischen durch, und von oben herunter sausen
Pfeile und Wurflanzen! Ich stürme lieber eine persische
Felsenburg! — Also da kommen wir nicht durch. Aber
vor kurzem hat Silvanus — ich diente unter dem Tapfern
und rühme mich dessen! — den Weg durch die Wälder
zur Linken von hier nach Auxerre mit acht Kohorten zurück=
gelegt: — der Pfad ist viel kürzer, viel! Freilich ist man
verloren, gerät man in den Waldsumpf. Aber Silvanus
der Franke sprach: „Ich wag's. Mir weist die Wege der
wegwaltende Wodan." Und wirklich drang er mit uns

durch, überraschte die Feinde und siegte! Aber was der kriegserprobte Franke wagen durfte unter seinem alten Siegesgott, das wagt — der Gott des Kreuzes ist kein Gott des Schwertes! — der junge Cäsar nicht." „Du irrst", rief ich und trat hervor. „Ich wage es. Denn auch mich führt hoch in den Sternen ein Gott des Siegs. Und du, Aquilifer, sollst mich auf Erden führen." Ich ergriff den Erstaunten, nahm ihn mit in meine Wohnung auf dem kleinen Kapitol der Stadt (— es ist doch herrlich, daß wir in unsern guten Tagen in jeder Barbarenstadt das Kapitol von Rom wiederholt haben! —), ließ mir die Richtung des Wegs genau erklären, und morgen mit Sonnenaufgang geht es in die Wälder. Ob wohl Germanen darin schweifen? O schicke sie mir bald, unbesiegter Sonnengott!

X.

Sieg! Sieg! Er hat sie mir geschickt, der große Gott! Mein erstes Gefecht — zugleich mein erster Sieg!

Meine Seele frohlockt! Wie glücklich bin ich! Ein Pfeil hat meine Wange gestreift. Ich habe selbst das Schwert geschwungen! — Ich habe einen Germanen im offnen Kampf erlegt! O Mars und Jupiter und all' ihr Götter! O Lysias, dürst' ich dich jetzt umarmen. Oder — lieber noch — Helena! — an die ein Eilbote noch von der blutigen Waldwiese aus abflog. Aber so wird kein Bericht daraus! Also hübsch ruhig: „mit klarer Gliederung des Stoffes," befahl Libanius seinen Schülern.

Ich zog also Ende Juni mit meiner schwachen Schar von Autun durch die Wälder, geführt von meinem Freunde,

dem Fahnenträger Voconius. Ja, ich darf ihn Freund
nennen, den echten Latiner, den Sohn der samnitischen
Berge! Auf meine Frage, — nach unserem ersten Gespräch über die Wege — ob er die alten Götter vorziehe
oder den neuen, erwiderte er: „Ich verstehe das nicht, o
Cäsar. Es ist mir auch ziemlich gleichgültig. Ich weiß
nur: solange ich den Adler trug, pflegten wir die andern
zu hauen, seit ich das Labarum tragen muß, pflegen wir
gehauen zu werden. Das erstere gefiel mir besser."
Ich drückte ihm die Hand; ein Geldgeschenk lehnte er ab.
Da sagte ich, „wir wollen fortab Freunde sein, Aulus
Voconius." Und wir sind es geworden.

Mein Freund Voconius leitete also unseren kleinen Zug
durch Wälder und Sümpfe gen Nordwesten auf Auxerre.
Sowie wir in die tiefen Waldungen einbogen, die nur
schmale Pfade durchschnitten, spürten wir alsbald vor uns
und auf beiden Flanken die Nähe der Barbaren, — wir
mußten zunächst nicht, ob Alamannen oder Franken — die
uns vorsichtig umkreisten, gelegentlich aus dem Dickicht ihre
Pfeile und Wurfspeere auf unsern dicht geschlossenen Zug
entsendend. — Denn ich hielt meine schwache Schar in
tiefen Gliedern dicht zusammen, gedeckt auf allen vier
Seiten durch leichte Reiter, die, bei jedem Anfall zu uns
zurücksprengend, uns vor Überraschung schützen mußten.

Aber heute mittag hätten sie uns doch beinahe über-
rumpelt! Wir zogen in wildverwachsenem Gestrüpp dahin: rechts Sumpf, links eine Kette mittelhoher, dunkel
bewaldeter Hügel. Auf einmal ward es da links leben-
dig: so rasch, wie ich noch nie habe Menschen laufen oder
reiten sehen, warfen sich von jenen Hügeln herab auf
unsere linke Flankendeckung zahllose · Barbaren: nicht sie
erhoben den Schlacht-, meine überraschten Reiter erhoben
den Schreckensruf.

Im nächsten Augenblick waren die Bestürzten auch schon mitten in dem Zug unseres Fußvolks, Verwirrung in unsere Reihen tragend, sie durchbrechend. Und gleich darauf waren die Barbaren da! — Auf Speerwurfweite! Auch ihre Fußkämpfer schon! Diese Schnelligkeit erklärt sich nur dadurch, daß erlesene Jünglinge, lange hierin ge=übt, die linke Hand in die Mähne des Rosses gekrallt, neben dem Reiter herlaufen, so rasch wie dieser vorwärts fliegt. Es war ein prachtvoller Anblick!

Ich hatte wahrlich anderes zu denken, als an die Schönheit solcher Bewegung: aber den unverbesserlichen „Theoretiker" — so schilt mich Jovian! — fesselte das nie gesehene Schauspiel und (ich schäme mich solch abgrund=tiefer Eitelkeit!) es freute mich unbändig, daß ich sofort auswendig, wörtlich, die Stelle des Tacitus hersagen konnte — Germania, Abschnitt 6 steht sie (auch das weiß ich auswendig!), in der er diese Mischung von Reitern und Fußkämpfern bei den Germanen schildert!

Aber blitzschnell war der Einfall, und kurz die Freude! Denn schon waren sie dicht vor mir, diese Gegenstände meiner Freuden! Ein Pfeil ritzte mir die linke Wange: ich spürte es nicht am Schmerz, nur am Blut, das nieder=strömte. Und neben mir sah ich bereits meine Ballistarier vor dem ungestümen Anprall von links her ausweichend nach rechts: das heißt in den Sumpf, in dem wir alle sicher verloren waren! „Zangengleich": dieser treffliche Ausdruck Frontins fiel mir ein in diesem bedenklichen Augenblick: ich befahl unserem Zug, Halt zu machen (die kleine Lücke in der Mitte überließ ich einstweilen den Göttern!), mit dem vorderen und dem hinteren Teil unserer Linie nach links einzuschwenken, so die Barbaren „zangen=gleich" von beiden Seiten fassend.

Gott des Sieges! Es half! Mein erster Einfall —

aus einem Schulbuch gelernt —! er glückte! Die Barbaren, plötzlich zugleich von Norden und von Süden angegriffen — von West nach Ost hatten sie uns auf unserem Zuge nach Norden angefallen — glaubten wohl, wir hätten, ihnen unvermerkt, Verstärkungen herangezogen und begannen zu weichen. Aber nicht das Häuflein, das jenen ersten Stoß erfolgreich geführt hatte: hartnäckig hielten die Stand!

Ich sah Jovians Roß neben mir stürzen, ein Fußkämpfer, angeklammert an eines Reiters Hengst, hatte dem Gaul das Kurzschwert in den Bug gestoßen: der Freund lag hilflos unter seinem Tier: der germanische Reiter wollte ihn mit dem Speere durchbohren. „Halt,“ schrie ich auf lateinisch, den Stoß mit dem Schild auffangend, „Halt, Germane: Kämpfen, nicht Wehrlose morden.“ Augenblicklich wandte der Gescholtene sich und sein Roß gegen mich (— sie haben leider Zeit genug gehabt, Latein, in unserem Land, auf unsere Kosten, zu lernen! —) und holte mit dem langen Speere gegen mich aus: aber mein kurzes Römerschwert kam ihm zuvor: ich stieß es ihm in die Achselhöhle des erhobenen Armes: er schrie und stürzte nach links herab. Da schwang sich der Fußkämpfer auf das leere sattellose Roß und floh. Jovian hatte sich einstweilen unter seinem toten Gaul herausgearbeitet und reichte mir die Hand: „Siehst du, wie gut du reiten und fechten gelernt hast? Der Philosoph hat den Kriegsmann gerettet· umgekehrt war's wahrscheinlicher.“

Der Gefallene war ein Führer gewesen: entmutigt wichen die Seinen Wir machten fünf verwundete Geangene: von ihnen erfuhren wir, es waren gemischt Alamannen und Franken — Bataver — gewesen, was also das sehr Unerfreuliche beweist, daß wenigstens Teile der solange treuen Bataver sich unseren Feinden angeschlossen haben. Das ist schlimm: sie gelten — durch alte römische Schulung — als die gefährlichsten der Franken.

Prachtvolle Menschen sind es, diese Germanen! Ich habe solche Kraft und Riesengröße, freilich auch solche Wildheit nie getroffen. Sie hatten zwanzig Tote — es sind die ersten Toten, die mein Auge sah: feierlich ernst ist der Eindruck — der der Vernichtung! — Man könnte fast an der Unsterblichkeit zweifeln, sieht man sie so liegen, mit dem gebrochenen Auge, wäre sie nicht so haarscharf von Maximus bewiesen. Wie könnte doch ein Teil der Weltseele sterben! —

Jovian hat eine leichte Quetschung der Hüfte davongetragen: es freut mich, ihn pflegen zu dürfen. —

Merkwürdige Menschen, diese Germanen! Ich stelle sie im ganzen nicht viel über die tapfern und stolzen Ungetüme ihrer Wälder: Bär, Elch, Eber, Edelhirsch, Wisent. Aber zuweilen überraschen sie durch ein Feingefühl, das ich ihnen nicht zugetraut hätte. Dieser Verung da hängt an mir mit der Treue eines klugen, starken Hundes. Ich weiß, er läßt sich totschlagen für mich, blindlings! Ich meinte nun, er würde ebenso blindlings für mich alles totschlagen, was ich wünsche. Aber ich irrte. Als wir neulich zuerst aufbrachen gegen die Feinde, rief ich ihm scherzend zu: „nun, den ersten Alamannenkopf liefert Verung ein. Er ist der Nächstberufene."

Der Treue sah mich an mit vorwurfsvollem Blick: — aber er schwieg vor den andern. Über eine Weile spornte er sein Rößlein an das meine und flüsterte: „Herr, lieber Herr, das war nur ein Scherz — ein recht grausamer dazu! — von dir, das mit dem Alamannenkopf?" — Und so ausdrucksvoll trafen mich die treuherzigen grauen Augen: — ich schämte mich sofort meiner Herzlosigkeit, doch verstellte ich mich noch und sprach: „Ei, warum?

Seit Jahrhunderten kämpfen unter unsern Fahnen Germanen
gegen Germanen und wahrlich nicht am schlechtesten:
warum soll's auf einmal anders sein? Verlegen schwieg
er eine Weile, denn mein Satz war unanfechtbar. Dann
begann er leise, halb mit sich selbst redend· „Weiß nicht,
weiß nicht woher: — aber ich kann nicht. Sieh, in den
langen Jahren, da ich in der Fremde unter Fremden
diente, — es ging mir nicht schlecht, ich hatte die Fülle
von allem, des ich begehrte — aber es verlangte mich oft
in der Nacht, wann ich einsam auf Wache stand in Asien
oder in Afrika oder in Mailand, nach den Meinen: —
nach dem Klang unserer Sprache. Ich trug den Sternen
da oben Neid, daß sie zu dieser Stund' auf den stillen
Neckarwald herabschauen durften, wo unter den uralten
Eichen unser schlicht Gehöft von dunkelbraunem Holze
liegt. Ich hätte meinen Monatssold gegeben, wieder einmal
einem Mann meines Volkes in die Augen sehen zu dürfen.
Und nun, da ich sie wiedersehe, nun soll ich ihr Blut
vergießen? Nein! Mögen's andre thun: — ich thu's
nicht mehr. Und immer mehrere von uns verspüren doch,
daß wir zusammengehören, wir Alamannen. Schon mehrere
haben sich ausbedungen, gegen jeden Feind Roms zu fechten,
nur nicht gegen den eigenen Stamm. Soll ich vielleicht
die Fackel werfen in meiner Sippe uralten Erbhof?

Gegen Franken und Sachsen wie gegen Perser und
Mauren will ich für dich fechten, Herr: aber nicht gegen
die Meinen, die Alamannen! Gern will ich auch gegen sie
dein Leben decken, mit der eigenen Brust — gern will ich
dir auch gegen sie folgen in die Schlacht: — aber nur,
dich zu schützen, nicht, das Blut der Meinen zu vergießen.
Bitte, Herr!" Ich schüttelte ihm die Hand und nickte.
Der Barbar fühlt feiner als ich. Weh uns, erstarkte
dieses Gefühl in ihnen! Aber es hat keine Not! Und

ben Franken, ben Sachsen streckt er ja noch frohgemut
nieder. Er hat sein Wort gehalten, mich mit dem eigenen
Leib zu decken: ich sah es nicht, aber Jovian, wie er zwei
Wurfspeere dicht vor meiner Brust auffing mit seinem
Schilde. — Keine Trutzwaffe trug er mit in den Kampf.

———

XI.

Ich schrieb das Vorstehende noch auf dem Gefechtsfeld.
Jetzt berichte ich aus Troyes. Denke nur, welche Schmach!
Als ich vor den Thoren dieser Feste ankam — es dunkelte
die Nacht herauf — wollten sie mich durchaus nicht ein=
lassen, diese Tapfern. Die Furcht vor den Barbaren hat
seit Jahren alles so erfüllt, daß die Leutchen an römische
Scharen, die im freien Feld erscheinen, gar nicht mehr
glauben wollen. Und als ich von einem römischen Siege
sprach, hielten sie es erst recht für gelogen! Wir seien
verkappte, in römische Rüstungen gekleidete Barbaren.
Zuletzt erkannten sie den alten Voconius und ließen endlich
den Cäsar, nachdem er eine Stunde im Regen zu ihnen
die Wälle hinauf gescholten, in ihre bange Stadt. Der
Bischof wollte mich vor allem in die Basilika führen, Gott
für den Sieg zu danken. Ich sagte, ich hätte schon gedankt
und verlange mehr nach einem Bade. —

Die starke Feste zitterte vor den Barbaren! Und doch
barg sie das Hauptheer, mit welchem ich ganz Gallien
zurückerobern soll: den Magister Militum Marcellus und
fast zehntausend Helme! Ich nahm sie am folgenden Tage
für mich in Pflicht: — bei den Rippen des heiligen
Marcus und einem Eckzahn der heiligen Magdalena ließ

sie der Bischof schwören (man darf nicht mehr schwören bei dem Genius des Constantius: er hat wohl auch keinen! 's ist gleich: wenn sie's nur halten!) — „o Phöbos Apollon," dachte ich während der langen Schwurformel. Ich schämte mich vor „dem Gott mit dem silbernen Bogen"!

(Übrigens: wie viele Eckzähne hat denn der Mensch höchstens, auch im Zustande der Heiligkeit? Ich habe von der heiligen Magdalena schon etwa sieben bewundert.)

Sehr viel für meine Aussichten in Gallien kommt nun selbstverständlich auf diesen Marcellus an, meinen ersten Heerführer. Bis jetzt hab' ich nur Feigheit, Frömmigkeit und Kriecherei an ihm entdeckt.

———

Heute endlich wieder einmal Briefe von Helena, von Mutter, Schwester und von Philippus. Helena, die Holde, die Heitere, erträgt auch ihr dermaliges nicht leichtes Los mit liebenswürdiger Freudigkeit. Allein, nach so wenigen Monaten des süßesten Glückes, nur von Dienerinnen nach des Imperators Wahl umgeben (— streng hat er die Bitten seiner Gattin, meiner Mutter und Schwester ab= gewiesen, zu der Einsamen reisen zu dürfen —), mich in allerlei Fährnissen wissend, einer schweren Stunde entgegen= bangend, verzagt sie doch keinen Augenblick. Im Gegen= teil, sie tröstet mich mit fröhlichen Scherzen. Sie schildert mir, wie unser Heliodor aussehen wird. — Denn es steht ihr fest: es ist ein Knabe. Geliebtes Geschöpf! Wie gern eilte ich an ihr Lager. Aber mich rufen Chnodomar und andere Ungetüme.

Meine Mutter! Wie zärtlich, aber auch wie einbring= lich ermahnt sie mich, täglich so und so oft zu Christus zu beten — um des Heiles meiner Seele willen: sie bete Tag und Nacht für mich. Ach, es ist gut für sie, daß ich

heucheln muß, solang Constantius lebt. Wie würde die
innig Verehrte leiden, erführe sie meinen Haß gegen den
Galiläer! Die Schwester schreibt auch gar so fromm! Selt=
sam! Jovian begnügte sich, die Briefe der andern nur
vorgelesen zu hören: als ich ihm aber sagte, Juliana sende
ihm einen Gruß, griff er hastig nach dem Papyrus und
mußte es selbst lesen!

Philippus schreibt Wichtiges vom Hof, vom Staat. Der
Gute meint, das Bedeutsamste sei, was mich betreffe: er
irrt, erst der Staat, dann Julian. Er meldet ganz be=
stürzt, hätte ich jemals die Aussicht gehabt, falls Con=
stantius söhnelos vor mir sterbe, den Thron zu besteigen
(— der Allschauende Helios sah nie einen solchen Gedanken
in dem geheimsten Winkel meiner Seele! —), meine Un=
vorsichtigkeit in Beschützung der Verehrer der Götter habe
sie für immer zerstört. Und worin bestand diese Unvor=
sichtigkeit?

In jeder größeren Stadt Galliens, in der ich auf der
Reise längeren Aufenthalt nahm —: so in Grenoble, in
Valence, in Vienne brachten die Behörden und die Galiläer=
priester vor mein Tribunal Anklagen wider allerlei Ver=
brecher, die in den Wirren der letzten Zeiten unverfolgt
geblieben waren: Mörder, Räuber, Diebe in Menge. Ich
ließ sie verhaften, die Untersuchung einleiten. Aber der
Diakon zu Grenoble verklagte eine junge Mutter, daß sie
kurz vor ihrer Entbindung der Juno Lucina Milch und Mehl
geopfert; der Presbyter von Valence verlangte, ich solle
einen Greis in Ketten legen, der dem Hermes dem Seelen=
geleitenden einen Hahn gelobt, falls der Gott ihm leichten
Tod gewähre, und der Bischof von Vienne heischte die
schärfste Bestrafung eines jungen Bildhauers aus Korinth —
(ach, sie haben keine Arbeit mehr, die Hände, die bereinst
die schönen Götter gebildet! —), der Nachts in den von

dem Bischof längst verschlossenen und versiegelten Tempel
der Venus drang und hier die wunderschöne Statue der
Göttin (— es soll ein Werk des Praxiteles sein! —) be=
kränzte und zeichnete. Der Schein seiner Fackel verriet
ihn. Er ward ergriffen und gefangen gesetzt. Unter dem
Vorwand, Augenschein einnehmen zu müssen, ließ ich mir
das sofort wieder verriegelte und versiegelte Fanum öffnen:
o Lysias, welche Reinheit, welche Heiligkeit ist doch dem
Schönen eigen! Tief erschüttert stand ich vor der herrlichen
Göttin. Der Bischof, der mich scharf beobachtete, merkte
wohl etwas! Er verlangte dringend Bestrafung des jungen
Artemidor und beschwor mich, das dämonische Bild, das
ja sogar mich zu verwirren scheine, zerschlagen zu lassen.
Ich wies das zurück: aber ich versprach ihm, seine Stadt
von der gefährlichen „Dämonin" zu befreien und ließ die
schöne Göttin nach Arles bringen, wo ein Freund Jovians
ein Landhaus eignet. Möge fortab die „Venus von Arles"
der Stadt Segen bringen! Artemidor führte ich verhaftet
— zu seiner Sicherheit! — ein paar Tagemärsche mit mir
fort, erfreute mich herzlich des liebenswürdigen Jünglings
und entließ ihn reichbeschenkt nach Marseille zur beneidens=
werten Einschiffung in seine schöne Heimat. Ob ich je das
edle Antlitz wieder schaue?

Auch die Anklageschriften gegen die beiden andern ließ
ich verschwinden in den Fluten des Rhone. Aber die drei
Priester ruhten nicht: sie verklagten mich bei dem Augustus
wegen Beschützung der Götzendiener. Er hat noch nicht
beschlossen, gegen mich einzuschreiten; aber sein Argwohn
ist schwer gereizt. Grimmig fuhr er Philippus an: „Siehst
du, dein Schützling, wie er sich anläßt? Ihr habt wohl
schon Träume geträumt, die ihn auf dem Throne sahen?
Aber wartet nur! Nie, nie wird er den Purpur tragen,
dafür ist gesorgt! Ich habe meinen Nachfolger bereits

gewählt, — da Eusebia mir keinen gönnen will. Demnächst laß ich Senat und Heer auf einen Mann vereidigen, der sich nicht bedenken wird, am Tage meiner Thronbesteigung jenen Freund der Götter zu den Dämonen der Hölle zu senden. Da mag dein Philosoph Imperator über die Teufel werden." Es beunruhigt mich nicht: ich weiß es ja, daß ich sterben muß, um emporzusteigen zu dem Vater des ewigen Lichtes. Und bald wird es sein. Die Lieblinge der Götter (— zu denen zähl' ich, das fühl' ich täglich mehr, je klarer ich sie erkenne —) sterben früh.

Das Wichtigste aus des Philippus Briefen ist die Rück- berufung des Eusebius, der glücklich in den Hintergrund gedrängt schien. Die Freude hat nicht lange gewährt. Und warum zurückgerufen? Wie geht es her in diesem Reich der Römer!

Ein Feldherr, Macer, der in Rhätien am Inn die eingedrungenen Juthungen abwehrt, erhält einen Brief von seiner Frau aus Florenz, ein Bienenschwarm habe sich an seinem Haus angesetzt. Das bedeute etwas Großes: — den Purpur. Und das unselige, unsinnige Weib fleht nun den Gemahl an, er möge sie doch ja nicht, nachdem er Con- stantius getötet, um der schönen Imperatrix Eusebia willen verstoßen. Die Sklavin, die das schreibt, verkauft eine Ab- schrift an Eusebius, den Präpositus. Dieser erwirbt sich das hohe Verdienst, dem Augustus die „gefährliche Ver- schwörung" aufzudecken, Macer und dessen Gattin werden enthauptet, zahlreiche völlig Unschuldige gefoltert, und der Obereunuch, der wieder einmal dem Imperator Leben und Thron gerettet hat, wird in höchsten Ehren zurückgerufen.

Philippus schreibt am Schluß eine mir noch unver- ständliche Zeile: „Lies Horaz, Satiren, erstes Buch, vierte Satire, Vers 85, und handle danach."

Der Buchstabe bringt eben meinen Horaz, das Geschen! Eusebias . . . ich schlage nach: Hic Niger est — hunc tu, Romane, caveto¹). Was kann er meinen? All' ihr Götter! Niger ist der Name des Arztes, den Constantius gesandt. — Philippus warnt sichtlich vor ihm. Und mein Weib, mein Kind hilflos, schutzlos in dieses Arztes Hand! Ich — ich fliege zurück, sie zu behüten . . .

Nein, ich darf ja nicht! Darf auch nicht scheinbar weichen vor den Barbaren, und seh' ich Helena niemals wieder! Jovian hat Recht: „Ein Wahrzeichen nur gilt: für dies Reich der Römer zu kämpfen." Aber einen Eilboten entsende ich mit Warnung in Geheimschrift. Ach und welch' grausam Geschick! Ich darf nicht einmal hier bleiben, Antwort erwartend: weiter und weiter ab von der Geliebten führt mich die Pflicht des Krieges. Wohin zunächst? Das ist mein wohlgehütetes Geheimnis. Morgen breche ich auf von hier nach Reims und . . . ."

Ein Brief von ihr: o Weh und Schmerz und bittrer Gram der Seele! Mein Bote an Helena kreuzte sich mit der schwarzen Nachricht, die eben von ihr eintrifft. Unser Heliodor — diese holde Hoffnung! — ist zerstört. Meine Geliebte war frisch und gesund gewesen, schreibt sie, bis Niger sie in Behandlung nahm, — obwohl ihr gar nichts fehlte. Viele, viele Tränke mußte sie nehmen wider Willen auf Nigers, das heißt auf des Imperators Befehl. Nun ist das Ende der „Behandlung" da! Zu früh, nur um gleich zu sterben, ward unser Heliodor geboren. Ach, nur wenige Augenblicke sah er den Strahl des Gottes, der ihn uns geschenkt. Niger ist spurlos verschwunden, sobald der Knabe starb. Nun, Constantius wird wissen, wohin. Tief gebeugt von eigenem Weh sucht das herrliche Geschöpf,

---

¹) „Freund, ein solcher ist schwarz (niger): vor solchem hüte dich, Römer."

mich aufzurichten. O mein Heliodor! Wie hatte ich dich erziehen wollen, den Göttern und dem Römerreich zum Dienst! Ah, die Barbaren sollen mir's entgelten!

———

XII.

Ich fand im Heere den Glauben verbreitet, unser Zug gelte zunächst den Franken: den Sugambern und dem empörten Gau der Bataver: waren doch von dort, vom Niederrhein her die jüngsten Vorstöße erfolgt. Ich bestärkte diesen Glauben. Allein sowie das Heer marschfertig, befahl ich statt nach Norden — gegen den Kohlenwald, — vielmehr gen Nordosten auf Metz zu ziehen: Überraschung, Täuschung über sein wahres Ziel war ein großes Stück der Feldherrnschaft des einzig wahren Cäsars. Nicht den Franken, — den Alamannen am Oberrhein galt mein nächster Angriff: und er gelang vollkommen, Dank eben der Überraschung. Von Metz drang ich in Eilmärschen — ach immer weiter weg von Helena! — gen Osten über Dieuze nach Saarburg.

Heiß brannte die Mittagstunde des Julitags: nur mit Mühe brachte ich den stockenden Zug vorwärts, äußerste Stille hatte ich eingeschärft und Jovian mit leicht berittenen Bogenschützen vorausgeschickt auf Spähe: bald jagten diese zurück und meldeten, daß die Alamannen, in der erschlaffenden Hitze des Mittags, alle Vorsicht, jeden Gedanken einer Gefahr aufgegeben hatten. Ihre Waffen im Lager zurücklassend, lagerten sie am Flüßlein Saar. Viele badeten und plätscherten in den Fluten; andere tranken den erbeuteten Wein aus ihren Sturmhauben; manche auch

strählten ihr langes gelbes Haar und färbten es rötlicher
(— das scheinen sie zu lieben —) mit einer scharfen Seife
aus Talg und Buchenasche. Welcher Anblick, diese Sorg-
losigkeit, für einen römischen Feldherrn! Ich gab das
Angriffszeichen durch die Reitertrompeten. „Zangengleich“
wieder faßte ich sie, meine Scharen teilend, zugleich von
Nordost einschwenkend und von Nordwest. Vereint warfen
wir die Überraschten von Nord nach Süden in ihr Lager
hinein und sofort — nach Süden — wieder hinaus. Sie
hatten gar nicht Zeit gehabt, zu ihren Waffen zu gelangen,
geschweige sich zu scharen: nur Flüche, Verwünschungen,
nicht Speere hatten sie uns entgegenzuschleudern. Groß
war das Blutbad: — gerächt ist Heliodor!

Aber Vorsicht thut not in diesem Lande, dessen Festen:
Speier, Selz, Straßburg, Brumat nicht mehr unser, vom
Feinde besetzt, oder doch der Mauern entkleidet sind. Mein
Heer wie die Barbaren glaubten, ich würde nun den
erlangten Vorteil in der gleichen Richtung gegen Straßburg hin verfolgen. Aber das Verfahren von Troyes
wiederholend, ließ ich die Alamannen los und befahl, nun
ebenso plötzlich die Franken anzufallen: ich zog auf Köln.
Da ritt Jovian an mich heran und schüttelte mir die
Hand: er lobt mich nicht oft, nicht stark (— ich kann viel
davon vertragen —) und sprach: „Philosöphchen, du bist
ein geborner Feldherr.“ „Wäre erfreulich,“ erwiderte
ich. „Ein geborner Reiter bin ich offenbar (— immer
noch! —) nicht: zweimal fiel ich gestern vom Gaul.“
Dieser Zug gegen den Niederrhein ist so gefährlich wie der
vorige gegen die Alamannen: auf dem ganzen Weg von
Straßburg bis Köln blieb in unsern Händen nur noch
Remagen bei Koblenz.

Die erste Schlappe! Empfindlich genug! Gerade im letzten Augenblicke noch abgehalten, Dank sei Mars Stator und Jovian, eine Niederlage zu werden. Das Wetter ist umgeschlagen. Regengüsse fluten Tag und Nacht hernieder, dichte Nebel steigen auf aus den sumpfigen Altwassern dieses mächtigen Stromes. Man sieht kaum den nächsten Mann im Glied. Gegen Abend ging's; ich hoffte, vor Einbruch der Nacht noch Köln zu erreichen, das, wie meine Späher berichteten, unglaublichermaßen nicht besetzt ist. „Eine barbarische Feldherrnschaft," dachte ich in meinem jungen Siegesstolz, an der Spitze des Zuges reitend. Ich vermißte schwer das Gespräch Jovians, der gebeten hatte die Mitte führen zu dürfen. „Fürchtest du," lächelte ich, „die Franken mehr als die Alamannen?" „Am meisten fürchte ich deine Leichtherzigkeit, Griechlein," erwiderte er derb, aber nicht mit Unrecht, und ritt zurück. Sonderbar! Dasselbe Wort „Leichtherzig" hat mir neulich der wackere Ammian geschrieben. So dachte ich noch, als plötzlich von unserer Nachhut her ein schreckliches Geschrei sich erhob, das alles eher als ein Siegesgeschrei war. Ich hatte Marcellus die Nachhut — zwei Legionen — überwiesen, weil ich Widerstand nur vorn oder von der linken Flanke her vermutete: rechts deckte uns der Rhein, an dessen Ufer hart hin die alte Legionenstraße zieht. Aber die Franken (— denn diese waren es! —) hatten uns umgangen und brachen nun vom Rücken her, durch den Nebel verschleiert bis zum Anprall, in unsern Zug. Marcellus floh sogleich nach vorn; schon wurden seine Schwerbewaffneten in großer Zahl von der steilen Böschung herab in den Strom gestoßen: nicht viel fehlte und wenigstens die Nachhut war verloren. Da — im rechten Augenblick — erschien Jovian mit Verstärkungen aus der Mitte und stellte die Schlacht. Die Nacht brach ein: die Bar-

baren wichen, aber wir haben viele Leute in dem Fluß
verloren und nur Einen — verwundeten — Gefangenen
gemacht. Er sagte aus, es waren die Bataver, geführt
von einem ihrer Königssöhne. Der Angriff war meisterhaft geplant.

————

Köln war wirklich unbesetzt. Begreif's, wer kann!

Zaghaft, mit sichtlich geringem Vertrauen auf unser
Verbleiben in ihren halbzerstörten Mauern, krochen die
Bürger von Köln aus ihren Häusern, aus ihren Kellern
hervor.

All' ihr Götter, welch' ein Anblick, diese verwüstete
Stadt! Und also aus eitel Mutwillen haben die Barbaren Köln genommen und — dann verlassen? Ich versicherte den Kurialen, solang ich lebe in Gallien, werde
Köln nicht wieder erobert werden, und befahl sofort
meinem ganzen Heer, noch in der Nacht, während die
Kohorten Wein und Speise erhielten, bei Fackelschein die
nur oberflächlich abgebrochnen Wälle wieder herzustellen.
Die Leute murrten: denn Marcellus hatte schlaffe Mannszucht gehalten. Da ergriff ich selbst einen Spaten und
sprach: „den ersten Spatenstich thue ich, euer Cäsar, und
dem ersten, der sich weigert, spalte ich mit diesem Spaten
den Schädel." Sie stutzten, aber sie gehorchten alle sofort.
Mir scheint, auch das Befehlen-Können ist eine Gabe der
Götter.

Nachträglich erfahre ich Näheres von dem Angriff jenes
Batavers. Er hatte es sehr, sehr schlimm gemeint. Gleichzeitig mit seinem Stoß in unsern Rücken sollten vier
andere Könige der batavischen Gaue uns von der Stirn
und von der linken Flanke fassen. Jene vier waren von
ihm (Merowech heißt er: man muß den Namen merken!)
nach langem Verhandeln gewonnen gewesen, neben ihm

gegen uns loszuschlagen. Aber im letzten Augenblick blieben sie aus — ohne ihm abzusagen. Alle vier. Warum? Auch ihre Scharen hatten Merowech zum „Herzog“, d. h. zum Oberanführer verlangt. Da erwachte die alte Eifersucht und die vier Könige traten zu uns zurück. Nur ein Sugambernkönig hielt Wort und stieß zu Merowechs Schar. Der Graukopf griff grimmig immer und immer wieder an, bis sie ihn endlich mit vielen Wunden davontrugen. Jovian hätte ihn gefangen, hieb ihn nicht Merowech heraus. Jene vier schickten jetzt Gesandte nach Köln und erbaten Frieden und Verzeihung. Beides gewährte ich von Herzen gern! Denn in diesem barbarisch rauhen Lande — es regnet und stürmt ohne Unterlaß! — noch einen Herbstfeldzug bis an das germanische Meer, — das mute ich zwar mir, aber nicht meinem Heere zu.

So verbrachte ich denn diese Monate mit der Wiederbefestigung Kölns und andrer verödeter Städte und ging über Trier zurück nach Sens an der Yonne, wo ich die Winterquartiere beziehen will und wohin ich mein geliebtes Weib von Vienne her entboten habe. Welch ein Wiedersehen! Welche Freuden! Welche Liebe! Und welches Weh!

Aber will das Bittre in mir überwiegen, dann ruf' ich mir das Bild der trauernden Roma vor Augen, der ich doch ein wenig von langjähriger Not und Schmach abgenommen habe von den Schultern. Freilich, es war nur ein Anfang: viel ist noch zu thun. Der unbesiegte Sonnengott führe mich weiter. Stammen wir Constantier doch von dem großen Germanenbesieger Claudius: vielleicht hat sich von seinem Geist, von seinem Glück etwas auf mich vererbt.

Erst hier — im tiefsten Winter! — erhalte ich endlich

eine Antwort von dir oder doch eine Bescheinigung, daß du meine Brief- ja Tagebuchsendungen erhalten haft.

Allerdings, ich sandte sie anfangs nach Nikomedia. Nicht konnt' ich ahnen, daß du dich aus Besorgnis für deine Sicherheit fern in dein geliebtes Wunderland Ägypten zurückgezogen: und gewiß, wenn Eusebius, wie dir (nach deinem Briefe) Philippus und der edle Johannes (der deinem Hasse mit Liebe vergilt) heimlich mitgeteilt haben, Verdacht geschöpft hat, deinem Galiläerpriestertum nicht recht traut und die Wahrheit ahnt: — dann konntest du nicht rasch genug in die Verborgenheit verschwinden, dein mir so teures Haupt zu retten. —

Aber, o geliebter Lehrer, deine kurzen Zeilen kann ich nicht eine Antwort nennen auf die so umfangreichen nicht nur, auch, sollte ich meinen, so inhaltreichen Ergüsse meines heißen, jungen, vertrauensvollen Herzens. Wem sollte ich rückhaltlos vertrauen, wenn nicht dir? So habe ich dir denn auch das süße Glück, das ich in meinem geliebten Weibe gefunden, fast verschämt, — aber jubelnd verkündet und die Hoffnung auf unser Kind und das bittere Weh um unsern Heliodor! Und vorgesteckt hatte ich mir, dir auch weiter zu berichten von dem Glück meiner Liebe, meiner Ehe, nachdem ich — nach so vielen Monden! — das süße Weib hier wieder an die Brust schließen durfte: (ach sie hat sich nicht erholt, — ich meine die Gesundheit nicht wieder erlangt: nur den rührend heitern Sinn, mit dem sie mich tröstet!) Aber ich kann dir, Lysias, nach deinen Äußerungen nicht mehr schreiben über Helena. Es steht etwas Fremdes, mir Unverständliches zwischen meinem verehrten Meister und mir. Du beglückwünschest mich zu meiner Errettung, zu meiner Erhebung zum Cäsar: aber mit keinem Wort zu meinem höchsten Glück: zu Helena.

Ja, du schreibst rätselhaft: „deine Vermählung ist vielleicht geschehen gegen den Willen der Götter und den Gang der Sterne." O Lysias, ist das denkbar? Und von unsrem Kinde schreibst du grausam: „fälschlich hast du den Knaben Heliodor genannt. Nicht Helios hat ihn dir gegeben noch die andern Götter, sonst lebte er dir noch. Die Götter schützen ihre Gaben. Constantius und der blinde Zufall haben dich zum Vater jenes Kindes gemacht." Lysias, es gehört die ganze Dankbarkeit meines Geistes gegen dich dazu, daß ich dir das verzeihe. Aber die Galiläer sollen sich nicht berühmen, daß sie allein den Grundsatz aufstellen, Böses mit Gutem zu vergelten:

Laß ablermutig schweifen deine Liebe
Bis dicht hinan an die Unmöglichkeit:
Kannst du des Freundes Thun nicht mehr begreifen, —
So fängt der Freundschaft frommer Glaube an!

Am liebsten beriefe ich dich hierher zu mir: sähen wir uns Auge in Auge, — das Gespenst, das zwischen uns aufgetaucht, würde rasch verschwinden. Allein wenn nicht schon auf der Reise hierher, würdest du sicher in meinem Lager den Spähern des Eusebius in die Hände fallen: sie wimmeln hier.

XIII.

Ich bin nun mit den Vorbereitungen für den nächsten Feldzug eifrig beschäftigt: — ich arbeite Nacht und Tag: — ich schlafe nur zwei Stunden. Denn die geliebten Bücher verlangen nun auch wieder ihr Recht. Und immer und überall, auf dem Marsch, in den Sümpfen des Rheinlandes, während der Berechnung der Vorräte, die ich brauche, der Mannschaften, die ich neu ausheben muß, auf dem Tribunal,

während ich Rechtsfälle entscheide, drängen sich mir in die
Gedanken die großen Fragen über das Verhältnis der Götter
(— nicht der sogenannten, der Volksgötter: vergieb, ich
weiß, das verletzt dich: aber volle Offenheit muß unter
uns walten —) zu der großen Weltseele, dem obersten, dem
— dem Wesen nach — einzigen Gott.

Inwiefern ist es mehr als blöder Aberglaube des Volkes,
daß so viele Götter, Göttinnen, Dämonen verehrt werden?
Sind sie nicht bloße Symbole? Oder sind sie doch Er-
scheinungen, Darlebungen, Bethätigungen jenes obersten
Gottes? Ich habe viel darüber geschrieben: — ich ringe
danach, meine allmählich sich klärenden Anschauungen in ein
abgeschlossenes Lehrsystem zu bringen. Zunächst für mich
selbst: dann aber, — wie gern möcht' ich als Schriftsteller
mir den Lorbeer verdienen! — Höher als den meiner
Schlachten würd' ich ihn anschlagen. Ach wenn in Athen
bei den Buchhändlern zur Ansicht offen läge: „das neue
Werk des Claudius Julianus über das Wesen der Götter!"
Aber mein erster Käufer würde sein — Constantius; und
mein letzter! denn die Abschriften würden sofort verbrannt
und der Cäsar wanderte wohl wieder in ein Kloster.

Helena sagt, auch in den zwei Stunden meines Schlafes
spreche ich unaufhörlich von der Weltseele, von Helios und
von Phöbos Apollo. (Sind diese beiden Eins oder zu
scheiden?)

———————

Seit dreißig Tagen hab' ich nicht eine Zeile an diesem
Tagebuch schreiben können. Unsanft genug ward ich in der
Nacht, nachdem ich gerad' das letzte aufgezeichnet, aus
meinen philosophischen Träumen aufgeweckt. Der treue
Berung pochte mit dem Schwertknauf an die Thür unseres
Schlafgemaches und rief: „auf, Herr, zu den Waffen!
Der Feind steht vor den Thoren."

Ich fuhr auf — ich ergriff das Schwert — ich wollte
Helm und Schild fassen: — aber da schlug schon solcher
Kampflärm von dem nahen Wall her an mein Ohr, daß
ich mit einem Scheidewort an Helena davonstürmte. Ich
wollte es nicht glauben: — aber es war so! Die Franken
stürmten gegen die morschen Mauern!

Ich eilte auf den Eckturm des Ostthors, wo der Lärm
am wildesten toste. In Menge kletterten die halb nackten
Barbaren auf gefällten Bäumen, denen die Äste belassen
waren und die schräg an der Mauer lehnten (— eine ein=
fache Art von Sturmleitern! —), gegen die Zinnen hinauf.
Mancher erstieg die Mauerkrone: mit den Schildstacheln
stießen sie die Unsern hinab. Dabei schlug um mich her
ein wahrer Hagel von Geschossen ein. Viele meiner Leute
sanken neben mir. Da auf einmal fühlte ich von hinten
her den Helm auf mein Haupt gedrückt: — hinter mir —
von unsern Pechfackeln grell rot beleuchtet — stand lächelnd
Helena: — sie reichte mir auch den Schild. O welche
Wonne durchströmte da mein Herz! Vor aller Augen
umarmte ich die Errötende und drängte sie die schmale
Mauertreppe hinab aus dem Bereich der Geschosse.

Mit alleräußerster Anstrengung nur ward der Überfall
abgeschlagen. Aber die Barbaren wichen nicht: — sie
blieben! Dreißig Tage belagerten sie uns, mitten im
schärfsten Winter, aber, wie gesagt, diese Bären frieren
nicht! — Jeden Tag stürmten sie. Nicht einen Augenblick
kam ich von den Mauern all' diese Zeit. Ich schlief, vom
Mantel bedeckt, hinter den Zacken der Zinnen. Und keine
Möglichkeit, durch einen zornigen Ausfall die Frechen zu
verscheuchen! Dazu war ich viel zu schwach. Ich knirschte
vor Zorn, auf die Abwehr beschränkt zu sein. Um der
Verpflegung willen hatte ich die Schildner und die fremden
Hilfsvölker in andere Orte verlegen müssen. Das hatten

die Franken erkundschaftet: so hofften sie, die Stadt zu bewältigen, den Cäsar selbst zu fangen. Merowech hat den Streich ersonnen und den Befehl geführt. Am dreißigsten Tag soll er verwundet worden sein: da trugen ihn, den Widerstrebenden, die Seinigen entmutigt mit sich davon und zogen ab.

Mich aber haben diese dreißig Tage gelehrt, was der Wille, der Geist auch schwächlichem Leib abzuzwingen vermag: das ist nur möglich, weil dieser Geist ein Funke der großen Weltensonne, ein Stück der ewigen Weltseele selbst ist.

Allein wie war es geschehen, daß die Kecklinge über die gefrornen Flüsse unvermerkt, ohne daß ich eine Warnung erhielt, so weit von Rhein und Mosel nach Westen vordringen konnten? Mehr noch: — daß in dreißig Tagen, da die Kunde von dieser Belagerung ganz Gallien durchdrang, nicht Ein Versuch gemacht wurde, mir Entsatz zu bringen? Das war nur möglich durch niederträchtigen Verrat des Marcellus, der mit starker Macht ganz nahe in Estissac liegt: jedoch er hielt sich diese dreißig Tage still in seinen sichern Mauern! Er soll gesagt haben: „Der Imperator wird sein Sens gern verlieren, verliert er dabei auch seinen Cäsar." Aber das ist mir zu stark! Ich verlange von Constantius die Absetzung des Elenden. Marcellus ist, meiner Anklage durch Verleumdungen zuvorzukommen, bereits an den Hof geeilt. Jovian bat, ihn in dieser Sache nach Mailand zu entsenden. Ich will's gewähren. Sobald wird es hier nun noch nichts zu fechten geben. Und ich weiß: er geht gern dorthin, wo er meine Mutter und — meine Schwester wieder sieht, die schöne, schlanke, dunkeläugige. Längst habe ich die zarte Neigung entdeckt, die Juliana und der Wackere — schon in Mailand — noch vor sich selbst scheu und schämig zu verbergen suchen.

Arme Herzen! Nie erfüllt sich euer Wunsch! Constantius wird nie einem so tüchtigen Kriegsmann die Hand einer Constantierin gewähren: solches Verdienst und eine solche Verbindung zusammen würden — nach des Augustus Denkweise von den Menschen — eine unwiderstehliche Versuchung bilden, nach dem Purpur zu greifen. Aber ich gönne ihnen gern die Freude des Wiedersehens.

Ach wie wenig habe ich doch durch meinen vorjährigen Feldzug erreicht! Schon im Februar ergossen und jetzt im März ergießen sich abermals Scharen von Germanen über das zitternde Land! Ich weiß gar nicht, was ihnen den Mut zu dieser Unverschämtheit geben kann?

Sollten sie den wahnsinnigen Gedanken gefaßt haben, wir würden sie jemals dauernd in Gallien dulden? Der soll ihnen ausgetrieben werden, so wahr ich Cäsar heiße! Jetzt, nach vierhundert Jahren, sollten wir wieder so weit sein, wie da der echte Cäsar gegen jenen Ariovist auszog? Nein, schlimmer sind wir daran. Ariovist hatte Gallien nur den Galliern, Chnodomar und Genossen haben es den Römern entrissen! Sie schickten mir Gesandte, die mich drohend aufforderten, das durch ihre Schwerter gewonnene Gebiet in Gallien nicht anzutasten! Aber wartet! Bei Mars dem Rächer hab' ich es geschworen: ruft mich nicht vorher der Imperator ab oder der Tod, — ich weiche nicht aus diesem Lande, bis kein Germane unbezwungen mehr darinnen lebt!

Ich schreibe dies aus Reims. Zu meinem Erstaunen hat der Augustus meinen Feldzugsplan für das nächste Frühjahr gebilligt, der — wieder einmal — die Feinde „zangengleich" umfassen will. Ja, er hat versprochen,

fünfundzwanzigtausend Mann unter dem Magister peditum
Barbatio von Basel her den Alamannen in ihre Südflanke
zu schicken, während ich (nach einem ruhe- und rastlos zu
Sens verbrachten Winter von hier aus) sie in der Stirn
fassen will. In dem nun durch neue Schanzen gesicherten
Sens ließ ich Helena, die immer Mutige, zurück.

––––––––

Gesichert! Was ist noch sicher in diesem Reich der
Römer! Während zwei römische Heere wider die Alamannen ziehen, hat eine Schar von Räubern die Keckheit,
mitten zwischen beiden durchzubrechen und vom Rheine her
bis Lyon vorzustoßen, zwölf Stunden weit, ohne Widerstand zu finden! Gerade noch gelang es, die Thore von
Lyon ihnen vor der Nase zuzuwerfen und die starke Feste
zu behaupten. Aber das ganze Flachland plünderten sie
aus. Ich knirschte vor Zorn. Auf allen drei möglichen
Straßen ihres Rückzugs eilte ich von Reims hinweg nach
Südosten, ihnen zuvorzukommen, ihnen den Rückweg
abzuschneiden: es gelang mir und dem zurückgekehrten
Jovian, auf beiden Wegen die Räuber abzufangen und zu
töten. Barbatio jedoch ließ die dritte Schar entkommen,
die den Weg durch sein Gebiet nahm: er rief den Tribun,
den ich ihn dorthin zu entsenden aufgefordert hatte, sofort
wieder ab! — Bosheit oder Dummheit?

Und diese Räuber, wer waren sie? Das ist das
traurigste an der Sache! Nicht Germanen: — Römer,
römische Unterthanen wenigstens, Colonen, kleine Bauern,
arme Kerle, welche zu vielen, vielen Tausenden die
römischen Steuereischer von Haus und Hof, in die Wälder,
in die Sümpfe, zu den Barbaren vertrieben haben seit
Jahrzehnten, und die nun in der Verzweiflung der Not
mit unsern Feinden gemeinsame Sache machen! Das muß

anders werden: oder dies reiche schöne Land entvölkert
sich von Römern, bevölkert sich mit Germanen. Sobald
ich mit den Barbaren fertig bin, zieh' ich gegen unsere
Beamten zu Felde. Blutsauger sind sie, erbarmungslose.
Quos ego!

———

XIV.

Ende Juli, im Lager am Rhein zwischen Basel und
Straßburg.

Die Zeiten sind dahin, da eine römische Flotte diesen
Strom beherrschte! Nicht einmal ein paar Schiffe hab' ich,
den Alamannen auf den zahlreichen Rheinauen ihren Über=
mut heimzuzahlen. Da drüben stecken sie, auf den dicht
bebuschten schmalen Eilanden, verhöhnen mich und die
Meinen, zeigen wir uns nah am Ufer, durch wüstes
Schimpfgeschrei, das ich zum Glück nicht verstehe, und
durch höchst unflätige Gebärden, die so deutlich sind, daß
ich sie wohl verstehen muß: sie drehen dem Liebling der
Götter, dem Cäsar und Konsul, den alleruntersten Teil
ihres Rückens zu — den Mantel werfen sie vorher ab! —
und patschen darauf mit beiden Händen! Nun wartet, ich
will euch patschen helfen! Ich habe von Barbatio wenig=
stens sieben aus den zahlreichen Schiffen erbeten, die er
zum Zweck des Flußübergangs bei Basel versammelt hält.

———

Ja, jetzt wissen wir's: Barbatio handelt nicht aus
Dummheit, — nein: aus Bosheit, Verrat, aus Liebe=
dienerei bei dem Imperator, der immer Angst hat, ich
könne zu stark, zu rasch, zu viel siegen. Verbrannt hat er

die Schiffe lieber, als daß er sie mir gegeben, unter dem
Vorwand, sie nicht in die Hand der Feinde fallen lassen
zu wollen, verbrannt auch die Vorräte, die ich mir hatte
nachkommen lassen, soweit er sie nicht für sich nahm.
Marcellus, Barbatio . . . wie wird der dritte Schurke
heißen?

———

Aber den ungezognen Eiland-Leuten hab' ich doch ver-
golten!

Ein Bataver in unserm Dienst (— die Germanen sind
schon bald unsere besten Kräfte, den Göttern sei's ge-
klagt! —), Bainobaud, Tribun der Cornuti, fand eine
Furt (— diese Bataver sind ein Wassergeschlecht! —), und
in mondloser Nacht, teils durchwatend, teils auf den unter-
gebundnen Schilden schwimmend, erreichte er mit den
Seinen die nächste Aue, schlachtete hier alles Leben, das
er fand, auch Kinder, Weiber, Greise, wie man das Vieh
abschlachtet, fand kleine Nachen angebunden, fuhr in diesen
auf die andern Eilande, löschte auch hier jede Spur von
Leben aus und kehrte mit reicher Beute zurück.

Anfangs graute mir, wie das Geschrei der Geschlachteten
durch die Nacht herüberscholl und ihre Schilfhütten so grell
rot emporflackerten: — aber der Krieg erzieht rasch dazu,
das Notwendige zu thun. Sie haben mich geärgert
(— meine Eitelkeit verletzt, wirst du sagen —) mit ihrem
Hohn. Sie patschen nicht mehr. Es gefällt mir nicht,
was ich da geschrieben habe. Es ist grausam; und klein-
lich. Aber es mag stehen bleiben — mir zur Warnung!
Steckt auch solches in mir? Gieb acht, Julian, auf dich
und reinige deine Seele vor den Göttern!

———

Merkwürdige Leute, diese Germanen! Als ich in Sorge war, woher — nachdem Barbatio meine Vorräte vernichtet! — Getreide nehmen für die Besatzungen in den wiederhergestellten Kastellen und für meine Feldtruppen, meldeten mir die Landleute, die Alamannen hätten, soweit sie vorgedrungen, überall die Felder musterhaft bestellt, wie's fleißige Ackerbauer nur in der sichersten Heimat thun! Diese Landräuber, Landläufer, Landwüster! Ja, glauben sie denn, hier zu Hause zu sein? So holten denn nun meine Truppen das Korn, das diese pflugfleißigen Räuber bestellt: freilich war Blut meist der Kaufpreis.

Meine Feldtruppen! Ja, denn nun geht es in das Feld zu einem großen, wie ich hoffe, entscheidenden Siege. Es gilt, den Rhein wieder römisch zu machen: — er ist durchaus nicht so grausig, wie ich einst gewähnt. Und jetzt, im August, denkt der vielhörnige Gott wahrlich nicht an Eis und an Gefrieren, wie wir in Asien ihn uns immer vorstellten. — Ich wandte mich nach Zabern, nordwestlich von Straßburg, ein wichtiges Kastell, das die Alamannen wiederholt angestürmt (etwas anstürmen ist hübsch, nicht?) — es sperrt den Weg ins Innere — und endlich eingeäschert hatten: sie ließen es leer liegen, wie Köln! — Rasch setzte ich die nie gründlich zerstörten Werke wieder in Stand und schaffte das Alamannengetreide hinein, mir für den Fall des Rückzugs (den aber Mars Gradivus verhüten wird und Pallas Athene!) Zuflucht und Unterhalt zu sichern.

Von hier aus führ' ich den entscheidenden Stoß auf die Feinde, die sich — aus dem innern Germanien herzugeströmt in großer Zahl, sagt man — Straßburg gegenüber auf dem rechten Rheinufer sammeln. Es sollen über dreißigtausend Mann sein. — Ich zähle nicht zehntausend

Helme. Gleichwohl wag' ich den Abzug ins freie Feld, trifft nur von Barbatio Nachricht ein (— fünf Boten sandt' ich ohne Antwort nach ihm aus! —), daß er endlich mit seinen fünfundzwanzigtausend Mann von Basel aufgebrochen ist und auf Straßburg zieht, dem Feind in den Rücken. So fassen wir sie zusammen in Übermacht, von zwei Seiten, und dann wehe den Barbaren!

————

Heute habe ich meine persisch-parthischen Eisenreiter, die ich aus allen Besatzungen an mich zog, gemustert. Prachtvoll sehen sie aus! Vom Kopf bis zur Sohle stecken die Leute in einem enggefügten Erzgeschuppe, das den Kopf als Sturmhaube, den Hals, den Nacken, die Brust als Panzer, Arme und Beine wie Arm- und Beinschienen deckt: die Zehen sogar stecken darin wie in einem Strumpf. Und ganz ebenso schützt das Roß von den Ohren bis zu den Fesseln ein solches Schuppenhemd: decken sie nun mit dem langen schmalen Schild die Zügelseite und führen in der Rechten den eisenbeschlagnen Speer, so sehen sie in der That unverwundbar aus, wie eherne Reiterstandbilder. Ihr Führer, ein vertriebener persischer Fürst, schon lang in unserm Dienst, bemerkte, mit welchem Staunen ich seine Leute betrachtete. „Ja," rief er mir zu, „du magst wohl schmunzeln, o Cäsar! Solange Darandanes an der Spitze dieser seiner Erzklumpen steht, wirft alle Wut Germaniens deine Schlachtreihe nicht um." Und in der That — er und die Seinen sehen danach aus.

————

Constantius schickt mir einen neuen Magister Militum, Severus. Das ist ein alter Haudegen, graubärtig, grob, aber ehrlich dabei — wie es scheint. Es giebt freilich auch eine Grobheit, die als Maske vor das Antlitz der Falschheit gebunden wird. Aber Jovian urteilt günstig über ihn: — das wiegt schwer.

———

Ah, auch die häßlichste der Göttinnen, auch Eris, kann Zeus zu seiner Söhne Heil verwenden. Meine Macht war doch eigentlich allzuwinzig, mit ihr was andres vorzunehmen, als sie zu verstecken: — dazu freilich machte sie eben ihre Niedlichkeit recht geschickt. Auf einmal wird mir, ganz unerwartet, starker Zuzug gebracht: Eris ward meine Helferin. Sie flog zu den Batavern auf der großen Insel des Rheins und erbitterte die Herzen von vier Gau-königen dieser Völkerschaft mit so leidenschaftlichem Eifer-suchtshaß gegen jenen Merowech und seinen Ruhm bei Alamannen wie bei Franken, daß sie freiwillig — denn ich konnte sie wahrlich nicht zwingen! — mir die Mannschaften ihrer Gaue zuführen: — über viertausend Speere, aus-gezeichnete Krieger, germanische Kraftfrische mit langjähriger römischer Waffenübung verbindend: es ist eine Freude, diese Kerle zu sehen.

Die Bataver gelten von je (— bereits bald vier Jahr-hunderte lang —) als die allervorzüglichsten unter den germanischen Söldnern. Schon seit Drusus haben sie gar manchen Strom in allen drei Erdteilen in unserem Dienst durchschwommen, gar manches römische Siegesfeld mit ihrem Blute gerötet. Es ist eine allgefürchtete Schar. Sie haben untereinander ein Gelübde, jeden Waffengenossen ihres Stammes aus äußerster Todesgefahr zu retten mit Wagung des eigenen Lebens. Ich werde sie womöglich gerade auf jenen Merowech loslassen: „immer Germanen gegen Germanen,“ lehrte Tiberius. „Diamant schneidet Diamant, und wer immer fällt: — Rom gewinnt dabei.“ Diese dummdreisten Helden haben nur einen starken Fehler: es giebt ihrer zu viele.

Die Namen aber meiner vier neuen Freunde klingen so barbarisch, wie ihre Bären- und Wisent- und Büffel- felle aussehen: man zerbricht sich den Mund damit: „Chramn" und „Guntchramn", „Truchtbrecht" und „Grimmbrand". Gräßlich! Wie Gekrächz der Sumpf- vögel. — So! Geschrieben habe ich's: — auszusprechen brauch ich's nicht. Ich nenne sie kurzweg: Bär, Wolf, Eber, Wisent. Sie lachen dazu, sie hören's gern. Sie fühlen sich offenbar geschmeichelt. Eben baten sie mich, sie doch ja ihrem Stammgenossen gegenüberzustellen. Ich gewährte es als besondere Belohnung! (Ich bin nicht feige. Aber daß ich alsdann nicht dieser Merowech bin, ist mir doch eine behagliche Empfindung.) „Warum eigentlich," fragte ich sie, „hasset ihr ihn so lebhaft, diesen Königs- sohn?" Lange fanden sie vor Staunen über diesen Ein- fall gar keine Antwort. Endlich rief das Wisenttier un- wirsch: „Welche Frage! Ist er doch unser Landsmann!"

XV.

Merkwürdige Menschen, ich muß es immer wieder sagen, sind es, diese Germanen. Es ist nicht klug aus ihnen zu werden. Oft mein' ich fast, es stecke etwas Zukunftvolles in ihnen: — denn es ist doch nicht bloß bärenhafte Kraft und tolldreister Mut, — es ist auch eine sonderbare Art von Klugheit und Findigkeit in ihnen, was mich oft ebenso überrascht, als finge ein edles Roß, ein kluger Jagdhund plötzlich zu reden an. Es könnte einem Römer zuweilen

bange werden: — wenn wirklich diese ungezählten Wald-
menschen sich einmal zu etwas anderem erheben würden
als zum Raufen (ersten Ranges!), Saufen (ebenso), Singen
(gräulich, wie Geheul der Wölfe)? Aber bald beruhige
ich mich wieder. Sie bringen's nie und nimmer zu etwas
anderem als zu jenen beiden Dingen (die sie allerdings
unübertrefflich leisten)! Kinder sind es! Kinder von sieben
Schuh mit den Kräften von Giganten: — aber Kinder!
— Vorab unfähig für alle Zukunft jedes methodischen
Denkens, jeder Philosophie! Hahaha! Ein philosophierender
Germane! Das ist ein Gedanke, wie wenn ein Auerstier
auf Lerchenflügeln zur Sonne fliegen sollte!

Nun hab' ich sie also wirklich mit Augen sehen müssen
die römische Schmach (— nein, eine Schande nur des
Constantius! —), an die ich immer noch nicht hatte
glauben wollen: Chnodomar und seine Raubbrüder schicken
mir — in der Urschrift! — die Briefe des Imperators,
in denen er ihnen als seinen Bundesgenossen im Kampfe
gegen Decentius feierlich, mit dem Siegel des Reiches, alles
Land auf dem linken Rheinufer abtritt, das sie zu besetzen
vermögen würden. Darauf gestützt verlangen sie von mir
Räumung des ganzen, von mir wiedergewonnenen Gebiets
und Rückzug bis hinter die Seine. Nicht mehr Rom sei,
sie seien rechtmäßige, durch Vertrag anerkannte Herren des
ganzen linken Rheinufers: andernfalls Krieg bis zur Vernichtung! Ich bat die Gesandten (— diese Barbaren
sprechen Latein! —), mir die drei Briefe, die sie mir vorgelesen, in die Hand zu geben: ich konnte es wirklich nicht
glauben. Als ich es aber nun las, da durchzuckte mich
Zorn, Scham und (— von den Göttern gesandt —) ein

Blitz der Klugheit zugleich: ich zerriß alle drei, — die
gefährlichen Beweismittel ihres Rechts und unserer Schande.

Hei, fuhren sie auf, die Ungetüme des Schwarzwalds!
Einer riß das Kurzschwert heraus und brüllte: „Du brichst
das Recht der Völker!" „Ihr seid keine Völker: —
Räuberhorden seid ihr," entgegnete ich. Er hätte mich um
ein kleines erschlagen, aber meine Wachen entwaffneten
den Wilden und seine zwei Genossen. Ich behalte sie ge=
fangen: — wenigstens bis nach der Schlacht: sie sollen
nicht den Ihrigen die Schwäche meiner Scharen, die sie
gesehen, verraten. Nach meinem Sieg mögen sie laufen:
's ist wider das Völkerrecht, 's ist wahr. Aber der große
Julius that andern Germanen dasselbe — ließ nur nach
im Gallischen Krieg (Buch IV. 13) steht's — mit gutem
Erfolg. Allein auch um Zeit zu gewinnen, um den Angriff
der Barbaren hinauszuzögern, behielt ich die Gesandten
zurück: denn jetzt ist mir jeder Tag, ja jede Stunde
des Aufschubes Gewinn: es gilt, die noch ganz ungenü=
genden Befestigungen dieses Kastells zu vervollständigen,
unsrer einzigen Zuflucht im Fall eines Unglücks. Und ich
halte sie auch wirklich nur für Räuber, nicht für einen
kriegführenden Staat. Die Germanen sind — ich schrieb
es schon — des Staates unfähig: — zu unserem Glück!

Oh all ihr Götter! Welcher Donnerschlag! Welches
Unglück! Mein letzter Bote floh zurück: — die andern
sind gefangen. Barbatios Heer steht nicht mehr im Feld!
Er hat sich am gallischen Wall nördlich von Kolmar über=
fallen und schlagen und weit bis über Augst hinaus jagen
lassen: Gepäck, Lasttiere, Troßknechte, viele Tausend Krieger
sind verloren. Und die römische Ehre! Und was hat er
zuletzt gethan? Die immer noch zwanzigtausend Mann,

die ihm geblieben, hat er um den Genfersee herum in die „Winterquartiere" verteilt — bei dieser Augusthitze! — Er selbst eilte zum Imperator, mich der Unfähigkeit, des tollbreisten Wagemuts zu zeihen, meine Abberufung zu verlangen.

Was nun thun? Mich in diesem engen, schlecht neu geflickten Nest einschließen, hier von den Barbaren mich belagern lassen? Unmöglich! Kein Entsatz ist zu hoffen. Wenn nicht dem Sturmangriff, erlieg' ich dem Hunger. Zurückgehen? Wie weit? Wohin? Nach Reims im Norden? Nach Troyes im Süden? 's ist überall das= selbe! Überall werde ich von Übermacht belagert, und ehe Entsatz kommt — von Constantius! — durch Schwert oder Mangel bezwungen. Und einstweilen all' das Land wieder aufgeben, das ich schon zurückgewonnen hatte, die verzweifelnden Provinzialen abermals den Barbaren über= lassen? Jede Hoffnung, die ich in ihnen entfacht, auf Rettung, auf die Wiedererhebung Roms auslöschen auf immerdar?

Aber andrerseits mit dreizehntausend bunt zusammen= gewürfelten Truppen eine fast dreifache Übermacht der ge= fürchteten Barbaren im freien Feld aufsuchen? Falle ich, fällt Gallien. Es ist die schwerste Wahl meines Lebens.

Damals, in Mailand, hieß es nur: „soll Julian Cäsar werden oder sterben?" Jetzt heißt es: „soll Gallien ge= rettet oder verloren sein?" Das kann nur ich allein ent= scheiden.

Auch Jovians Rat mag ich nicht hören. Aus den Tiefen meiner eignen Brust muß ich diese Entscheidung schöpfen.

Es ist sternenklare Nacht; allein — schweigend — will ich hinauswandeln vor die Thore!

Schaut auf mich herab, oh ihr Sterne, die ihr selbst

ja leuchtende Götter seid! Hört mein Flehen, mein brünstiges
Gebet, oh all ihr andern Götter! Ich kann euch nicht
Opfer schlachten, nicht Altäre kränzen. Arm, hilflos, ver=
lassen steh ich hier und rufe eure Gnade an: — erleuchtet
mich! Schickt mir in dieser Nacht ein Zeichen, ein Traum=
gesicht. Thut es um des Reiches willen, nicht für mich!
Obzwar ich glaube, — ich fühl' es mit glühender Inbrunst
— nie hat noch auf Erden eine Seele so fromm zu dem
Göttlichen emporgeschaut wie ich. Höret mich! Helfet mir!
Erleuchtet mich, gnädige Götter!"

XVI.

An dem Tage, da Julian zu Zabern diese Worte in
sein Brief=Tagebuch schrieb, ging es gar laut, lärmend
und lustig her in dem Lager, das die Alamannen nach
Vollendung ihres Rheinübergangs, südwestlich von Straß=
burg, an der Mündung der nach Zabern führenden Legionen=
straße aufgeschlagen hatten. Es bestand zum größten Teil
aus Laubhütten, wie sie die Germanen aus Zweigen und
dünnen Stämmen rasch und geschickt herzustellen verstanden;
nur selten waren Zelte — römische Beutestücke — verwendet.

In der stattlichsten dieser Leinwandüberspannungen —
der Purpursaum des oberen Überhangs bezeugte, daß das
Gezelt ehedem dem Gegen=Imperator Magnentius gehört
hatte — saßen um einen kostbaren runden Citrustisch, der
aus der nächsten römischen Villa herangeschleppt war, die
sieben verbündeten Könige der Alamannen und Merowech,
der batavische Königssohn.

Jene Fürsten waren verschieden an Macht, je nachdem sie an der Spitze einer ganzen Völkerschaft oder nur mehrerer einzelner Gaue oder gar nur eines einzigen Gaues standen. Der mächtigste war der Riese Chnodomar, der den ganzen Elsaß von Mülhausen im Süden bis über den heiligen Bannwald von Hagenau im Norden hinaus beherrschte: um seines starken Heerbannes und seiner in vieljährigen Kämpfen gegen Rom erprobten Heldenschaft willen war er zum „Herzog" d. h. zum Oberfeldherrn für diesen Feldzug gekoren worden.

Von den übrigen walteten Ur, Ursicin und Vestralp im mittleren Baden und in Württemberg bis über die junge Donau hinüber und bis zu den Linzgauern am Nordufer des Bodensees, Suomar und Hortari in den Thälern des Schwarzwalds, Agenarich vom Schwarzwald bis gegen Konstanz.

Die gewaltigen Kriegergestalten machten den Eindruck bärenhafter Kraft, wie sie in der volksmäßigen Tracht die gewaltigen Arme und Beine unverhüllt zeigten: nur hier und da hatte ein römisches Beutestück die heimische Gewandung und Rüstung vervollständigt oder geschmückt: aber der Mantel, vom Felle des Auerstiers oder des Wisent, das Bärenfell, die aneinander genähten Wildschuren der Eber oder der Wölfe fehlten keinem; und nicht das über die Sturmhaube gezogene Haupt eines solchen Untiers, dem man die Hörner, den aufgerissenen Rachen, die weißen Hauer belassen hatte. Seltsam nahmen sich darunter auf der Ringbrünne die römischen runden Ehrenscheiben aus, die aus erbeuteten Rüstungen vornehmer Officiere gebrochen waren.

Auf dem Tische dampfte in der Hohlfläche eines kostbaren römischen Silberschildes — Decentius, dem Bruder des Magnentius, hatte ihn Chnodomar selbst vom Arm gestreift, nachdem er ihm mit Einem Schwerthieb Helm und

Schädel gespalten — ein Eber, unzerteilt am Spieße ge-
braten. Mit ihren Dolchmessern schnitten die Schmausenden
sich lange Streifen von dem saftigen Braten, an der Teller
Statt sich breiter knuspriger Brotscheiben bedienend. Und
unablässig kreisten die germanischen Trinkhörner neben den
römischen Bechern, Schalen und Pokalen aus Silber, Gold
und künstlich gearbeitetem Erz.

Mit schweigendem Grollen sah Merowech zu, wie das
Mahl, mehr noch das Trinkgelage sich ins Endlose zu
dehnen schien; er seufzte verhohlen in Ungeduld und versuchte mehrmals, den Strom laut lärmender Rede zu unter-
brechen: vergeblich! Da kam wieder einmal der tiefste
Becher — in Gestalt eines goldenen Turmes: Edelsteine
bedeckten oben die Zinnen — an Agenarich, der dem
Riesen Chnodomar an Länge wenig nachgab.

Mit fast schon lallender Zunge begann er, die großen
weit offnen blauen Augen im Kreise umhergehen lassend:
„Schmausen ist gut, Trinken ist besser, Kämpfen das Beste,
Siegen das Herrlichste. Wohlan, ich hab' nun bald genug
— meine ich — getrunken. Nun kommt das Kämpfen,
das Siegen. Gieb mir mal deinen Dolch, Vestralp. So!"
Und er ritzte sich den linken Vorderarm, daß das Blut
reichlich hervorschoß, ließ es in den goldenen Turmbecher
vor ihm rinnen und fuhr fort: „hört mein Gelübbe beim
Becher: — Bragi trink ich ihn zu! Ich siege in der
nächsten Schlacht: — ich durchbreche der Römer eherne
Schildreihe, wie ich hier diese Brotrinde zerbreche zwischen
meinen Fingern. Oder ich falle, wo ich stehe. Im Rausch
hab ich's gelobt: — doch nüchtern werd' ich's halten."
Damit trank er den Becher aus. Nun ließ er den dicken
zottigen Kopf auf die beiden nackten Arme niedergleiten,
die er über den Tisch verschränkt hatte, und gleich darauf
entschlief er mit lautem Schnarchen.

Die andern lachten, Merowech wollte auffahren von seinem Sitz: aber eben schob ihm König Vestralp, der ihm zunächst saß, den Pokal zu. „Willst nicht auch du einen Becherspruch thun, ein Bragi=Gelübde, junger Held?" fragte er.

Merowech rückte den Goldturm ruhig weiter auf dem Tisch: „Ich brauche keine Götter als Zeugen meiner Vor=sätze: ich führe sie aus. — Auch die unausgesprochnen." Zorngemut sah er vor sich hin: — die meergrauen Augen leuchteten seltsam.

„Nun, ich merke," sprach Ur, sein Nachbar zur Rechten, „du hast bereits einen grimmen Vorsatz gefaßt. Ich für meinen Teil, ich eide hier über dem Becher —: Wodan und Tius und Bragi hören mein Wort! — ich weiche nicht aus der Schlacht, solang ich diesen Arm heben kann." Und er that einen tiefen Zug. „Auch ich!" rief Ursicin, ihm den Pokal wegreißend und haftig trinkend. „Und ich!" „Und ich!" „Und ich!" fielen die andern ein, jenem Bei=spiel folgend. „Und du, Merowech?" fragte Chnodomar. „Du schweigst?"

„Ja, denn das versteht sich von selbst."

„Ein wacker Wort. Aber du trägst doch, mein' ich, einen Beschluß umher zwischen diesen zornig gefurchten Brauen," meinte Chnodomar. „Was ist's? Wem gilt er?"

„Vainobaud," stieß Merowech zwischen den Zähnen hervor. „Dem Weiberwürger, dem Kinderschlächter. Es gilt ja immer noch als erlaubt, daß Alamanne gegen Alamannen, Franke gegen Franken in römischem Dienst die Waffe führt. Aber jener Blutige hat nicht gekämpft, — gewürgt. Wehr=lose Stammgenossen geschlachtet hat er für Rom. Erreich' ich ihn ... Genug!" Er ballte die Faust um den Schwert=griff. Dann hob er an: „Vergönnt nun auch mir, dem obzwar so viel Jüngeren, ein Wort des Rates."

„Was ist da noch zu raten?" rief Agenarich, aus dem Halbschlaf emporfahrend. „Wir gehen hin und erwürgen sie zwischen unsern Armen."

Aber Chnodomar winkte. „Laßt ihn reden! Er kennt sie gut, die Welschen." „Besser als wir alle," bestätigte Suomar. „Bah, aber allzuhoch schlägt er sie immer noch an! Denkt an die lustige Hasenjagd auf Barbatio," lachte Hortari.

„Der Cäsar ist aber nicht Barbatio," erwiderte Merowech.

„Waren nicht Barbatios Scharen — an ihren weggeworfenen Schilden haben wir's erkannt — sogar die besten Legionen, dieselben, die uns früher heiße Arbeit gemacht?" fragte Vestralp. „Der Siegesgott ist gewichen von den Römern," rief Urficin.

„Er hat ihnen aber, scheint's, als Vertreter, diesen Julian geschickt. Denn es ist ein neuer Geist in die römische Kriegführung gefahren, seit dieser Jüngling sie leitet, den sie den „Philosophen" schelten. Ich meine, ihr müßtet's merken. Jene Überraschungen! Erst gegen euch: — dann gegen Köln. Wiederholt scheitern unsre Angriffe — im Augenblick des Siegs — an seiner Entschlossenheit!"

„Ja, und mein Bruder Mederich, der tapfre," rief Chnodomar, „so stark und groß beinah wie ich, fällt im ersten Gefecht im Zweikampf durch diesen Knirps! Blutrache schulde ich ihm: ich bleibe aber nichts schuldig, am wenigsten Blut. Ihn vor allen, dieses Männlein, such' ich in der nächsten Schlacht: aus all' seinen Schuppengepanzerten greif ich mir ihn heraus — mit der Hand! — wie der Geier das Küchlein — und trag' ihn wagrecht auf den Armen an den nächsten Baum an der Straße und zerschlag' ihm an dem Stamm das überkluge Gehirn, daß es weithin umherspritzt." Die andern lachten.

„Erſt haben," warnte Merowech. „Nachdem er mich bei Köln empfindlich abgewehrt, wollt' ich ihn mir fangen. Es lüftete mich, dieſen offenbar ungewöhnlichen Menſchen kennen zu lernen. (— Ich hätte ihn mancherlei zu fragen! An was der wohl glauben mag? —) Deshalbmein Überfall von Autun. Ich bekam ihn nicht. Noch ein paar Tage und die Feſte fiel. Da ward ich verwundet. Bewußtlos trugen mich die Meinen fort. Jedenfalls: Vorſicht thut not. Es geht nicht, gegenüber dieſem Feinſpinner, mit dem bloßen Drauflosſchlagen; durch manche Mauer kommt man, mit dem Kopf anrennend, trägt dieſen Kopf ein Stiernacken wie Chnodomars. Ein Netz aus Seidenfäden, das immer nachgiebt, — rennſt du nicht entzwei. Ich riet gleich nach ſeinem erſten Erfolg zu äußerſter Vorſicht. Umſonſt. Ihr ließt euch kläglich überfallen dort an der Saar. Nach Barbatios Vertreibung drang ich darauf, ſofort den ahnungsloſen Cäſar anzugreifen: das war der rechte Augenblick für raſche That. Aber nein! Ihr mußtet erſt den Sieg in fünfunddreißigtauſend Räuſchen feiern. Wie altgebräuchlich."

„Der Neumond war erſt abzuwarten," entgegnete Chnodomar. „Die Götter gewähren keinen Sieg vor dem Neumond," meinte der alte Ur, den langen weißen Bart ſtreichend.

„Die Götter ſind wohl nicht ſo abergläubiſch wie wir, König. Auch wollen ſie oft gezwungen ſein: Kühnheit — zur rechten Zeit — zwingt ihnen die Gunſt ab. Im Erfolg iſt's faſt gerade ſo," lächelte er fein, „als ob es gar keiner Götter bedürfte. Griffen wir damals ſofort an, ſo war der junge Herr verloren: Zabern lag noch in Trümmern. Er hatte nicht auf ſechs Tage Mundvorrat. Aber die Götter, der Neumond und euer Durſt beſchloſſen anders! — Nun riet ich, wenigſtens Straßburg, deſſen

Besatzung er schleunig an sich gerissen, als er Barbatios
Flucht erfuhr, zu besetzen, für den Fall unsers Rückzugs ..."
„Den giebt es nicht," rief König Agenarich mit schwerer Zunge.
(„Du könntest Recht haben! — wider dein Verständnis!)
. . . um uns Deckung, Aufnahme zu sichern. Aber nein!
Das schien euch unnötige Vorsicht. Ich bat, wenigstens
die Hälfte meiner Schar hineinlegen zu dürfen ..."

„Behüte," lärmte König Ursicin, gutmütig mit der
Faust drohend, „du feiner Franke! Ihr seid immer so
schlau! Und meint, wir grobhirnigen Alamannen sind so
dumm, nix zu merken. Schon lange trachtet ihr von euern
Sümpfen unten im Niederland immer weiter, hübsch langsam
immer weiter den schönen Rheinstrom aufwärts. Das taugte
euch wohl, bis nach Straßburg hinaufzugreifen, am Oberrhein euch einzunisten? Nix da, Freund Franke." „Bleibt
ihr nur hübsch da unten," stimmte Suomar bei. „Ist der
letzte Römer in Gallien erschlagen, dann kommen wir zusammen irgendwo, zum Beispiel in Köln, und würfeln sie
aus, die römische Erbschaft, wieviel der Alamanne, wieviel
der Franke kriegen soll davon."

Merowech maß ihn mit langem Blick. „Mag sein. Vielleicht würfeln unsre Stämme wirklich einstmals um die
Obmacht. Aber der Tisch, auf dem diese Würfel rollen,
wird darüber blutigrot werden. — Mit allem abgewiesen,
riet ich dann auf das dringendste, ja ich beschwor euch,
wenigstens so rasch wie möglich unsre ganze Macht auf
das linke Ufer zu werfen und, unter vorsichtiger Besetzung
der kleinen verlassenen Kastelle, so schnell wie thunlich den
Cäsar anzugreifen, etwa gerade, wie er aus Zabern heraus-
treten will, ihn im Gefecht von diesem seinem einzigen
Rückhalt abzuschneiden, jedenfalls aber die Schlacht zu
schlagen so weit vom Rhein entfernt wie möglich. Denn
im Fall eines Unglücks ..."

„Es wird kein Unglück geben!" lächelte Chnodomar ruhig vor sich hin.

„Ihr aber verlachtet den Rat des „Vorsichtlings". In unglaublicher Saumsal verlort ihr die kostbaren Tage: jede Stunde verstärkt Zabern, verstärkt durch herangezogne Besatzungen das Römerheer, vermehrt seine Vorräte. Und ihr verliegt euch! Ihr, sonst so ungestüm aufs blinde Los= schlagen erpicht! Aber freilich! Nun mußten die fünfund= dreißigtausend Räusche erst wieder ausgeschlafen werden."

Gutmütig lachten die Gescholtenen.

„Endlich — endlich! — setzt ihr euch in Bewegung. Aber ohne Überstürzung, wahrlich! Drei Tage und drei Nächte braucht ihr, — unter unaufhörlichem Trinken, euern Göttern zutrinkend und allen fünfunddreißigtausend Men= schen, unter Johlen, Schreien, Vordrängen der einen, Zögern und Zurückfluten der andern — bis ihr endlich auf Kähnen und Flößen übergesetzt habt. Das Beste thaten die Reiter, das heißt die Rosse. Denn diese tranken nur Wasser und schwammen hinüber. Und nun, auf dem linken Ufer angelangt, anstatt pfeilschnell den Feind zu überfallen, schlagt ihr abermals ein Lager! Nicht zur Sicherung, das wäre weise: — nein! Nur um darin — ihr laßt es unbefestigt! — abermals ein Fest zu feiern: das große Fest des Rheinübergangs. Freunde, ihr ver= trinkt all' eure Siegesaussichten. Und auch jetzt noch kein Aufbruch! Bedenkt doch: schlagen wir die Schlacht so nah dem Rhein und verlieren sie . . ." „Unsinn!" lachte Agenarich und schlief wieder ein. „Laßt ihn nur reden," beschwichtigte Chnodomar. „Ich sage dann Ein Wort, — das alles erledigt." — „Auf dies Wort bin ich gespannt! — Dann führt unsere Flucht mitten hinein in denselben breiten, tiefen, reißenden Strom, den ungehemmt zu über= schreiten wir einhundertvierundvierzig Stunden brauchten.

Nun benkt euch die verfolgenden Römer auf dem Nacken:
ihre parthischen Pfeilschützen auf den raschen numidischen
Rossen! Vernichtung heißt das Ende."

"Höre, Bataver," schrie Vestralp, "ich weiß: du bist
nicht furchtsam. Aber deine Rede war es." "Warum
müssen wir denn durchaus geschlagen werden?" fragte
Hortari unwillig. "Wird dir bang," lachte Ursicin, "kehr'
um zu Vater Nebisgast. Wir brauchen dich nicht und nicht
deine tausend Speere."

"Ruhig, Vetter!" mahnte Chnodomar. "Laß ihn,"
sprach Merowech. "Rauschrede reizt nicht." "Sage nur,
wo du hinaus willst mit deiner langen Rede?" forschte Ur.
"Hast sonst nicht viele Worte," meinte Suomar.

"Hier waren sie nötig. Denn sie trugen viele Gedanken."
"Ja, was sollen wir denn nun thun?" fragte ungeduldig
Vestralp. "Endlich, endlich aufbrechen! Muß man Alamannen, die Söhne des kampfwütigen Tius, immer wieder
zur Schlacht mahnen? Nun habt ihr abermals vor dem
Aufbruch ein großes Opfer- (soll heißen Trink-) fest verkündet um Sieg —, Stunden gehen abermals verloren,
ein halber Tag vielleicht. Und jede Stunde — ich sagte
es —! ist kostbar. Ich beschwöre euch: gebt das Opfer
auf! Brecht sofort auf!" "Man weiß," grollte der alte
Ur, "du hältst nicht viel auf Opfer, Salier!" "Opfert so
lang ihr wollt: — aber nach dem Sieg! Dankopfer wären
mir als einem Gott viel angenehmer als Bittopfer: jene
setzen eine sehr anständige Empfindung voraus, Bittopfer
nur die Selbstsucht des Verlangens und die Hoffnung, den
Gott zu bestechen." — "Das versteh' ich nicht," brummte
Vestralp. — "Das will ich hoffen! — Also noch einmal: —
macht gut, was noch gut zu machen ist nach euern vielen,
vielen Fehlern. Gebt jenes Opfermahl auf, brecht noch in
der Nacht auf." "Unnötige Sorge!" schloß nun Chno-

domar, mit der wuchtigen Rechten winkend. „Junger
Freund, ich ließ dich ausreden. Denn du redest klug und
so oft ich dir folgte . . ." — „Das war selten." — „Kam
Gutes davon. Aber diesmal! — Vernehmt es, Freunde."
Er stand auf und feierlicher Ernst, gläubige Begeisterung
verschönte, veredelte die sonst fast allzuderben Züge des
Riesen. „Ich halte den Sieg in der Hand so fest, so
sicher wie dieses Horn, das ich auf Donar, meinen Ahn,
erhebe.

Vor drei Nächten war's: lange fand ich keinen Schlaf:
— Merowech's kluge, scharf treibende Worte hatten mich
erschüttert: ich gestand mir: ja, viel Zeit war vergeudet.
Unruhig wälzt' ich mich auf meinem Büffelfell. Endlich
schlief ich ein. Und siehe: alsbald erschien mir Donar,
mein Ahn — so deutlich, nur viel schöner als sein Holz-
bild im heiligen Hag: — herrlich leuchtete, wie flüssig
Feuer, sein roter Bart, hoch hob er den Hammer in der
mächtigen Faust und er sprach:

„Seliger Sohn! Getrost, getreuer!
Sicher ist dir der Sieg.
So gewiß wirst du siegen,
So gewiß wie ich walte in Walhall,
Siegvaters Sohn,
Und throne in Thrudhvang.
So gewiß und wahrhaftig
Ich schimmernd hier dir erscheine.
Suche du siegessicher ihn selbst in der Schlacht,
Den zappligen Cäsar, das winzige Wichtlein.
Räche, du Recke, das Blut des Bruders!
Dein schweres Schwert schwinge: —
Nie springt dir's noch splittert's, —
Zerschlag' ihm den schimmernden Schild:
Durch den Harnisch hindurch mit ungeheurem Hiebe
Hau' ihm ins Herz. Rückwärts rasselt er röchelnd vom Roß,
Dir zu reichem Ruhm und Donar, deinem asischen Ahn."

Verzückt schwieg der König: wie verklärt sah sein hell=
blaues schönes Auge nach oben: — er hob in stummer
Andacht des Dankes das Horn empor.

Da ergriff unschilderbare Begeisterung auch die andern
Könige. Sie sprangen von den Sitzen, hoben die Hörner
in die Höhe, oder rissen die Schwerter aus den Gürteln,
oder drückten sich die Hände, drängten sich um Chnodomar
und suchten nach seiner riesigen Rechten.

Auch Merowech erhob sich: „Nun bleibt es also bei
dem Fest. Selbstverständlich! Ich bitte den Oberfeldherrn
nur um eine Erlaubnis. Mit meiner Schar — allein
— sofort aufbrechen zu dürfen." — „Wohin?" — „Dem
Feind entgegen." — „Du meinst, er kommt gegen uns?"
— „Ja. Wenn er nicht noch thörichter ist als wir." —
„Warum?" — „Der junge Cäsar hat keine Wahl: er
muß uns aufsuchen. Und er wird es, wenn ich ihn richtig
beurteile." — „Weißt du, woher er kommt?" — „Ich
glaube." — „Woher?" — „Er kommt geradeswegs die alte
Römerstraße von Zabern her gegen uns. Ich werde sehen,
was sich etwa noch thun läßt. Lebt wohl, ihr Könige.
Trinkt nicht länger, als die Frömmigkeit unerläßlich fordert."
Er griff nach Mantel und Speer und ging.

„Die Götter! Die Götter!" grollte er, aus dem Zelte
tretend. „Diese unnützen Herrschaften! Diese Viel=
geschäftigen! Wenn sie sich doch um ihre Dinge kümmern
und meine Schlachten mir allein überlassen möchten! Ob
wohl auch der junge Philosoph in Zabern in dieser Stunde
von seinen Heiligen Erleuchtung erhofft? Möchten sie ihm
doch ähnliche Dummheiten anraten und offenbaren wie
seine Götter unserem tapfern Herzog! Allein, das ist kaum
zu hoffen. Denn jedes Gläubigen Götter gleichen auf=
fallend stets dem Gläubigen selbst. — Jetzt aber aufs
Pferd! Entgegen der Entscheidung!"

XVII.

Der Nordgau der Bataver stellte ungefähr elfhundert Speere; außer diesen hatte sich eine Gefolgschaft von achtzig Helmen um den jungen Königssohn geschart, der sie beritten gemacht und auch vielen seiner Heerbannleute Rosse geschenkt hatte. So verfügte er über beinahe dreihundert Reiter, neben etwa neunhundert Fußkämpfern. Sofort nach seinem Abschied von den Königen, noch in der Nacht, zog er mit seiner kleinen Schar aus dem laut lärmenden Lager gen Nordwesten.

Es war die letzte Nacht des Vollmonds: — am nächsten Tage trat der Neumond ein. Der Jüngling atmete auf, sowie er aus dem tosenden Lager und dessen ungleichen Beleuchtungen — bald rotes Reisigfeuer, unter weißem Qualme grell vorbrechend, daneben die dunkeln Schatten der Zweighütten — herausgeritten war in die feierlich schweigende Stille des weiten Blachfeldes, gleichmäßig übergossen von dem bleichen geisterhaften Licht des Mondes.

Weit voraus ritt der Königssohn, die Legionenstraße gegen Zabern zu. Er war in tiefes Sinnen verloren. „Wie viele hab' ich schon ihre Weisheit auskramen hören über jenes bleiche Gestirn! Unsere weisen Frauen, — keltische Druidinnen, — die Priester der Selene, — christliche Kirchengelehrte, — chaldäische, ägyptische Sternkundige! Wie viele Lehrsätze oder Märchen! Jeder glaubt an seinen Lieblingswahn. Und noch wohl ihm, glaubt er an einen solchen!

Wahrheit aber? „Was ist Wahrheit?" fragte jener vielgescholtene Pilatus. Und doch: — ich weiß noch heute keine klügere Frage. — Wahrheit ist aber, daß ich hier reite, mein gut Rößlein unter mir, den raschen Rappen, mein gut Schwert an der Seite: — Wahrheit ist, daß ich es heiß liebe, dies thörichte, verblendete, undankbare Volk der Franken. Wahrheit ist, daß uns der Römer ans Leben will. Und Wahrheit endlich, daß sich darüber alles in mir aufbäumt: Liebe und Haß und Stolz und Trotz. Und daß mein ganzer Mensch dagegen schreit: „nein, Römer, du sollst nicht — so lang ich atme!" Das ist Wahrheit. — Und das ist mir genug. Hui drauf!" Und er gab dem Gaul den Sporn und trabte schärfer aus.

Nach Mitternacht, gegen Sonnenaufgang, schien der Westwind das Gewölk zusammenballen zu wollen: aber der von der lechzenden Erde erwartete Regen blieb aus. Wohl zuckte es unaufhörlich in der Ferne, im Nordwesten, dort, wo Zabern lag: aber nur ein einziger roter Blitz ward, kurz vor Tagesanbruch, begleitet von einem mächtigen, weit durch die Himmel hinrollenden Donner, der sich des grollenden Mahnens nicht ersättigen zu können schien.

„Habt ihr's gehört?" sprachen die Reiter des Königssohns untereinander. „Das bedeutet was, nicht, o Herr?" fragte ihn der jüngste des Gefolges, näher an den Führer heranreitend. „Es bedeutet was, wenn Vater Donar redet. Nicht?" Merowech zuckte die Achseln. „Leider redet er so undeutlich. Hast du verstanden, was er sagen wollte?"

„Nein. Aber: etwas muß es doch bedeuten, wenn es donnert?" — „Gewiß. Daß es geblitzt hat. — — Halt, siehst du! Bald wär' dein Pferd gestolpert über diese Wegwurzel, fiel ich ihm nicht in den Zügel und riß es auf. Siehst du, jung Friedibert, das kommt davon! Achte

auf deinen Weg auf Erden, nicht auf das, was so hoch
über dir am Himmel umher lärmt."

———

Alsbald ging sie in glühenden Morgenwolken hinter
ihm auf, die Sonne des siebzehnten August, blutigrote
Strahlen werfend auf das Lager der Alamannen da unten
in der Niederung gegen den Rhein.

Unwillkürlich kamen bei dem Anblick des leuchtend auf-
tauchenden Sonnenballs dem germanischen Schüler der
griechischen Poesie ein paar griechische Verse aus einem
jüngeren mystischen Dichter:

„O Helios" (sprach er vor sich hin), „du unbesiegter Sonnengott
So rein, so fleckenlos gehst heut' du wieder auf!
Was magst du alles schauen müssen heute noch?
Was mag dein letzter Strahl erspäh'n, wann du sinkst?
Vielleicht auch mich, oh unbesiegter Sonnengott,
Siehst du mit dir hinunter zu den Schatten gehn."

„Horch," flüsterte einer der nächsten Reiter Friedibert
zu. „Der Herr singt Zauberlieder — gewiß Siegessprüche!
— der Sonne entgegen." — „Mag sein. Er hat daheim
in der Halle Rollen mit krausen Runen: daraus liest er
zuweilen. Das klingt dann ähnlich. Aber sonst hält er
nicht viel auf Zauber. Ich hab' ihn auch noch nie opfern
sehn."

———

Das vollreife Getreide wogte, die schweren Ähren senkend,
im Morgenwind, auf den Feldern zu beiden Seiten der
breiten Legionenstraße. Leichte gerippte Morgenwolken
zogen von West nach Ost, zart Rosa überhaucht; aus
einzelnen fernen Gehöften stieg kräuselnd der Rauch. Und
die Lerche hob sich trillernd aus dem taufeuchten Korn. Sie
war so feierlich, die Landschaft im Morgenlicht!

Merowech befahl nun seinen Reitern, ihm in scharfem
Trab zu folgen und dem Fußvolk so rasch als thunlich
nachzurücken. Einen seltsamen Gegensatz zu der friedlichen
Stimmung des Gefildes und der Stunde bildete die waffen-
blitzende Reiterschar, die da rasselnd, klappernd und klirrend
dahin sprengte, die Gefolgschaft, lauter erlesene Leute, in
bester Ausrüstung dicht hinter dem Gefolgsherrn. Der
gleißte nicht in glänzender Waffenpracht, seine eherne
dunkle Sturmhaube zierte kein Helmschmuck: zwei mächtige
Rabenflügel, die ihm der Vater beim Abschied darauf gesteckt, hatte er gleich nach dem Abreiten abgelegt; „ich bin
mir mein eigner Wodan," sprach er dabei. Das lang
wallende dunkelblonde Königshaar der Merowingen rollte
ihm auf die jugendlichen Schultern. Die glanzlose vortrefflich gearbeitete Brünne von spanischem Erz war ein
Beutestück aus dem Lager Barbatios. Darunter hervor
reichte das blaue Wollwamms bis an die Knie; der leichte
runde Reiterschild wies auf dem Buckel die merowingische
Hausmarke, die Rune M über dem aus dem Meer sich
hebenden Drachen.

Den Speer trug er über dem Rücken geschnallt an
einem Lederriemen, denn er brauchte jetzt die Rechte: er
las, sobald sie bei steigendem Weg aus dem Trab in Schritt
übergingen. Er forschte in einer halb verbrannten römischen
Straßenkarte, die er in der Asche Straßburgs gefunden.

„Kein Zweifel," sagte er zu sich selbst. „Hier muß er
kommen. Ohne Straße, querfeldein, durch Korn und Gestrüpp und Sumpf zieht kein Römerheer. Wenn es nicht
muß. Zwei Legionenstraßen hat er zur Verfügung. Die
längere, fast siebenundzwanzig römische Meilen, etwa elf
Stunden, über Brumat in weitem Ausholen nach Ost.
Dann diese kürzere, einundzwanzig römische Meilen, nur
wenig mehr als acht Stunden, geradeswegs von Nordwest

nach Südost. Er muß diese hier wählen. Auf jener würde
er Gefahr laufen, von uns in der Flanke gefaßt, von seinem
einzigen Rückhalt — Zabern — abgeschnitten zu werden.
Also hier ihm entgegen! Und dem Gelände abgewonnen,
was sich von Vorteilen noch etwa gewinnen läßt. Ich
erinnere mich einer Stelle, dort, hinter der Wasserleitung
nach Straßburg . . ."

Er pfiff hell: da folgte ihm lustig, wie er wieder an-
trabte, die ganze Schar. Bald war der Musaubach erreicht,
den die Legionenstraße in einem Hochbau überschritt. Hier
ließ er halten, schickte Boten seinem Fußvolk entgegen und
andere bis in das Lager zurück, die bringend zum eilenden
Anmarsch treiben sollten. Er selbst flog mit wenigen Begleitern die Höhe hinan, die heute Hürtigheim trägt.

Von hier war die Straße nach Zabern, zuerst in ihrer
Senkung, dann in ihrem Anstieg bis Küttolsheim etwa
eine Meile weit deutlich zu überschauen: nichts konnte von
Zabern her hier unvermerkt herankommen. Nach längerer
Umschau befahl er Friedibert und vier anderen seiner best
Berittnen hier zu halten, scharf auszuspähen und das erste
Auftauchen des Feindes eiligst zu melden. „Ich selbst,"
sprach er zu der Spähe-Wacht, „ich jage zurück zu dem
Herzog, ihm zu raten, wie er da unten, hinter uns, die
Scharen verteilen möge. Denn da unten — in jenem
Gelände!" — er deutete weit mit dem Speere — „wird
die Schlacht gewonnen und verloren."

XVIII.

Beim frühesten Morgendämmer hatte Julian in sein Brief-Tagebuch eingetragen: „Ich schreibe das zu Zabern, am siebzehnten August, im zwanzigsten Jahre der Herrschaft des Imperators Constantius, unter dem Konsulat des Flavius Constantius Augustus und des Cäsars Flavius Claudius Julianus.

O Lysias! Wie groß sind sie, meine Götter! Wie voller Gnade! Und wie sichtbarlich helfen sie ihrem erkorenen Liebling, der reinen Herzens sie verehrt!

Schweren Herzens hatte ich das einsame Lager gesucht: — ratlos, sorgenvoll. Aber gegen Morgen, da die Träume am untrüglichsten sind, sah ich deutlich aus Wolken vor mir aufsteigen das ragende Kapitol, wie ich's einst, von dir geführt, voll Ehrfurcht, erschaut.

Siehe, plötzlich erhob sich von seinem Thron der herrliche Jupiter, den gewaltigen Adler auf der linken Faust, und, die ambrosischen Locken majestätisch gegen mich schüttelnd, hauptnickend, sprach er: „Folge, mein Sohn, meinem Adler. Er kennt den Weg zum Sieg!" — Mit diesen Worten schwang er, wie man den Falken abwirft, den mächtigen Vogel hoch durch die Wolken über mich hinweg, dem Feind entgegen in das offne Land: kreischend flog der Aar: er warf aus dem gewaltigen Griff den zackigen Blitz auf die heranwogenden Helme der Barbaren. Und zugleich — zum Zeichen, daß das mehr als ein eitler Wahn des Traumes! — erkrachte hell und laut ein Donnerschlag — ein einziger —: ich fuhr auf aus dem Schlaf: wirklich! Es donnerte noch nach im Gewölk um Zabern.

Dank dir, kapitolinischer Jupiter! Ich glaube dir! Ich folge dir! Auf und dem Feind entgegen! — Ist dies mein letzter Brief auf Erden, — vorher schrieb ich noch an Helena, an Mutter und Schwester, — so nimm, o Lysias, nochmal meinen Dank für dein Erlösungswerk an mir."

———

Bei Sonnenaufgang — etwa um fünf Uhr — führte Julian sein kleines Heer, nur dreizehntausend Mann, aus dem Südthor von Zabern in der That auf jene von Merowech erratene Straße.

Die Hälfte seiner berittenen Leibwächter schickte er unter Jovian als Vorhut zur Aufklärung voraus. Zu beiden Seiten der Legionen zogen auf der breiten Straße in langer dünner Linie rechts die Panzerreiter und die berittenen numidischen Pfeilschützen, links die batavischen Hilfstruppen. Auf die letzte Legion, die der Primani mit den gewaltigen Wurfmaschinen, folgten, den Schluß bildend, der Troß, die Wagen mit dem Gepäck.

Nach mehr als fünfstündigem Marsche machte sich die Hitze des Augusttages stark spürbar bei den schwer gerüsteten Legionaren. Es war gegen halb elf Uhr geworden, als das Heer die Hochfläche oberhalb Winzenheim — ungefähr zwei Kilometer vor dem Platze, wo heute Küttolsheim liegt — erreicht hatte: zu diesen etwa sechzehn Kilometern von Zabern her hatte der langsame Zug mehr als fünf Stunden gebraucht.

Hier ließ der Cäsar Halt machen. Er wollte die Seinen auf die Probe stellen, bevor er die Entscheidung suchte, ihre Stimmung prüfen. Bedenklich schien es, die Leute, die schon jetzt sichtlich stark angestrengt waren, nach weiterem Marsch — unter steigender Hitze — an den Feind zu bringen. Erwiesen sie sich als müde, als kampfunlustig, wollte er hier bleiben, Graben ziehen, Lagerwall errichten und entweder morgen mit noch frischen Truppen angreifen oder, so gedeckt, mit Zabern als Aufnahmefeste nah im Rücken, den Anprall der Barbaren abwarten.

Noch hatte der Feind, den er vor sich in der Niede= rung erwarten durfte, seinen Anmarsch nicht vermerkt. Sowie er aber von dieser Höhe in den Quellgrund der Suffel hinabrückte, deckte er seine Linie, auf Meilen weit sichtbar, auf und führte den sofortigen Zusammenstoß herbei. Vorher wollte er sich also nochmals des Geistes seiner Truppen vergewissern.

Er ließ sie einen Halbkreis bilden, die Befehlshaber vortreten und sprach nun zu ihnen herab von seinem edeln Silberschimmel, der, überdrüssig des Aufenthalts, mit dem Vorderhuf die Erde schlug und vorwärts, vorwärts drängte in schlecht verhaltner Ungeduld — wie sein Reiter. Der machte allerlei geltend, um es widerlegt zu erhalten. Er sprach von dem nahen Mittag, von den schlechten Wegen — neben der Legionenstraße, die, am Ende des heißen Tages, die Marschmüden in dunkler mondloser Nacht er= warten würden, von dem Wassermangel in dem durch die Sonnenglut aufgerissenen Boden, von dem ungleichen Kampf der Nüchternen gegen Feinde, die ausgeruht, gespeist und getränkt sein würden. Daher schlage er vor, heute hier zu rasten im Schutz von Graben und Wall und abwechselnden Nachtposten und, nach Schlaf und Speisung, am nächsten Morgen erst aufzubrechen.

Aber die kunstvolle Rede, in welcher der junge Rhetor dem versammelten Heer diesen Vorschlag machte, erreichte nicht ihren Zweck: — oder vielleicht gerade? — Ungestüm, lärmend, brausend verlangten sie, vorwärts geführt zu werden, sofort zu schlagen. „Führ' uns, Cäsar Julian, wir fürchten unter dir nicht die Dämonen der Hölle: — denn mit dir ist Christus der Herr." So rief ein Jüngling mit dunkeln Schwärmeraugen und schlug das Kreuz über seiner Schuppenbrünne. Julian merkte sich den Mann.

„Wir haben sie noch jedesmal geschlagen, Cäsar, so lang ich dir diese Frage vorauftrage," sprach der alte Voconius, und hob das purpurwimpelige Vexillum. „Mit dir ist der Sieg!" „Mit dir ist der Sieg!" schrien die Tausende.

Da schoß, aufgeschreckt von dem Lärm, ein mächtiger Adler, der bisher, vom Sonnendunst verhüllt, unbemerkt hoch oben seine Kreise gezogen, plötzlich mit lautem Kreischen und raschem Schwingenschlag zur Rechten des Heeres pfeilschnell gegen Südosten, gegen die Alamannen hin.

„Hört ihr den Adler? Sehet ihr ihn? Der Legionen alten Führer zum Sieg?" rief Julian begeistert. „Heute Nacht im Traume schon sah ich ihn fliegen. Das Omen nehm ich an!" fügte er — unbedacht — hinzu: „Es sei, wie ihr und der Adler gewählt habt! Vorwärts! Die Waffen auf! Zu Pferd! Und wehe den Barbaren!"

„Und wehe den Barbaren!" scholl es viel tausend= stimmig wider.

Sofort ergriffen die Leute die zusammengeschichteten Schilde und Speere, traten in Reih' und Glied, oder schwangen sich in die Sättel und vorwärts ging es nun in rascherem, lebhafterem Schritt als zuvor.

***

Julian ließ einen Zug Fußvolk der Cornuti an sich vorüber schreiten. Er bemerkte, daß jener junge Christ halblaut vor sich hinsang. Er ritt an ihn heran: „du singst, mein Freund! Das gefällt mir. Auch die Spartaner zogen singend in die Schlacht." — „Davon weiß ich nichts,

o Herr." — „Was singst du?" — „Den achtzehnten Psalm.
Horch, wie schön er lautet: „Herzlich lieb hab' ich dich,
Gott, du meine Stärke. Herr, mein Fels, meine Burg,
mein Beschirmer, mein Hort, auf den ich traue, mein
Schild und Turm meines Heils und mein Schutz."

Julian schwieg eine Weile neben ihm hinreitend, dann
begann er: „ganz wohlgemut also ziehst du in den Kampf.
Fürchtest du nicht den Tod?" — „Wie sollte ich, Herr?
Christus, mein Erlöser, lebt: — so werde auch ich leben.
Das ist unser Trost: und falle ich, so rufe ich noch: „Tod,
wo ist dein Stachel?" Weiß ich doch gewißlich, daß der
Herr Christus wird niedersteigen aus den Wolken und mich
wird aufwecken von den Toten, gleichwie er ist auferstanden
von den Toten und aufgefahren gen Himmel. Aber
diesmal, mein ich," fuhr er lebhafter fort — „diesmal
wird mir noch nichts geschehen." — „Und weshalb, mein
Freund?" — „Ich glaube, der Engel des Herrn muß
mich beschützen, bis ich den Vater frei gekauft." — „Ist er
gefangen von den Barbaren?" — „Viel schlimmer, lieber
Herr: von dem Steuereintreiber." Julian seufzte für
sich. „Das muß sich der Cäsar sagen lassen." — „Der
Vater konnte die Kopfsteuer — nicht Grundsteuer! denn
wir zählen zu den geringen Leuten in Avignon — nicht
aufbringen. Da ward er in das Schuldgefängnis des
Fiskus geworfen. Ich stand in Arbeit auf einem Weingut
der Kirche zu Nimes. Als ich's erfuhr, ließ ich mich
anwerben bei den Cornuti. Schon habe ich fast die
Schuldsumme beisammen: — nur noch der Sold von
zwei Monaten fehlt. Solange wird mich der Engel des
Herrn beschützen: — ist's doch das vierte Gebot, dem
ich gehorche. So meinte der gute Presbyter der Kirche,
der mir aus seiner Armut ein groß Stück Geld schenkte.
Und . . ." — „Nun und?" — „Er schrieb mir auf Perga-

ment einen kräftigen Segen: — den Segen des Tobias.
Horch, was er besagt: — „Der Engel Raphael sprach —
unerkannt — zu dem alten Tobias: „ich werde deinen
Sohn gesund hin und wieder herführen." Und der Vater
sprach: „ziehet hin. Gott sei mit euch auf eurem Weg
und der Engel des Herrn geleite euch." Und weil er ver-

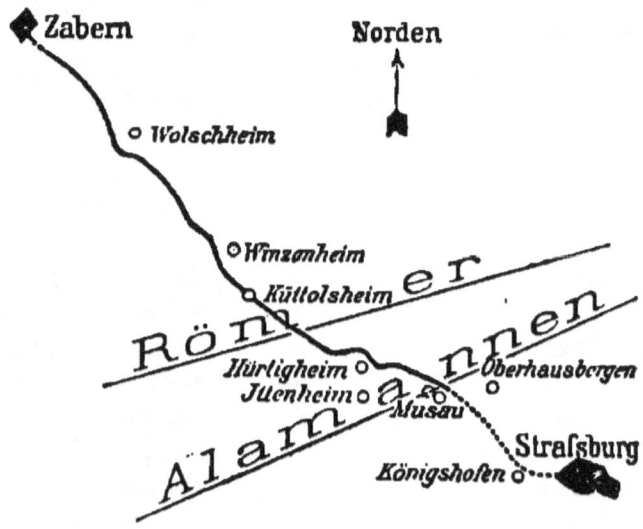

traute und glaubte führte er den Sohn ihm heil zurück,
Raphael, einer der sieben Engel, die da stehen vor dem
Antlitz des Herrn." — „Auch ich glaube fest an den
Herrn: so wird auch mich sein Engel dem Vater unversehrt
wiederbringen. Siehst du, hier, unter dem Panzer, auf
dem Herzen, trag' ich das breite Blatt: so ist meine Brust
geborgen vor der Barbaren Speer." „Welch frommer
Glaube!" sprach Julian gerührt. „Beneidenswert! —
Wenn es nur nicht so dumpf wäre. Höre Freund! . . .

wie heißt du?" — „Renatus." — „Höre also, Renatus,
vertraue immerhin auf deinen Zettel. Aber versäume doch
nicht, dich gehörig mit dem Schild zu decken!" Und er
sprengte voran, einem Reiter entgegen, der von der Vorhut
zurückeilte: es war Jovian. „Sie sind da, die Alamannen!
Von der Krone der Höhe da vorn sah ich auf einem sanft
ansteigenden Hügel fünf Reiter. Scharf hoben sie sich ab
von dem hellen Himmel. Sobald sie unser ansichtig wurden,
jagten sie davon, thalab, nach Südosten. Wir sprengten
nun den Hügel hinauf: — und vor uns, zu beiden Seiten
der Straße, weit gestreckt nach Nordost und Südwest, sahen
wir die Stellungen der Barbaren. Es glänzt das weite
Thal von ihren Waffen!"

XIX.

Und so war es.

Denn endlich hatten sich, Merowechs wiederholten
bringenden Boten nachgebend, die sieben Könige in Bewegung gesetzt und ihre Scharen aus dem Lager bis hierher,
zu beiden Seiten der Legionenstraße, geführt, links (westlich)
bis zu dem heutigen Ittenheim, rechts (östlich) bis zu dem
heutigen Oberhausbergen: sie sperrten also dem Feind den
Vormarsch auf der alten Römerstraße: die Schlacht ward
ein Kampf um diese Straße.

Vergeblich hatte der Franke den Herzog gebeten, die
Vortruppen, die schon weitergeeilt waren, noch vorher sie
der Feind erblicke, zurückzurufen, damit eine Überraschung
aus dem Hinterhalte nicht vereitelt werde, die er plante.
Chnodomar meinte trotzig: „freiwillig gehen meine Buben

nicht zurück; auch wär's ein übles Anzeichen im Angesicht
der Feinde: denn schau' hin: nun werden sie voll sichtbar
in der Ferne!"

Die Könige mit ihren Gefolgschaften — meistens
Reitern — und Merowech hielten auf der Mitte der Hochstraße, von hier aus, wo es nötig oder günstig schien,
einzugreifen. Ihre ganze übrige Reiterei stellten sie auf
den linken (— westlichen —) Flügel links von der Straße,
wo die weiten sich abflachenden Felder zum Ansprengen
einzuladen schienen. Im Mitteltreffen hielten sie durch
Fußvolk die Römerstraße und die nächsten Landstreifen
dicht besetzt: der rechte Flügel dehnte sich von der Straße
nach rechts östlich gegen Oberhausbergen zu. Hier zog
die römische Wasserleitung in hohem Bogen über den tiefen
Einschnitt des Musaubachs: dichtes, mannshohes Schilf
wucherte da, dem Blick undurchdringbar.

Dort traf der Königssohn für sein Fußvolk einige
Anordnungen, für die er sich vom Oberfeldherrn freie Hand
erbeten hatte. Auf die Hochstraße zurückgekehrt, warf er
einen langen besorgten Blick auf die römischen Rückhalt-
scharen, die da — weit hinten! — in sichrer Ferne, dicht
gehäuft, drohten: er schüttelte traurig die Locken.

Da durchleuchtete ihn ein Gedanke: — „wie die Knaben
muß man sie überlisten — zu ihrem eignen Vorteil!" Er
ritt an Chnodomar und die andern Könige heran und rief
ihnen mit spöttischem Munde zu: „Traun, großen Ruhm
wird es euch eintragen in den Hallen der Alamannen und
ihrer Nachbarn, verlautet es, daß jeder von euch sieben
sich nur in den Kampf wagte, gedeckt und beschirmt von
seiner ganzen Gefolgschaft, jeder von hundert Schilden!
Der Römer kann euch vorsichtig-tapfern Helden ja gar nicht
an den Leib. Schämt euch! Selbst ist der Mann. Da
seht! Ich halte die Hälfte meiner ganzen Schar — fast

ein halb Tausend — da hinten unter dem Schatten des
kleinen Gehölzes gelagert, dort links, neben der Straße.
Aber freilich: — ich bin nur ein Königssohn, kein König
selbst: um mich ist nicht viel Schade!" „Beim Strahle
Donars," wetterte Chnodomar. „Das lassen wir uns nicht
sagen von dem Nestling da! Ich — ich lasse auch die
Hälfte meiner Gefolgschaft hier zurück!" — „Und ich!"
— „Und ich!" „Und ich!" wiederholten die stolzgemuten
Herzen und gaben ihren Leuten zu Roß und zu Fuß die
gleichen Befehle. So sammelten sich rückwärts der germanischen Aufstellung im Schatten einiger Baumgruppen
südwestlich der Straße etwa zweitausend Mann.

Nicht zufrieden mit diesem Gelingen bemühte sich Merowech, bei dem Oberfeldherrn weitere Ratschläge durch-
zusetzen: allein er stieß auf unbeugsamen Widerstand.

„Begnüge dich mit dem, junger Held," lachte der Riese,
den dichten roten Rauschebart zu beiden Seiten vom Munde
streichend, „was du mir abgeschwätzt hast — für — für
da drüben," er deutete mit dem Schwert nach rechts —
„dort, hinter der Wasserleitung. Ich hätt' auch das nicht
gethan. Nur dir zu Liebe gab ich nach: — du verstehst
dich auf römische Kampflisten. Und es mag ja nicht übel
sein, solche auch mal gegen sie zu verwenden. Aber die
Hauptsache — die bleibt der Stoß — der Stoß gradaus
— des Keils! Wie der mächtige Wisent, der König des
Waldes, daher rennt, erst den Staub aufwerfend mit dem
Vorderfuß, dann die Flanken peitschend mit dem buschigen
Schweif, und nun den mächtigen Kopf, den wuchtigen
Nacken, dessen Mähne kein Pfeil durchbringt, gesenkt und
mit feurig rollenden Augen geradeaus stürmt wider den
Feind, alles vor sich niederstoßend, und sogar Donars
tapfern Freund, den starken Bären, der sich drohend auf-
richtet, auf die krummen Hörner ladend und hoch in die

Luft schleudernd: — so allein kenn' ich und lieb' ich den
Angriff. So hab' ich gar oft in offner Schlacht die
Römer des Decentius geschlagen, so ohne Widerstand ganz
Gallien durchstürmt. Hat ihn uns nicht Wodan selbst, der
Siegesgott, gelehrt, den Keilhaufen, den „Eberrüssel" und
seinen all' durchdringenden Stoß? Fern sei es, des Gottes
altbewährte Weisheit zu vertauschen mit welschem Witz.
Was Rückhalt! Was Aufnahme! Wir müssen siegen auf
den ersten Anlauf!"

Seufzend blickte Merowech immer wieder in die weite
Ferne, wo die aufsteigende Bodenwelle erkennen ließ, daß
hinter dem ersten und zweiten römischen Treffen, in weitem
Abstand, ein drittes — es schien sogar ein viertes! —
dicht geballt zurückgehalten stand.

„Und wenn wir nicht siegen mit dem ersten Anlauf,"
sprach er ernst, „dann bleibt nur Eins übrig: auf dem
Fleck sterben. Denn für nichts hast du gesorgt, o Herzog!
Keine Rückzugslinie, keine aufgesparte Nachhut, kein be-
festigtes Lager! Vielmehr hinter uns der breite, tiefe Rhein,
ohne Brücke — ohne Schiffe. — So geht die Verzweiflung
in die Schlacht."

„Oder die Siegesgewißheit. — Sieh, Jüngling, ich
weiß es, Furcht hat an deinen Reden nicht teil, aber
allzuviel römisch geschulte Vorsicht. — Sie ist überflüssig:
heute wenigstens! Gedenke meines Traumgesichts! Ich
breche mir Bahn bis zu dem Cäsar-Knaben und dann —
ein Hieb mit diesem Schwert! und der Cäsar und all'
seine Feldherrnkunst sind verloren."

Der Salier beschied sich, zu schweigen. Wie er auf
der Straße vorwärts ritt, trieb Friedibert sein Rößlein
munter an ihn heran und sah ihm vergnügt in die Augen:
„Das hat dir Wodan selber eingeblasen, Herr," meinte

er und sein offnes Antlitz lachte. „Die werden Augen machen."

„Nicht so vergnügte wie du, hoff' ich. Du bist ja heut ganz übermütig, Bub. Schon wie du den Hügel herabflogst und die Feinde meldetest, konntest du kaum sprechen vor eitel Lustbarkeit. Was hast du denn, daß du gar so froh bist?"

„Ah, Herr," lachte der hübsche Jüngling, sich leicht in den Bügeln hebend und den sprossenden Flaumbart streichend. „Ich weiß auch nicht. Mich freut halt mein Leben so! Alles freut mich! Vor allem, daß ich lebe — und so tief die liebe Luft einschnaufen kann: — so tief! — Dann, daß ich auf diesem guten weißen Rößlein sitze, das mir mein lieber Gefolgsherr geschenkt hat vermöge seiner Milde." — „Hast dir's wacker verdient, dort vor Köln." — „Dann aber am meisten: daß ich schon so viel Römerbeute zusammengebracht habe ... Es fehlen mir nur noch zwanzig Solidi ..." — „Woran?" — „Nun, an der Loskaufsumme für Gerlind, das schöne Mädel, die Magd von Mälo dem Sugamber. Ihre Mutter war unfrei: — so ist sie's auch. So kann ich sie nicht heimführen. Aber Mälo hat versprochen, sie frei zu lassen für hundert Solidi. Achtzig hab ich beisammen ..." — „Ich schenke dir die zwanzig." — „Dank, Herr! Werden's gut brauchen können zum Anfang der Hauswirtschaft. Aber ich hole mir heute mehr Beute von erschlagnen Welschen als für zwanzig Solidi." Merowech warf einen liebewarmen Blick auf ihn. „Nun, treib's nur nicht zu tolldreist! Auch Römerspeere treffen." — „Bah, aber mich nicht. Heute nicht! Da schau' her, lieber Herr," er schlug das Wams auseinander, — eine Brünne hatte er nicht — da ward ein schmaler Streifen gelben Leders sichtbar mit einigen braun eingebrannten Runen. „Siehst du? Die graue Sudrun, der Kleinen Großmutter, ein bergaltes Weib, das noch die starken alten Sprüche kennt, hat mir den Waffensegen da drauf gebrannt:

„Spring' ab, spitzer Speer,
Schwing' ab, Schwert!
In Frôs Frieden
Fährt Friedibert.“

Hei, mit diesem starken Zauber über der Brust werd' ich dem Cäsar seinen Panzer mit dieser Hand von den Schultern lösen: er ist reich mit silbernen und goldenen Scheiben geschmückt: — ich sah ihn auf den Wällen von Autun.“ — „Gut Heil zum Beutegriff! Aber vergiß mir nicht den Rundschwung der Klinge, den ich dich gelehrt. Er wehrt Wurf, Stoß und Hieb.“ — „Mich schützen —? Das ist heute Frôs Sache. Ich greife an! Horch, da — fern — im Norden, — die ehernen Töne?“ — „Das ist die Tuba Cäsar Julians. Sie kommen.“

———

XX.

Nachdem Julian von jener Höhe aus, die vorher die feindliche Spähe-Wache eingenommen, die Aufstellung der Barbaren auf und zu beiden Seiten der Legionenstraße übersehen hatte, erließ er kurz Befehl über die Verteilung seiner Scharen. Sie ergab sich ziemlich von selbst: Festhaltung der Straße in der Mitte durch Fußvolk und einige Reiter, die Masse der Reiterei auf seinen rechten (— westlichen —) Flügel, der feindlichen Reiterei gegenüber, das Fußvolk in Menge auf seinen linken (— östlichen —) Flügel, wo das Gelände mehr unterbrochen, unübersichtlich, schien.

Jedoch nicht umsonst hatte er eifrig die Geschichte
römischer Niederlagen und römischer Siege gegenüber
Germanen durchforscht: er wußte, daß erst Marius die
Legionen dem Stoß des germanischen Keils hatte wider-
stehen gelehrt; er wußte, daß „die Taktik der Reserven“
alle Siege der Römer über diese ungestümen Feinde entschieden hatte. Und er handelte danach. Kaltblütig, eine
römische Straßenkarte in der Hand, erteilte er den um
ihn versammelten Heerführern seine Weisungen; jeder stob
davon, sobald er seinen Auftrag erhalten. „Dich, Jovian,
bitte ich, heute um mich zu bleiben, mit einer erlesenen
Reiterschar. Nimm zu meinen dreihundert Leibwächtern
noch dreihundert Panzerreiter: — mit ihnen wollen wir —
du oder ich — dahin fliegen, wohin die Not uns ruft.
Allgegenwärtig sein auf dem Schlachtfeld, — wie der Gott
der Galiläer in der ganzen Welt — das wäre nun das
Erwünschte.“

Die Schlacht begann. Es war gegen zwei Uhr mittags.
Nach jener Rast auf der Höhe hatten die Römer etwa
noch zwei Stunden Wegs zurückgelegt. — Auf dem linken
römischen Flügel rückte Severus, der unter dem Helm ergraute Magister Militum, an Partherpfeile, sarmatische
Wurf-Holzkeulen und germanische Speere gleich gewöhnt,
mit dem Fußvolk links seitwärts der Straße auf die feuchte
Niederung zu, die damals der Musaubach fast zu einem
Sumpfe machte: dichtes, hohes Schilf wucherte hier.

Schon waren die ersten Reihen, ohne auf einen Feind
zu treffen, an den breiten Bogenpfeilern der römischen
Wasserleitung vorbei und in die Anfänge des Schilfichts
gelangt, — nur in der Ferne vor sich erblickten sie Speerspitzen der Feinde — als plötzlich überall aus dem Schilf
und Röhricht batavisches Fußvolk hervorsprang und die

Marschkolonne von der linken Flanke und von vorn anfiel unter gellendem Kampfgeschrei.

Es war der Hinterhalt, den da, nordöstlich von dem heutigen Dorfe Musau, Merowech gelegt hatte.

Der Erfolg war stark: zwar verlor der kampferprobte Alte nicht die Ruhe: — unerschrocken befahl er Halt, gebot seinen Leuten, „Schildkröten" zu bilden, das heißt, wie sie gingen und standen, zu zweien, dreien oder mehreren sich, Rücken an Rücken gedrängt, gegenseitig zu decken und unter dem Schildbach die Speere gefällt vorzustrecken. Und der ruhige Befehl ward ruhig ausgeführt. Aber von Vorbringen war doch gar keine Rede mehr: auf ängstliche Verteidigung war dieser Flügel angewiesen. Und schon näherten sich die feindlichen Speerspitzen von vorn her.

Julian sah's von der hohen Straße aus deutlich. Er befahl Jovian, so rasch als möglich eintausend Mann Schildner aus dem zweiten Treffen zu holen und den Bedrängten als Verstärkung zuzuführen. Er selbst sprengte mit zweihundert seiner Reiter von der Straße herab auf den bedrohten Flügel zu: dabei geriet er, durch die Zwischenräume des Fußvolks vorjagend bis in die vorderste Reihe, in den dichten Hagel der Pfeile und Wurfspeere der Barbaren.

„Wie?" rief er dem vordersten Schildkrötenhäuflein zu? „Jetzt stockt ihr und stutzt? Wer hat so ungeduldig verlangt, sofort an die Barbaren gebracht zu werden? Gerade ihr, ihr keltischen Petulantes! Vor anderen laut schrieet ihr! Jetzt habt ihr euren Wunsch! Nun thut danach."

Als er erkannt war, begrüßte ihn freudiger Zuruf; zugleich hatten seine Reiter die nächsten vereinzelten Feinde über den Haufen geritten: alsbald führte Jovian die Verstärkung von tausend Mann, in streng geschlossenen Gliedern, vor. — die Barbaren wurden hier langsam zurückgedrängt.

Aber nicht weit: auch sie erhielten Verstärkung vom Rücken: es kam zum stehenden Gefecht.

Merowech wie die Könige hatten diese Dinge ebenfalls auf der hohen Straße von ihren Rossen herunter wahrgenommen: eben hat jener den Herzog, ihm zu erlauben, mit seinen Reitern den Römern des Severus dort in die rechte Flanke zu brechen, als aus dem ganzen alamannischen Fußvolk auf der Straße und weiterhin nach Osten ein wildes, drohendes Geschrei an sein Ohr schlug.

„Ich verstehe nicht! Was wollen sie?" fragte er Chnodomar. „Etwas sehr dummes," antwortete der unwirsch. „Aber wir müssen's thun." Und, wuchtig in seinen Waffen rasselnd, willfährig, gehorsam, wie ein gescholtener Knabe, sprang er von dem mächtigen Gaul, einem prachtvollen Brandfuchshengst. Und zum äußersten Erstaunen Merowechs folgten alle sechs Könige seinem Beispiel; ebenso die Reiter ihrer Gefolgschaften. „Seid ihr von Sinnen?" rief der Bataver. „Jetzt absteigen? Jetzt — da . . . ." „Sei still, und steig' auch ab, sollen dir nicht Alamannenspeere unsanft an den Kopf fliegen," riet Chnodomar. „Die Gemeinfreien — 's ist ihr alt stolz Recht! — verlangen, daß, da die Stunde sehr heiß wird, die Könige und Edeln von den Rossen steigen und — neben den Gemeinfreien — zu Fuß kämpfen. Damit wir nicht etwa rasch entreiten, geht es schief." — „Und das thut ihr? Und ihr fügt euch?" — „Es ist Ehrenpflicht. König und Edler darf nichts Besseres haben wollen als die Freien."

„Unsinn ist's," rief Merowech, mit dem Schwert einen Wurfspeer zur Seite schlagend, den ein grollender Alamanne auf den unfolgsamen Reiter geschleudert hatte. „Jetzt brauchen wir die Rosse. Vorwärts, meine Bataver! Links ab! Sprengt ein!" Und an der Spitze seiner Reiter jagte er von der Römerstraße links ab gegen den rechten römischen Flügel, die Schuppenreiter. Denn er hatte sich einstweilen, rechtshin spähend, überzeugt, daß dort, bei der Wasserleitung, die Germanen der Hilfe nicht mehr bedurften: — das Gefecht stand dort.

Das Beispiel, das die kleine batavische Schar in ihrem kühnen Einsprengen auf die gesamte römische Reiterei gab, riß unwiderstehlich auch die Masse der alamannischen Reiter fort, den Verwegenen zu folgen. Gemischt mit behenden Fußkämpfern, die sich an die Mähnen der Rosse klammerten, ging es sausend gegen die in Eisen starrenden römischen Panzerreiter, die Klibanarii, Kataphraktarii.

Und unwiderstehlich auch riß der Anblick dieses Reiterangriffs ihres linken Flügels die germanischen Fußkämpfer in der Mitte auf der Straße mit fort: — ohne den Befehl Chnodomars abzuwarten, drang nun das ganze Mitteltreffen, in Keilhaufen geordnet, wider das gerade gegenüberstehende römische Fußvolk vor. Hier — in der Mitte — kam es nun zu grimmem, für die Alamannen stark verlustreichem Ringen Mann gegen Mann. Wie stets thaten auch diesmal für die Römer in solchem Nahe-Kampfe das Beste ihre meisterhaft ersonnenen und vollendet gearbeiteten Schutzwaffen: der eherne Helm, — der ausgezeichnet feste eherne oder stierlederne, rings mit Erz beschlagene Schild, — der Panzer aus spanischem Erz, — all' das zusammen eine kleine Burg für sich, die mit den schlechten Waffen der Barbaren mit alleräußerster Kraftanstrengung kaum zu durchbrechen war: hinter diesem Schutz focht der Legionar wie hinter einer Befestigung; und während der halbnackte Germane alle Kraft darauf verwenden mußte, mit dem plumpen Hiebschwert von oben her erst jenen ehernen Wall von Helm und Schild zu durchtrümmern, um nur an den Leib des Gegners zu gelangen, verwertete dieser jede Blöße des Angreifers, mit dem kurzen, breiten, mörderischen Römerschwert durch den dünnen Schild von Weidengeflecht hindurch den weißen Leib des blonden Riesen zu treffen.

Dicht stiegen auf der trocknen Straße die Staubwolken des heißen Augusttags empor. Um jene Schildmauer zu zerreißen, um Lücken, Ungleichheiten in das feste Gefüge zu bringen, warfen sich manche der germanischen Fußkämpfer auf ein Knie und suchten, unter den feindlichen Schilden hindurchgreifend, den kürzer gewachsenen Römer um die Hüften zu fassen und im Ringkampf durch die überlegne Kraft nach rückwärts zu Boden zu werfen; auch Schild gegen Schild stemmten sie wohl, wie Hirsche oder Böcke sich mit Geweih oder Gehörne zurückzuschieben ringen: — aber scharf drang dann der spitze eherne Schildstachel des Legionars in Arm oder Rippe.

Der linke Flügel der Römer, von Julian selbst geführt, gewann jetzt Raum, drang vor, über das Schilficht hinaus, den immer erneuten Ansturm ungeordneter Keilhaufen zurückwerfend, mit der überlegnen Wucht der Waffen klirrend eindringend, vorbohrend in den dichten Feind.

Einstweilen aber hatte auf dem rechten römischen Flügel der Angriff Merowechs mit seiner kleinen Schar und der ihm nachjagenden alamannischen Reiterei die Panzerreiter getroffen. Anfangs richteten sie nichts aus: ihre leichteren Pferde prallten zurück bei dem Zusammenstoß mit jenen Erzkolossen, die unverwundbar schienen.

Allein nun, nach dem ersten Zusammenstoß, gab Merowech mit erhobenem Schild ein Zeichen: etwa die Hälfte seiner Bataver sprang ab — ihre Rößlein blieben wie angewurzelt stehen: — jetzt drängten sich die Behenden auf der linken, speerlosen Seite der Panzerreiter an deren Rosse, rissen das Kurzschwert aus dem Wehrgurt und stießen es den Gäulen durch das Gefüge der Schuppen von unten nach oben in die Weichen. Rasselnd brachen die Tiere zusammen und begruben die schweren Reiter unter sich, die sich nicht mehr aufraffen konnten, erstickt von der Wucht der eignen Waffen. Fünf, acht, zehn, — schon war es das ganze erste Glied! — zwölf der ehernen Ungetüme waren so gestürzt: — in die Lücken drangen immer zahlreicher die abgesessenen Bataver. Schon wankte das zweite Glied.

Da warf sich Daranbanes, hoch den krumm geschweiften Säbel schwingend, grimmig auf den nächsten der Reiter: — es war Merowech. Umsonst schleuderte der den Wurfspeer aus nächster Nähe: mitten auf der Brust prallte er ab von dem undurchbringlichen Panzer: aber, von dem kräftigen Stoß erschüttert, fuhr der Perser zurück, gegen den hohen Rückenbug seines Sattels: im Augenblick war der Königssohn heran und stieß ihm das Kurzschwert gerade unter dem Kinn, wo das Schuppenhemd endete, in die Kehle. Klirrend, rasselnd in seinen Waffen, stürzte der Sterbende seitlings aus dem Sattel; er blieb im schaufelbreiten Steigbügel hängen, das erschrockne Pferd jagte in wilden Sätzen querfeldein, den Reiter in seiner gold- und silberglänzenden, allbekannten Rüstung dahinschleifend über Stock und Stein. Der Fall des allgeliebten Führers, sein grausiges Geschick erfüllte seine Reiter mit Entsetzen: mit wildem Geheul warfen sie die Gäule herum und, sinnlos vor Schreck, entscharten sie sich, in wilder Flucht davonjagend in blindem Rennen, größtenteils rückwärts, die berittenen numidischen Bogenschützen, die ihnen gerade hatten zu Hilfe kommen wollen, durchbrechend und mit sich fortreißend. Vier andere Geschwader von ihnen flohen seitwärts, auf die Straße hinauf, und über diese hinweg, auf den linken römischen Flügel los. Auf der Straße ritten sie einen Zug ihres eignen Fußvolkes über

den Haufen und jagten weiter auf andre Reihen, auf die
„Cornuti" und „Braccati". Schon wankten auch diese
unter der Wucht des ehernen Anpralls: — sie bildeten
den Kern des römischen Mitteltreffens: lösten sie sich auf,
war die Schlacht verloren.

Hier, in diesem Augenblick höchster Gefahr, erschien
mitten unter seinem Fußvolk auf der Hochstraße — der
Cäsar. Er war mit Jovian und seinen zweihundert
Reitern aus der Vorderreihe des linken Flügels zurück-
geritten, da er diesen unter Severus in langsamem Vordringen sah und seine Beobachtungsstelle im Mitteltreffen
wieder einnehmen wollte. Jedoch halbwegs bis zur Straße
gelangt, erreichte ihn schon das wilde Geschrei der fliehenden
Panzerreiter, der Zornruf des überrittenen Fußvolks, der
Kriegsruf und die hallenden Hörner der verfolgenden
Germanen: schon sprengten ihm auch die vordersten der
Flüchtlinge entgegen. „Flieh!" schrieen sie ihm zu, „flieh,
o Cäsar!" Der nächste, auf den er stieß, war der Träger
der Standarte: die zeigte einen goldnen Drachen mit zwei
lang flatternden Purpurwimpeln. „Rette dich," schrie der
Mann, „Darandanes ist gefallen: alles ist verloren." —
„Nichts ist verloren als dein Mut," rief Julian, riß ihm
die Fahne aus der Hand und jagte, sie hoch schwingend,
auf die Straße zu den „Cornuti" und „Braccati".

Hier drohte jetzt die allergrößte Gefahr: denn endlich,
nach langem Ringen, hatten nun Chnodomar und das
alamannische Fußvolk in der Mitte das erste Treffen des
römischen Fußvolks zwar nicht durchbrechen oder werfen
können, aber doch zum langsamen Zurückweichen auf das
zweite Treffen, eben diese „Cornuti", „die Behörnten",
— sie trugen kurze Hörnlein auf den Helmen. — und
„Braccati" — Kelten, mit buntgewürfelten Hosen — gebracht: gerieten diese jetzt, statt das erste Treffen auf-

zunehmen, in Auflösung, so war auch die zweite Aufstellung des Cäsars verloren.

Aber es gelang ihm, sie beisammenzuhalten. In kurzen feurigen Worten rief er sie auf, auszuhalten: seien sie doch erprobte Kerntruppen des Heeres: sie sollten, wie so oft, die wankende Schlacht stellen. „Seid ihr doch, ihr Behörnten, selbst meist Germanen: Quaden und Marko- menen vom Ister, Sachsen und Friesen von der See. Und ihr, Buntbehoste, tapfre Kelten aus Aremorica, ihr kämpft ja hier für euer eignes Heimatland: dies Gallien. Auf! Laßt die Weichenden hindurch. — Hinter eurem Schild und Mut werden sie sich und ihre Ehre wieder finden: — auf, ihr Germanen in römischem Dienst, stimmt ihn nun an, euren gefürchteten Schildgesang!“

Und also geschah's. Jene Scharen, germanische Kraft mit römischer Kriegszucht vereinend, ließen die fliehenden Reiter, darauf das langsam weichende Fußvolk des ersten Treffens hindurchfluten, schlossen sich dann wieder und bildeten ein nur nach hinten offnes Viereck, den Angriff der Germanen von drei Seiten abwehrend.

Denn nun warf Merowech von Westen her seine Reiter auf sie, während Chnodomar und die Könige geradeaus von der Straße her anstürmten und sich auch schon an- schickten, die römische Mitte von Osten her zu fassen. Aber die tapfern Cornuti auf der Straßenmitte hielten die hohlen Schilde vor den Mund und riefen ihren andringenden germanischen Vettern den germanischen Schlachtgesang ent- gegen:

„Halle, du hohler,
Schirmender Schild,
Schalle du schrecklich, — Schlachtgesang!
Mit uns alle
Asen von Asgardh!
Woban, du wilder, wüte für uns!

Schlage mit Schrecken
Freißlich die Feinde —
Sende, Siegvater,
Deinen Söhnen den Sieg!"

Sie waren es schon gewöhnt, — seit gar vielen
Schlachten — diese Söldner, daß ihnen auf solches Anrufen, fast ganz ähnlich dem eigenen, der Schildgesang
ihrer Feinde entgegenklang.

Und also tönte das Kampflied der Alamannen:

"Fülle uns völlig,
Asiicher Ahnherr,
Tius, mit trümmerndem Trotz!
Lenk' uns die Lanze
Durch Harnisch und Helm,
Brich durch die breiten
Brünnen ihr Bahn, —
Schärfe die Schwerter uns,
Spitze die Speere,
Send' uns den Sieg."

XXI.

Aber bald verstummte der Gesang der angreifenden
Alamannen. Der Zorn, der Grimm erstickte ihnen die
Lust dazu: denn abermals fielen sie in dichten Haufen!
Hatten sie den weit überlegnen Waffen doch wieder nur
die nackte Brust, den Speer, oft ohne Metallspitze nur im
Glimmfeuer hart gebrannt, und freilich auch ihr todes-
freudiges, blind anstürmendes Heldentum entgegenzuwerfen.
Der ungleiche, verlustreiche Kampf reizte ihren Zorn zu
furchtbarer, wild aufflammender Wut. Sie übertraf jetzt,
was man sonst an Germanen gewohnt war: ihr langes

Haar, nach suebischer Sitte gegen den Wirbel empor-
gekämmt und in einen Büschel zusammengebunden, schien
sich zu sträuben, aus ihren Augen sprühte der blaue Zorn.

Immer und immer wieder führten Chnodomar und
die Könige, zu Fuß kämpfend an der Spitze des Keils,
neue Haufen gegen den Lanzenrechen, der ihnen aus der
Schildmauer entgegenstarrte. Unablässig sprengte Merowech
mit den Reitern immer wieder von der Westseite her an;
so viele der Rosse auch, getroffen von den mörderischen
Pila, welche die zweite und die dritte Reihe der Feinde
über ihr erstes Glied hinwegschleuderten, die Böschung der
Hochstraße hinab in den Graben und auf das Getreidefeld
stürzten.

Julian hielt neben Jovian in der Mitte des Vierecks.
„So was," flüsterte er dem Freund ins Ohr, „so was
von Wildheit, von Todesmut hatte ich nicht für möglich
gehalten. Ich meine, unsere Braccati da vorn erschlaffen.
Sie halten es nicht mehr lange aus. Dann —"

„Dann ist's zu Ende. Denn, reite ich auch sofort ab:
— ich habe nicht mehr Zeit, unsere letzten Treffen heran-
zuholen." — „Die Bataver, meinst du? Dahinten!" —
„Jawohl! Wir würden sie jetzt brauchen. Du hast sie
— zum Schutz des Gepäcks — zu weit zurück aufgestellt."
— „Sie sollten — mit der Legion der Primani — der
allerletzte Rückhalt sein: — für den äußersten Fall, für
die letzte Not . . ." — „Ich glaube, die kommt eben jetzt.
Sie übersehen ja unsere Lage von ihrer erhöhten Stellung
aus: — o wenn sie doch auf den Einfall kämen, ungerufen
herbeizueilen!" — „Ich hab' es ihnen aber streng verboten. Sie dürfen nicht." — „Gieb acht, Julian! Sieh
dort hin! Links! Da bricht's!" Wirklich, es brach! Die
unablässig mit Schwert und Streitaxt geführten Hiebe
hatten endlich bei den keltischen Braccati in die erste Reihe

der Schilde eine Lücke gerissen: zwar hatten sie Mannschaften aus dem zweiten Gliede sofort gefüllt: aber auch
diese waren alsbald teils verwundet, teils gefallen. Aus
dem dritten — letzten! — Glied traten nun vier Mann vor.

Ein riesenlanger Alamanne, reicher als die meisten
gewaffnet, sah's, daß hinter diesen kein viertes Glied mehr
stand. Unermüdbar hatte er mit einem Steinhammer
Schild auf Schild, Helmkamm auf Helmkamm vor sich
nieder gehämmert: jetzt, bei einem neuen furchtbaren Hieb,
brach ihm der Schaft in der Faust. Mit einem Fluch
warf er das wertlose Holz zur Seite und reckte sich hoch-
auf: „ei, Donar und Tius, ist's noch nicht genug? Gleich
kann ich nicht mehr! Ich blute schon lang aus beißenden
Wunden, — weiß nicht, wie vielen! Ich mach' ein Ende —:
ich schwur's! — ich halt's! — Gebt Raum, Genossen!
Und dann brecht ein, wo ich euch ein Loch mache."

Ruhig, gemessenen Schrittes ging er nun etwas zurück,
guten Anlauf zu nehmen. Dann rannte er, völlig waffen-
los, mit lautem: „Jetzt habt acht!" auf die Reihe der
Braccati los, setzte mit gewaltigem Sprung über die beiden
Vordersten im ersten Gliede hinweg, so daß er hinter ihnen
zu Boden kam, wandte sich blitzschnell, packte je einen mit
dem Arm um die Mitte und warf sich mit ihnen, mit dem
Antlitz nach vorn, auf die Erde. Im Augenblick war der
Liegende von den Speeren der Nebenmänner durchbohrt.
Aber im selben Augenblick waren auch schon mit dem Ruf:
„Heil König Agenarich!" — zwei, vier, sechs Alamannen
in die klaffende Lücke gesprungen und stießen nun seitwärts
mit den Kurzschwertern die nächsten nieder. — —

Die Reihe der Braccati war gesprengt.

Und zu gleicher Zeit hatte Merowech beim fünften
Anreiten von Westen her endlich sein blutend Roß in die
vorderste Reihe der Cornuti getrieben, sie auseinander

zwängend. Wohl fiel sofort das edle Tier, von beiden
Seiten von Speeren getroffen: aber wie er aufsprang,
rief ihm eine junge Stimme von rückwärts her zu: „All
heil, lieber Herr, hier ein frisch Rößlein." Und Friedibert
schob ihn von seinem Gaul herab eines der vielen reiter-
losen Pferde zu. Sofort saß der Königssohn wieder und
hieb auf die nun ebenfalls durchbrochne Reihe der Cornuti
ein. Noch einmal schlossen diese kampfverwetterten Söldner
sich zusammen. Hoch hielt Voconius, der Fahnenträger,
sein zerfetztes Zeichen: im rechten Arm verwundet nahm er
es in die linke Hand, schwang es in die Luft und rief:
„und doch siegt der Cäsar!" Einer ihrer Befehlshaber,
bisher im dritten Gliede stehend, erkannte die hohe Gefahr des Augenblicks: er raffte Schild und Speer eines
vor ihm Sinkenden auf und sprang über ihn hinweg in
die vorderste Reihe: „Steht, Cornuti," rief er, „man
stirbt nur einmal."

Da riß ihm ein Wurfspeer den hochgeschweiften Römer-
helm mit den Wangendecken vom Kopf: eine Flut rot-
blonden Haars floß auf seine Schulter.

„Bainobaud! Kinderschlächter! Hab' ich dich!" rief
Merowech, spornte den Hengst gegen ihn und spaltete ihm
mit einem zornigen Streich Haupt, Antlitz, Kinn und
Hals. Der fiel: seine Nächstkämpfer wandten sich entsetzt
zur Flucht.

XXII.

Nun war das Verderben dem jungen Cäsar sehr, sehr
nah gerückt.

Zwar noch in ziemlich leidlicher Ordnung, aber doch

ohne Möglichkeit, wieder festen Fuß zu fassen, wichen rascher die Braccati, langsamer auch die Cornuti die Römerstraße zurück, hart gedrängt von den Germanen, die, nach so furchtbarem Ringen, nun sich der Rache an den Weichenden ersättigen wollten.

„Rette dich, Julian," rief Jovian dem Freunde zu. „Ich halte die Verfolger auf! Der Cäsar darf nicht fallen in Barbarenhand." „Das wird er nicht," erwiderte ruhig Julian, das Schwert ziehend. „Aber noch leb' ich: noch hoff' ich auf den unbesiegten Sonnengott. Jetzt" — er wandte die Augen auf die Sonne, die sich gemach zu Golde neigte, „jetzt zeige, daß du, der einzig wahre Gott, lebst und siegst. — Schicke — schicke du, o Helios, — es ist zu spät, sie zu rufen! — schicke mir die „Bataver."

Kaum hatte er das Wort gehaucht, — da erdröhnte weithin das Gefild von dem Jauchzen der hartbedrängten Römer: „Die Bataver! Die Bataver! Mit ihren Königen! Wir sind gerettet! Dank Christus! Dank den Göttern! Die Bataver! Die Bataver!" Und so war es. In dröhnendem Sturmschritt, mit dem lauten germanischen Kampfruf — dem eignen Namen: „Bataver! Bataver!" — mit fliegenden Fahnen kamen diese über viertausend Mann frischer Truppen — erlesne Kernscharen — wie eine Sturmflut von Erz die Legionenstraße herab. Das weichende, halb aufgelöste zweite Treffen der Römer fand hinter ihnen Aufnahme, Sammlung, Rettung.

Klirrend, die ehernen Schilde dicht aneinandergedrängt, mit weit vorgehaltnen Speeren, stießen die Bataver auf die nachsetzenden Alamannen. Diese, die gewaltigen Leiber von dem stundenlangen Kämpfen in der glühenden August-sonne erschöpft, vom hoch aufwirbelnden Staub erstickt, vom brennenden Durste gepeinigt, die meisten bereits ver-

„Er, der beffer fein will als feinesgleichen," schloß Grimmbrand.

———

Und jetzt kam er, der letzte, der furchtbarste Stoß, die äußerste Anstrengung der Germanen: es war faft fieben Uhr: die Sonne fank: fünf Stunden hindurch hatten fie in unabläffigem Angriff ihr Beftes verfucht.

Nun führten Chnodomar, Merowech und die noch un= verwundet übrigen von den fieben Königen jene von dem Bataver künftlich aufgefparte frifche Schar und dahinter fo viele von den erfchöpften, fieberheißen, wunden Flüchtlingen, als fie wieder hatten zum Stehen bringen können, zum letzten Sturm auf die Römer heran. Vorauf die Führer zu Pferd, dicht hinter ihnen ihr berittenes Gefolge, und die Reiter, die wenigen, die noch übrig waren nach jenen unaufhörlichen Angriffen. Hinter den Reitern, dicht ge= fchloffen, die Keilhaufen des Fußvolks, die frifchen Mann= fchaften vorn, die ermüdeten am Schluß, jeder Keil mit zwei Mann beginnend, dann drei, vier, fünf Mann, zuletzt zwölf oder fo viel die Breite der Straße irgend verftattete, in einer Reihe, dahinter ein neuer Keilhaufe, in gleichem Anfchwellen nach rückwärts.

Unwiderftehlich — fo fchien es — brauften die Reiter heran. Aber die Maffen des Fußvolks hatten einen all= zulangen Weg, einen allzubefchwerlichen, zurückzulegen: die Leichenhügel fperrten ihre Schritte: langfam nur, obwohl fie liefen, kamen fie vorwärts: — erft lange nach den Reitern erreichten fie den Feind. Merowech und Chnodomar fprengten neben einander allen voran.

Sobald jenen die Könige der Bataver erblickten, jagten fie alle vier auf ihn los: „Nieder der Merowing!" riefen fie. Zwei ihrer Wurffpeere flogen: den einen fing Merowech mit dem Schild, den zweiten fchlug er mit einem neuen

Speere zur Seite, den er gleich darauf dem nächsten Feind
zur Rechten in die Brust rannte: es war Chramn: der
schrie vor Wut und taumelte vom Gaul. Allein schon
schwang auf des Jünglings Schildseite, über seiner Sturmhaube, Guntchramn das kurze Beil: scharf ersah's Friedibert,
der hart hinter dem Herrn hielt: er gab seinem Hengst die
Sporen, daß er fast senkrecht stieg, und warf das Tier so
wuchtig auf den Feind, daß Reiter und Roß zusammen-
brachen und, sich überschlagend, die Böschung der Straße
hinabrollten. „Dank, Friedibert!" rief der Königssohn.

Nun waren Truchtbrecht und Grimmbrand heran.

Merowech warf dem ersten den Speer gerade in die
Stirn, daß er rücklings aus dem Sattel flog: aber der
vierte Gegner schlug ihm einen sausenden Schwerthieb durch
die zerklirrende Sturmhaube tief in den Schädel, zugleich
traf ein Wurfspeer sein Pferd in den Hals: hoch sprang
das Tier: noch einmal ward des Jünglings hohe schlanke
Gestalt weithin sichtbar Feind und Freund: im Abendgolde
glänzten nochmal die flatternden goldnen Haare: — dann
verschwand er spurlos im blutigen Staube: — und über
ihn ging der Reiterkampf dahin.

„Herr, lieber Herr," rief Friedibert, sprang vom Sattel
und wollte dem Gefolgsherrn aufhelfen. Aber ein römischer
Fußkämpfer schritt gerade auf ihn zu, weit ausholend mit
dem Wurfspeer: sofort zielte und warf auch Friedibert.
Keiner der beiden dachte an Deckung. „Christus siegt!"
rief der dunkeläugige Römer. „Frô befreundet mich!" rief
der Germane. Beide trafen: lautlos stürzten beide, den
Speer des Gegners in der Brust.

Mit einem Schrei des Grimms hatte Chnodomar den
Freund fallen sehen, rasch warf er sich auf den letzten der
vier Bataverkönige: — ein zorniger Schwerthieb und
Helm und Haupt waren ihm gespalten. „Hei, sie schneidet

ohne die Möglichkeit eines geordneten Rückzugs, ohne Aufnahme durch einen Rückhalt, nur noch auf dem Fleck sterben
oder in ordnungsloser Flucht irgendwohin in Verzweiflung
ausbrechen konnte, — so erging es nun auch diesem letzten
Keilstoß.

Der wütige Ansturm war gestockt, damit das Gefährlichste von den Römern bestanden: mit wachsender Sieges-
zuversicht streckten sie nun jeden vordersten Angreifer nieder:
zwar stiegen über die Leichen der Erschlagenen, über die
dichte Schicht der Verwundeten hinweg unerschrocken die
nächsten Reihen des Keils: aber längst waren die Vordersten,
Kühnsten, Besten gefallen, die Könige verwundet, die edeln
Gefolgsherren lagen in dichten Reihen ihrer Gefolgen.
Schmerz, Verzweiflung ergriff die Gemeinfreien um die
haufenweise hier tot, röchelnd, sterbend liegenden Führer:
das Übersteigen über so viele Helden lähmte sie mit Entsetzen. Sie sahen Merowech, Chnodomar, Ur, Ursicin,
Hortari tot oder verwundet stürzen. — —

Und nun — nun vollends schmetterte in ihrem Rücken
der wohlbekannte Ton der römischen Tuba!

Jovian hatte im Auftrag des Cäsars die ganze Nachhut des linken römischen Flügels abgerufen von der Verfolgung der hier langsam weichenden Alamannen und
führte sie in geschlossenen Reihen von Norden und Westen
her dem verzweifelt ringenden Keil in Flanke und Rücken.

Da war alles aus!

Da kam der Augenblick des rettungslosen Untergangs
auch für diesen germanischen Keil: erschöpft bis aufs äußerste,
jeder Hoffnung bar, jeder Führerschaft entratend, stoben
sie in blinder, besinnungsloser, zielloser Flucht davon, nach
rückwärts, nach dem Rheine zu — und so in das sichere
Verderben!

Die Legion der Primani, dieser „eherne Turm“, bisher

unbeweglich, setzte sich nun in furchtbare Bewegung, öffnete die Vorderglieder, ließ die Hinterreihen durch, zog sie auch auf beiden Flanken vor, faßte so die Weichenden in breitester Front und überflügelte sie von beiden Seiten. Vom Rücken her fielen Jovianus und Severus die Durcheinanderwogenden an.

Endlich hatte sich auch die römische Reiterei von ihrer Bestürzung erholt und hieb, von Julian herbeigerufen, zu beiden Seiten der Straße nach.

Wie schwimmende Matrosen eines gescheiterten Schiffes, der Wut der verfolgenden See zu entkommen, flohen die Alamannen nach jeder freien Richtung auseinander. Aber bald sperrten die hoch aufgetürmten Schichten ihrer eigenen Erschlagenen den Fliehenden den Weg: ohne Widerstand töteten die Verfolger vom Rücken her die von Schreck Betäubten. War das Schwert krumm gebogen, stießen sie die Barbaren mit ihren eigenen massenhaft umherliegenden Speeren nieder. Keinem um Gnade Flehenden ward das Leben geschenkt: die Sieger waren von Mordlust, von Rachgier wie berauscht; die Balken der Wurfgeschütze rissen vielen Flüchtlingen von hinten her die Köpfe ab, daß sie nur noch an der Kehlhaut mit dem Rumpfe zusammenhingen. Hunderte waren auf dem vom Blut der Waffenbrüder schlüpfrigen Boden ausgeglitten und, unverwundet, von den Haufen der über sie Hinstürzenden erstickt. Immer eifriger, jauchzend vor Mordgier, setzten die Römer nach, auf schimmernde Helme und Schilde mit Füßen stampfend und niederstreckend, was sie erreichten, bis die Schneiden erstumpften unter den zahllosen Hieben.

Der Cäsar führte selbst die Verfolgung an der Spitze seiner Reiter bis an den Rhein. In diesem suchten die zu Tode Gehetzten letzte Rettung und Zuflucht: zu vielen Tausenden warfen sie sich hinein; manche gelangten, indem

Römers Bruſt: — ein Blutſtrom brach ihm aus dem
Mund: — er war tot; wie ein Freund umfaßte er deſſen
Bruſt mit beiden Armen. Der atmete ſchwer. Aber noch
im Todesröcheln ſprach er betend vor ſich hin: „Chriſtus
lebt. Chriſtus ſiegt. Liebet eure Feinde, thuet wohl
denen, die . . . Mein Erlöſer nimm meine Seele, in deine
Hände empfehl' . . . — und ach! meinen armen Vater!"
Und er ſtarb. Bruſt an Bruſt lagen die beiden, im Tode
verſöhnt.

———————

Aber nicht überall ging es ſo friedlich zu Ende auf
dem Schlachtfeld. Die römiſchen Troßknechte, großenteils
Sklaven, hatten, ſobald ſie von weitem die Flucht der
Feinde wahrgenommen, in hellen Haufen die im Rücken
der Primani aufgefahrnen Gepäckwagen verlaſſen und ſich
über das Kampfgebiet verſtreut, die Toten, Freund und
Feind, plündernd, ausraubend, auch wohl gelegentlich
einem Verwundeten, der ſich nicht berauben laſſen wollte,
mit raſchem Meſſerſtoß den Garaus machend. Sogar bis
in die Nähe des Cäſars hin hatte ſich ſolch Raub- und
Mordgeſindel gewagt: — wiederholt hatten ſeine Leibwächter die Scheuſale aufgeſcheucht bei ihrer Arbeit. Jetzt
ritt Julian, nachdem er die letzten fliehenden Feinde in
dem Rhein oder in der weiten dunſtigen Ferne hatte ver-
ſchwinden ſehen, langſam über das Schlachtfeld zurück.
Er hatte befohlen, Zelte aufzuſchlagen, um hier zu übernachten.

Wie er ſich der Stelle näherte, wo auch Friedibert und
Renatus lagen, ſah er von weitem, wie zwei verdächtige
Geſtalten ſich an den hier maſſenhaft gehäuften Gefallenen
zu ſchaffen machten. Er glaubte zu ſehen: aus der Mitte
der am Boden Liegenden fuhr — wie zur Abwehr — ein
weißer Arm empor. Mit lautem Zornruf ſprengte der

Cäsar, gefolgt von Jovian, auf die Gruppe zu: die Plün-
derer flohen.

Julian, nun zur Stelle, hielt den Zügel an: vor ihm
lag, den Kopf auf dem Bug des toten Rosses, ein junger,
schöner Germane; das lange blonde Haar vom getrockneten
Blut zusammengeklebt: der Jüngling riß die Augen weit
auf: er sah gerade nach Westen in die soeben versinkende
Sonne, die ihre letzten Strahlen noch schräg aufwärts
warf. Teilnehmend beugte sich der Cäsar über die vornehme Gestalt, die hier zuckte. Aber wie groß war sein
Erstaunen, als der Germane, der an ihm vorbei immer
in die Sonne blickte, — offenbar im Wundfieber — in
griechischer Sprache die Worte sprach: „O Helios, unbesiegter Sonnengott! — So nimm mich denn mit dir
hinab!"

„Was ist das?" rief Julian, sprang vom Pferd und
richtete das schwer atmende Haupt sanft empor. „Ein
Grieche? Helios — meinen Helios! — ruft er an? Auf,
Freund! Helios hat dich gehört! Sein treuester Priester
kniet bei dir! Du sollst nicht sterben!"

— — —

XXIV.

An Lysias, seinen teueren Lehrer, Flavius Claudius
Julianus (den die Seinen „Alamannicus" nennen, was
doch nur dem Imperator zukommt).

Sieg! Sieg! Jo triumphe, mein Lysias! Hier schicke
ich dir — neben diesem Brief, gesondert — die genaue
Schilderung meines großen Sieges über die Alamannen,
den mir — nahe Straßburg — die gnädigen Götter

geschenkt haben. Es ist ein Teil meiner Kommentarien: denn ich habe beschlossen, dem göttlichen Julius auch darin nachzueifern, daß ich meine „gallischen Feldzüge" selbst beschreibe. Der Lorbeer des Feldherrn genügt mir bei weitem nicht! Viel, unendlich mehr reizt mich der des Schriftstellers! Ja, ich bilde mir viel mehr ein auf diese Schilderung meines Sieges, als auf den Sieg selbst. Noch in späten Jahrhunderten sollen die Feldherren und die Gelehrten sich um mich streiten, sollen jene mich als Helden, diese als Schriftsteller höher stellen, und die staunende Menschheit soll sagen: „mancher war groß mit dem Schwert, mancher groß mit dem Griffel: — so groß wie Julianus mit beiden war keiner."

Du merkst dieser Sprache lebhafteste Bewegung an: ja, es ist wahr! Dieser wunderbare Erfolg, den mir handgreiflich die Götter wie verkündet, so verwirklicht haben, erhebt mein ganzes Wesen in nie gekannte Höhen stolzester Zuversicht: ja, ohne Zweifel weiß ich fortan: ich bin der erlesene Liebling der Götter, zu Großem ausersehen. Hab' ich das doch schon erreicht mit sechsundzwanzig Jahren! Größeres noch würde ich planen und erreichen: — nicht nur der Rhein, auch der Tigris harrt seines Befreiers und — die Götterwelt ihres Erneuerers auf Erden! Aber für immer schließt mich von solch' kühnem Aufflug zur höchsten Sonnenhöhe des Ruhmes aus — Constantius und mein Eid der Treue, der furchtbare, den ich niemals brechen werde.

Und falls er vor mir sterben sollte — er kränkelt viel, schreibt Philippus — ist mein Nachfolger schon im geheimen ernannt: Senat, Papst, Episkopat, alle Feldherren aller Heere außerhalb Galliens, die Präsidenten der Provinzen außer Gallien sind bereits im geheimen gewonnen für den neuen Imperator. Philippus konnte den Namen nicht erforschen (man flüstert, es sei ein Verwandter des Eusebius).

Also auf den Thron und alles, was sich von ihm aus bis an die Sterne emporbauen läßt, muß ich ja verzichten: — Helios weiß, ich habe nie danach getrachtet! — Aber was ein bloßer Cäsar erreichen kann, — das will und werde ich erreichen, dem Staate zum Heil und ganz ebenso — (es liegt mir wahrlich nicht minder am Herzen: das vertraue ich aber nur dir) — mir zum unauslöschlichen Nachruhm!

————

In dem stolzen Gefühl, ja in dem Rausche des errungenen Sieges — des größten, der seit vielen Jahrzehnten über Germanen erfochten worden ist! — ließen sich manche meiner Scharen zu einer Unbedachtheit hinreißen, die mir das Leben kosten konnte, erstickte ich sie nicht rasch im Keime schon.

Als die Verfolgung eingestellt war und ich vom Rheine her auf das Schlachtfeld zurückritt, wo ich das Heer den Abendschmaus nehmen und übernachten hieß (nachdem ich vorsichtig, Frontins Mahnung eingedenk: die Stunden gleich nach dem Siege seien die gefährlichsten, weithin Ketten von Wachtposten gezogen hatte) — stieß ich auf die wackeren Primani. Diese (nicht barbarische Söldner), römische Kern-scharen, in deren Mitte ich den letzten verzweifelten Anfall des »furor teutonicus« ausgehalten hatte, begrüßten mich mit dem unheilvollen Zuruf „Macte Imperator! Macte Auguste." Ich erschrak bis ins Mark: — viel mehr erschrak ich, als da der rote Riese mich mit seinem furchtbaren Schwertstreich schier vom Gaule schmetterte. Erfährt Con-stantius durch ein Lüftchen nur einen Hauch von diesen vielen tausend Rufen, so bin ich verloren und Helena und

unſer Glück und all' mein junger Ruhm und ſeine Zukunfts-
hoffnung.

In ungeheucheltem Entſetzen (— das wirkt doch immer
mehr als die beſte rhetoriſche Mache! —) winkte ich mit
beiden Händen haſtig den lieben Thoren ab und laut
rufend (— ja ſchreiend, auf daß es alle Späher des Conſtantius hören mußten! —) wies ich den Unfug zurück
und beteuerte, ich verabſcheue ſolches. Ja, ich ſchwor, daß
ich dergleichen niemals wünſchen, hoffen, dulden werde.
Ich ſchwor es — leider! — bei „Chriſtus dem Herrn!"
— Vergieb mir, Helios, unbeſiegter Gott! Nun rufen ſie
mir, wann ich an ihnen vorüberreite, mit halb verhaltner
Stimme zu „Alamannice!": — auch das dürfte der Auguſtus nicht hören. Nur ihm ſind ſolche Siegernamen
vorbehalten. Daher heißt er „Gothicus, Sarmaticus,
Parthicus, Perſicus, obwohl . . . — nun Helios, der
All-Sehende wird wiſſen, warum. Ich weiß es nicht."

––––––––

Einen hochwertvollen Gefangenen haben wir! Jovian
hat ihn ſoeben eingebracht: Chnodomar, den Oberfeldherrn
der gegen uns Verbündeten. Der Gewaltige auf ſeinem
roten Hengſt war bei ſeinem letzten Reiterangriff bis zu
mir durchgedrungen: ich fiel faſt vom Roß unter der Wucht
des auf meinen Schild geführten Streiches: — aber
Pallas die Beſchilderin hat mich gerettet: an ihrer Meduſe
auf dem Buckel meines Schildes brach des Rieſen Schwert.
Gleichzeitig ward er, ſcheint's, verwundet. Seine Gefährten
retteten ihn aus dem Getümmel. Sie flüchteten, wie die
meiſten, dem Rheine zu, ſie ſuchten nach Kähnen: — auf
dem Schild den Strom durchſchwimmen konnte der Betäubte
nicht. Während ſie am Ufer hinritten, umſonſt nach
Schiffen ſuchend, den ſumpfigen Altwaſſern ausweichend,

stürzte sein Pferd auf schlüpfrigem Moorgrund und begrub den wuchtigen Körper im Fall. Er raffte sich auf und eilte nun, an dem Übergang über den Fluß verzweifelnd, die sumpfige Niederung meidend, auf einen nahen bewaldeten Hügel zu, hier Verborgenheit zu suchen. Allein im letzten Abendschimmer erkannte die hohe, seine Gefährten überragende Gestalt in der Verfolgung anderer Haufen der kluge Jovian. Sofort setzte er dem fliehenden König nach, umstellte das Gehölz mit einer ganzen Kohorte und machte sich auf einen harten Strauß gefaßt. Denn er wußte, die Gefolgen würden Leben und Freiheit ihres königlichen Herrn bis aufs äußerste verteidigen. — Aber es kam anders: nach kurzer Frist, als sich die Unsern anschickten, in das dunkle Waldesinnere zu bringen, trat der König, zu Fuß, daraus hervor, langsamen Schrittes, das trotzige Haupt auf die Brust gesenkt, ganz ohne Waffen, nur sein Schwert, eine Handbreit hinter dem Griff abgebrochen, hielt er krampfhaft in der Rechten.

So schritt er auf Jovianus zu: „genug!" — brachte er mühsam hervor — „es ist aus! Alles aus! Es giebt keine Götter, es giebt auch keinen Donar. Es ist alles gleich. Führe mich zu dem Cäsar."

Während Jovian noch staunte über diese Sinneswandelung bei dem fürchterlichen Schlacht-Riesen, traten auch die Gefolgen aus dem Waldversteck hervor: ihr Herr habe ihnen verboten, zu fechten, sie wollten sein Schicksal teilen: sie legten die Waffen nieder und ließen sich willig binden. Seltsame Leute, diese Germanen, nicht? „Sie nennen's Treue," sagt Tacitus in ähnlichem Fall von ihnen.

Wie groß war mein Erstaunen, als in mein Feldherrnzelt, wo mich meine Befehlshaber glückwünschend umringten, Jovian beim Fackelschein seinen gewaltigen Gefangenen führte! Ich sprach ihn freundlich an, versicherte ihn seines

Lebens, wenn ich ihn auch dem Imperator zusenden müſſe nach Rom. Bleich, ohne eine Miene zu verziehen, ohne ein Wort hörte er mich an: endlich betrachtete er noch einmal mit ſtarrem Blick den Schwertſtumpf in ſeiner Fauſt und warf ihn dann auf den Teppich zu meinen Füßen: „es iſt aus. Alles iſt gleich. Es giebt keine Götter, auch Donar iſt nicht. — Laßt mich ſchlafen . . . ſchlafen!" Und mit einer müden Handbewegung griff er an die Stirn, wo ich nun eine mächtige, blutunterlaufene Beule wahrnahm. Er ſchloß die Augen, als wolle er im Stehen einſchlafen.

Ich entließ ihn; ich höre, er ſchläft faſt ununterbrochen; wacht er auf, ſo ſtöhnt er: „es iſt alles gleich auf Erden; es giebt keine Götter," wendet ſich auf die andere Seite und — ſchläft weiter; ›morbus veternus‹, „Schlafſucht", nannte es achſelzuckend Oribaſius, den ich zu ihm ſandte, ein träumeriſches Brüten. In einigen Tagen ſchick' ich ihn, zuſammen mit den wertvollſten Stücken aus der Beute, an den Imperator. Sonſt haben wir nicht viele Gefangene gemacht: von den übrigen Königen iſt einer gefallen: die fünf andern ſind, ſchwer verwundet, entkommen; keiner wich vom Schlachtfeld, ſagen die Gefangenen, ſolang er den Arm heben konnte; die Unſrigen ſchwelgten im Schlachten, daß mir graute. Sechstauſend tote Feinde haben wir auf dem Schlachtfelde gezählt und fromm be- ſtattet: unzählbar ſind die Haufen, die der Fluß verſchlang. Unſer Verluſt iſt erſtaunlich gering: in dem fünfſtündigen Kampfe nur zweihundertſechsundvierzig Tote: — dank unſern undurchdringbaren Schutzwaffen! — und etwa neun- hundert Verwundete.

———

XXV.

Ich kam einige Tage, ja Wochen nicht zum Schreiben, das heißt an dich: denn an die geliebte Frau (— ach, daß ich auch jetzt nicht in ihre Arme fliegen darf! —), an den Imperator, an Ammian hatte ich zu schreiben vollauf. Aber nun habe ich dir etwas höchst Wunderbares zu berichten!

Denke nur: auf dem Schlachtfeld habe ich gefunden und gewonnen ein staunenswertes Kleinod: einen Freund! Nicht einen Römer — einen Barbaren! — Aber was sage ich? Einen Barbaren, der an Begabung des Geistes nicht nur, der an philosophischer, an religions-wissenschaftlicher Bildung die meisten Römer, ja sogar Griechen übertrifft!

Ein philosophierender Germane! — Vor kurzem lachte ich noch über die ungeheuerliche Vorstellung. Aber ich lache nicht mehr: ich staune! — Ja, es wird mir seltsam zu Sinn. Ich erfahre so vieles durch meinen lieben Gefangenen über seine Stammgenossen, ihre Wandlungen in den letzten Menschenaltern, über die Gründe ihrer Handlungsweise, über ihre Pläne für die Zukunft, daß ich gar manches von meinen Ansichten über sie, von meinen Würdigungen ihrer Art und ihrer Bedeutung für uns umgestalten muß. Ich habe sie doch — vielleicht! — unterschätzt, diese Barbaren!

Du frägst zweifelnd, wer dieser Wundermann sei? Wie er heiße? Ja, schon mit dem Namen beginnt das Wunder. „Merowech" oder „Serapio" heißt er. Mit fünfzehn Jahren gab der Vater, ein Gaukönig der Bataver (entstammt von jenem Claudius Civilis), den Knaben als Geisel Constantin: der gewann ihn lieb, ließ ihn mit römischen Senatorensöhnen erziehen in aller Philosophie und Mystik und aller Wissenschaft der Galiläer, der Griechen, der Ägypter. Der Jüngling, voll Eifer für diese Dinge, ward (— lange vor mir —) zu Nikomedia Hörer, vertrauter Schüler des großen Aedesius, des Maximus. Eingeweiht in die heiligen Mysterien am Nil, die ihn lange fesselten, nahm er, zwanzig Jahre alt, — Serapis zu Ehren — den Namen „Serapion" an.

Allein dieser merkwürdige Geist (— mir ist dergleichen noch nicht vorgekommen: — das muß echt germanisch sein! —) fühlte sich zuletzt wie nicht durch die Lehre des Galiläers und die kindlichen (vergieb!) alten Götter, so auch nicht durch alle Philosophen Griechenlands und nicht durch die Mystik befriedigt: auch die ägyptischen Geheim= lehren warf er zur Seite. Und die letzten Jahre hat er unter unsern Fahnen gefochten, bald gegen Perser und Parther am Tigris, bald gegen Sarmaten und Jazygen am Ister: nur gegen seine Stammgenossen — die Franken — nicht fechten zu müssen hatte er sich ausbedungen.

So lernte er auch römische Kriegführung und Feld= herrnschaft: — zu unserem schweren Schaden! Denn heim= gekehrt zu dem alten Vater riß er seinen Gau (— den einzigen von den batavischen —) zum Kampfe gegen uns fort und ward neben, ja vor dem kraftvollen, aber plumpen Chnodomar die Seele, der leitende Geist der Kriegführung gegen mich. Schon bei Köln, dann bei Sens machte er mir gewaltig zu schaffen: und hätten neulich bei Straßburg die Germanen gesiegt (— zweimal sah es ganz danach aus! —), so wäre das ausschließend sein Verdienst gewesen.

Nach der Schlacht konnte ich dem Verwundeten das Leben retten: — Mörder wollten ihn töten und berauben. — Daß er in der Sprache Homers fiebernde Worte an „Helios" richtete: — das hat ihn gerettet. Er ist nun mein Heliodor, mir von Helios geschenkt.

Oribasius gelang es, ihn herzustellen. Aber ich selbst pflegte ihn mit liebender Hand — der schöne, kluge Jüngling (er ist aber sieben Jahre älter — und um noch viel mehr Jahre weiser denn ich) zog mich lebhaft an. Und so geschah's, daß in den vielen, vielen Stunden, die ich diese Monate an seinem Lager verbrachte, der Cäsar und der germanische Königssohn eine Freundschaft schlossen, — so innig, so schön, so edel durchgeistet, wie sie den Cäsar noch mit Griechen und Römern nie verband.

Du bist ja mein Lehrer und so viel älter: so scheidest du, wie ein höheres Wesen, aus der Reihe der Vergleichbaren. Jovian, der Wackere, Gutherzige, erträgt meine neue Freundschaft ohne Eifersucht: er fühlt, er begreift: mich verbindet mit diesem germanischen Zweifler der Hang zu Forschungen (zu „Grübeleien", wie Jovian schilt), die er weder teilt noch beneidet. „Was ich dir bin," meinte er neulich treuherzig, mir die Hand reichend, „kann dir kein andrer sein. — Und was dir Serapion ist, — nicht Jovian." So vertragen wir uns alle drei ganz prächtig.

Serapion empfindet — nur allzu überschwänglich! — mir gegenüber die Schuld des geretteten Lebens: — oft kommt er darauf zurück! Er verlangt immer und immer wieder, mir zu danken. Neulich nun nahm ich ihn beim Wort. Ich müßte ihn . . . (— streng genommen: — denn er ist, wenn nicht mein vornehmster, mein wichtigster Gefangener —) ich müßte ihn wie jenen Chnodomar dem Imperator einsenden. Selbstverständlich thu' ich es nicht. Denn entdeckt man dort am Hofe dieses Mannes hervorragende Bedeutung, so hilft ihm meine Fürsprache recht wenig: — sie schadet ihm nur: — er verschwindet!

Andrerseits kann ich ihn nicht frei zu den Seinen entlassen, wie er wohl wünschte. Denn er selbst räumt ein, dann werde er wieder fortgerissen werden zu dem Kampf gegen uns, den er für notwendig hält, nicht für Übermut seiner Stammgenossen. Wir sannen lange hin und her, wir stritten, wir suchten gemeinsam nach einem Ausweg. Denn diesen Mann von seinem Volke losreißen für immer, ihn ganz zum römischen Waffendienst verpflichten wie viele tausend andrer Germanen, — das ist unmöglich: ich seh' es ein.

Endlich kam er eines Tages — an dem ersten, da er das Lager verlassen konnte — zu mir und sprach: „Laß uns einen Vertrag schließen. Und dieser Jovian hier" — er brachte ihn mit — „soll dein Bürge sein: du oder dein Imperator ihr könntet mich ja töten. Ich bin als kriegsgefangen euer Sklave. Ich schulde dir also etwas für das geschenkte Leben. Wohlan: ich verspreche, solang du Gallien verteidigst, o Julian, nicht gegen euch zu kämpfen. Ja, ich will dir überall hin folgen, dir dienen mit Rat und Schwert: — aber nicht gegen Germanen."

„Oho!" sagte ich lächelnd, „du gehst noch weiter als Berung." — „Versteh' mich recht. Es mag die Zeit kommen, da wir Franken wieder mit Alamannen oder Sachsen ringen müssen." — „Um was?" — „Um Gallien." — „Nicht übel! Um mein Gallien." — „Ebendeshalb. — Vor allem muß es euch abgenommen sein: dann mag das Schwert über eure Erbschaft entscheiden! Aber das hat, fürcht' ich, noch gute Wege. Und — ich schmeichle keinem, auch dir nicht, eitler, lobdurstiger Freund — aber so lange du Gallien verteidigst, — ich hab' es gelernt! — ist für die Meinen keine Hoffnung. Ruft jedoch dich, — gegen den ich nicht fechten kann, darf, will, der Imperator ab . . ." „Oder der Tod," fiel ich ein . . . — „Dann will ich, muß ich meinem Volke wieder Führer sein auf seinem notwendigen Wege: — dem nach Gallien. Schließ' ab, o Freund Julian, unter dieser Bedingung. Denn wisse wohl: unter

keiner andern kannst du mich halten. Du hast erklärt, du
kannst es nicht verantworten, mich frei zu geben: —
wohlan, ich gab dir mein Wort, nicht zu entfliehen zu den
Meinigen. Aber wenn ich nicht weiß, ich darf dereinst
wieder für mein Volk kämpfen, dann kann ich, — du
weißt, Julian, ich brauche nie leere Worte! — aber dann
werd' ich das Leben — als dein Gefangener! — nicht
ertragen. Nicht nur die Franken sind frei: — auch die
Toten."

Und so furchtbar ernst meinte er es — (ich sah's den
abgrundtiefen hellgrauen Augen an: sonderbare Augen
haben sie zuweilen, diese Germanen!) — und so krampfhaft
zuckte seine Hand nach dem Griff seines Dolches, daß ich
im tiefsten Herzen erschrak und, eifrig einschlagend, den
Vertrag schloß, wie er ihn verlangte. Jovian war Zeuge
und Bürge. „Überschwenglichkeiten," brummte er. „Ich
hätt's nicht gethan als Cäsar. Nicht aus Eifersucht red'
ich so. Aus Vorsicht. Denn das ist der gefährlichste
Barbar, den ich je gesehen." — „Das geb' ich zu. Aber
was thun? Ihn dem Augustus ausliefern: — das verbietet die Freundschaft. Ihn frei geben: — das verbietet
die Pflicht gegen das Reich. Und auch die Selbstsucht
redet mit: ich kann die teuere Gewohnheit dieses Umgangs
nicht aufgeben, dieses von mir und von allen Hellenen
und Römern so grundverschiedenen Geistes nicht mehr
entraten. Dieser Salier, an Bildung und Wissen und
Denkfertigkeit mir gleich, an Lebensreise und Lebenserfahrung
mir weit überlegen, an Geist und Begabung mir eben-
bürtig (— vielleicht in Wahrheit sogar überlegen: aber
das einzugestehen sträubt sich die liebe Selbstgefälligkeit
doch noch lebhaft! —), er zwingt mich durch seine ganz
eigenartige Denkweise, durch seinen kühnen Zweifel, der
vor den Philosophemen — auch vor denen des unver-

gleichlichen Plotinus und Maximus! — so wenig die
Waffe senkt, wie vor Moses oder dem Galiläer oder deinen
holden Fabelgöttern, — er nötigt mich, Sätze neu zu prüfen
und gegen seinen Widerspruch zu verteidigen, zu beweisen,
die mir als längst bewiesen galten, die er aber mit seiner
grundstürzenden Bezweiflung erbarmungslos lächelnd über
den Haufen wirft.

Nein, schon um diesen außerordentlichen Geist dem
Dienste meines Gottes zu gewinnen, darf ich ihn nicht
aus meiner Nähe lassen. Jovian freilich meint kopfschüttelnd: „an dem verliert ihr beide, dein Gott und du,
das Spiel. Ich verstehe dich bloß nicht: — habe auch
kein Bedürfnis danach, ich möchte viel lieber etwas glauben
können! — der aber versteht und — widerlegt dich.“

So seltsame Gespräche führen im Feldlager am barbarisch gewordnen Rhein, den ich erst wieder römisch mache,
ein Cäsar, ein gefangener Barbar und ein römischer Kriegstribun.

XXVI.

Fürchte nicht, o Mann der Götter und der friedlichen
Weisheit, ich werde dich ermüden durch gleich ausführliche
Berichte über meine auf den großen Tag von Straßburg
folgenden Kriegsthaten: — den genauen für einen Kriegsmann berechneten Bericht erhält mein wackerer Ammian,
für meine Unsterblichkeit zu sorgen: du sollst nur das
Wichtigste vernehmen.

Gleich nach dem Sieg entließ ich jene Gesandten, die
so hochfärtiger Botschaft Träger gewesen. Sie staunten
nicht wenig über den eingetretenen Umschwung und schalten

nicht leise über meine Verletzung des Völkerrechts! Allein sie kennen den Namen des Gottes nicht, den sie anrufen müßten, mich zu strafen: Mars des Rächers. Und gegen ihre germanischen Götter, deren schrecklich barbarisch klingende Namen sie im Munde führen, schützt mich mein Herr, der unbesiegte Helios. Jene Götter mögen ja leben: — aber es sind höchstens Dämonen, dem Lichtgott zum Dienste geordnet.

————

Ich darf nicht (— ach ich darf noch immer nicht! —) zu Helena fliegen, mir den süßesten Dank (— viel wertvoller als den Lorbeer! —) zu holen in ihren Armen. Aber dies Eisen des Sieges, das so heiß ist, muß geschmiedet werden. Ich muß über den Rhein!

Noch auf dem blutigen Schlachtfeld faßte ich den Entschluß: vielmehr ich hatte ihn — für den Fall des Siegs — schon vorher gefaßt. Wie der große Cäsar nach Vernichtung Ariovists und seiner Sueben den Glanz und den Schrecken der römischen Waffen über jenen Strom trug — so muß auch sein kleiner (obwohl ich mir einbilde: mein Germanensieg ist nicht geringwertiger als der seine) Namensvetter thun. Freilich: ein bittrer Schmerz drängt sich auf bei dem Vergleich: er trug die Adler in ein von uns nie betretenes Land: ich mache einen Besuch in einem Gebiet, das fast drei Jahrhunderte hindurch von uns beherrscht war!

Doch ich gebe die Hoffnung nicht auf (— so verwegen sie scheint! —), die Herrschaft Roms wieder auszudehnen bis an den alten Limes, den wir erst vor hundert Jahren eingebüßt. Serapio freilich lächelt seltsam bei solchen Reden. Er versprach mir, seinen Zweifel, seinen Widerspruch auch gegen diesen Plan meiner Träume, wie er sagt, eingehend zu begründen. Ich bin gespannt. — Aber

gespannt bin ich auch, wie es wohl jenseits des gewaltigen
Stromes aussehen mag, der breit wie ein See hin flutet.
Wer mir in jenem Kloster gesagt hätte, ich würde je den
Rhein im Rücken haben!

———

Ich stehe auf dem rechten Ufer des Rheins.

Ich besetzte gleich nach dem Siege Straßburg aufs
neue, zog von da auf Mainz und überschritt hier den
Strom auf Schiffsbrücken. Es ist vielleicht schmeichelhaft
für den Cäsar (— und deshalb wohl schreibt er es hier! —),
aber wenig rühmlich und wenig Zukunftvertrauen erweckend
für das Heer und das Reich der Römer, daß ich nicht
den Übergang einfach befehlen konnte. Vielmehr meldeten
meine Unterführer, der Widerwille meines Heeres gegen
den Rheinübergang sei so stark, die Abneigung, die Germanen (— trotz des eben erfochtenen Sieges! —) drüben
in ihren Wäldern aufzusuchen, so heftig, daß ich ohne
Meuterei zu befürchten habe, beschränke ich mich auf den
bloßen Befehl.

Und wohl verstanden: — das sind Römer! Denn die
batavischen Hilfsscharen verlangten gleich nach der Schlacht,
entlassen zu werden: drei ihrer vier Könige sind gefallen:
der vierte, schwer verwundet, führt die Leute heim, die
seltsamer Weise an dem Siege keine rechte Freude haben.
Sie umringten den gefangenen Serapio, wo sie ihn fanden
im Lager, und sagten ihm in meiner Gegenwart, sie hätten
viel lieber unter ihm als unter ihren Königen gegen ihn
gefochten! Jene Könige hätten sie überredet, fortgerissen:
in ihrem Fall erblickten sie die Entscheidung der Götter.
Wahrlich, ich fürchte, ließe ich Serapio frei, die verwaisten
Gaue der Bataver wählten ihn sofort zu ihrem König.
Drum soll er hübsch bei mir bleiben. Es ist mir lieber,

er schlägt und löst auf meine Beweise und Schlüsse als meine Cornuti und Braccati.

———

Also auf dem rechten Rheinufer! Ein stolzes Gefühl. (Ach wie traurig, daß ein Cäsar darauf stolz sein darf!) Aber nur durch Bitten und Schmeichelreden brachte ich die Truppen dahin, mir zu folgen.

Sie entblödeten sich nicht, mir in das Gesicht zu sagen (— und sie meinten wohl gar dabei, das müsse mich freuen und ehren! —), nur mir, meiner Person zu Liebe, weil ich mich ihrer wie ein Bruder annehme, und aus Freude und Stolz auf den großen Sieg, thäten sie nach meinem Wunsch. Und auf meine unwillige Entgegnung, meine Erinnerung an ihren Eid, erwiberten sie lachend: „ach, Eid! Wir wissen gar nicht mehr, bei welchen Göttern wir geschworen haben, ob bei Jupiter und Mars und dem Genius des Imperators oder bei dem Gekreuzigten. Und um viel kleinerer Ursach willen als ein Rheinübergang und ein Zug in die Schrecken der germanischen Wälder hat schon gar manches Heer in der letzten Zeit seinen Feldherrn erschlagen, einen gefügigeren gewählt und ihn wohl auch zum Imperator ausgerufen: — was du ja verschmähst.“ Da verstummte ich und war froh, daß sie mir überhaupt über den Rhein folgten!

Die Gaue der Alamannen, in welche wir zunächst eindrangen, waren äußerst überrascht und erzürnt, daß ich sie feindlich behandle. Sie erklärten mir durch Gesandte, sie hätten sich jenen sieben Königen nicht angeschlossen gehabt. (Wie kann ich das wissen? Soll ich die Verfassungen dieser Barbaren erforschen?) Jetzt habe aber mein Angriff auch die bisher Friedlichen gegen uns entrüstet und alle Nachbargaue seien zur Abwehr bereit.

Ich gestehe, das war bei meiner geringen Macht keine erfreuliche Aussicht. Ich hatte auch nicht viel Erfolg. Zwar drang ich etwa noch vier Stunden landeinwärts vor, ließ auch den Rhein entlang stromaufwärts und stromabwärts zur Nacht auf Booten Streiffcharen landen, die alles verheerten und verbrannten. Doch gelang es nicht, die in ihre Wälder entweichenden Barbaren zu erreichen. Im Gegenteil! Beinahe hätten sie mich erwischt!.

Ich erzähle dir das kleine Abenteuer, das ja gut ablief, weil dir der Hergang zeigen mag, wie so ganz ich die Herzen meiner Leute gewonnen habe: — trotz ihrer Zuchtlosigkeit, ihres Ungehorsams. Tot schlagen lassen sie sich willig für mich: — nur gehorchen wollen sie mir nicht!

Ich ritt — es ging gegen die Dämmerung: — die Vögel sangen ihr Abendlied — meiner Vorhut ziemlich weit voraus, von wenigen Leibwächtern begleitet, über die Wiese, hart am Saum des Waldes hin. Die nächsten Truppen hinter mir waren germanische Söldner (— leider meine besten Leute! —), aber auch ein paar Griechen und Römer darunter, eine besondere Schar erlesenen Fußvolks. Plötzlich sprang aus dem dichten Gebüsch, aus dem dunkeln Unterholz des Waldes ein Rudel der Barbaren und drang mit wildem Ungestüm auf mich ein, aber schweigend, ohne ihr sonst so beliebtes Kampfgebrüll zu erheben, um nicht dadurch meine nächsten Truppen heranzurufen. Ich geriet in heiße Gefahr: — sie hatten mich erkannt oder doch an der reichen Rüstung einen der obersten Führer erraten, und suchten sich unabschüttelbar Bahn zu mir zu brechen durch die Reihen meiner Leibwächter. Schon waren mehrere von diesen gestürzt.

Da erkannten meine starke Bedrängnis vier junge Krieger von jener mir von weitem folgenden Schar: Centurionen und Rottenführer: ein Grieche, ein Friese, ein

Markomanne und ein Quade. „Das Kleeblatt" nennt man im Lager die Unzertrennlichen, die jeden Kampf, jede Rast und jedes Gelage zu teilen pflegen: der flaumbärtige blonde Friese sah's zuerst, rannte den andern voran und sprang an meine Seite: „zu Hilfe, Gárizo!" schrie er. „Halte ihm den Schild vor, Ekkard! Rasch, Hippokrenikos, nieder den Kecken da links!" „Komme schon, Sigiboto, mein Bub!" erwiderte Gárizo, der breite Markomanne. „Bin schon da!" rief der Quade Ekkard. „Da liegt er schon, der lange Lümmel!" frohlockte der Grieche, die dunkelbraunen Locken schüttelnd. Und noch ein paar Hiebe der Wackeren und die Feinde flohen in den Wald zurück.

„Dank euch, meine Freunde!" rief ich vom Roß herab. „Dank? Dreimal sterben wir für dich!" scholl es zurück. Und ich glaub' es ihnen aufs Wort. Ihr ganzer Lohn bestand darin, daß ich sie, als wir nun bald Lager schlugen, zum Nachtmahl in mein Zelt lud und sie aus meinem eignen Becher den feinsten Massiker trinken ließ, den ich mitführte. Ich hätte sie gekränkt durch Geldgeschenke. Aber dieses „Kleeblatts" bin ich nun noch sicherer als zuvor.

XXVII.

Wie staunte ich, als ich am folgenden Tage die ersten alamannischen Dörfer erreichte! Das sind nicht mehr die rohen Blockhäuser, die Holzhütten aus übereinanderge= schichteten Baumstämmen, wie Tacitus und die andern sie schildern: nein, nach römischer Bauweise, aus Stein auf= geführt, neben alten römischen Villen und offenbar nach deren Vorbild zierlich errichtet und ausgeschmückt. Immer mehr setzen sie mich in Verwunderung, diese Barbaren.

Sollten sie am Ende doch fähig sein — nicht nur erlesene einzelne, wie Serapio — nein, die Menge des
Volkes sich Stücke unsrer Bildung anzueignen? Nicht
bloß in unsrem Land, in unsrem Waffendienst, nein,
bei sich zu Hause? Das wäre ja wie das Auftauchen
einer ganz neuen Welt neben uns! Ich mag's nicht
glauben!

Ich versuchte, tiefer einzudringen: aber ich ward zu-
rückgewiesen, nicht von einem Heer, — von dem Wald der
Germanen. Wir gelangten an einem nebelnassen, regnichten
Tage bei grimmer Kälte — es ist doch ein greulicher
Himmel über dieses barbarische Land gespannt! — auf
schlechten Wegen vor einen sumpfigen, finsteren Wald. Ich
gestehe: er flößte mir Grauen ein, dieser erste germanische
Urwald, den ich zu sehen bekam. Lange hielt ich zaudernd
an: ein paar Gefangene, in jenen Dörfern überrascht, sagten
uns, der ganze Wald wimmle von den Kriegern der Barbaren: in unterirdischen Gängen und Höhlen, in vielver-
zweigten Waldgräben lägen ihre Scharen versteckt, bereit,
an günstiger Stelle vorzubrechen. Meine Leute stutzten:
sie wollten mir nicht in den Wald hinein.

Mit Mühe bewog ich sie endlich, einzudringen: aber
alsbald fanden wir die wenigen schmalen Pfade, die durch
das undurchdringliche Gestrüpp, die seltnen Furten, die
durch die abgrundtiefen schwarzen Sumpfwasser führten,
gesperrt durch ungeheure Verhacke und Verhaue, bestehend
in gewaltigen Stämmen von Eichen, Eschen, Tannen: und
oben, in den Wipfeln der umstehenden Bäume, kaum sichtbar im Dunkel des Waldichts, nisteten versteckt zahllose
Bogen- und Speerschützen, die wie vom Himmel herunter
Pfeile und Lanzen auf uns hageln ließen. Ich befahl den
Rückzug: meine Leute wollten nicht weiter hinein in das
Undurchschaubare.

Als ich es nach der Heimkehr Serapio, der in Mainz zurückgeblieben war, erzählte, lächelte er so eigen und meinte: „der Wald hat wieder einmal seine Söhne gerettet, wie schon so oft seit den Tagen des großen Cäsar. Es macht dir keine Schande, daß du wichest vor dem Germanenwald — wie er."

Übrigens stellte ich ein altes Kastell Trajans, östlich von Mainz, am linken Ufer des Mainflusses, wieder her, und legte Besatzung hinein: zum erstenmal wieder seit so langer Zeit eine römische Feste auf dem rechten Ufer des Rheines! Lassen mir mein Gott und mein Imperator noch einige Jahre das Leben und Gallien, — so stelle ich all' unsre Zwingburgen da drüben wieder her. Nun aber kehrte ich — schon bedeckte Schnee die fernen Höhen — nach Mainz zurück, Serapion ein längst gegebenes Versprechen zu erfüllen.

Alsbald nachdem ihn das Wundfieber verlassen, hatte er mit meiner Verstattung Boten an seinen greisen Vater, König Nebisgast, nach der batavischen Insel abgesandt, ihm zu berichten, der Sohn lebe und sei in guten Händen. Die Boten kehrten nicht zurück: — vielleicht abgefangen von feindlichen Batavern. Da gelobte ich dem Freund, ihn sobald als thunlich selbst in die Heimat, zu dem Vater zu führen: verlangt es doch auch das Reich, daß ich jenen Teil der Franken kennen lerne und uns dauernd verbinde. So segelte ich denn von Mainz aus mit Serapio und geringer Schar den Rhein hinab, landete auf der Nordspitze des batavischen Eilands und erreichte alsbald den Gau des alten Königs, der keinen Widerstand leisten konnte: sein Sohn und das Aufgebot seines Gaues waren ja gefangen, gefallen, zersprengt.

Er lud mich durch Gesandte in seine Königshalle: — einfach genug ist sie und nur, weil es die Heimat ist,

kann ein Serapio diese braunen, rauchverdunkelten Eichen-
stämme einem römischen Marmorpalatium vorziehen. Ich
hatte den Sohn gebeten, mir eine Freude nicht zu verderben, die ich mir für mein Gemüt ausgesonnen hatte;
keine Nachricht über Serapios Geschick war an den alten
König gelangt. Als ich nun den Saal des schlichten Ge-
höfts betrat, ergriff es mich tief in der Seele, wie der alte
Mann in silberweißem langem Gelock, wie es ihre Könige
tragen, mir entgegentrat, gastfreundlich zwar, die Schale
Weins mir reichend, aber in würdevoller, echt königlicher
Haltung, das Haupt stolz aufrecht, obwohl das edle Antlitz die Züge tiefer Trauer trug. Ich trank ihm zu, ver-
sicherte ihn des Friedens, um den er bat, verlangte aber
Geiseln für die Einhaltung des Vertrages: nämlich drei
Edelinge seines Gaues. Seufzend erwiderte der Alte, so
viele würden wohl noch übrig sein nach ihren blutigen
Verlusten, und er werde nach ihnen senden.

„Gut" (fuhr ich fort und es ward mir schwer, gegenüber dem ehrwürdigen Alten die Rolle der Verstellung
durchzuführen). „Aber das kann mir nicht genügen. Ich
weiß, wer Schuld daran trug, daß dein Gau (— allein
unter denen deines Volkes! —) gegen uns kämpfte. Du
hast einen Sohn, sagt man, einen einzigen. Das soll ein
hervorragender Held sein."

Da zuckte es über das alte Gesicht, daß ich beinahe
nicht fortfahren konnte. Aber ich nahm mich zusammen
und fügte bei: „Jedoch auch sehr gefährlich, unser schlimmster Feind. Den Frieden kann ich nur gewähren, stellt
König Nebisgast auch seinen Sohn als Geisel."

Da brach der Greis in wildes Schluchzen aus; er hob
die beiden zitternden Hände gegen mich empor und klagte:
„o Cäsar Julian, — laß ab von dieser Forderung! Ach,
die Götter wissen es, ich kann sie nicht erfüllen! Nimm

mich gefangen, töte mich! Wohl hatte ich einen Sohn,
von Wodans Geist durchweht —, edel und stolz und stark
und kühn! Ach! Ich habe ihn nicht mehr, meinen Me=
rowech. In jenem grausen Würgen deines Sieges sahen
ihn die Seinen blutend vom Rosse stürzen: — er ist ge=
fallen! Schon lange liegt er bestattet auf jenem blutigen
Feld."

Da hielt ich mich nicht mehr: ich faßte des Alten
zitternde Hände und rief, selbst in Thränen ausbrechend:
„du irrst, König! Er lebt, dein Sohn! Hier steht er
vor der Thüre deiner Halle. Schon liegt er an deiner
Brust!" Und ich ging hinaus und nahm meine Begleiter
mit und ließ sie allein, den Vater und den Sohn. —

So hat noch nie das Auge eines Menschen mir ge=
leuchtet, wie dieses greisen Vaters Blick, als ich nach ge=
raumer Weile wieder eintrat. Serapio mag mich wohl
über Gebühr gelobt haben. Beim Abschied versprach ich
dem Alten, der Sohn solle, solang ich in Gallien bleibe,
und unser Vertrag also in Kraft bestehe, jedes Jahr den
Vater besuchen dürfen: ruft mich der Tod oder der Im=
perator (oder dieser durch jenen) ab, ist Serapion ohne=
hin frei.

Du wirst es kindlich schelten, o Lysias: aber der
Augenblick, da ich diesem herrlichen Vater diesen herrlichen
Sohn in die Arme führen konnte, — er zählt zu den
schönsten meines Lebens. Beglücken können, — o, wie
herrlich ist's! Darin den Göttern nacheifern: — wie schön!

XXVIII.

Ich schreibe dies (— viele Wochen später —) aus
Paris.

Lutetia Parisiorum heißt das kleine Nest, das, ur-
sprünglich auf eine Insel der Seine beschränkt, allmählich
auch auf beiden Ufern des Flusses einige Häuslein, ja auf
dem Südufer sogar schon ein paar Straßen erwachsen
sah. Hier, auf dem Südufer, liegt auch das stattliche
Palatium, das schon der Vater des großen Constantin
erbaut hat mit allem Zubehör von warmen und kalten
Bädern, umgeben von einem weiten hainartigen Garten;
hart östlich zieht an dem Palast die große Legionenstraße
vorbei, die auf zwei schmalen Holzbrücken vom Nordufer
über die schmale Insel und auf das Südufer führt. Besonders sicher scheint sich aber der Herrscher nicht gefühlt
zu haben in dem neuen Bau: denn er hat ihn mit hohen
Mauern umgeben und den einzigen Zugang sowohl in den
Vorhof wie in das Palatium selbst mit je einer starken
Eisenthüre gesperrt. Die Umgebung des Städtleins ist
übrigens nicht ganz ohne Reiz: mannigfach gewunden
schlängelt sich der Strom und ringsum rauschen dichte
Wälder. Erbaut sind die Häuser aus einem weichen,
leicht gestaltbaren Thon oder Lehm, der dann in der Luft
rasch hart werden soll.

Ich wählte das unansehnliche schmutzige Nest (— andere
gallische sind viel reicher! —) zum Winterquartier, wegen
der Sicherheit gegen Angriffe der Barbaren, die (— noch
immer —!) im Land umherschwärmen: die hochummauerte
Inselfeste ist leicht zu verteidigen, auch mit geringer Mann-
schaft. Und dann wegen der Lage in der Nähe sowohl

der Alamannen als der Franken, um im Frühjahr nach meiner Wahl jene oder diese rasch angreifen zu können.

Frech sind sie, diese freien Franken, sehr frech! Mitten im Winter wagte ein Haufe von tausend Mann Saliern einen Plünderungszug über Köln und Jülich bis Reims! Auf dem Rückweg von mir verfolgt, warfen sie sich in zwei unserer alten verlassenen Lagerschanzen an der Maas und wehrten sich hier vierundfünfzig Tage, bis sie der Hunger zur Ergebung zwang. Ihre Hoffnung war gewesen, über den gefrornen Fluß zu entkommen: aber ich ließ von Sonnenuntergang bis Sonnenaufgang ununterbrochen Kähne auf dem Flusse kreuzen, die Eisbildung zu verhindern. Wohl wollten meine Illyrier diesen seltsamen Dienst weigern, aber als ich selbst in eins der Boote sprang und so lang das Ruder führte, bis mir nach Mitternacht ein Ohr erfror, da schämten sie sich und gehorchten. Was so ein Cäsar nicht alles lernen, ein Philosoph nicht alles verrichten muß! Wer mir in Nikomedia vom Rudern in Eiswasser gesprochen hätte! Aber auch wer mir im Kloster Hagion von dem Glücke gesprochen hätte, das ich jetzt in den Armen meiner Helena finde!

O Lysias, du mußt, du mußt endlich zu mir kommen, schon um Zeuge solches Glücks zu sein. Wie kann ein Mann jemals ein Weib nach dem ersten Weibe lieben? Lieben: — das ist Ewigkeit! Das ist eine Gnade, die Aphrodite Urania einmal gewährt und nicht wieder. Hätte ich das unsagbare Unglück, Helena zu überleben, — nie könnte ich doch ein ander Weib berühren.

Du errätst aus diesen glühenden Worten, daß wir vereinigt sind. Ja, ich habe Freund Serapio den vertrauensreichen Ehrenauftrag erteilt, meine Gattin — mit gehöriger Bedeckung — zu Vienne abzuholen und sicher nach Paris zu geleiten, wo sie in dem kleinen Palatium

ganz gut untergebracht ist. Ich ließ den vorgefundenen
hübschen Garten (— immergrüne Sträucher, ferner Reben
und sogar Feigen, wenn mit Stroh zugedeckt, erfrieren
nicht immer hier im Winter —) noch erweitern, ich stellte
die verfallene Wasserleitung und die Wärmeleitung für die
Bäder her: mein liebes, nur allzuzartes Weib wird, denk'
ich, einen Winter in dieser barbarischen Stadt der Pariser
doch ohne allzuviel Beschwerden überdauern. Schöne Götter-
bilder aus Marmor und Erz stehen zahlreich im Garten
um uns her. Die fromme Verfolgung hat diesen abge-
legnen Seinewinkel noch nicht durchstöbert.

Merkwürdig ist, wie meine scheue Frau, die sich vor
Männern ängstlich in sich zusammenschließt, für diesen
Bataver so offen, so mitteilsam ist. Er erweckt Vertrauen,
das ist wahr. Und die Hauptsache ist: sie hat die Ahnung
für das Reine in dem Mann. Ich bin überzeugt, dieser
kraftstrotzende Germane mit seinen dreiunddreißig Jahren,
von denen er mehr als die Hälfte in dem Pfuhl der
Laster, das heißt (abgesehen vom Kloster Hagion!) in den
größten Städten unsers Reichs verlebt hat, ist so keusch
wie ich. Sie fühlt das. Sie hält viel auf ihn. Neulich
vor dem Einschlafen sprach sie zu mir: „nicht wahr, der
Franke hat versprochen, nie mehr gegen dich zu kämpfen?
O das ist eine große Beruhigung."

„Glaubst du, er ist mir überlegen?" fragte ich, nicht
ohne leisen Groll. — „Das nicht. Aber er ist so viel
ruhiger, in sich geschlossener als du! Du — du bist —
Jovian sagte es gestern — du bist zu geistreich." Hm,
kann man wirklich auch allzu geistreich sein?

O mein Lehrer, was ist die wichtigste, die unentbehr-
lichste Eigenschaft für einen Cäsar: — wenigstens für einen
Cäsar des Constantius?

Nicht Geist wahrlich: — die geistloseste der Tugenden: die Geduld! Fünf Monate sind nun verstrichen seit jenem heißen Augusttag: daß ich auf irgend ein Wort der Anerkennung wartete von dem Imperator, wirst du verzeihlich finden. Bis heute kam noch keins. Ich mußte aber schon wiederholt (— zu seinem Geburtstag und zum Tag seines Regierungsantritts —) Lobreden auf Constantius verfassen, und bevor ich sie sprechen durfte, die Handschrift einsenden zur Prüfung, ob er auch genug darin gelobt sei. Nein, es sei nicht genug, schrieb mir sie zurücksendend ein Hofeunuch, ein echter Professor der Schmeichelkunst; und er bemerkte am Rande, ich habe ja vergessen, zu rühmen, daß der Augustus niemals öffentlich sich die Nase schneuze noch ausspucke, und daß er nie vor dem Volk anderswohin als geradeaus blicke und daß er nie lache, ausgenommen „ein heiliges Lächeln: —" über Kirchenbauten. — Und dabei schreibt mir Ammian — vorsichtig, in Geheimschrift: „er ist schrecklicher, als Caligula, Domitian und Commodus." Und den muß ich loben, lobe ich. Ach! — Wird es mir zu ekelhaft, schreibe ich mitten hinein in die Rede einige Hexameter aus der Ilias: die sind immer und überall schön!

(Vierzehn Tage später.)

Eine Freude, Lysias, eine Freude, fast so stolz wie der Sieg bei Straßburg selbst! Ammian, der wackere, wünscht mir Glück und schickt mir (in Abschrift wenigstens Eines Satzes), was er über mich und meine Siege in sein Geschichtswerk aufnehmen wird: „nicht aus dem Kriegszelt, — aus den stillen Schatten der Akademie plötzlich auf das Schlachtfeld gerissen, hat dieser Jüngling die Germanen niedergeworfen, den Rhein gebändigt und der kampfschnaubenden Könige Blut vergossen oder sie in Ketten

geschlagen." Horch, das klingt wie Tubaton der Weltgeschichte, der Unsterblichkeit! In gierigen Zügen saug' ich's
ein . . .!

————

(Zwanzig Tage später.)

Aber er, der Imperator, mein Schwager, für den ich
die Schlacht und Gallien gewann? Noch immer nicht ein
Wort! Dankbarkeit ist nicht die Schwäche der Herrscher.
Im Gegenteil. Was meldet Philippus vom Hofe? „Das
Siegerlein" nennen mich spöttisch die Eunuchen, weil ich
nun ihm wirklich, so oft ich schrieb, von Siegen zu melden
hatte.

Ja viel Ärgeres! Während Constantius in dieser Zeit
recht mäßige Erfolge gegen Sarmaten am Ister davontrug,
— was that er? In den amtlichen Berichten, die er nach
seiner Rückkehr aus dem Palatium zu Mailand in alle
Provinzen entsendet (— von Lorbeerzweigen sind die Rollen
umwunden, welche die Statthalter in den Provinzhaupt-
städten öffentlich verlesen müssen! —): lügt er amtlich,
Er habe, Er in Person, ein Heer der Perser am Tigris
geschlagen — (er war an jenem Tage zu Byzanz!—). Er
habe in der vordersten Reihe gefochten, er habe den um
Gnade flehenden König der Armenier von seinem Fußfall
erhoben. Ja, in unser Lager zu Paris gelangte (durch
Versehen) ein Bericht, für andere Heere und Provinzen
bestimmt (— ich hätte aber dann die Verbreitung nicht
verhindern dürfen bei Todesstrafe, so lächerlich er den
Herrscher machte —): Er, Constantius, habe unsere Aufstellung bei Straßburg geordnet. Er sei unter den Cornuti
gestanden, Er habe die Reiter der Barbaren kopfüber in
die Flucht geschlagen, Ihm sei am Abend der Schlacht
der gefangene Chnodomar vorgeführt worden. Vierzig

Tagereisen war Constantius an jenem Abend fern von Chnodomar! —

Ich kam dazu, wie die Cornuti in den Straßen von Paris und bei ihren Wachtfeuern jenseit der Seine die Primani diese Dinge sich vorlasen, unter solchen Schmähungen auf den „Lügenimperator", unter solchen Verherrlichungen meiner, daß ich schleunig den Soldatenmantel über dem Kopf zusammenschlug, davoneilte und die Lügenberichte unter der Hand an mich bringen ließ, sie nach Mailand zurückzuschicken!

Schon wieder . schlug — vereinzelt — der wahnsinnige, der frevelschwere, der schreckliche Ruf an mein Ohr: »Macte, Juliane Imperator!« Das klingt wie Frohlocken der Furien über Eidbruch.

————

Ach, Constantius ist schwer zu ertragen! Die Provinz Gallien von den Barbaren zu befreien, ist mir gelungen. Jetzt muß ich sie aus ihrer tieferen Not erretten, aus ihrer Finanznot. Die Provinzialen verzweifeln.

Und nun schickte mir der Augustus seinen Geheimschreiber Gaudentius als „außerordentlichen Oberfinanzverwalter", um die neu gewonnene Provinz neu zu besteuern! Dieser Blutsauger verlangte fortab verdoppelte Kopf- und Grundsteuer! Ich, der Feldherr, warf seine Rechnungen zornig auf den Boden und erklärte, — ich, der Feldherr! — ich brauche gar nicht so viel (Geld und) Soldaten, als er mir aufdringen wolle. Das ist, glaub' ich, neu in der Weltgeschichte. Darauf erhielt ich einen feierlichen Verweis vom Imperator, — sein erstes Wort an mich seit Straßburg! — weil ich meine Zuständigkeit überschritten! Doch erreichte ich, daß mir die Provinz Belgica — gleichsam als Versuchsfeld — allein zur Steuererhebung überwiesen ward: ich setzte die Kopfsteuer von vierundzwanzig auf sieben Goldstücke herab und die Folge meines gerechten Verfahrens war, daß alle Steuern noch vor der Fälligkeit bezahlt wurden. Die Bürger von Beauvais widmeten mir einen goldnen Rebenkranz: — ich ließ ihn einschmelzen und den Erlös unter jenen Armen verteilen, die früher aus den nun geschlossenen Göttertempeln gespeist wurden.

———

XXIX.

Ach! Ich bin so glücklich, Lysias! Was bedeutet die undankbare Mißgunst des Imperators gegenüber dem tiefen, herzbeseligenden Glück, das mir seine holde Schwester gewährt. Und der Verkehr mit einem Freunde wie dieser Serapio, mit dem ich alle Fragen der Weltweisheit durchstreiten kann! (Denn allerdings ist er fast in jeder anderer Meinung als ich!) Und das Vertrauen auf einen Freund wie dieser Jovian, auf dessen Pflichttreue ich mehr fast als auf die eigene bauen darf! (Denn er hat mehr Ruhe und Stete, obzwar weniger Begeisterung!) Und dann bleiben doch auch allnächtlich ein paar Stunden für die geliebten Bücher. Maximus und Libanius und Priscus senden mir bis hierher, bis in den Schnee dieser schmutzigen Kelteninsel von Paris, ihre Schriften. Der ganze Tag freilich und ein großer Teil der Nacht geht über den Geschäften, ach den Sorgen des Staates dahin. Aber ich brauche nur zwei Stunden Schlaf, wie auch Essen und Trinken mich nicht beschwert oder aufhält. Während des Mittagmahls — nicht eine halbe Stunde darf es währen! — laß ich mir Plotin vorlesen.

Aber Plotin löst nicht meine Hauptfrage: soll ich die

beiden unerläßlichen Feldzüge des nächsten Jahres erst beginnen, nachdem ich die Vorräte aus Südgallien bezogen?
(Constantius verlangt nur Steuern, sendet aber weder Geld
noch Korn!) Dann muß ich warten bis Anfang Juli!
Und alle diese Völkerschaften der Alamannen und der
Franken haben Zeit, zusammenzulaufen. Oder soll ich
losschlagen, ohne die Vorräte abzuwarten? Dann muß
ich es darauf hin wagen, das Heer durch Beute in Feindes-
land zu ernähren: denn auf mehr als zwanzig Tage kann
ich dem Mann Mundvorrat nicht aufbürden. Ich schwanke,
ich zweifle . . .

_____

Heute kam eine andere, ja die Lebensfrage für Gallien,
für das ganze Abendland zur Entscheidung. Die Allermeisten (— und zweifellos die Besten! —) meiner Truppen
sind germanische und keltische Söldner, dazu kommen
Veteranen, eigentlich ausgediente Krieger jeder Abstammung,
die für sich, für Weib und Kind ein Gütchen in Gallien
erhalten haben, das ihre Familie und etwa ein Knecht
bebauen, während sie noch einige Monate Dienst leisten,
aber vom Spätherbst bis Frühsommer zu ihren Penaten
entlassen werden. Für fast alle diese Leute lief im vorigen
Monat ihre Vertragszeit ab. Ohne sie bin ich wehrlos:
von den sechzehntausend Mann in ganz Gallien — nach
neuen Aushebungen, — über die ich jetzt (nach Abzug der
Bataver, die ihre Könige verloren haben) gebiete, sind zwölftausend solche Söldner oder freiwillig nach Vertrag noch
dienende Veteranen.

Wohlan, nun hatten sich alle diese meine Besten:
Primani, Cornuti, Braccati, Petulantes, Schildner, alle
germanischen und gallischen Söldner verständigt, in neue
Dienstverträge nur einzutreten, wenn ich ihnen im Namen
des Augustus versprach, daß sie nur · zur Verteidigung

Galliens verwandt, niemals aber über die Alpen nach Italien oder über die Pyrenäen nach Spanien oder gar in irgend eine entlegnere Provinz geführt werden würden.

Das Verlangen ist voll begreiflich und voll begründet. Die Germanen unter ihnen wollen nach Ablauf ihrer Dienstzeit übern Rhein zu ihren Stammesgenossen. Diese Söldner fechten ohne weiteres wie gegen ihre germanischen Volksgenossen überhaupt, so meist auch gegen ihre eignen Stammesgenossen: und das wird ihnen von diesen selbst nicht verdacht: keineswegs aber wollen sie in unserm Dienst für immer auf- und untergehn: haben sie unter unsern Fahnen Abenteuer, Genuß, Beute, Ruhm genug gewonnen, kehren sie zu den Ihrigen zurück: nicht für immer wollen sie sich von der Heimat trennen, nicht durch die Alpen, die Meere, die Strudel unserer staatlichen Wirren den Rückweg in den Heimatgau sich versperren lassen. Schon gar mancher Germane ward so, von uns geschult, später ein besto gefährlicherer Führer der Seinen gegen uns: von jenem Arminius, dem römischen Ritter, an und von Claudius Civilis — bis: unwillkürlich wollte ich schreiben: bis auf Merowech=Serapio, seinen späten Urenkel. — Der aber nicht nur, schon auch andere unvergleichbar tiefer Stehende fangen an, in ihren Dienstverträgen den Kampf wenigstens gegen die eignen Stammesgenossen abzulehnen. Wenn das zunimmt . . .?

Die Kelten unter ihnen wollen ihr Gallien verteidigen, aber nicht verlassen; desgleichen die angesiedelten Veteranen, die ihr Gütlein und ihre Familien gegen die wilden germanischen Einfälle schützen, aber nicht dies Gallien räumen wollen, das ihnen wahre zweite Heimat geworden.

Obgleich ich nun gar nicht anders konnte als Ja sagen (— denn weder vermochte ich die Leute zu zwingen, zu bleiben — mit viertausend gegen zwölftausend! — noch,

fie zu entbehren —), verficherte ich mich doch, vorfichtig
(— wie mich der Imperator hat werben laffen! —), feiner
ausdrücklichen urkundlichen Ermächtigung. Vor kurzem
traf fie ein — mit dem Reichsfiegel gefiegelt. Ich befchied
nun die ganze Menge der Ausgebienten (— fofern fie aus
den bebrohten Kaftellen berufen werben konnten —) hierher
nach Paris (— es kamen über zehntaufend Mann —)
und fchloß den neuen Vertrag mit ihnen ab.

Ich fage dir: das war eine gar feierliche Handlung,
mit allen Formen des Rechts und gar manchen Götter-
glaubens gefeftigt. Weit weftlich von meinem kleinen
Palatium, aber wie diefes füdlich des Fluffes, dehnt fich
eine beträchtliche Ebene, deren Walbbeftand großenteils be-
feitigt ift, Lehmgruben Platz zu machen. Hierher befchied
ich die Scharen, nach ihren Kohorten geordnet. Es war
ein heller, warmer Tag im März: fchon flogen die erften
Falter: die Sonne, die auch in diefem Lande manchmal
wirklich recht freundlich blicken kann, hatte fchon feit Wochen
den fchnell gefchmolzenen Boden getrocknet.

Hell glitzerte fie an diefem Frühlingsmorgen auf die
Waffen der Krieger; das Herz im Leibe lachte mir: auch
auf meiner bleichen Helena Wangen, die mich in offner
Sänfte begleitete, riefen die Lenzluft, der Sonnenfchein, der
prächtige Anblick der mich mit Freudenrufen begrüßenden
Scharen, ein flüchtig Rot.· Ich ließ die Führer zu mir
befcheiden, las ihnen das Schreiben des Auguftus vor,
zeigte ihnen feine Unterfchrift, fein Siegel, ließ es ihnen
durch Dolmetfcher in das Keltifche, dann in die Mundarten der Alamannen, Franken, Thüringe, Quaden, Markomannen, Sachfen und Friefen überfetzen. (Denn diefe Germanen verftehen nicht oder nur fchlecht untereinander ihre
greulichen Mundarten, die wie das Gekrächze von Sumpf-
gevögel klingen.)

Nachdem sie es verstanden (es mußte ihnen dreimal verlesen werden, das feierliche Versprechen, daß sie nie gegen ihren Willen aus Gallien könnten abbefehligt werden!), forderte ich sie auf, nun dem Imperator aufs neue den Eid zu leisten, wie jeder wollte, auf ein Jahr oder auf mehrere. Das thaten sie denn; ihre Führer sprachen ihnen die Schwurformel vor und die Leute wiederholten sie auf griechisch, auf lateinisch (— die meisten —) andere auf keltisch und in jenen unsprechbaren germanischen Sprachen. Sie schworen dann bei Christus, bei Zeus, bei Jupiter, bei den keltischen Göttern Hesus und Teutates und bei den — ganz unmöglich! — benannten der Germanen.

Das war nun recht lehrreich zu betrachten; und ich flüsterte meiner holden Helena zu: „was mag Helios empfinden, sieht er und hört er und hört er mit an, wie diese Tausende, statt nur bei seinem Namen, bei so vielen Dämonen und bei dem Galiläer-Eide thun?"

Aber es sollte für mich bei solch lehrhafter Betrachtung nicht bleiben. Als die Scharen die Eide geleistet hatten, traten ihre Führer wieder an mich heran, der ich mein Pferd schon wenden wollte (— denn mich reute die vergeudete [— „verschworene" möchte ich sagen: wie „vertrunkene", „verspielte": oder ist es doch zu gesucht? —] Zeit und mich rief es zu Plotin und Maximus —). Und sie sprachen ehrerbietig, aber bestimmt: „Wir haben geschworen: nun schwöre du."

Ich stutzte. Aber der Führer der Cornuti (— Bainobaubs Nachfolger — ein Franke, Nevitta [ein ausgezeichneter Krieger —]) sprach: „dich kennen wir, o Cäsar. Wenig kennen wir den Imperator Constantius. Ich zweifle nicht gerade an seinem Wort..." — „Schweig, Unseliger!" rief ich erschrocken. — „Aber" — fuhr der Tollkühne fort — „wir wollen dein Wort: des Mannes, den wir kennen.

Und da man unsrem einfachen Worte, das wir Germanen immer halten, nicht geglaubt, uns Eide abverlangt hat, so verlangen auch wir Eide. Denn worttreuer und tapfrer als die Germanen ist kein Volk auf Erden."

(Diese Hochmütlinge! Wie das in den Kerlen steckt, altvererbt! Mir fiel der Bericht des Tacitus ein, nach welchem, fast mit den gleichen Worten, Gesandte der Friesen zu Rom unter Nero sprechen; mein wackrer Nevitta hat gewiß nie Tacitus gelesen: — und er braucht den gleichen Ausdruck wie jene Germanen vor dreihundert Jahren!)

So blieb mir nichts übrig, als ihnen den Willen zu thun: und so schwor ich denn (— wieder einmal! —) bei dem Galiläer und bei Zeus und Jupiter und bei allen verlangten Göttern der Kelten und Germanen. Ja, die Quaden und Markomannen rissen ihre Schwerter heraus, stießen sie mit den Griffen in die Erde und baten, ich möge eine Schwertspitze berühren und dabei schwören. Ich that's. „Nun bist du," riefen sie mit sonderbarem Vergnügen, „bist du im Falle des Eidbruches unsern Schwertern verfallen!" Diese Aussicht schien sie lebhaft zu erfreuen; mehr als mich!

Darauf kamen Söldner aus dem Sachsen- und Friesenstamme von der Schar der Cornuti und meinten treuherzig (— einer ihrer Führer, Sigiboto, verdolmetschte es mir —): sie verehrten mich seit dem Tage bei Straßburg so hoch, daß sie mich würdigten, ihr Blutsbruder zu werden: ich solle ihnen, wie sie mir, Blutsbrüderschaft schwören, indem wir unser Blut in Wein mischten und tränken. Ich dankte lebhaft für die Ehre. Welche Frechheit! Welche Überhebung dieser Barbaren! Als ich es entrüstet Serapio, der zu Hause geblieben war, erzählte, zuckte er die Achseln und sprach mit jenem seltsam stolzen Lächeln, dessen Grund ich noch nicht ergründet habe („Grund ergründen" ist hübsch, nicht?): „Das war ein Fehler, Julian. Du mußtest dir diese stahlharten Männer unlöslich verpflichten durch Eingehen auf ihren dich ehrenden Vorschlag." „Aber ...!" rief ich. — „Ein Cäsar sein Blut mischen mit unebenbürtigen Barbaren? So meinst du: das ist dein Gedanke. Und dieser Gedanke ist, so hoffe ich! — deine Thorheit. Und diese deine Thorheit, die Unterschätzung unserer Eigenart, ist — vielleicht! — euer Verderben und unsere Rettung. Vielleicht: sage ich: denn erst der Ausgang wird es lehren. Wir beiden werden's nicht erleben!" Und er verstummte, wie schon so oft, kam das Gespräch auf diese Fragen. Er verbirgt hier schwer wiegende Gedanken. Aber bei nächster Gelegenheit zwinge ich ihn, sie auszusprechen.

XXX.

Erst nach vielen Wochen komme ich wieder zu diesen Blättern. Ich faßte zu Paris von den beiden möglichen Entschlüssen den kühneren: abermals »non sine Dis animosus infans«. Denn abermals erschien mir (— wie nun schon wiederholt! —) nach endlich gewonnenem Schlaf im Traum der Genius Roms und mahnte zu sofortigem Angriff: mit Zweifeln war ich eingeschlafen, entschlossen wachte ich auf und befahl den Aufbruch, ohne das Eintreffen der Vorräte abzuwarten.

Ich wandte mich zunächst gegen Gaue salischer Franken, die es gewagt haben, auf altrömischem Boden, in Toxandria, sich niederzulassen, südlich der Waal, östlich der Schelde gegen die Maas hin. In Tongern trafen mich ihre Gesandten, die Frieden beantragten und ver-

sprachen unter der einzigen Bedingung, daß wir sie in
ihrer neuen Heimat beließen.

Das ist eben das nicht zu Ertragende, das Abzuweh=
rende! Diese Barbaren beanspruchen, daß wir sie in dem
von ihnen besetzten Land als heimatberechtigt anerkennen!
Ich behielt diesmal ihre Gesandten nicht gefangen (— gar
zu oft darf man den großen Cäsar nicht wiederholen! —),
aber ich hielt sie lange hin, versetzte sie in den Glauben,
ich werde nicht weiter von Tongern aus vorrücken, und
entließ sie reich beschenkt.

Jedoch gleichzeitig, ihren langsamen Schritt überholend,
griff ich — zu Schiff und mit der Reiterei — ihre Gaue
an, lange bevor die Gesandten zu diesen gelangen konnten,
und schlug sie wie ein Donnerkeil im Wettersturm zu
Boden. Ich zwang einen Teil der Eingedrungenen, die
Chamaven, zur Rückkehr über den Strom.

Jedoch nun erlebte ich ein hoch Wunderbares mit den
übrigen in unser Land gedrungenen Franken salischen
Namens. Als ich auch von ihnen Räumung unseres
Gebietes verlangte, erklärten ihre Gesandten, sie könnten
das nicht! Denn nicht freiwillig, gezwungen hätten sie
ihre alten Sitze verlassen und sich auf unserem Boden eine
neue Heimat gesucht: sie könnten nicht zurück: sie müßten
leben oder sterben, wo sie ständen: sie seien aus ihrem
alten Lande verdrängt von anderen Germanen, den dem
Sachsenstamm angehörigen Chauken. Die Männer sprachen
in so offenbarem Ernst und ihre Worte erinnerten so leb=
haft an manchen Gedanken, den Serapio früher kurz an=
gedeutet hatte, daß ich nicht einfach zur Gewalt greifen
wollte (— verzweifelt entschlossen sahen diese Leute aus! —),
sondern sie auf meine spätere Entscheidung verwies: ich
wollte Serapio, der, unbewaffnet, mich begleitet, befragen.

Am Abend beschied ich ihn und Jovian in mein Zelt

zu einer Unterredung. Die ward eine der inhaltschwersten meines Lebens.

Ich begann, nachdem die Sklaven den nie üppigen Schmaus des Cäsars hinausgetragen, ziemlich gereizt gegen Freund Serapio: „Ihr wißt euch so viel, ihr Germanen, mit eurer Treue! Und doch muß ich sagen: ich kenne in der ganzen Geschichte Roms kein Volk, das uns so unzähligemale die Verträge gebrochen hat wie ihr Germanen."

Da wurde der Ausdruck von Serapios Antlitz noch schärfer, noch ernster als gewöhnlich: er richtete sich hoch auf und sah mir durchbringend in die Augen.

„Ist es doch so!" fuhr ich fort. „Seit Drusus und Germanicus, seit länger als dreihundert Jahren: — immer und immer wieder brecht ihr die so oft errichteten Friedensverträge. Offenbar ist es die echt barbarische Abenteuer- und Beute-Lust, — vor allem aber (— denn ich will dich nicht verletzen! —) jene Lust am Kampf als solchem, also das „Heldenhafte", wie du's nennst, was euch, nach unzähligen blutigen Erfahrungen, immer und immer wieder über unsere Grenzen und in die Schwerter unserer Legionen treibt. Soll das denn niemals enden? Wenn ich dich heute frei ließe, würdest du abermals versuchen, dein Volk zum Kampfe gegen uns fortzureißen?"

Serapio schwieg geraume Weile: dann entgegnete er langsam, fast feierlich: „Cäsar Julian, es ist wohl besser, wir verschieben dies Gespräch." — „Warum?" — „Weil du vielleicht noch nicht reif bist, die Wahrheit hierüber zu erfassen. Und noch nicht fähig, sie zu ertragen." — „Germane!" — „Siehst du? Schon wirst du heftig: — noch ehe du die Wahrheit gehört hast." — „Vergieb! Meine Ruhe soll dir beweisen, daß ich für deine Wahrheiten reif bin. Sprich!" — „Du willst es — so sei's. — Merke dir den Tag, Cäsar: es sind die Iden des Juni-

Monds." — „Das trifft sich gut. Ein Freund — Philippus
— hat in den Sternen gelesen, die Iden werden für mich
wiederholt ein wichtiger Tag sein." — „Mir ist lieb, daß
dieser Jovianus da zuhört. Er ist gerechter, weil ruhiger
als du. Er soll Richter sein zwischen uns. Obwohl ein
Römer, ist er nicht ungerecht." „Ich danke," mußte ich
lächeln. „Wir sind das größte Rechtsvolk der Welt." —
„Recht und Gerechtigkeit sind oft zweierlei. — Nun, Freund
und Cäsar, höre. Ihr Römer seid das großartigste und
das scheußlichste Volk der Weltgeschichte." Ich fuhr auf:
Jovian drückte mich leise nieder. „Das großartigste: durch
folgestrengstes Streben nach Macht. Das scheußlichste:
durch maßloseste Selbstsucht hierbei. „Verteidigung durch
den Angriff": das ist euer fürchterlicher Grundsatz, der euch
über euer Italien hinaus nach Spanien, nach Afrika und
Asien, nach Gallien, nach Germanien, nach Britannien,
geführt hat, als eure müden Adler noch fliegen konnten.
Was hat euch zum Kampf mit uns gebracht? — Nicht
wir haben euch aufgesucht oder angegriffen! Ihr habt, um
Gallien zu erobern, Ariovist aus dem von ihm nach Kriegs=
recht gewonnenen Lande vertrieben. Ihr habt, um den
Rhein zu verteidigen, unser Land bis zur Elbe unter=
werfen wollen. Und ihr hättet's erreicht, — kam nicht
ein großer Überlister über euch: — Armin. Hat doch eurer
Größten und Besten einer, Cornelius Tacitus, gesagt: „die
Götter haben nun einmal den Erdkreis dem Römervolk
gegeben und das Römervolk hat zu entscheiden, wieviel
davon andern zu belassen ist." Mit einem solchen Volk
giebt es keinen Frieden. Ihr müßt alle Völker unter=
werfen, oder es muß den andern gelingen, euch zu zer=
schlagen." Er sagte das alles ganz ruhig vor sich hin,
als führe er einen mathematischen Beweis, während ich
vor Erregung bebte: nur das Blitzen seines meergrauen

Auges verriet, daß die höchste (— vielleicht die einzige! —) Leidenschaft seines Wesens in ihm loberte, daß er als Vertreter seines Volkes mit dem Vertreter des Erbfeindes stritt. Jovian gelang es, mich in Ruhe zu halten. „Lange nun ist es euch gelungen mit uns, wie mit all' eueren Nachbarn in den drei Erbteilen vorher: durch eure Bildung, eure Waffen- und Geldübermacht, vor allem durch eueren Staatsgedanken und dessen großartige Durchführung: — bald mit edelster Heldenschaft und Aufopferung und bald mit jedem scheußlichsten Mittel der Arglist — »artes« nannte solche Ränke euer Tiberius! — habt ihr uns unterworfen oder zum Dienste verlockt. Endlich aber drangen doch Alamannen und Franken bis an, bis über den Rhein, andere Germanen über die Donau. Nun sagst du: „unter unaufhörlichen Treubrüchen gegenüber den Verträgen." Ja, es ist wahr. Aber ebensogut könntest du der Meer- flut den Vertrag aufzwingen, nicht mehr gegen die Küste zu branden, als den Germanen, in den von euch abgesteckten Grenzen zu bleiben."

„Warum? Seid ihr denn wilde Tiere," brach ich los, „die auf Raub ausgehen müssen oder verhungern? Das ist es ja eben! Die barbarische Raubgier, Kampfgier, die euch treibt."

„Nein, Cäsar Julian. Merk' es dir, was ich dir heute sage: die Geschicke unsrer beiden Völker hängen davon ab: nicht Abenteuerlust, nicht Raubgier, nicht Kampffreude." — Hier erhob er sich und wandte mir das Antlitz zu mit einem Ausdruck, der ihn dämonisch verschönte: uns treibt die mächtigste der Göttinnen: die Not!"

So gewaltig war der Eindruck seiner Worte: — wir beiden Römer verstummten und sahen mit einem leisen Grauen zu diesem grimmentschlossenen Mann empor.

———

XXXI.

Ich wagte endlich zweifelnd den Kopf zu schütteln.

„Jawohl, die Not," wiederholte er feierlich. „Mag sein, daß hin und wieder jene Wagelust ein Häuflein von jungen Kriegern, eine Gefolgschaft zu einer Raubfahrt verführt: — das ist ein Nichts. Damit erobert man nicht römische Provinzen und wirft nicht eure Weltmacht über Rhein und Donau zurück. Nein, Cäsar Julian: sind es doch von den Kimbern an bis auf unsere Tage wirklich ganze Völker, mit Weibern und Kindern, mit Greisen und Kranken, mit Unfreien und Herden und allem Hausrat auf den rinderbespannten Wagen, die, immer und immer wieder, den von euch aufgezwungenen Vertrag brechend, an und über eure Grenzen fluten: — in das seit Jahrhunderten sichere, jedesmal vorauszusehende Verderben. Wähnst du wirklich, nachdem ungezählte Millionen von uns auf den Schlachtfeldern gefallen, auch Weiber und Kinder als Sklaven von euch fortgeschleppt, andere in euern Arenen verblutet oder als Colonen über alle euere Provinzen verstreut worden sind, — glaubst du wirklich, fast Jahr für Jahr wirft bloße Abenteuerlust diese Hunderttausende — auch von Wehrunfähigen! — immer wieder an eure Grenzen mit der sichersten Aussicht, zu zerschellen, zu versprühen wie die brandende Welle am Fels? Nein, das kann nur die einzige Göttin, die einzige Macht der Welt: die Notwendigkeit!"

Ich war sehr ernst geworden und Jovian suchte meinen Blick mit einem Seufzer. „Aber — welche Notwendigkeit, welche Not?" brachte ich hervor, tief ergriffen von des Mannes Erregung und von dem neuen Einblick in diese Bewegungen. „Hungersnot. — Wohl ist das Land weit,

das wir bewohnen, und solange die Ahnen als Weide-
hirten es durchzogen, nährte es die ganze Volkszahl. Wir
mußten aber seßhaft werden, seßhaft, nicht wie früher, nur
im Vorüberziehen, den Acker bestellen, von der ehernen
Mauer eurer Legionen festgehalten an Rhein und Donau.
Und nun geschah eine ganz gewaltige Mehrung des Volkes,
seit zu dem Ertrag von Viehzucht und Jagd die Korn-
frucht trat."

Besorgt sprach Jovian: „du hast Recht; unsere Feldherrn, unsere Schriftsteller staunen, wie nach den blutigsten
Verlusten aus euern Wäldern immer und immer wieder
neue Tausende hervorquellen." — „Unheimlich, grauen-
erregend ist solche Unerschöpflichkeit," rief ich, nicht ohne
leise Furcht. „Woher diese unglaubliche Fruchtbarkeit?"

„Sie ist die Folge der Keuschheit unseres Volkes.
Spät, mit dreißig Jahren etwa, berührt der Jüngling
zuerst ein Weib: — sein Eheweib! — Daher ist sie un-
erschöpflich, die keusch gesparte Jugendkraft. Bei euch hat
schon Augustus Geldbelohnungen für Eheschließung und für
Zeugung ehelicher Kinder ausgesetzt. Ich fürchte," spottete
er, „ein Kind, das gezeugt wird, aus Berechnung jener
Vermögensvorteile, — ich fürchte, das empfängt kein
Heldenmark."

„Ihr habt aber doch Raum vom Rhein bis an die
Mündungen des Ister!"

„Wohl: allein Wald und Sumpf, die fast alles Land
rechts vom Rhein bedecken, gewähren der unaufhörlich
wachsenden Menge nicht Nahrung: und wir haben weder
Kenntnisse noch Geduld noch Gerät, all' das Ödland in
Bauland zu verwandeln; so ist's die Landnot, die Brotnot,
die uns treibt. „Land, Land, Land, um es zu bebauen!"
schreien wir seit den Tagen der Kimbern und der Teutonen
— vierhundert Jahre lang! — euch zu, „dagegen wollen

wir kämpfen gegen all' eure Feinde." Und eure Antwort?
„Eure Brüder, die Teutonen," höhnte Marius den Kimbern
zu, „haben schon so viel Land als sie brauchen: — ein
Grab." Und selbst ein Tacitus sagt achselzuckend: „die
Erde gehört nun einmal dem Römervolk: — seht zu, wo
ihr bleibt." „Gut denn; wir werden zusehn!" knirschte
er grimmig. „Darum, ich wiederhole, giebt es mit euch
keinen Frieden, solang solche Hybris euch erfüllt. Darum
müssen wir notwendig, wie Welle auf Welle an das Ufer
rauscht, über alle aufgezwungnen Verträge hinweg immer
wieder in euere Provinzen brechen: bis wir untergegangen
sind, oder ihr uns so viel Land einräumt als wir brauchen.
Deshalb, o Cäsar, die Rätsel, die du immer nicht lösen
konntest: deshalb bauen Alamannen und Franken die Äcker
in Gallien: nicht ausplündern wollen, besitzen und be-
siedeln müssen wir's. Deshalb setzen wir uns nicht in die
Städte (in denen ihr auch uns, wie in Mäusefallen, fangen
würdet, wie weiland die Gallier): denn in den Städten
können wir nicht Korn bauen, um davon zu leben: deshalb
fandest du uns nicht siedeln in Köln, Straßburg, Zabern.
Nicht Räuber, — Einwanderer sind wir. Nicht freiwillig,
notgezwungen kommen wir zu euch, wie der Schiffbrüchige,
den die Welle ans Gestade wirft."

Er schwieg nun. In großen Schritten durchmaß er
das Zelt, die gewaltige Bewegung niederkämpfend: er glühte
im Innern: aber außen blieb er fest und ruhig wie Fels-
gestein.

Ich staunte ihn sprachlos an, diesen fränkischen Königssohn. „Und der Ausgang?" fragte Jovian, sehr ernst
blickend. „Ist unberechenbar," erwiderte Serapio. „Viel,
sehr viel spricht für euren Sieg: — am lautesten unsere
Fehler. Solang der batavische Gaukönig lieber dem
Römer sich unterwirft als dem batavischen Stammgenossen,

so lang der Chatte Mainz lieber dem Cäsar gönnt als dem Alamannen, solange wird es gehen, — nun, . . . wie es bei Straßburg ging! Aber" — er richtete sich hoch auf — „es kann auch anders kommen. Und deshalb, nur deshalb allein leb' ich noch, o Freund Julian: ich lebe von der Hoffnung für mein Volk: die Franken. Die andern gehen mich — noch! — nichts an. Stürbe diese Hoffnung in meiner Brust: — ich würde sie nicht über-leben.

Sieh, als ich, in der Genesung begriffen unter deiner gütevollen Pflege, — die Christen sogar müßten dich loben für diese Feindesliebe — allmählich dein ganzes hohes Geisteswesen erkannte, auch deine Staatsmannskunst be-wundern lernte, wie ich an jenem heißen Augusttag — zu meinem Schaden! — deine Feldherrnschaft erprobt hatte, — da kam mir einmal — aber es war noch im Wundfieber! — der Gedanke: „stirb, Meroswech, da drüben hängt ja dein Schwert: — stirb. Dieser Cäsar ist zu groß: — an ihm muß dein Volk scheitern."

Ich horchte hoch auf (— das weißt du, o Lysias, von dem Lobbegierigen: — Lob aus dem Munde dieses Feindes! —). Aber er fuhr fort: „Jedoch bald kam die Klarheit. „Nein," sagte ich mir, „kein einzelner — und sei er noch so geistbegabt — kann den Ausschlag geben in dem weltgeschichtlichen Ringen zweier Völker." Wer ist stärker, frischer, zukunftreicher? Rom oder das blonde Volk thörichter Helden da drüben in den dunkeln Wäldern?

Ich glaube! wir! So jauchzte mein — selber thöricht — Herz frohlockend auf und ich sprach zu mir: „feig wär' es, dein Volk aufzugeben, solang es hoffen kann. Der Eid, den der sterbende Claudius Civilis am Hügel seines — meines! — großen Ahnherrn Armin seinem Sohne, meinem Namensgenossen, Meroswech, abnahm, den wir alle wiederholt haben, von Geschlecht zu Geschlecht; — er bindet mich an das Leben, solang mein Volk lebt. Mein Volk, das heißt, der Stolz auf mein Volk hat mich gesund und rein erhalten in der Krankheit und dem Schmutz eurer verpesteten Städte: ich schulde ihm Dank. Und ich liebe sie so heiß, diese einfältigen Helden mit den Riesenleibern und den unbcratnen Knabenherzen, die jede Begeisterung fortreißt: bald in den herrlichsten Heldentod, bald in die zwecklosefte Dummheit. Ja, viel, viel lieber sind mir meines Volkes Fehler als euere Vorzüge. Mein Volk ist mein alles!"

Wieder schwiegen wir beide, tief ergriffen. Nicht ohne Neid sah ich auf den Mann, der das so wahrhaftig von sich sagen konnte! „Mein alles," dachte ich, „ist mir das Römerreich — nicht. O nein! Die Götter, das Wissen von den Göttern, mein Ruhm (ach, ja gar sehr!) und Helena . . ." Da riß mich's fort: „Freund," sprach ich nachdrucksam! „hast du nie ein holdes Weib geliebt?"

Er stockte plötzlich in seinem erregten Auf- und Nieder- wandeln. Er blieb dicht vor mir stehen und kreuzte die Arme über der breiten Brust; dann begann er: „man spricht nicht von solchem. Aber — da es zu dem andern gehört, — mögt ihr — als die einzigen — es wissen. Ja, vor acht Jahren war's. In Attika. Da blühte eine Jungfrau! — Unsagbar schön. So denk ich mir euere Artemis. Auch sie war mir gut: — glaub' ich. Ihr Vater hätte sie mir nicht geweigert. Ich aber bezwang mein Herz und schwieg: und schied."

„Warum?" fragte Jovian hastig. Dann errötete er. — „Ich will kein Mischgeschlecht erzeugen. Sollen wir Germanen allmählich verrömern wie die Gallier? Die Könige wenigstens der Franken sollen nicht Hälblinge sein. — Es that sehr weh. Ich trug's für mein Volk.

— Genug. — Ich kann nicht mehr. — Ich muß in die Luft — in die Einsamkeit — unter die Sterne . . ." Und rasch war er aus dem Zelt verschwunden.

Ich aber fand keinen Schlaf in jener Nacht. Eine ganze Welt neuer Sorgen war mir aufgestiegen bei den Worten des Franken. Ist es so, wie er sagt? Sind diese Germanen mehr als staatsunfähige Räuber? Das wäre dann die Hauptfrage unserer Zukunft. Bah, ich kann's — das heißt: ich will's nicht glauben. Sowenig die alten Götter tot sind, sowenig starb der Beruf Roms zur Weltherrschaft.

Ein einziger begeisterter Mann könnte die gestürzten Götter, könnte die gehemmte Weltherrschaft Roms wieder herstellen. Weh, daß Constantius der Imperator das nicht kann, und daß Julianus, der Cäsar, das nicht darf!

Aber einprägen will ich mir diese Iden des Juni. Und den überwältigenden Eindruck dieses Germanen. Und nie mehr in „griechischer Leichtherzigkeit" die Germanengefahr unterschätzen. — Als Jovian sich verabschiedete, fragte ich ihn: „würdest du ein geliebtes Weib aus solchen Gründen aufgeben?" Er errötete wieder: nach einer Weile sprach er fast traurig: „ich fürchte: nein. Solche Leidenschaft, — es ist wie Wahnsinn: aber heiliger! — für unser Volk habe ich nicht. Ach, wir sind kein Volk. Wir sind nur ein Reich: aber kaum mehr ein römisches. Dieser sonst so kühle Germane! ich beneide ihn um solche Glut. — Mag sie auch Thorheit sein und eitle Hoffnung." Oh ihr Götter! Hätte ich nur auf ein paar Jahre die Macht in Händen! Ich wollte alles, alles wenden. Ein Mann genügt, auch ein Volk wieder zu schaffen, unter der Gunst der geretteten Götter!

————

XXXII.

Ach, Jovian hat Recht! Wir sind kein „Volk", kaum
noch ein „Reich" von Römern. Meine Scharen, aus allen
Völkern der drei Erdteile zusammengewürfelt, fechten wacker,
aber sie sind keine „Römer", kein Volksheer: sie haben
keine Vaterlandsbegeisterung mehr und keine Zucht der Pflicht.
Ich weiß, sie lieben mich, weil ich sie zum Siege führe
und menschlich behandle: — und doch meutern sie schon
wieder: — wie damals zu Mainz!

Voconius und Berung, die des Heeres Vertrauen haben
wie das meine, melden: einen andern Feldherrn hätten die
Grollenden jetzt erschlagen: — mich mögen sie leiden: deshalb schimpfen sie nur. Aber zum Gehorsam reicht ihre
Liebe zu mir nicht aus. Römische Legionen! Und ich
heiße „Cäsar". O, vergöttlichter Julius, welche Schmach
für deinen Namen!

Überzeugt durch die Worte Serapios bewilligte ich den
Saliern ihre Bitte, in dem nun einmal von ihnen besetzten
Lande wohnen bleiben zu dürfen, selbstverständlich unter
Anerkennung der Oberhoheit Roms: ich wollte sie nicht
durch ein Nein zu einem Kampfe der Verzweiflung treiben.
Auch jene sächsischen Chauken, erfuhr ich, sind nicht aus
Mutwillen in die alten Sitze der Salier eingedrungen,
sondern wegen mangels an Land, an Ackerboden, an Korn
hat die Volksversammlung beschlossen, der dritte Teil all'
ihrer Sippen, durch Runenlosung, also durch der Götter
Auswahl, bestimmt, müsse, Raum für die andern zu
schaffen, auswandern mit Weib und Kind und Habe und
sich, ein heiliger Lenz des Volkes, eine neue Heimat
suchen. So wird Serapios Zeugnis über die Landnot be-
wahrheitet.

Um aber die bedrohte Grenze zu sichern, ließ ich drei durch die Barbaren zerstörte Kastelle nahe dem Ufer der Maas wieder herstellen durch Teile meines Heeres, die während dieser Arbeit vom Waffendienst entbunden wurden. Eine dieser neuen Festen, die Erbauung machte schwere Mühe! — habe ich zu Ehren des ruhmreichen Helden Herakles „Heraklea" genannt! Ach! Er war ein Halb= gott und eine hehre Göttin verfolgte ihn, die nicht — log. Ich bin nur ein Mensch und mich verfolgt — Con= stantius!"

Und mir trotzen meine eignen Krieger! Hatten die Leute schon über die Schanzarbeit gemurrt, so gerieten sie in gefährlichste Erregung, als ich ihnen die Hälfte der mitgeführten Mundvorräte abnehmen mußte, die Besatzungen in den hergestellten Festen zu ernähren. Ich hatte gehofft, wie im Vorjahr das Getreide verwerten zu können, das die Germanen auch hier gar fleißig gebaut haben: aber ich hatte den naßkalten Himmelstrich der Sumpf= und Waldlandschaften hier nicht erwogen: des Korns die Fülle stand auf den Feldern: aber es war noch nicht reif.

So geriet es in einige Verlegenheit, das „leichtherzige Griechlein". Aber die Undankbaren! — Drohend erhoben sie sich gegen mich. Ging ich durch die Gassen des Lagers, schimpften sie mir nach: „Asiate!" „Griechlein!" „Dumm= kopf im Philosophenmantel." (Letzteres verdroß mich bitter!) „Verhungern läßt uns deine Weisheit." „Haben wir doch, seit du in Gallien bist, niemals — gar nie! — den längst schuldigen Sold erhalten. Vom Raube, vom Feinde müssen wir leben!"

Ach das ist leider wahr! Ich habe kein Geld und Constantius sendet keins. Was ich unerläßlich brauchte, hab' ich den Provinzialen abgebettelt mehr als abgedrungen. Diese Armen dauern mich ja am meisten. Soll ich ihnen abzwingen, was ihnen die Barbaren noch gelassen haben? O Reich der Römer, wie krank bist du, wie arm! Die reichsten Länder der Erde sind dein und du hast nicht Korn, nicht Geld, deine Bauern hungern wie deine Krieger. Und ich, der ich die Heilmittel für dich kenne, ich darf nicht dein Arzt sein!

Ich bin überzeugt, Constantius läßt uns hier absicht=lich darben. Er will nicht, daß meine Leute zufrieden seien, an mir mit Liebe hängen. Mein Heer ist das einzige, dem er auch die üblichen Jahresgeschenke nicht ge=spendet hat. Und jetzt weiß ich auch, weshalb er mir als außerordentlichen Finanzbevollmächtigten jenen Geheim=schreiber Gaudentius geschickt hat: mich zu überwachen, daß ich nicht die Liebe des Heeres allzusehr gewinnen könne durch Geschenke. Oh ihr Götter, ihr wißt es, daß von euch allen den geringsten Verkehr mit mir pflegt Plutos, — der des Reichtums!

Neulich spürte ich (— ich sah es nicht: denn ein Spiegel zählt weder zu eines Philosophen noch zu eines Feldherrn Hausgerät —) beim Schließen des Panzers am Halse, daß mein Bart allzulang und wirr gewachsen war in diesen Wochen. Nach einer alten Lagersitte bat ich den längst dienenden Fahnenträger — (es war Voconius —), mir ihn statt mit dem Scheermesser mit dem Dolch abzuschneiden, und dann reichte ich ihm dafür — ebenfalls nach einge=wurzelter Feldzugsitte — vor den Waffengenossen die Hand und ein kleines Geldgeschenk.

Sofort erklärte Gaudentius, der zugegen war, er müsse solches Buhlen um die Gunst der Krieger und solche Geld=vergeudung mißbilligend dem Imperator melden! Die Gunst der Krieger, die mich mit Schimpfworten verfolgen! Mit Mühe gelang es meinen Bitten, meinen Beschwörungen,

sie wieder zu besänftigen. Jene Scheltrufe? Ich that, als
hätte ich sie nicht gehört. (Aber sie ärgerten mich stark.)

———

Für meine armen Legionen hat man nicht soviel Geld,
ihren Sold zu bezahlen: — aber von den Barbaren
schimpflich zu erkaufen, was Rom früher von ihnen zu
erzwingen stark genug war, — dafür sollte mit vollen
Händen verschwendet werden.

Für die Verpflegung unserer Besatzungen am Rhein
sind wir angewiesen auf die Getreidezufuhr aus Britannien
von den Rheinmündungen her. Die Franken sperrten uns
diesen Verkehr: sie beherrschten den Strom! Da wollte
ihnen Gaudentius zweitausend Pfund Silber (— offenbare
Schatzung! —) zahlen für die Erlaubnis unserer Schiff-
fahrt bis in die See. Diesen schmählichen Handel aber
vereitelte ich! Ich erzwang unseren Schiffen freie Fahrt:
mit sechshundert Segeln (— meist nur kleinen Fracht-
schiffen! —) fuhr ich den Strom zu Thal, von denen ich
vierhundert in den letzten zehn Monaten selbst hatte bauen
lassen — (du siehst, ich habe fleißig geschafft: Helena, den
Göttern, Maximus, und meinem Schlaf brach ich an den
ihnen gebührenden Stunden ab). Dazu verwandte ich
jenes Silber.

Nun habe ich auch die britannische Insel gleichsam
wieder entdeckt: wenigstens für Rom war sie seit Jahren
wie vom Meere verschlungen: jeder Zusammenhang war
uns durch Franken und Sachsen, die den Übergang beherrschten, abgeschnitten. Jetzt kamen zuerst wieder Nachrichten aus der Insel zu uns: aber welche Nachrichten!
Klagen der Verzweiflung! Die Römer dort können sich der
Einfälle der räuberischen Kelten, — der Pikten und Skoten,
— nicht mehr erwehren, die längst über die gegen sie

errichtete Piktenmauer eingebrochen sind. Nicht nur hoch im Norden York, selbst Colchester und sogar London sind bedroht. Ach, an allen Grenzen dieses götterverlassenen Reiches hüpfen die Barbaren über die alten Schutzwehren! O wer überall helfen dürfte: in Amida, in London, wie in Köln. Es reizte mich gar mächtig, dem großen Julius auch darin nachzuahmen, selbst auf jenem Nebel=Eiland zu landen: wie schön würde das klingen: „die Themse wie den Rhein hat Julianus wieder zu römischen Flüssen gemacht." Allein Jovian hielt mich zurück: er hat Recht: „zuerst das Notwendige, dann das Glänzende," sagte er. Ich bin noch in Gallien nicht zu entbehren. So schickte ich mit schmerzender Entsagung den Waffenmeister Lupicin mit herulischen Söldnern und zwei römischen Abteilungen von Boulogne nach Dover, vor allem London Hilfe zu bringen.

————

Ein blutiges Abenteuer, ein echt germanisches, mitten im Lager des Cäsars! Ja, wer sich Wölfe hält, darf sich nicht wundern, daß sie beißen: wie andere Geschöpfe, so auch die Mitwölfe in ihres Herren Dienst.

Gegen die meist zur Nacht unternommenen Streifzüge der Chauken und der Chamaven waren dem römischen Gebiet schon vor meinem Eintreffen seltsame Verteidiger erstanden: wider jene Räuber „Gegenräuber". Ein Franke, ein Sugamber, Charietto, hatte früher vielfach an solchen Raubzügen gegen uns sich beteiligt: dann aber ward er von seinen Stammgenossen wegen irgend einer Unthat auf Antrag ihres alten Königs Mälo friedlos gelegt und floh als Überläufer zu uns. Der riesenstarke und listige Räuber rächte sich: er versteckte sich mit ein paar Raubgesellen, zumal einem Genossen solcher Friedlosigkeit, einem Chamaven, Chercho, in den dichtesten Wäldern, beschlich nachts die

Dörfer oder Höfe, oder auch die Lager seiner germanischen
Stammgenossen, schnitt den Schlafenden, auch Weibern
und Kindern, die Köpfe ab und brachte sie nach Trier
oder Köln, wo er von den römischen Beamten für jeden
Kopf einen Solidus erhielt.

Ich kann nicht sagen, daß mir diese Art von Kriegführung sonderlich gefiel. Aber der Krieg und die Not
machen hart. Ich nahm die wilde Schar in Dienst
(— die Zahl wuchs nun rasch an —) und verwandte sie,
wie der Jäger die Wolfs- und Eberhunde, die er in das
für Menschen undurchdringliche Dickicht treibt und so die
Bestien hier aufstöbern und auf der andern Seite sich entgegen hetzen läßt. So benutzte ich geraume Zeit diese
Kerle, aus den ihnen vertrauten Sümpfen und Wäldern
die darin verborgnen Germanen von Nordwest her meinen
auf der Südwestseite harrenden Kohorten entgegentreiben
zu lassen; jenes nächtliche Kopfabschneiden verbot ich ihnen.

Eines Morgens waren Charietto und Chercho verschwunden aus ihrem Zelt. Sie kamen nicht zurück. An
ihrer Statt erschien Serapio bei mir, leicht am Arme verwundet. „Sie sind tot,“ — sagte er — „beide. Ich
ahnte, daß sie, trotz deinem Verbot, ihr scheußliches Handwerk fortsetzten. Denn Gaudentius kauft noch immer —
heimlich — Germanenköpfe. Ich ging ihnen entgegen in
den Wald. — Richtig! Bald kamen sie daher mit vier
abgeschnittenen Köpfen, darunter dem eines Weibes. Ich
schalt sie Neidinge, mitten unter ihrem Troß, und schlug
sie tot. Die andern flohen.“

„Höre, Freund,“ fuhr ich auf, „wer hat dich zum
Richter bestellt über römische Söldner?“ „Söldner?
Schützt der Priester des Sonnengotts den Nachtmord?“
fragte er dagegen und schritt hinaus.

———

Aus Rom kommt soeben ins Lager seltsame Kunde. Noch hat der Tag von Straßburg sich nicht gejährt: — und der riesige König Chnodomar ist tot!

Der Imperator hatte ihn eingebannt zu Rom in den Zelten der Fremden auf dem cälischen Hügel. Der Gefangene ist, schreibt man von dort, nie mehr ganz aufgewacht aus jenem dumpfen Brüten, aus jener Betäubung, in der er mir den Schwertstumpf vor die Füße warf. Er schwieg und schwieg auf alle Fragen. Nur manchmal stöhnte er tief auf, schüttelte das rote Gelock und seufzte: „es ist alles nichts! es ist alles gleich. Es sind keine Götter. Auch Donar ist nicht." Armer Mann, der nicht an Götter glauben kann! Lieber würde ich sofort sterben. Die Ärzte nannten seine Krankheit „Greisenkrankheit". Aber er zählte etwa vierzig Jahre. Es war wohl eher schwermütige Verzweiflung.

Wieder eine Reihe Todes- und andere Unrechtsurteile hat Constantius gefällt. Die Furcht für seinen Thron als Mutter und der Haß gegen die alten Götter als Vater erzeugen miteinander in seiner Seele die Verfolgungswut gegen die Befragung der Götterzeichen.

Seine überall horchenden Lauscher berichten ihm: ein Präfekt ließ sich von einem Zeichendeuter erklären, was ein Wiesel bedeutet habe, das ihm über den Weg gelaufen? Der Mann gesteht die Frage und wird geköpft. Ein Tribun befragt einen andern Wahrsager, was der wiederholte Pfiff der Spitzmäuschen ihm verkünde? Der Wahrsager wird gefoltert, der Tribun wird erdrosselt. Ein greiser Kaufherr leidet an der Gicht: er läßt sich von einem (alten) Weiblein den geschwollenen Zeh besprechen nach einer (noch ältern!) alt-etruskischen Formel. Der Greis wird gehängt, das Weiblein lebend verbrannt. Warum all das? Weil bei diesen Befragungen auch nach der Zeit des Todes des Augustus und nach dem Namen seines Nachfolgers geforscht werden konnte! Das genügt! Eine Frau, von ihrem Buhlen angestiftet, bezichtet ihren Ehemann, er verberge heimlich einen Purpurmantel im Hause: — der Mann wird wegen Verdachtes der Empörung hingerichtet: hinterher gesteht das Weib die Lüge. In Perigeux verklagt ein rachsüchtiger Sklave seinen Herrn, er habe sich zwar nicht aus purpurfarbnem Stoff, aber ganz nach dem Schnitt der Chlamys des Augustus einen Mantel fertigen lassen für festliche Gelage, wie sie dort mit reichem Aufwand üblich sind: dem Aquitanier wird das Leben geschenkt, aber das Vermögen eingezogen. Und ihr duldet das alles im Reich Marc Aurels, ihr unsterblichen Götter? Ein solcher ... Mann darf herrschen über Rom? Neulich nannte er sich selbst — anstatt wie seine Vorgänger, etwa: „meine Hoheit" — vielmehr: „meine Ewigkeit", »Aeternitas mea!« „Herr der ganzen Erde." Ist das nicht Hybris, welche die Nemesis heraufbeschwört? Ewig! Nicht einmal alle Götter sind ewig, nur der oberste.

Aber ich hasse auch die so beliebte Verurteilung, das heißt Ausplünderung von reichen Leuten, unter dem Vorwande des Hochverrates: Constantius schenkt ihnen dann wohl zuweilen das Leben, nimmt ihnen aber alle Lebensmittel. Neulich verklagt bei mir ein solcher Angeber (— Delphidius heißt er —) den reichen Statthalter der Narbonensis. Da er dem Leugnenden nichts beweisen kann, weise ich die Klage ab. „Ei, aber Cäsar," ruft er ärgerlich, „wenn es genügt, zu leugnen, wird man keinen mehr verurteilen können." „Und wenn es genügt, anzuklagen, wird man keinen mehr freisprechen können," erwiderte ich und sprang auf von dem Tribunal.

Philippus schickt mir da (— als Nachschrift auf einem kleinen Zettel —) eine seltsame Warnung: er habe (wieder einmal!) die Sterne nach meiner Zukunft befragt: ich solle nie „Phrygia" betreten, dort drohe mir Todesgefahr. Nun, es sieht nicht danach aus, daß ich je vom Rhein an den Mäandros komme. Die Todesgefahr liegt mir hier erheblich näher!

XXXIII.

Wieder ein paar Wochen ohne Ruhe zum Schreiben! In starken Märschen (— denn abermals galt es Überraschung! —) eilte ich vom Unterlauf des Rheines bis Mainz und überschritt hier den Strom: drohenden Bewegungen der Alamannen zuvorzukommen und das linke Rheinufer durch Wiederbeherrschung des rechten zu sichern: — dieses ist das einzige sichre Mittel und — echt cäsarisch! Auch drängt mich noch eine besondere Pflicht über den Rhein zu jenen Alamannenkönigen. Seit Jahren haben sie, während der Wehrlosigkeit unserer Grenzen, zahllose Gefangene aus unsern Villen, Dörfern, Städten fortgeführt: — zumal geschickte Arbeiter in allen Handwerken, die sie als Lehrmeister verwenden.

Das soll nicht sein. Das Wenigste, was ein Unterthan des Reichs verlangen kann, ist doch, daß er nicht fortgeschleppt wird wie ein Rind von Bären. Und dann — je mehr diese Barbaren lernen, desto gefährlicher werden sie: — nicht als Feinde nur, als immer mehr Genuß und Bildung verlangende Nachbarn.

So habe ich in diesen Monaten mir möglichst genaue Verzeichnisse aller aus unserem Gebiet gefangen fort-

geschleppten anfertigen lassen von den Behörden des Orts
und den geretteten Familiengliedern. Alle müssen mir die
Barbaren herausgeben! Ach ich vielen wachen Nächten
(— neben Libanius und Maximus! —) las ich in diesen
schmach= und trauervollen Listen! Und mein glückliches
Gedächtnis (— in diesem Fall „unglücklich!" —) prägte
mir genau die Namen ein, auch wie viele und welche auf
jeden der feindlichen Könige fallen.

Serapion entließ ich hier auf Besuch zu seinem Vater,
unter dem Versprechen, sich in Paris wieder zu stellen,
sobald ich dort die Winterquartiere beziehen würde.

Mein Vordringen geriet unerwartet ins Stocken: —
aus unglaublichem Grunde! Der Führer der Vorhut,
Severus, ein alter Kriegsmann (noch bei Straßburg hat
er sich gut bewährt), verfiel in Furcht: nicht vor den
Heeren, aber vor den Wäldern der Germanen. Ich ge=
stehe, sie haben etwas Grauenerregendes — ich bringe auch
nicht gern hinein: Helios erscheint wie unmächtig in diesen
dunkelgrünen Schatten der dicht ineinandergewachsenen Wipfel.
Aber was thut Severus? Er zwingt (— unter Todes=
drohungen —) die landeskundigen Wegweiser, die ich ihm
mitgegeben und die ihn raschen Schritts ins Innere
führten, auszusagen, sie könnten nicht weiter: sie wüßten
nicht mehr Weg noch Steg!

So erlahmte das Vordringen bis ich eintraf, den Trug
entdeckte, den baumscheuen alten Helden mit einem scharfen
Verweis nach Paris sandte (— setz' ich ihn ab, schickt
mir der Imperator gewiß keinen bessern! —), und nun
selbst die Vorhut in die unheimlichen Sumpfwälder führte.
Denn die Germanen lieben es, ihr Rodland, das sie durch
Axt und Feuer dem Wald abgerungen, das ihre Einödhöfe
oder Dörfer und das Korn trägt (sowie die Wiesen des
gelichteten Waldes, wo sie ihre Herden weiden), mit einem

schwer durchbringlichen Gürtel von Urwald und Ursumpf zu umgeben: in diesem Grenzwald sperren und verteidigen sie jeden Zugang durch Verhack und Verhau: ist aber dieser Landhag durchbrochen, sind sie ziemlich wehrlos.

So wie wir eingedrungen, flohen sie — nach Nord= osten — weiter. Meine Leute, erbittert über die Beschwerden dieser Märsche durch Waldsumpf und Sumpfwald, hausten arg mit der Fackel: Saaten und Gehöfte und Dörfer ver= brannten sie, einzelne Menschen, die sich verspätet hatten, Greise, Weiber, Kinder hieben sie ohne Erbarmen nieder, was sie von Vieh erreichen konnten, schlachteten sie (— nicht aus Hunger: wir haben nun zum Überfluß! —) aus Bos= heit, um die Barbaren nach Kräften zu schädigen.

Ich kann's nicht hindern, kann nicht überall sein. Auf meine Mahnung zur Menschlichkeit antworten sie mit Lachen, die frömmsten d. h. gebeteifrigsten Galiläer nicht minder als meine sterneanbetenden numidischen Schützen zu Roß. Bellona ist die schrecklichste der Göttinnen!

Die furchtbaren Leiden ihrer Gauleute mürbten endlich die harten Herzen der grimmsten zwei Alamannenkönige, die bei Straßburg gegen uns gefochten und blutend das Feld verlassen hatten: König Suomar und König Hortari erschienen selbst in meinem Lager, baten um Frieden und unterwarfen sich. Prächtige Männer, auch in dieser Lage noch ihrem Stolze nichts vergebend: „der Ungunst der Götter weichen wir," sagten sie, „um der Not unseres Volkes willen."

Als ich ihnen (— sie verstehen trefflich Latein! —) erwiderte, ihre Götter seien eben nur Dämonen, schwächer als — die meinigen (wagte ich zu sagen, obwohl Gaudentius lauernd zur Seite stand), schüttelten sie trotzig die gelben Mähnen und Suomar rief: „Nichts ist gewaltiger als unsere Götter." „Ausgenommen das Schicksal," schloß Hortari ernst.

Seltsam! Ich staunte. Also bei diesen Barbaren im Neckarsumpf die gleiche Vorstellung wie bei Homer: eine Schicksalsnotwendigkeit, mächtiger als der Wille der Götter. Woher mag das kommen? Welche Fragen der Philosophie, der Religionsgeheimnisse drängen sich mir auf mitten im alamannischen Grenzwald!

„Und die Götter zürnen uns offenbar," — begann Suomar aufs neue. „Oder das Schicksal hat — gegen Wodans und Tius' Wunsch — uns Unsieg zugewogen. Die Nornen woben es so: auch sie weben, wie sie müssen, nicht wie sie wollen. — — Was verlangst du, o Cäsar?"

Diese Frage riß mich aus meinem religionsphilosophischen Staunen in die Pflicht des Dienstes zurück: ich befahl: „ihr habt fortan die Besatzungen zu verpflegen in den von mir erneuten Kastellen auf dem rechten Ufer, habt in Wagen= fuhren Baumstämme und Steine beizuschaffen für die Ver= stärkungsbauten." — Sie nickten schweigend. Ah, das war mir ein Augenblick übermenschlicher Lust.

Ich, das Philosophlein Julian, habe diese knirschenden Waldkönige gezwungen, — wie Probus, der neun Ger= manenkönige knieen sah vor seinem Zelt — wie in den größten Tagen Roms, an den Zwingburgen selbst zu bauen, an den Ketten selbst zu schmieden, die ihnen Land und Leute in Fesseln schlagen sollen!

Suomar seufzte schwer. Hortari schlug ihm tröstend auf die Schulter: „es währt nicht lang," sprach er. Aber so viel Alamannisch hab' ich verstehen gelernt: zornig fuhr ich den Tröster an: „jetzt schon sinnst du auf Treubruch?"

Doch unerschrocken erwiderte der Germane: „nicht doch. Aber du stirbst, wir sterben: unser Volk stirbt nicht. Stark ist ein Vertrag, stärker ist die Not. So gewiß der Neckar

in den Rhein geht und der Rhein ins Meer, so gewiß gewinnen wir wieder, was du uns jetzt abgezwungen."

Der Gedanke, die Unheilsweissagung Serapios!

Auch aus dem Munde dieses Barbaren, der nicht lesen,
nicht schreiben kann! Also ist das kein Geheimnis Erlesener
unter ihnen? — Die Ungeschulten, die Rohen glauben an
diese ihre sieghafte Zukunft? Schlimm! — Zornig fuhr
ich ihn an: „Schlecht steht es dem besiegten Barbaren an,
der hier in meinem Zelt um Frieden betteln muß, zu
drohen! Warum wähnst du, ihr werdet siegen?" „Das
wähnen wir nicht," sprach der andre, Suomar. „Das
wissen nur die Götter." „Oder das Schicksal," schloß
Hortari. „Vielleicht gehen wir unter, vielleicht ihr. Aber
Friede wird nicht zwischen uns. Wir gewinnen das Land,
das wir brauchen und das ihr uns vorenthaltet, oder wir
verhungern."

Wieder dies Wort! Ein Kampf ums Leben: — auf
Tod und Leben also. — Ärgerlich riß ich mich los von
diesen bedräuenden Gedanken. „Außer jener ersten Bedingung lege ich euch noch auf: Herausgabe aller Gefangnen, die ihr fortgeführt." — „Es sind viele, o Cäsar."
— „Ebendeshalb." — „Die uns Königen gehören, können
wir frei geben. Aber die unsern Heermännern als Beute
zugefallen . . ."

„Alle!" herrschte ich sie an. „Und damit ihr's wißt:
es sind 5783!" Sie staunten: ich winkte Jovian; er zog
viele Papyrusrollen aus meiner Schildpattkiste. „Auch ich
habe Götter," rief ich, „und meine Götter zürnen mir
nicht und haben kein Schicksal über sich. Wohlan, sie haben
mir die Namen aller der Unglücklichen offenbart, die ihr
geraubt. Gebt sie heraus."

Betroffen starrten die Barbaren vor sich hin.

„Du, Suomar, zum Beispiel," fuhr ich fort (— auswenbig, ohne in die Liste zu blicken — dank meinem guten Gedächtnis! —), „du giebst heraus die Leute, die du aus der Villa des Summus Barbatus zu Altrip geraubt, nicht nur ihn, auch Felicitas, sein junges Gemahl." Der Barbar fuhr zusammen. „Deine Götter —" stammelte er — „wissen viel —" — „Alles. Und das meiste vertrauen sie mir. Du, Hortari, bringst Forestarius, den Grammaticus, zurück nach Mainz mit Angelica, seiner anmutreichen Tochter. Fort! Und gehorcht."

XXXIV.

Ich schreibe nun wieder aus diesem Lehmnest Paris, in dessen Gassen man im Kot versinkt, sobald es geregnet hat. Aber ich habe ihn doch lieb gewonnen, diesen stillen Winkel an der Seine! — Hab' ich doch hier zuerst ungestört und lange mit meinem geliebten Weibe gelebt und erfreue mich dessen nun wieder. Es ist nicht zu sagen, wie glücklich wir sind! Nur ängstigt mich im geheimen ihre allzuzarte Gesundheit. Sie kann sich nicht erholen von den Arzneien jenes Niger.

Die Truppen habe ich in ihre gewohnten Winterquartiere verteilt und Jovian abermals nach Italien gesandt mit Anträgen an den Imperator, mit Briefen an die edle Eusebia, an Mutter und Schwester, denen jene durch ihre Güte die Haft erleichtert, in der sie als Geiseln meiner Treue am Hofe festgehalten werden. Nie erfüllt Constantius des treuen Jovianus Liebeswünsche: Und ich, der Bruder, der Cäsar, habe nicht einmal soviel Macht, die Hand der Schwester in die des Freundes zu legen!

Allerdings, auch die Mutter würde dem Ungetauften die Tochter nicht geben: hier würde mir ein schmerzlicher Kampf drohen: denn nie würde ich dulden, daß Jovian die Taufe nehme! Ich bin so stolz auf sein altvererbtes unbeflecktes Heidentum! („Hellenisten" nenne ich lieber die Verehrer der Götter.) Allein dieser Streit zwischen Mutter und Freund bleibt mir erspart: — solange Constantius lebt.

————

Seinem Worte getreu ist Serapio wieder eingetroffen. Wie lieb ich diesen seltsamen Barbaren, der mit Helena und mir die freien Abendstunden (— die einzigen, die ich der Arbeit entziehe —) in der Ilias liest oder über die Lehren des Maximus oder über die Mysterien des Osiris mit mir streitet. Er hält mit seinen letzten Ansichten über die höchsten Fragen gern zurück: doch verhehlt er nicht: sie widersprechen stark den meinen. Neulich, als ich ihn drängte, mehr zu sagen, lächelte er fein und sprach: „ich bin erst vierunddreißig Jahre, Julianus. Ich bin noch nicht über alles im reinen mit mir."

Der Spötter! Ich zähle freilich erst siebenundzwanzig! Aber schon seit drei oder doch seit zwei Jahren bin ich fertig mit allem! Unumstößlich stehen mir meine Lehren fest. O dürfte ich einmal in einem großen Redekampf vor allem Volk orthodoxe Galiläer — „Athanasianer" werden sie von den Ketzern genannt — Arianer, Semi-Arianer, Donatisten, Juden und auch dich, o Lysias, mit deinen kindlichen Göttergeschichten widerlegen! Mit Serapio streiten ist dagegen kein Vergnügen: er ist so skeptisch, so kritisch! Er verlangt von mir Beweise für Dinge, die sich mir ganz von selbst verstehen.

————

Jovian ist zurück. Er berichtet Trauriges: die Tage der herrlichen Eusebia sind gezählt! Philippus hat erklärt, all' seine Wissenschaft könne dies zarte Leben nur noch auf kurze Zeit erhalten. Sie weiß es und sie trägt wie ihre Leiden so die Gewißheit baldigen Todes mit wunderbarer Kraft und Ergebung. Sie betet viel zusammen mit meiner Mutter: — auch meine Schwester gleitet, wie ich fürchte, wieder tiefer und tiefer herab von der Höhe, zu der ich sie erhoben hatte durch meine Briefe: herab zu dem Glauben der Mutter, der Freundin. Diese sind ihr nah, sie sprechen, sie wirken durch Blick und Stimme: ich bin fern und muß schreiben! Und habe doch nicht die Zeit, auch noch die Schwester durch lange, häufige Briefe bei dem wahren Gotte festzuhalten.

Traurig ist mein Los hierin: Jovian schweigt zu meinen Lehren, Serapio bestreitet sie gründlich, die Mutter ist überzeugte, überfromme, ja leidenschaftliche Galiläerin, die Schwester vielleicht auf dem Weg, es zu werden: — du, o Lysias, schweigst zürnend, weil ich deine Volksgötter nicht anbeten kann. So steh' ich ganz allein! — Nur Helena, meine geliebte Helena versteht mich ganz und teilt alle meine Ansichten. Freilich meinte neulich mit fröhlichem Lächeln die holde Thörin: „ich fürchte, glaubtest du an den Galiläer oder an Teutates oder an Jehovah, — ich teilte auch diesen Glauben mit dir." Nicht sehr philosophisch und nicht gerade ein Beweis für die Stärke meiner Beweise! Aber für die Innigkeit ihrer Liebe: und das ist mehr!

————

O Lysias, klage, weine mit mir: Eusebia, die gütevolle, der ich alles danke: Leben, Freiheit, Helena, Ruhm und Ehre, — alles (ausgenommen die Erlösung von der Kirche, die ich dir schulde) — die edle Frau, sie ist nicht mehr!

Ihr Herz war krank, berichtet Philippus, unheilbar
krank. Sie schrieb mir durch den treuen Arzt: sie diktierte
ihm das Schreiben wenige Stunden vor ihrem Tode.
„Mein Freund! Wann du diesen Brief — den ersten und
den letzten von Eusebia! — erhältst, hat deine Freundin
ausgelebt, das will sagen ausgelitten. Doch nein! Das
war ungerecht, undankbar. Nicht ganz freudlos doch war
mein Leben: ich durfte dich und Helena beglücken. Dies
— und die Stunden jener Vorträge, die du in dem uns
beiden so teuren Athen hieltest — das sind die Freuden
meines Lebens gewesen: wahrlich, sie genügen. — Es
schmerzt mich, daß du von dem Leben nach dem Tod
anders denkst als ich, wie ich aus deinen Lehrbriefen an
Juliana ersehe. Ich kann dir darin nicht folgen. Aber
auch du glaubst ja an die Erinnerung unserer Seelen an
dies Erdenleben: auch du glaubst, daß verwandte Seelen
sich wieder finden und, nicht mehr getrennt von den Schranken
des Erdenlebens, selig sein werden. In diesem Glauben
rufe ich dir zu: „auf selig Wiedersehn, mein Freund Julian."

Was ist es doch, das so ergreifend zu mir spricht aus
diesen sehnsuchtvollen Worten? Sie rührten mich zu Thränen.
Ich fragte Helena: „was ist es, welch zart Geheimnis, das
hier zu mir redet?" Weinend barg sie das schmale Gesicht
an meiner Brust. „Ein zart Geheimnis! Du sagst es,
ohne zu wissen, wie wahr du sprichst. Du ahnst es nicht,
das Geheimnis, das die Freundin ins Grab mitgenommen.
Und ich — ich werde es nie verraten." Ich versprach
ihr, nie danach zu fragen.

———

In der edlen Imperatrix verlor ich auch meine beste
Fürsprache und Verteidigung am Hofe: das vorletzte Band,
das mich mit Constantius verknüpft. Nun bleibt, uns

zusammenzuhalten, nur noch Helena. Sie aber kann nicht in seinem Palatium meine Sache führen. Seit dem Tode meiner Beschirmerin schlagen, wie ich durch vertraute Boten des Philippus vernehme, meine Feinde, Eusebius und die übrigen Eunuchen, dann Marcellus, Florentius, Barbatio, einen noch viel lauteren, heftigeren Ton der Schmähung wider mich an. Diese Schmeichelkünstler verhöhnen, der Eifersucht und dem Neide des Augustus zu gefallen, auf das frechste all' meine Thaten, meine Erfolge, ja schon die Häufigkeit meiner Berichte. Und doch wissen sie sehr wohl, daß ich diese vielen Berichte einsenden muß (— über jede Kleinigkeit, wie ein Büttel dem Richter! —) auf strengen Befehl des Imperators, dessen ewig waches Mißtrauen stets von meinen Schritten unterrichtet sein will.

„Ekelhaft," schreien sie in dem Palaste, „werde dieses „Siegerlein", der Affe im Cäsarengewand, der geschwätzige „Maulwurf" (ich habe noch nie einen Maulwurf plaudern hören!), „dieser griechische Schulmeister, dieser Philosoph mit dem langen Ziegenbart, dieser Stubengelehrte, dieser Weichling (ich lasse während dieses strengen Winters [— die Seine trägt Lastwagen —] nur Helenas Gemächer er= wärmen, nicht mein Arbeitszimmer), der jeden seiner Schritte übertreibend ausschmücke mit zierlichen Redens= arten" (ich kann doch meinem Lehrer Libanius keine Schande machen, und nun ja: mein Stil ist mir wert= voller als meine ganze Feldherrnschaft; ein Brief, den ich neulich an die Bürgerschaft meines geliebten Athen schrieb, gilt mir höher als meine Rheinübergänge).

———

XXXV.

Der Winter ging dahin unter unablässiger Arbeit. Sie zehrt an mir: ich bin gereizt, aufgeregt. Den Schlaf, den ich so oft mit Gewalt vertrieben, — ich finde ihn nun auch nicht mehr für die zwei Stunden, da ich ihn suche.

Ich wehrte überall dem übermäßigen Steuerdruck, ich setzte die Kopfsteuer — die Steuer der Armen! — stark herab, ich verfolgte die Beamten, die sich durch Erpressungen oder Unterschlagungen bereichert hatten, ich saß selbst zu Gericht und entschied in wichtigen Klagesachen. Aber auch für den nächsten Feldzug sorgte ich wieder vor: denn es ist kein Ende abzusehen mit diesen Germanen! Es ist als hätten sie sich verabredet, Serapios Worte zu beweisen.

Im Mai nahm ich zu Paris Abschied von der geliebten Frau, die, immer lächelnd, versuchte, auch diesmal zu lächeln, mich über Schmerz und Sorge hinwegzutäuschen: es gelang ihr schlecht: zuletzt warf sie sich in einem Strom von Thränen in meine Arme. Sie wird immer unirdischer! Schon auf Erden streift sie die Leibeshülle ab. Ich ließ Oribasius bei ihr, den weisen Arzt, und — Serapio. Der versprach mir, über sie zu wachen: — Keiner wacht treuer.

Für die Zufuhr — der Vorräte aus Britannien — hatte ich ja nun gesorgt: in der That, zu Ende des Winters trafen die ersten Sendungen von dorther wieder ein. Vorausschend hatte ich in Bonn, in Andernach, in Bingen, in Neuß, dann in Doorenburg, in Kleve, in Xanten die halb zerstörten Mauern wieder ausgeflickt und überall hier Vorratsspeicher angelegt. Die Barbarenkönige der Umgegend schafften nach dem vorjährigen Vertrage auf den eignen Wagen die Steine und das Holz herbei, und die Truppen zeigten besten Willen, bei der sonst unbeliebten

Bauarbeit zu helfen. Stämme von mehr als fünfzig Fuß schleppten sie auf den Schultern heran. „Das thun wir dir zu Liebe, Cäsar," riefen sie mir zu, „nicht für den Imperator und nicht aus Pflicht, nicht für den Sold, den wir fast nie erhalten."

Nach diesen Sicherungen unternahm ich meinen dritten Rheinübergang: aber nicht von Mainz aus, wie alle meine Feldherrn — auch Jovian — rieten.

Warum? Ach aus einem für die Mannszucht meines Heeres sehr beschämenden Grunde! Unser Erfolg bei dem Eindringen in die feindlichen Gaue setzt voraus, daß die im Vorjahr unterworfnen Könige Suomar und Hortari in unsrem Rücken Frieden halten, den sie bisher treu gewahrt. Nun liegen ihre Gaue gerade gegenüber Mainz. Ich aber — ich kann nicht einstehen für die Mannszucht meiner Scharen!

Sie lieben mich, sie vergöttern mich, aber sie gehorchen mir nicht! Giebt es zu plündern, giebt es weißarmige, goldlockige Germaninnen zu rauben — sie thun's vor meinen Augen und lachen meines Zorns. Ich finde nicht genug Gehorsame, die Unbotmäßigen strafen zu können. Und laß ich's auf das Äußerste ankommen, — bei aller Liebe schlagen sie mich tot. Sollen die Barbaren Treue gehalten haben und das Heer des Cäsars treulos über sie herfallen? Soll ich diese Könige in meinem Rücken zu ergrimmten Rächern machen? Nein!

Weit unterhalb von Mainz setzte ich zur Nacht über den Strom in vierzig Gondeln (— einst für Lustfahrten der römischen Villae bestimmt: es ist jetzt für Römer keine Lust mehr, hier zu gondeln!), nur dreihundert Leichtbewaffnete: ich gebot, die Ruder einzuziehen und die Nachen treiben zu lassen, um uns nicht durch das Plätschern im Wasser zu verraten, während ich in dem Lager der

Hauptmacht auf dem linken Ufer große Feuer anzünden ließ.

Der Streich gelang vollständig: die Barbaren am rechten Ufer behielten merksam diese Feuer im Auge, während ich ungehindert mit meiner Streifschar landete. Es war zwei Uhr morgens. Bis zu dieser späten Stunde waren, nach echter Germanensitte, bei den Trinkhörnern bei einem der Uferkönige viele benachbarte Fürsten zusammengeblieben. Auf dem Heimweg stießen die Ahnungslosen (— Wachen hatten sie wieder einmal nicht ausgestellt, Dank Ate! —) auf unsere Schar: die Könige entkamen durch die Aufopferung ihrer Gefolgen: aber der Schreck vor uns fuhr weithin durch ihr Land: die zur Verteidigung des Rheines Versammelten flohen auseinander: nun holte ich auf einer Schiffsbrücke die Hauptmacht nach und zog tief ins Land der Alamannen hinein, sengend und brennend, Getreide und Gehöfte zerstörend, bis zu deren Grenze mit den Burgunden zwischen Jaxt und Kocher, da, wo einst die Marksteine unserer Herrschaft standen: — Überbleibsel unserer alten Grenzschutzwehr fand ich noch vor. Ach, und hier umkehren müssen, statt die alten Grenzen herzustellen! Umkehren, weil ich nur Cäsar bin! Es ist bitter. Höre nur und ergrimme gleich mir!

Ich erfuhr durch Kundschafter und Gefangene, daß in dieser Gegend nur noch drei Alamannenkönige unbesiegt seien: zwei minder mächtige, Makrian und Hariobaud: dann aber der mächtigste, listigste, gefährlichste von allen (— er stand lange in römischem Dienst in Italien —): Vadomar im Südwesten des Alamannenlandes. Diesen Vadomar beschloß ich nun selbstverständlich anzugreifen und mit seiner Unterwerfung mein ganzes Siegeswerk zu krönen: hatte ich auch ihm in seinem eignen Land den Frieden aufgezwungen, war jeder Widerstand gebrochen.

Die Wegweiser waren gewonnen: das Heer hatte Befehl, am andern Morgen aufzubrechen gegen König Vadomar.

Am Abend vorher erschienen im Lager Makrian und Hariobaud, sich unbedingt zu unterwerfen. Und — er selbst: Vadomar! — Aber durchaus nicht, um sich zu unterwerfen! Im Gegenteil! Er übergab mir (— zu meinem stärksten Staunen! —) vertraute, ja vertrauteste Briefe — des Imperators! Ausdrücklich nimmt ihn Con-stantius in seinen Schutz und ermächtigt ihn, gegen jeden etwa drohenden Angriff des übereifrigen Cäsars Julian durch diesen Brief sich als Freund des Imperators aus-zuweisen und gegen jede Gefahr zu sichern.

Das ist doch von allen bisherigen Stücken und Tücken des feigen, falschen Tyrannen (— ich muß es einmal schreiben! —) das äußerste! — Aus Eifersucht auf meine Erfolge schließt er heimlich (— hinter meinem Rücken! —) Verträge mit dem schlimmsten dieser Könige, die zu be-kämpfen er mich ausgesandt! Ich soll nicht siegen, nicht zu viel, nicht völlig siegen! Und so mußte ich diesen Vadomar, einen Meister der Arglist, — dem Feuergott der Germanen (ich habe den Namen vergessen!) vergleichen sie ihn, seine Freunde und Feinde! — den mußte ich frei und ohne jede Demütigung oder Belastung abziehen lassen, mußte ihm versprechen, mein Heer, das hart an den Marken seines Gaues stand, diesen nicht beschreiten zu lassen! Umkehren mußte ich, statt den Sieg zu vollenden, schimpflich um-kehren, vor einem Briefe des Beherrschers des Römerreichs! Mein Zorn ist groß! Mich dem Spotte dieses Barbaren preisgeben! Nie vergeß' ich die höhnende Miene, mit der er beim Abschied fragte, ob er den Imperator recht freund-lich von mir grüßen dürfe? Er schreibe ihm morgen, und werde melden, wie gehorsam ich Kehrt gemacht habe. O Constantius, wie haß' ich dich! . . .

————

Nachdem ich Endzweck und Abschluß meines Feldzugs
vereitelt sah, kehrte ich nach Mainz zurück. Hier fand ich
Briefe von Mutter und Schwester, die berichten, wie sie
einer schweren Seegefahr entgangen: die fromme Mutter
sah dabei den Galiläer leibhaftig auf den empörten Wogen
wandeln, die sich unter seinen Füßen glätteten. Der Imperator beabsichtigte, von den ligurischen Häfen aus mit
einer kleinen Flotte an meinem Gallien vorbei nach Spanien
zu segeln, wo Unruhen ausgebrochen sind, die er selbst
dämpfen wollte: die verzweifelnden Bauern schlugen die
Steuereintreiber tot und scharten sich zu Räuberbanden
zusammen. ·

Schon hatte er Abschied von den Meinen genommen
in Mailand und war nach der ligurischen Küste voraus-
geeilt, als sie plötzlich durch eilende Boten aufgefordert
wurden, ihm zu folgen: er lade sie ein, die Seereise nach
Barcelona mitzumachen, die den leidenden Augen meiner
Mutter gut gedeihen werde.

Constantius als Augenarzt! Offenbar wollte er sich
der Geiseln meiner Treue fest versichert halten: vielleicht
weil er nach seinem Aufbruch erst erfuhr, daß ich auf dem
Wege zu jenem Vadomar begriffen war und alsbald dessen
Freundschaft mit dem Augustus entdecken müsse. Er hat
es wohl geahnt, wie mich dieser Verrat erbittern werde.
Und er hält mich (— mich, Julian, den Priester des
Helios! —) für fähig, jemals Eid und Treue zu brechen!
Wie kann er so entehrend von mir denken, so ganz Un-
mögliches, so Schändliches?

Da ließ er sich denn schleunigst seine Geiseln nachkommen. Aber auf der Höhe von Marseille ward das
kleine Geschwader in der Nacht von einem furchtbaren
Sturm, von widerstreitenden Winden überfallen und völlig
zerstreut. Zwei Trieren sanken vor den Augen der

Meinigen. Das Schiff des Augustus sahen sie im grellen
Scheine zuckender Blitze zurückgetrieben nach Osten gegen
Italien zu, während ihr Steuermann ihr kleines, leck
gewordnes Schifflein, dem Versinken nahe, mit letzter An=
strengung noch in den Hafen von Marseille rettete. Ich
habe den Göttern, die des Meeres walten, Poseidon und
Amphitrite, reiche Dankopfer gelobt: — sobald ich an das
Meer gelange, werd' ich goldne Kleinode den Fluten dar=
bringen, sie zu den Göttern hinunterzutragen.

Wohl wird der Augustus, sowie er erfährt, wohin
seine Gäste verschlagen worden, alsbald ihre Rückkehr zu
ihm befehlen. Aber er will ja demnächst nach Asien gegen
die Perser ziehen. So hat es wohl eine Weile gute Wege.
Auch in der gnädigen Errettung der Meinen aus solcher
Gefahr sehe ich, dankbar und fromm, die besondere Gunst
der Götter.

XXXVI.

O nein! O nein! Es ist Wahn, es ist eitel Selbst=
täuschung! Ich bin den Waltenden nichts! Wie könnten
sie sonst mit so grausamem Wehe mich schlagen! Ach,
Lysias, ich bin in die tiefste Seele getroffen: mein geliebtes
Weib, meine Helena, mein Liebstes auf Erden — ist tot!
Gestern traf Serapio hier in Mainz ein mit der Trauer=
nachricht aus Paris. Sie schwand dahin wie eine holde
Himmelsblüte, die der allzu rauhen Luft der Erde nicht
gewachsen war. O, was hab' ich verloren! Alles, alles
— ausgenommen die Götter und das Reich. Ihnen werd'
ich meine Pflicht erfüllen bis ans Ende. Allein die Freude
an dieser Erfüllung, die Freude am Leben, die Freude an

allem, — zumal an mir selbst — ist dahin! Ihr konnte,
ihr mußte ich alles vertrauen: mit jeder Sorge, besonders
aber mit jedem Triumph eilte ich zu ihr!

Es ist ja wahr (— du hast es schon dem Knaben
vorgehalten —): ich bin eitel, Eitelkeit ist wohl mein
schlimmster Fehler: — aber die Götter wissen es: —
Helenas Lob oder doch ihr stiller Beifall war mir weitaus
der liebste Lohn. Viel mehr als der laute Beifall des
Heeres, die Lobesbriefe selbst des Maximus und des
Libanius beglückte mich das holde Lächeln, der freudige
Blick, womit mich bei der Rückkehr aus glücklichem Feldzug im stillen Gemach die Geliebte empfing. Ach, die Welt
ward mir kalt und dunkel, seit sie starb! —

Kampflos, schmerzlos, klaglos erlosch sie: wie eine
Ampel, den Göttern geweiht, der die Nahrung, das heilige
Öl, ausging. Mein Name war der letzte Hauch aus ihren
Lippen. Serapio fing ihn auf und brachte ihn zu mir.

Dieser Barbar! Wie zartsinnig, wie feinfühlig, wie
tieffühlig, wie treu mitempfindend hat er mir die Kunde
gebracht, die Ausbrüche meines wilden Schmerzes aufgenommen und allmählich leise, leise gemildert.

„Erinnre dich," sprach er ernst nach vielen Stunden,
die er mich weinend verbringen ließ, „erinnre dich jetzt
des schönen Glaubens, der sie und dich vereint. Kann
ich ihn nicht teilen, muß ich ihn euch doch fast neiden.
Sobald auch dich der Tod ereilt, werdet ihr, ihr nächst-
verwandten, liebevereinten Seelen, zusammen mit der Seele
eures Heliodor, auf einem schöneren Stern ewig unscheidbar
leben, nur immer zu höherer Seligkeit aufsteigend durch
immer näheres Empordringen zu der Gegenwart des
höchsten Gottes. Ihr seid Eins in eurem Gotte. Wahrlich:
deine Helena hat ja auch von allen Wesen allein deinen
ganzen Gottglauben und Götterglauben geteilt. Giebt es

innigere Wesensgemeinschaft? Sie — und du — ihr seid
Eins geworden."

Kein Priester aller Religionen, kein Philosoph ver-
möchte mich mit so tiefem Trost zu trösten, wie dieser
germanische Königssohn. Näher als je trat er meinem
Herzen. Ich lieb' ihn wie einen Bruder.

„Bruder!" Ach, das sollte mir Constantius, ihr Bruder,
sein! Aber wehe: ich fühle es, der Tod seiner Schwester
hat scharf und schnell auch das letzte Band zwischen uns
zerrissen. Aus Rücksicht auf sie hatte ich meinen Groll,
meinen Haß, meine Verachtung gegen ihn gezügelt! —
Dieser Zügel barst: ich werfe den zerrissenen fort. — —

Verfolgt mich doch der Glaubenswahnsinn dieses Muster-
galiläers bis in mein Allerheiligstes hinein: bis in meine
Liebe, meine Ehe, meinen verzweiflungsvollen Schmerz um
die Verlorene, bis in meine Trauer- und Ehrenbezeigung für
die Geliebte! Selbstverständlich würde ich, nach dem frommen
schönen Brauch unserer Ahnen, den holden Leib den reinen
Flammen übergeben und die heilige Asche, schön bekränzt, in
schöner Urne an schöner, geweihter Stätte aufbewahrt haben.
Allein sehr weise hielten mich Serapion und Jovian von
solchem Vorhaben ab: auf das strengste, bei schwersten
Strafen verbietet Constantius das Verbrennen der Leichen;
der Zwangsglaube, der uns auferlegt ist, haftet an ein
paar Worten der Bibel, die von „Erde" und „Staub"
reden, aus welchen der Mensch gebildet sei, zu welchen er
zurückkehren müsse. Wenn nun aber ein Mensch zufällig
verbrennt, kann ihn dann der allmächtige Gott nicht auferwecken im Fleische? Und die Kirche selbst? Verbrennt
sie nicht lebendige Menschen? Freilich, nur Ketzer! —

Immerhin: meine Absetzung und Besserung in einem
Kloster (— die fürcht ich am meisten! —) wäre die sichere
Folge, verletzte ich, der Cäsar, so offen des Imperators

Verbot an der Leiche seiner eignen Schwester. So bleibt mir nur übrig, der teueren Toten, deren Einbalsamierung Serapion, aller ägyptischen Weisheitskünste kundig, ange- ordnet hat, ohne Verbrennung die würdigste Ruhestätte zu bereiten.

Ich kehre nach Paris zurück: es zieht mich heiße Sehn- sucht, schmerz-heiße, zu der Leiche meines Weibes — ach, all meines Glückes. Was ich nun noch erreiche im Leben, — den Ehrgeiz, den Stolz, die Eitelkeit mag es erfreuen, — das Herz bleibt traurig leer, nur von der Erinnerung erfüllt. Ich darf dieser Sehnsucht folgen und zurückehren: die Truppen sind schon in die Winterlager entlassen. — Ach, wie reizvoll war das Lächeln, mit dem sie mich empfing, kehrte ich aus dem Feldzug sieggekrönt zu ihr zurück! Und jetzt! Erst auf dem Stern unserer Verklärung werd' ich dies Lächeln wieder sehn!

In Paris angelangt, eilte ich, sowie ich aus dem Sattel gesprungen war, in die Krypta der Basilika auf der Seine-Insel, wo der Priester die Teuere beigesetzt hat.

O Lysias, laß mich schweigen von dem Schmerz, der mich durchzuckte, wie ich den gewölbten Deckel von dem dunkelroten Porphyrsarge hob, wie ich, ach! nicht mehr ihr Antlitz, — das ganz veränderte der starren Leiche erschaute! Könnten die heißesten Thränen die Toten auferwecken, — sie wandelte wieder neben mir im Lichte des Helios. — Jede freie Stunde — ich habe deren nicht viele! — ver- wende ich, darauf zu sinnen, wie ich die geliebten Reste an einem Orte bergen kann und in einer Ausschmückung, die ihr und mir mehr entsprechen. Jetzt muß ich jedesmal mit Lüge und Heuchelei durch mir tief verhaßte Umgebungen schreiten, zu meinem Heiligtum zu gelangen: der Ostiarius, der Exorcista, die Subdiakone, die Diakone, der Priester, empfangen mich auf der Freitreppe der Basilika und führen mich, teils mir schmeichelnd, teils mich belauernd und dazwischen durch Gebete näselnd oder Lieder ableiernd, durch die Thüre in das Schiff, das von dem süßlichen, mir so tief verhaßten Weihrauchqualm immerdar erfüllt ist. Dann muß ich im Vorüberschreiten vor dem Hauptaltar Halt machen, niederknieen und ein paar Knochen des Martyrs Stephanus, dann ein paar Schritte weiter einer Haarlocke der heiligen Anna meine heuchlerische Verehrung zollen, bevor sie mich durch das schmale Treppenpförtlein auf die Stufen schreiten lassen, die zu meiner Heiligen hinunter führen in das dumpfe, schaurige Gewölbe. So muß ich mir jedesmal den Zutritt zu ihr erkaufen durch den Eingangszoll der häßlichsten Heuchelei. Ich ertrag' es nicht länger!

Serapio fand Rat. Dieser feinherzige Barbar merkte, wie ich unter jenen Lügen, unter den abscheulichen Eindrücken litt. Eines Mittags, — mild schien die Herbstsonne aus dem wolkenlosen Himmel, — wollte er mich zu einem Spazierritt abholen.

Erstaunt wies ich auf den Berg von Briefen, von Eingaben jeder Art auf den Tischen um mich her: „es ist noch nicht Zeit, zu feiern,“ sprach ich.

„Komm nur mit,“ flüsterte er, näher tretend aus der Reihe von Schreibern, denen ich diktierte, während ich selbst die geheimeren Dinge schrieb. „Es wird dich nicht gereuen. Es gilt ihr, — ihrer Ruhestätte. Dort kann sie nicht bleiben.“ Ich sprang auf, folgte ihm in den Hof des Palastes, wo er bereits Argos, meinen Silberschimmel, hatte aufzäumen lassen, und ritt alsbald, seiner Führung folgend, auf dem linken, dem südlichen Ufer flußabwärts

aus der Stadt und der Vorstadt, wo nur wenige Lehm=
hütten der ärmsten Bevölkerung stehen.

Bald hatten uns die raschen Rosse weit weg von allen
Menschen und deren Spuren getragen in den stillen Frieden
eines dichten Buchenwaldes, der das ganze Ufer des Stromes
bedeckt: prächtig leuchteten die vom Reif braunrot gefärbten
Blätter in dem hellen Mittags=Sonnenlicht. Es war hier
so still, so friedlich, so feierlich.

Nachdem wir geraume Zeit in den Wald hineingeritten
auf einer wenig befahrenen Bauernstraße, sprang Serapio
vom Pferd und führte es am Zaum in einen engen, stark
verwachsenen Seitenfußpfad, den ich nicht wahrgenommen
hatte; er bat mich, zu folgen. Nach tausend Schritten
etwa endete plötzlich der schmale Pfad in eine kreisförmige
Wiesenfläche, von der offenbar ehedem die Bäume waren
entfernt worden: nun hatten sich auf dem vernachlässigten
Raum wieder ein paar junge dünne Wildlingstämme er=
hoben.

Den Mittelpunkt der Rundung bildete ein kleiner Tempel=
bau, ein ländliches Fanum, wie sie in Gallien gar häufig
den aus gallischen und römischen Gottheiten gemischten, und
so neu benannten Göttern und Göttinnen errichtet sind.
Dies hier ward durch die außen an dem Gemäuer an=
gebrachten vorspringenden Bilder — den Jünglingskopf in
dem Strahlenkranz und den von vier Rossen nach oben
getragenen Wagen — als ein Heiligtum des Helios, das
heißt des römisch gallischen Apollo Grannus bezeugt.

Es schien ganz verlassen und veröbet, das kleine Weih=
tum: mancher Ziegel war abgebröckelt von den Seiten=
wänden und lag im hochwuchernden Grase. Gar einsam
war es und still: — wie es die Waldnymphen lieben.

Der Freund aber band unsere Pferde an den nächsten
Bäumen fest, trat dann vor die verschlossene Thür und

schlug in die Hände, einmal, zweimal. Da ward von innen ein Schlüssel in das verrostete Schloß gesteckt, es knarrten die Angeln der Pforte, sie ward nach außen aufgestoßen: und vor uns stand ein Greis in zerschlissenem, abgetragenem, weißem Wollkleid, dessen hin und wieder noch erhaltene verblichene Goldfäden das ehemalige Priestergewand andeuteten. Groß war mein Staunen, als der Alte sprach: „Willkommen, du Sohn und Liebling des Helios! Lang harr' ich deiner hier." — „Wer bist du?" — „Ein Priester des Helios. Und der Gatte jenes Weibes, das sie als wahnsinnig zu Vienne einsperrten, weil sie ein alt Orakel aussprach: daß nämlich ein zweiter Julius Cäsar, eine Wiederkehr des ersten, aber genannt „Cäsar Julian", Gallien zum zweitenmal erobern und dann die Götter herstellen werde. Das Orakel ist altvererbt in meinem Geschlecht: von mir erfuhr es die Arme, die sie, nachdem sie dich begrüßt hatte, als von höllischen Dämonen besessen, so lange durch Exorcismen heilten, bis sie tot umfiel."

Ich seufzte tief, fuhr mit der Hand über die Augen; die blieben trocken: ach, ich kann nicht mehr weinen; das thut am meisten weh. Ich drückte seine Rechte. „Armer," sprach ich, „aber wie — wie kommst du hierher? Wie lebst du hier?" — „Ich war ehedem Priester in diesem Heiligtum, das die ganze Gegend fromm verehrte; ich hatte noch sechs Genossen. Als die Tempel geschlossen wurden, da — da haben drei von ihnen die Weihe von Christus-Priestern genommen. Sie lesen jetzt die Messe zu Paris. — Ein vierter, der es auch gethan hatte, ward vor Reue wahnsinnig und sprang in den Strom da drüben. Zwei jüngere — ach! einer war mein Sohn, der andere mein Neffe — setzten sich zur Wehre, als die Boten des Bischofs und des Präfekten mich an meinem Barte von dem Altare zerrten, den ich mit beiden Armen umfangen hielt und

nicht lassen wollte. Der Centurio, ein maurischer Söld-
ling, erschlug sie beide und warf mich aus dem Tempel.

Mein armes Weib, das dabei den Imperator schmähte,
ward von mir getrennt und nach Vienne geschleppt. Aber
die Bauern der Nachbarschaft hangen noch heimlich an dem
alten, seit der Ahnen Zeiten ihnen teuern Ort. Sie nahmen
mich auf in ihre Lehmhütten und einer nach dem andern
verpflegt mich. Dafür erschließe ich ihnen manchmal heimlich das Heiligtum und bete mit ihnen zu Apollo Grannus.
— Tritt ein: — sieh, es ist noch immer schön, trotz der
Verwüstung durch den Mauren." —

Ich trat ein, klopfenden Herzens: der Alte rührte mich
tief. „Aber," sprach ich, „wenn sie dich ergreifen? — der
Bischof, die Beamten?" — „Sie sollen zwar nicht hinrichten um des Götterdienstes willen: — aber sie würden
mich mißhandeln, bis ich sterbe. So gehe ich nur um
etwas früher zu Helios empor." Wir standen nun in dem
kleinen achteckigen Raum. Er war ganz leer: ausgeplündert,
die Weihgeschenke geraubt, die goldnen und silbernen Ringe,
die um die Säulen gereiht gewesen, sichtbar mit Axthieben
abgesprengt, den vorspringenden Götterbildern an den
Wänden Nasen, Arme, Köpfe abgehackt. Ich bebte vor
Zorn!

„Das ist ja unschön," sprach Serapio, „unfriedlich.
„Aber man kann es leicht herstellen. Und seit ich zuerst
vor ein paar Tagen auf einem einsamen gedankenvollen
Waldritt diese Stätte entdeckt, stand mir der Gedanke fest:
hier, in diesem Frieden seiner Götter, an die er sie — die
Schwester des Constantius! — zu glauben gelehrt hat, —
ein großes Wunder wahrlich der Liebe! — hier muß sie
ruhen, nicht in jener dunkeln, dumpfen Krypta. Aber
vollends ergriff mich der Gedanke, als ich dies entdeckte."

Mit diesen Worten ergriff er eine in die Wand eingelaſſene Eiſenſtange und ſtieß ſie nach oben: ſofort ſchlug das gewölbte eherne Dach des kleinen Weihturms zur Seite und der ganze Innenraum ward erfüllt, durchleuchtet von dem ſtrahlendſten Sonnenlicht.

Entzückt, begeiſtert ſchaute ich nach oben: „Strahl des Helios, ſchönſtes Licht!" rief ich, des großen Sophokles gedenk. „Ja, Freund meiner Seele, hier ſoll ſie ruhen. Nicht in der Nacht des Galiläergrabes. Hier ſoll ihr Sarkophag ſtehen, umflutet, geküßt von unſerem Helios! Serapio, mein Bruder, ich danke dir. Wie kannſt du ſo völlig mich, meine Wünſche ſo ganz verſtehen: — mehr als alle andern?" — „Vielleicht, weil ich dich liebe, — o du thörichter Schwärmer Julianus — mehr als alle andern. Lieben aber heißt: verſtehen: verſtehen nicht mit dem Ver=ſtand: mit der Seele."

———

Nach dem Palatium zurückgekehrt, erklärte ich den Prieſtern der Baſilika, die Leiche könne wegen der Feuch=tigkeit in der Krypta nicht bleiben. Ich habe jenes Wald=heiligtum entdeckt, es zu einem chriſtlichen Oratorium be=ſtimmt (— Helios verzeihe mir dieſe Notlüge! —), befehle aber ſchon jetzt, vor der Weihung desſelben, die Über=tragung des Sarkophags. —

Wie leuchtete der Porphyrſarg der Toten, als ob er das unauslöſchliche Leben in ſeinem Innern bezeugen wolle, wie ihn dort der volle Sonnenguß von oben traf!

Aber noch eine große, mein ganzes Herz erfüllende Freude habe ich mir — die letzte Ehre der Geliebten — angethan. Sie verſchmähte jeden Schmuck: die Gattin des Cäſars trug nicht Gold noch Silber noch Perlen noch Edelſtein. Sie war ſo ſtolz-beſcheiden, ſo vornehm-ſchlicht.

Aber nach dem Sieg bei Straßburg erbeuteten wir in
dem verlassenen Lager der Alamannen ein seltsam Ge-
schmeide: eine siebenfache Hals= und Brustkette von jenem
Stein, den wir „Elektron" nennen, die Germanen aber
„Brennstein", „Bernstein", „Meergold". Das gefiel ihr:
„weil," sagte sie, „mein Gatte, der Germanenbesieger,
diesen echt germanischen Schmuck als Siegeszeichen heim-
gebracht hat."

Und sie legte die siebenreihige Kette von tief dunkel-
goldnem Meergold gern um den weißschimmernden Nacken.
Es ist eine gar eigenartige Zusammenstellung: Serapio
sagt, sehr selten auch bei ihnen seien so große, gleichmäßig
runde Stücke, in der Mitte die größten, nach beiden Seiten
der Kettenschnur sich verjüngend. Ich hatte mir vor-
genommen, da sie Freude nur an diesem Schmuckstein
hatte, ihr ein gleich schönes Diadem für ihre weiße Stirn
zu verschaffen. Nach vieler Mühe war mir's gelungen:
teils aus erbeutetem, teils aus erkauftem Schmuck hatte ich
während meines letzten Feldzugs eine solche Zahl schöner
Kugelstücke des „Meergoldes" zusammengebracht, daß ein
geschickter römischer Kunstschmied zu Mainz ein herrliches
Diadem von fünf Reihen daraus fertigen konnte.

Ach, nicht mehr auf der Lebenden Stirn kann ich es
drücken! Aber wunderbar war die Lichtwirkung, die
blendende, als ich, nach der Übertragung der Toten in
jenes Weihtum, ihr, unter bittern Thränen, die siebenreihige Kette um den Hals schlang und das fünfreihige
Diadem drückte auf das dunkelbraune Haar und auf die
Binde von weißer Seide, mit Perlen gestickt: wie nun
durch das aufgestoßene Dach der warme Kuß des Helios
auf sie fiel: — da leuchtete und funkelte alles an ihr,
als wollte sie sagen: „im Licht verklärt sehen wir uns
wieder."

Jede Stunde, die ich dem Reich abbrechen darf, verbring ich hier: — in diesem meinem höchsten Heiligtum auf Erden.

————

XXXVII.

O weh um das Reich der Römer! O weh um mich! O wär ich nie geboren! Nie Cäsar dieses Reiches geworden! Das Verderben bricht herein! Über das Reich, über Gallien vor allem, — mein Gallien! — wenn ich gehorche. Und über mich jedenfalls, ob ich gehorche, wie ich soll, muß, aber nicht kann, oder widerstrebe, wie ich nicht soll, nicht darf, und aber ach! auch nicht kann. Völlige Verzweiflung! Kein Ausweg! Untergang Galliens, des ganzen Abendlands, und — nebenher — auch Untergang des Cäsars Julian! Oh um einen alamannischen Speer in der Brust!

Das ist die Sprache eines Wahnsinnigen, denkst du, o Lysias? Mag sein! In dem fürchterlichsten Widerstreit der Pflichten tritt Verschuldung ein: — unmeidbare Verschuldung. Wohl dem, den vorher Wahnsinn umnachtet: — nicht, wie Orestes, nachdem er die schicksalnotwendige Unthat begangen hat.

Was geschehen ist? Constantius verlangt mein ganzes Heer! — oder doch alles, was mein Heer zu einem Heere macht — aus Gallien hinweg nach Asien gegen die Perser!

Es ist wahr! unsere Grenze, nein, unsere Ehre vor allem fordert dort eine Verstärkung unserer Macht, nachdem Constantius und seine Feldherrn in jenen Landschaften abermals die bemütigendsten Niederlagen erlitten haben. Aber das Reich ist weit: zahlreich sind seine

Provinzen, in denen ganz unbeschäftigte Heere stehen. Leicht könnte man in Europa aus Italien, aus Spanien, aus Illyricum, aus Rätien, aus Dalmatien, aus Istrien, aus Griechenland, dann aus ganz Afrika, wo tiefer Friede herrscht, aus Vorder- und Mittelasien, die viel näher der Persergrenze stehenden Heere dorthin ziehen: — aber nein, aus Gallien, dem kaum wieder gewonnenen, vom Rhein, dem stets noch stark gefährdeten, hinweg, soll mein Heer gerissen werden.

Constantius verlangt die Knochen und die Muskeln aus dem Leibe meiner Scharen: alle die, ausgedient, nach erneutem Vertrage dienen, ferner alle germanischen Söldner, also die Heruler, die Sachsen und Friesen, die Markomannen und Quaden, sodann alle gallischen Truppen: also zum Beispiel die Petulantes und die Braccati; dann die Schildener, ferner die Cornuti, und außerdem noch aus jeder Legion die dreihundert besten Leute, die sein Gesandter sich aussuchen wird! Das heißt der Zahl nach drei Fünftel, dem Werte nach die Kernkraft meiner Macht! Geschieht dies, so bin ich durchaus unfähig, Gallien zu behaupten: ich muß den Rhein, die Loire, den Rhone, die Garonne aufgeben und, ohne Hoffnung, versuchen, an den Alpenpässen, die nach Italien führen, die Germanen von Mailand, von Ravenna, von Rom abzuhalten. Gallien — mein Gallien! — ist der Rache der nun sofort wieder sieghaften Besiegten preisgegeben. Ich falle, Schwert in Hand, irgendwo zwischen Rhone und Turin.

Helios der Allsehende ist mein Zeuge: nicht das bewegt mich! Ob ich in Gallien im Siege, ob in Italien auf der Flucht, in der Niederlage, nach Verlust all' meines jungen Ruhmes ende, — es ist mir (— ich will nicht sagen: gleichgültig; denn das wäre gelogen: aber es ist mir —) wahrlich! nicht die Hauptsache, es ist nicht der Grund der

Verzweiflung, die mich ergriffen hat. Rom, Rom, das Reich, Gallien: — das ist's!

Und nun das Furchtbarste: ich kann ihm ja gar nicht gehorchen, dem Befehl des Unheils, wie ich soll und muß, wie Pflicht und Ehre und Eid von mir verlangen! Denn — wehe, wehe! — Constantius bricht ja selbst seinen, ja meinen Eid bricht er durch diesen Befehl.

Feierlich hat er gerade diesen germanischen und keltischen und den Veteranenscharen versprochen (— und ich Unseliger mußte es beschwören! —), daß sie nie wider ihren Willen aus Gallien sollten geführt werden. Ich weiß aber gewiß und genau: nicht tausend, nein, nicht hundert gehen freiwillig. Und nun soll ich sie zwingen? Ich, mit nicht dreitausend gegen vierzehntausend? Und ich, gegen jenen Eid, den Helios, hell vom Himmel scheinend, bezeugt hat?

O Lysias, Lehrer meiner Knabenzeit! O Maximus und Aedesius und Libanius, ihr Lehrer meiner Reifung! Hier versagt alles, alles. Glaube und Wissenschaft und göttliche Geheimnisse und menschliche Forschung! In dem unlösbaren Widerstreit von Pflichten verbleibt dem Römer nur das Einzige: der Stoß des Römerschwerts ins Römerherz.

Auch der Freunde Rat würde nicht frommen, könnte ich ihn einholen: aber Jovian habe ich lange vorher nach Marseille entsandt, Mutter und Schwester zu mir zu geleiten, Serapion in die Heimat: ich bin ganz allein mit meiner Aufgabe, mit meinem verderbenschwangern Ehrenbruch vor den Truppen: aber auch die Freunde könnten doch nur raten: „Thue deine Pflicht und stirb darüber!"

Leb' wohl, Lysias! Habe nochmals Dank für deine Erlösung von dem Erlöser. Das sind die letzten Worte, die ich schreibe. Des Imperators Wille ist unwiderruflich: — er will mich vernichten, er will der Welt, der Welt-

geschichte zeigen, daß meine Berühmung, Gallien wiedergewonnen zu haben, eitel Lüge war: ich soll hier, aller
Mittel des Widerstandes beraubt, zu Grunde gehen vor
den Barbaren, elend, schimpflich besiegt; seine Eifersucht
auf meinen Feldherrnlorbeer ist der Grund dieses Befehls:
so deutete auch Philippus an in einem Papyrusstreiflein,
das ein Bote, in seinem Haare verborgen, mir überbrachte:
es besagt: „Gaudentius und Marcellus, Florentius und
Barbatio, die schärfsten Betreiber dieser Beschlüsse, waren
deine Ankläger, deine Neider waren die Zeugen, und dein
höchster Neider war dein Richter; der Büttel, der dir die
Verurteilung überbringt, ist ein Vetter des Eusebius, des
Eunuchen, der wieder uns alle, die am Hof leben, —
ohne Ausnahme! — beherrscht."

Schon, hör' ich, sind unbestimmte Gerüchte von der
befohlenen Fortschleppung nach Asien unter die Truppen
gelangt. Kann ich's doch auch nicht mehr lange verschweigen! So sterbe ich, so verderbe ich unausweichbar.
Ich muß dem Imperator gehorchen: — das verlangen
Ehre, Pflicht, der Eid, die Augen der Mutter! Aber ehe
mich die eignen Krieger um meinen Eidbruch gegen sie
ermorden oder die sieghaft verfolgenden Alamannen auf
der Flucht erschlagen, — eher fall ich in jenem stillen
Heiligtum im Buchenwald — unter des Helios Strahl —
ins eigne Schwert an ihrem Sarge!

Ein Geheimnis — noch! — ist der Befehl des Imperators vor dem Heere. — Ein Notarius und Tribunus
brachte mir die versiegelte Urkunde: — wehe, wehe, wann
es kein Geheimnis mehr ist. Ich zittere vor der Stunde:
nicht um meines Lebens willen, das sicher verloren ist,
wenn ich, wie ich muß, Gehorsam verlange: nein, um der

Schmach willen, daß abermals ein römisch Heer ohne Zweifel in offne Meuterei ausbrechen wird. Ich beschwor daher den Notarius, wenigstens von den Mannschaften abzustehen, denen der Augustus (— und in seinem Namen ich — Unseliger! —) noch vor wenigen Monaten feierlich und eiblich zugesichert, sie nicht aus Gallien hinweg zu zwingen.

Da ich merkte, daß Eid und Ehre nicht schwer wogen bei dem Vetter des Eusebius (— er zuckte nur die Achseln! —), schärfte ich ein, nie wieder würden sich jene unsrem Heere ganz unentbehrlichen Veteranen und Barbaren anwerben lassen, sähen sie sich solchem Wortbruch ausgesetzt: es sei also das Wort halten diesmal („ausnahmsweise", konnte ich mich nicht enthalten, beizufügen) — sogar für den Imperator und seine Räte auch das einzig Vorteilhafte. Aber da kam ich schön an! „Der Imperator steht wie über dem Gesetz so über Wort und Eid," sprach der Höfling stolz. „Sein Wille ist höchstes Gesetz. Ich werde mir demnächst die Leute aussuchen. Denn bei Frühlingsanfang schon sollen sie in Italien eingeschifft werden nach Asien, gegen die Perser und Parther zu ziehen."

———

Es bleibt mir nichts übrig, als zu gehorchen, das Verderben mit sehenden Augen selbst zum raschen Heranzug gegen mich zu befehligen! Denn nichts andres unterschrieb ich, als ich die Befehle unterschrieb an alle mir abverlangten Truppenteile, aus ihren Winterlagern sofort aufzubrechen und gen Süden — auf die cottischen und Seealpen — zu ziehen. Der Zweck, das Ziel des erstaunsamen Marsches (— weit von den Germanen hinweg, auf Italien zu! —) wird nicht lange verborgen bleiben.

———

Richtig! Schon ist es hier in Paris unvertuschbar
geworden. Schon ist es durchgesickert! Nun ballen sich
die Wolken rasch zusammen. Schreite ich durch die Zelt-
gassen beider Lager auf den beiden Ufern, begrüßen mich
nicht mehr wie sonst fröhliche, auch wohl derb fröhliche,
neckende Zurufe: eisiges Schweigen waltet bei den Germanen! Aus den keltischen Zelten aber tönt mir wohl
ein: „Wort halten" oder Schlimmeres nach in der Dunkelheit.

XXXVIII.

Es bricht! Es kommt! Selbstverständlich zuerst bei
den Kelten, den Galliern. Die sind am raschesten mit der
Zunge, dem Wort, dem Witz, dem Aufbrausen.

Der alte Voconius brachte mir (— mit tief ernster
Miene —) bereits in aller Frühe (— ach, ich schlafe jetzt
kaum noch eine Stunde! —) einen abgerissenen Papyrus-
fetzen: ein Stück einer Schmähschrift: lateinisch, aber mit
zahllosen Gallicismen. Vor dem Fahnengestell der gallischen Petulantes hat man bei Tagesanbruch die Hetzschrift
gefunden: — in vielen Blättern sei sie auch sonst im
nördlichen Lager verstreut worden. Darauf stand geschrieben: ... „So werden wir also — gegen den Vertrag! — wie Missethäter und Sträflinge an die äußersten
Winkel der Erde im unbekannten Morgenland verschleppt.
Unsere Weiber und Kinder aber hier im schönen, lieben,
gallischen Heimatland müssen dann wieder den Alamannen
Frondienste thun, aus deren Herrschaft wir sie in mörderischen Schlachten mit unsrem Blut befreit haben."

Was sollte ich thun? Ableugnen, was ich demnächst

selbst verkünden, erzwingen muß? Da fiel mir ein, wie leicht diese Gallier durch eine Höflichkeit, durch eine Artigkeit in der Form, durch eine freundliche Zuvorkommenheit im Verkehr zu gewinnen sind: es ist ja ein wenig kindisch, aber liebenswürdig an dem leichtlebigen Völkchen, daß mir viel näher steht als jene bärenhaften Germanen, auf die ich entweder mit Geringwertung sehe oder (zumal, wann ich mit Serapio gestritten) auch wohl mit einem leisen Grauen — wie vor der unergründlichen Meerflut.

Also mir kam der Einfall, ihrer Eitelkeit („durch ihre Hauptschwäche beherrscht man die Menschen", lehrtest du im unheiligen „Heiligtum") zu schmeicheln und ich ließ (— noch nicht öffentlich, denn ich schiebe den Losbruch hinaus —) unter der Hand verbreiten: sollten Verheiratete aufgeboten werden, so würden sie ihre Frauen und Kinder mitnehmen dürfen und zwar in den wunderfeinen, großen, zwölfsitzigen Gesellschaftswagen des Staates (— bespannt mit fünf Pferden! —), deren Polster zu diesem Zweck frisch überzogen, deren Wände und Dächer neu mit rot und gelb würden übermalt werden. Und wirklich! Es half ein wenig! Zumal die Bürger von Paris und deren Frauen bewiesen ihren gallischen Volksgenossen in eifrigem Geschwätz am Brunnen, darin liege eine auszeichnende Höflichkeit und sie würden — so — selbst ganz gern mitfahren! — Aber wohl nicht bis an den Tigris!

Jedoch das Wichtigste ist: auf welchen Straßen denn sollen die mir abverlangten Truppen, die nördlich und östlich von Paris lagern (— selbstverständlich sind das wegen der Germanengefahr die meisten: entlang dem Rhein —), auf welchen Straßen sollen sie nach dem Südwesten ziehen? Wohlweislich enthalte ich mich gegenüber einer Maßregel, die ich durchaus verwerfe, nach Kräften jeder Einmischung in die Ausführung. Aber erstaunt war ich doch eine Weile, als der Tribunus und Notarius entschied: „Alle diese Scharen — über neuntausend — sollen über Paris geleitet werden."

Warum? Bei einzelnen ist es ja allerdings der nächste Weg: so für die aus Arras, aus Tournah. Aber für die allermeisten ist es ein Umweg nach Westen, ein überflüssiger. Warum also?

———

Es ist niederträchtig! Warum? Nur um mich zu verderben! Oribasius, mein griechischer Arzt, ward in das Haus des Archibiakons berufen, dessen Schwester schwer erkrankt ist: — sie wohnen auf unserer Insel an dem schmalen Steg, der auf das Nordufer des Flusses führt.

Der Priester ist nicht mein Gönner: er wittert Heidentum an mir. Die Übertragung Helenas nach jenem Weihtum war ihm nicht genehm. Während nun der Arzt an dem Bette der Kranken wachte, führten in dem Vorgemach, nur durch den Vorhang getrennt, der Priester und — der Notarius eine Unterredung, auf Griechisch und leise: aber trotzdem verstand sie der Treue. Nachdem der Diakon über meine Frömmigkeit wenig günstig ausgesagt, fragte er besorgt, ängstlich, warum man Paris — mein Lager — zum Sammelort all jener Truppen ausgesucht habe? „Wenn sie nun meutern," meinte er furchtsam, „die Basilika verbrennen, den Cäsar erschlagen?" Da erwiderte der Notarius: ebendeswegen. Die Basilika baut der Imperator prächtiger wieder auf: — seinen Vetter Julianus aber weckt er sicher nicht wieder auf, auch wenn er es könnte. Fallen soll er, dieser gallische Cäsar. Schimpflich fallen, ermordet von demselben Heer, dessen Abgott zu sein seine Eitelkeit prahlte. Gewiß bricht hier der Aufstand aus, wenn neuntausend aufs höchste erbitterte Soldaten sich ihrer Macht bewußt werden. Uns trifft es nicht, heiliger Bruder: du hast ihnen nichts geschworen, und ich? Ei, ich verschwinde rechtzeitig nach Italien!"

Also deshalb! Eine mir gegrabene Grube! Unter Thränen berichtete es mir der Gute. Er beschwor mich, zu fliehen. Wohin? Vor mir selbst? Ich habe befohlen, daß alle von Norden und Osten heranziehenden Truppen in Zelten — im Anschluß an mein Lager auf dem rechten Flußufer — untergebracht werden sollen. Sind die letzten eingetroffen, dann werde ich, mit Aufbietung aller Kräfte und Mittel meines Geistes, sie dahin bringen, dem Gebot des Augustus zu gehorchen. Wo nicht, so sterb' ich auf dem Fleck. Ihre Wut wird mir alsdann den Stoß des eignen Schwerts ersparen. Morgen früh — es sind die Iden des Dezembers! — treffen die letzten Scharen ein. Die Sonne versinkt in winterlich Gewölk: ich sehe ihr Scheiben wohl zum letztenmal: Leb wohl, Helios, leb wohl, Lysias!"

XXXIX.

Julian hatte teils richtig, teils unrichtig geahnt.

Grau und trüb brach der Dezembermorgen an. Am Abend vorher und noch in der Nacht waren auf allen Legionenstraßen von Westen, von Ost und von Norden her die plötzlich aus ihren Winterlagern, auch die ausgedienten aus ihren Häusern, von ihren Familien hinweg aufgescheuchten Truppen auf dem Nordufer der Seine eingetroffen, und in rasch errichteten Holzbaracken — die Zelte reichten bei weitem nicht aus — oder gar nur unter dem freien Himmel der Winternacht auf der hartgefrornen Erde untergebracht worden.

Vielfach war der völlig unerwartete Marschbefehl auf Ungehorsam gestoßen. Wohin — in dieser Jahreszeit — wollte man sie führen? Gegen die Barbaren? Aber diese drohten doch höchstens vom Rheine her. Und nun nach Paris? War dort der Cäsar bedroht? Dem wollten sie ja gern zu Hilfe eilen! Jedoch das konnten seine Boten nicht geltend machen. Die unablässige Anspornung zur Eile durch die Anführer erbitterte die murrenden Leute noch schärfer: „mit fliegender Geißel," schalten sie, „wie Tiere, die man zur Schlachtbank treibt, jagt man uns vorwärts: wohin? Wozu?"

Und nicht nur die Krieger, nein, überall in ganz Gallien, soweit früher die Herrschaft oder die Streifzüge der Barbaren sich erstreckt hatten, wehklagten die Einwohner, die Bauern, die Colonen, die Bürger in den Städten, die sich der wiedergewonnenen Sicherheit erfreut hatten, auf das bitterste: nun sähen sie Leben, Freiheit, Habe wieder den rachefrohen Barbaren schutzlos preisgegeben.

Bei Paris angelangt, erfuhren nun die einzelnen Scharen, sowie sie eintrafen, die Wahrheit, die hier nicht mehr verborgen werden konnte.

Und jeder Haufe ward sofort angesteckt, ergriffen von der gärenden Erregung. Die Mitteilung ergrimmte die, welche sie hastig den Waffenbrüdern zuflüsterten, ja schon zuschrieen, mit erneutem Zorn und riß die Neulinge mit fort. Ja, manche Reiter warfen sich aufs Roß und jagten auf den finstern Straßen zurück, den Heranziehenden schon unterwegs die empörende Nachricht entgegenzutragen. Die Leute, obwohl übermüdet durch die Eilmärsche, fanden in dieser Nacht keinen Schlaf: der Lärm, die Erregung stieg

von Stunde zu Stunde. Laut erklärten gar viele, sie
würden nicht gehorchen. Ergraute Krieger warfen zornig
die Waffen auf die Erde. Verwünschungen gegen den
Imperator, Drohrufe auch gegen den Cäsar wurden laut.

Sobald es hell geworden, sprengte Julian, umgeben
von einer kleinen Zahl seiner Leibwächter, aus dem Palatium (dem heutigen Palais des Thermes) die Legionenstraße
(die heutige Rue Saint Jacques) hinan in die nördliche
Vorstadt und das vor ihr liegende, vom Wald entblößte
weite Blachfeld, wo die Pariser Ackerbürger ihr Korn
bauten und wo nun die Truppen lagerten.

Bei seinem Erscheinen ward er mit Freude, mit Hoffnung, mit Zuversicht begrüßt: die zornigen Rufe verstummten: einer der abgesessenen Panzerreiter sprang vom
kalten Strohlager auf, lief auf ihn zu und, ihm treuherzig
die Hand hinhaltend, rief er mit lauter Stimme: „nun
seid getrost, ihr Waffenbrüder! Da ist er, der Cäsar
Julian! Gedenkt ihr noch, wie er uns gerettet hat dort
bei Straßburg, da Darandanes gefallen war und wir
dachten, alles ist verloren? Getrost, er wird uns auch aus
dieser Gefahr erretten."

Gerührt schüttelte ihm Julian die Rechte, aber doch
nur gepreßt, verlegen, im Bewußtsein der Unfähigkeit, ihre
Wünsche zu erfüllen, antwortete er: „Wackerer Maurus!
du . . ." „Er kennt mich noch!" rief der Mann erfreut.

„Gewiß! Du warst ja in der Reihe der Fliehenden
der erste, der auf meine Mahnung die Fassung und sich
selber wiederfand und Kehrt machte gegen den Feind. Du
wirst auch heute wieder vor andern das Rechte finden. —
Und siehe da, du Garizo, langer Markomanne, mit der
goldtreuen Seele, du Centurio der Cornuti, was macht
der Fuß? Ein schwerer Wagen ging dir drüber — nach
dem Sieg! Und du, Hippokrenikos, heißblütiger Fahnen-

träger damals der Primani? Und du Sigiboto, blonder
Friese, und du, zorngemuter Elkard, narbenreicher Sohn
des Gaugrafen der Quaden: — da ist ja „das Kleeblatt"
vollständig! Nun willkommen alle vier! Wo so wackre
Krieger beisammen sind, muß auch das Wackre geschehen." —
Und er ritt weiter. Aber das war den Unzufriednen
doch all' zu wenig: von ihm hatten sie Abhilfe bestimmt
erwartet: sollte sie ausbleiben? Die freudigen Zurufe verstummten: — in den hinteren Reihen begann das Murren
aufs neue.

Jedoch nun schlug die Stimmung rasch wieder um, —
liebten sie ihn doch und hatten sie doch auf ihn alle Hoffnung gesetzt! — als er allen Befehlshabern und Anführern
gebot, auf das große Viereck in Mitte des Lagers, das
Prätorium, vorzutreten und als er sie hier alle — mehr
als tausend Köpfe! — als seine Gäste zu der Hauptmahl-
zeit — um die sechste Stunde nach Mittag — in das
Palatium einlud, indem er beifügte, dort solle jeder freimütig ihm eine Bitte vortragen: er werde sie gern erfüllen,
wenn er könne. Brausender Beifall der Geladenen dankte
ihm: aber alsbald auch der Mannschaften, sowie diese
seine Worte erfuhren: sie deuteten das zuversichtlich nach
ihren Wünschen und unter feurigen Nachrufen sprengte er
zurück in die Stadt.

Freudige Zustimmung, ja begeisterter Jubel kehrte nun
in dem Lager ein, in das der Cäsar zahlreiche Fuhren
von Wein, Brot und Fleisch als sein „Gastgeschenk" sandte.

Hoch ging's nun her um die Fässer: aus ihren Sturmhauben tranken die Germanen wieder den süffigen Wein,
die kleineren Kelten und Römer mit den Ellbogen, auch
wohl mit Faustschlag und Speerschaft zurückdrängend und
unermüdlich schreiend: „Heil, hoher Held! Jubelt und
jauchzet Julian!" — „Oho," schalt da erbittert ein

gallischer Bogenschütz aus Nantes, „ihr groben Germanen!
Nun, Garizo, hast du noch immer nicht genug? Aber
freilich, in deinen sieben Fuß langen Leib geht Unendliches
hinein, bis er voll ist." Die andern Gallier lachten: —
sie lachten gar gern über jeden Witz, ob gut, ob schlecht.
Langsam, gemächlich — es eilte ihm selten! — wandte
sich der Lange zu dem Spötter und sprach, tief zu ihm
hinunter, bedächtig: „Kleiner, sei still. Sonst trag ich dich
auf diesem Arm ins Bettchen. Übrigens — da — trink!"
— „Mag nichts von dir geschenkt. Und euer Cäsar?
Traut ihm nur nicht zu viel! Ich glaub's nicht, daß er
uns hilft. Was meinst du, Bojorix?" — „Ich glaub's
auch nicht," rief sein Clangenoß. „Obwohl er uns
geeidet hat. Aber bricht er den Eid, ... Vetter Mandubrates, beim großen Teutates! — mit diesem Speer erstech'
ich ihn." — „So nahe kommst du ihm gar nicht hinter
seinen Leibwächtern! Doch mein Pfeil! — Ich treff' die
Fledermaus im Schwirreflug. Sollen wir verderben —
gegen seinen Schwur! — fern vom lieben Heimatgau —
fern von den heiligen Misteln auf den Eichen: — bei
Hesus und Epona! Er soll nicht leben!"

XL.

Alle Räume des Palatiums, auch die recht ansehnlichen
(heute noch erhaltnen) der Kalt- und Warmbäder waren in
Anspruch genommen für Julians zahlreiche Gäste, die zum
Teil nach antiker Sitte lagen, zum Teil nach barbarischer
saßen an den Speisetischen.

Mit bezaubernder Liebenswürdigkeit machte der Cäsar

ben Wirt. Sie kam ihm vom Herzen: er wollte alles aufwenden, die erregten Gemüter zu besänftigen, sie seine Versprechungen vergessen oder deren Verletzung verzeihen zu machen, sie im Gehorsam gegen den Willen des Imperators zu erhalten. Es war ihm Bedürfnis der Seele, sie zu gewinnen.

Und er hatte die Gabe, zu gewinnen durch Worte, durch liebenswürdige, witzige Einfälle, durch freundliches Lächeln des fein geschnittnen Mundes. — Und er wußte, daß er diese Gabe besaß. Und es freute ihn, sie zu verwerten: — heute wie noch nie. Galt es doch, nicht weniger als alles zu retten.

Er lag zu Tische mit den obersten Anführern in dem geschmackvoll geschmückten geräumigen Speisesaal. Der Vater des großen Constantin hatte noch in den Reliefs der Wände aus schönem, gelbem, numidischem Marmor Göttergestalten geduldet: so sahen denn Bacchus, Demeter, Pomona, Abundantia, weinfrohe Satyrn und nicht allzu spröde Nymphen hernieder auf die Gäste, welche an Wodan, an Teutates, an Jupiter, an Zeus, an Osiris, jedoch größtenteils an Christus glaubten.

Julians Rede stockte nie; er scherzte, er witzelte — manchmal ein wenig gesucht: so daß es die ungelehrten Feldhauptleute nicht verstanden; aber sie ließen's sich nicht merken und lachten laut, trank er ihnen so freundlich zu.

Doch er sprang auch gar oft auf, nahm selbst einem Sklaven die Silberschüssel mit dem Bratfleisch aus der Hand und schob einem bevorzugten Gast einen guten Bissen zu. Ja, zuletzt, kurz vordem die Tische abgetragen wurden, schritt er an jede Tafel heran, sprach mit jedem seiner Gäste, erkundigte sich — er wußte fast aller Namen! — nach seinem Ergehen seit ihrer letzten Begegnung, forderte sie auf, ihre persönlichen Wünsche vorzutragen, und versprach meist schleunige Erfüllung. So schritt er, hoch die epheubekränzte Schale hebend auf einen Tisch zu, an dem das Kleeblatt saß.

„Nun, Ekkard, Grafensproß, seit dem letzten Hieb auf den Kopf dort in Toxandria keinen mehr?" — „Hat keiner mehr Raum, mein Feldherr. Aber für dich laß ich ihn mir spalten." — „Behalt' ihn hübsch beisammen: — ist besser für uns beide. — Und du, Sigiboto, freier Friese, Urlaub erbatest du, endlich die blonde Braut heimzuführen in eurem Nebelland da im Norden. Schwer miß' ich dein tapfer Schwert. Aber . . . es eilt wohl sehr?" — „Wüßtest du wie schön Elna ist, — du würdest nicht fragen, mein Herzog." — „Nun so geh. Und da — bring ihr, als Julians Hochzeitsgeschenk, hier diesen Ring: es ist eine schöne Heidengöttin da auf der Gemme, Heras, der Ehegöttin edles Haupt. Stört es dich? Bist du Christ?" — „Heide bin ich vom Wirbel bis zur Sohle. Und deshalb treu. Und ich gehe nicht in Urlaub — jetzt, — da du, so scheint es fast, der Treuen alsbald sehr bedürfen wirst." Julian winkte ihm, zu schweigen und schritt weiter zu einem Tisch, um welchen ältere Führer römischer Abstammung auf Triklinien lagen. Als aber hier Severus, der oberste im Befehl nach dem Cäsar, den er gutmütig wieder zu Gnaden aufgenommen hatte, sich einfallen ließ, auszusprechen, was sie alle erfüllte, als er anhub: „du frägst gütevoll nach den Wünschen einzelner, o Cäsar: — aber es ist ein Wunsch, ein Verlangen, das uns alle erfüllt, nicht nur uns, die Führer, nein — die zehntausend, die da draußen . . ." Da flüsterte ihm Julian rasch ins Ohr: „Schweig, oder ich schicke dich in einen Wald." Verblüfft, verschämt verstummte sofort der Wortführer des allgemeinen Wunsches.

Julian aber rief mit lauttönender Stimme: „der all-

gemeine Wunsch des ganzen Heeres ist (— das wollte der
Treffliche sagen): Heil dem Imperator Constantius! Heil
ihm, Sieg und langes Leben! Und vor allem: treu gehorsame Kriegsleute. Ihr seid entlassen, tapfre Herrn und
Freunde." Und rasch war der Wirt — spurlos — verschwunden in seinen innern Gemächern. Berung, der
Alamanne, verriegelte hurtig hinter ihm die Thüre: er
hatte keine Antwort abgewartet, auch nicht den Heilruf für
den Imperator.

Dieser Ruf: — er blieb aus. Keine Stimme erhob
sich. Schweigend, kopfschüttelnd brachen die Gäste auf
und gingen oder ritten durch die Winternacht in das Lager.

Sklaven des Wirtes und hierzu befehligte Mannschaften
leuchteten mit Pechfackeln, deren rotes Licht ein dichter Nebel
großenteils verschlang; auch der Mond vermochte nicht,
das graue Gewoge zu durchdringen.

Die Anführer waren traurig enttäuscht. Freilich hatte
keiner einen bestimmten Ausweg gefunden aus dem unlösbar scheinenden Widerstreit: Keiner hatte Julian einen
Rat zu erteilen vermocht. Aber dafür war er ja der
Cäsar! Das war seine Sache. Ganz zuversichtlich hatten
sie erwartet, er werde bei jenem Mahle eine überraschende
Lösung vorschlagen. Wozu sonst hatte er sie geladen? In
welchem Sinne sie aufgefordert, „freimütig" zu wünschen?

Schweren Herzens näherten sie sich dem Lager Julians
und den neu errichteten Zelten und Holzhütten. Da loderten
nun zahlreiche Feuer, die Frierenden in dem naßkalten
Nebel zu erwärmen; nur glanzlos schimmerten sie durch den
grauen Dunst der Nacht. Aber schon eine gute Strecke
vor dem Lager fluteten den heimkehrenden Führern auf-
geregte Haufen entgegen, ohne Ordnung, durcheinander, gemischt aus allen Kohorten, Geschwadern und Legionen.

„Was bringt ihr? Nun, was ist's?" — „Was habt

ihr durchgesetzt?" — „Was hat er vorgeschlagen?" —
„Wann dürfen wir zurück?" — „Hat er's eingesehen?"
— „Habt ihr ihn an seinen Eid gemahnt?" — „Was
geschieht?" — „Redet!"

Und sie hingen sich an die Pferde der Reiter, sie hielten
die zu Fuß gehenden an den Schultern fest, sie leuchteten
ihnen, ungeduldig der Antwort, mit brennenden Scheiten
in die Gesichter.

So wälzte von Süden her sich der Zug der Heimkehrenden und der sie Empfangenden dahin, bei jedem
Schritt anschwellend, durch die Porta decumana auf die
via media des Lagers; aus jeder Zeltgasse strömten neue
hinzu, in jedem Zelt, auch in jedem Holzverschlag erwachten
die Schläfer bei dem tausendstimmigen Lärm: und unver-
meidlich ergoß sich der ganze Haufe auf dem einzigen breiten
Wege — der Legionenstraße — in den viereckigen Mittel-
raum des Lagers, wo die meisten Feuer brannten. Die
Antworten der hart bedrängten Führer kamen so verhalten,
so knapp, so ausweichend wie möglich; sie fühlten ein furcht-
bares Gewitter aufsteigen: — ein einzig unvorsichtig Wort
konnte es entfesseln. Jeder hütete sich, dies Wort zu
sprechen.

Allein nun auf dem großen freien Platz, dem Prätorium
des Lagers, angelangt, von der fragenden, schreienden,
tobenden Menge umgeben, eingeschlossen, unfähig, sich zu
entziehen, gerieten die Armen in die äußerste Not.

„Rede," schrie ein halb betrunkner Sarmate den bestürzten Severus an, und hielt ihn fest am langen grauen
Bart. „Sprich! Du bist der nächste nach ihm. Du mußt's
wissen! Was geschieht? Rede, oder . . ." Und er hob
die Eichenkeule.

Aber Severus schwieg. Vor dem germanischen Urwald
hatte er sich gefürchtet: — vor nichts anderm. Er schüttelte

schweigend den Kopf. Da sprang behend wie eine Katze
auf eine hohe Leiter, die an einem im Bau begriffenen
Hause lehnte, eine kleine bewegliche Gestalt: so hoch wie
möglich kletterte der Mann hinan: auf dieser Erhöhung
ward er weithin sichtbar. Bojorix war's, der Aremoricaner.
Gellend, kreischend drang seine helle, dünne Keltenstimme
durch das dumpfe Gebrause der andern, von denen jeder
nur mit sich oder mit seinem Nachbarn schalt. „Hört,
Waffenbrüder! Hört mich! Verrat! Verrat! Verrat!
Verkauft sind wir für Geld von Julian an Constantius,
verkauft und verraten! Glaubt mir, dem Ohrenzeugen!
Während ihr hier sofft oder schlieft oder schimpftet, lief ich
rasch hinein, flink wie ein Wiesel, in die Stadt, mischte
mich unter die Menge der Aufwärter, drang, Schüsseln und
Krüge tragend, bis in den Hauptsal, wo der Verräter
tafelte mit den großen, den hohen Heer-Götzen! Alles hab'
ich mit angehört: — Alles, was gesagt wurde, und die
— Hauptsache! auch was nicht gesagt wurde. Dieser
dicke Severus da — beim Belenus! Er ist dumm, aber
nicht mit Fleiß . . ." Schallendes Gelächter der Gallier
unterbrach den Landsmann. „Er thut es nicht aus Bosheit." Noch lauteres Gelächter der Kelten sollte zeigen,
daß sie auch so gescheit und witzverstehend waren, wie der
Kluge da auf der Leiter.

„Gleich reiß' ich ihn herunter," drohte leise Garizo,
sich nur ein wenig reckend. Aber der Redner fuhr fort,
von dem Beifall immer mehr erhitzt, berauscht, über sich
selbst hinaus fortgerissen: „Also dieser Gutmann von einem
Severus da faßte sich wirklich das Herz und fragte den
Cäsar — o was that der schön mit allen! — ob er nicht
den Wunsch unser aller erfüllen werde." — „Nun und?"
— „Was sagte er?" — „Rasch heraus damit!" — „Was
soll geschehen?" — „Nichts soll geschehen. Nichts sagte

er! Das eben ist's! Alles bleibt bei dem Befehl des Constantius! Ihm sollten wir gehorchen, mahnte der Eidbrüchige, der Verräter! Geld hat er genommen von Constantius. Viele Millionen Solidi. Verrat, Verrat! Wir sind verraten! Nieder mit dem Verräter!" — „Nieder mit dem Verräter!" wiederholten viele Stimmen der Gallier.

Aber nicht alle. Und unter den Germanen, den Römern wurden andere zornig verneinende Rufe laut. „Der Cäsar ist kein Verräter!" rief eine frische Stimme: das war Ekkard der Grafensohn. „Aber du bist ein gallischer Krähhahn!" drohte Garizo, die geballte Faust erhebend gegen die Leiter. „Dem man den Hals umdrehen muß!" schrie, feuerrot im Gesicht, der hitzige Hippokrenikos und machte Miene, seinen Rat selbst zu befolgen.

Jedoch da sprang Sigiboto der Friese auf den nächsten Zechtisch und, mit dröhnender Stimme den Streit, den Lärm übertönend, rief er: „Halt! Waffenbrüder! Wer den Cäsar Verräter schimpft, ist ein Neiding, ein undankbarer. Habt ihr den Tag von Straßburg schon vergessen? Habt ihr vergessen, wie er Nacht und Tag für uns gesorgt hat, wie für Brüder? Seine Herzensgüte? Seine Freundlichkeit? Wie er diesen Ekkard da, als er verwundet lag in Köln, gepflegt hat mit eigner Hand! Seid doch nicht so thöricht! Was kann der Cäsar dafür, daß der Imperator sein Wort nicht hält? Gewiß, Julian beklagt das so bitter, ja bitterer als wir. Aber was kann er machen? Er muß gehorchen! Ist er doch nicht Imperator. Ja, wäre er das! Wie anders stünde alles! Nicht Julian! — Constantius ist unser Feind! Ihm gilt mein Haß!"

„Ja, er hat Recht! Recht hat er! Constantius allein ist Schuld! Nieder, nieder mit Constantius."

„Ja," fuhr Ekkard fort, zu dem Freund auf den Tisch

springend. „Ja, nieder mit Constantius! Aber dies Wort,
Freunde, dies Wort kostet uns alle die Köpfe, wenn Constantius Imperator bleibt." „Er soll's nicht bleiben!
Wir brauchen keinen Imperator!" schrieen die germanischen
Söldner. — „Doch, doch!" mahnte Hippokrenikos, der
Römer-Grieche, als der dritte auf den Tisch springend.
„Das Römerreich braucht einen Imperator. Aber nicht
den Feigling Constantius: — einen Helden." „Und
wir haben einen solchen: — wir brauchen ihn nicht erst
zu suchen," schloß der lange Garizo, auf die vierte Ecke
der langen Tafel steigend. „Schon früher erscholl hier und
da der leise Ruf nach ihm: jetzt aber soll er laut ertönen
durch dies ganze Heer, bald durch das ganze Reich: Julianus,
— nicht mehr Cäsar, — nein . . ."

„Julianus Imperator Augustus!" erscholl's da
vieltausendstimmig auf dem Platz weithin: — brausend,
dröhnend, ohrzerreißend, — furchtbar!

Alle Leidenschaften: Haß und Liebe, Zorn und Begeisterung, Rachsucht und Dank und die ganze, so lange Tage
zurückgedämmte heiße Erregung machte sich, unwiderstehlich
ausbrechend, Luft in diesem wilden Schrei: wie Gewitter-
schwüle im krachenden Donnergebrüll sich entlädt. Denn
zugleich übertäubten sie damit das Gefühl der Schuld, der
furchtbaren Verantwortung, die Empfindung des Ungeheuern,
des Verhängnisvollen, das in dem Ausstoßen dieses Rufes
lag: sie alle waren nun verloren, sie samt ihrem Erkorenen, wenn sie nicht Constantius vernichteten.

Auf diesem Hauptplatz des Lagers waren die Fahnen
aufgestellt, die Standarten der Reitergeschwader und des
Fußvolks: — nicht mehr die heidnischen Adler, — das
Labarum, d. h. über dem viereckigen kurzen Fahnentuch
ragte, statt der Speerspitze des Schaftes, ein aus Silber
oder Gold gefertigtes Zeichen, das die Anfangsbuchstaben

des Namens „Jesus Christus, Sohn Gottes" zusammen-
faßte. Manche dieser Feldzeichen trugen auch wohl statt
des Labarums oben auf einem Querbrettlein den Kopf des
jeweiligen Herrschers in Marmor oder Thon.

Jetzt, in diesem Augenblick wild entbrannter Leidenschaften stürzte ein Fahnenträger der Braccati, ein hitziger
Kelte, dem es Bedürfnis war, die innere Erregung in
irgend einer Handlung, wie auf der Bühne, schauspielerisch
auszudrücken, auf die Feldzeichen zu, riß eines heraus, so
daß alle andern auf die Erde krachten, schwang es im
Kreis um seinen Kopf, sprang damit auf das nächste hoch
lobernde Wachtfeuer und schmetterte mit mächtigem Streich
die auf der Fahne ruhende Büste des Constantius durch
die Flammen auf den Grund, daß der Thon in viele Stücke
zersprang. Dann hob er das angebrannte Zeichen wieder
und schrie: „Nieder! So nieder mit Constantius!" Toben-
der Beifall wiederholte den Ruf: Nieder! Nieder mit
Constantius! „Das zwingt uns vorwärts," sprach
Severus zu seinem Nebenmanne. „Nie verzeiht das des
Constantinus Sohn." Und unaufhörlich wiederholten die
Rasenden den Ruf: sie konnten sich dessen gar nicht ersättigen.

Plötzlich, nachdem die Tobenden viele Minuten lang
immer und immer wieder dasselbe geschrieen: „Julianus
Imperator Augustus!" trat Totenstille ein: sie waren erschöpft: sie holten Atem: sie besannen sich: „Was nun?"

Aber nur einen Augenblick: dann brachen sie alle zusammen, die vielen Tausende, wie auf ein Befehlswort
wieder aus in Einen einzigen Schrei: „In die Stadt!
Ins Palatium! Zu Julian! Der Imperator muß den
Purpur nehmen. Er muß! Er muß!"

Und nun setzte sich die ganze Menge, wie die Meerflut, die Einem Windstoß folgen muß, in brausende Be-

wegung. Die Waffen wurden aus den Zelten, den Hütten geholt, nur wenige Reiter nahmen sich die Zeit, auf die ungesattelten Pferde zu springen, und schreiend, jauchzend, die Waffen schwingend, wogte und flutete das Heer auf der breiten Straße und links und rechts daneben über Stock und Stein nach Süden auf die Stadt zu. Viele stürzten, von den Nachdrängenden nach vorn gestoßen, zu Boden: über die Liegenden, Schreienden, Fluchenden hin wälzten sich ohne Halten, ohne Mitleid die Wogen der Nächsten. Nicht ein Mann blieb in dem Lager.

Die Befehlshaber waren fast ohne Ausnahme von demselben plötzlichen Rausch der Begeisterung ergriffen wie die Mannschaften: die sehr wenigen, welche aus dem Gefühl der Treuepflicht gegen Constantius, vielleicht auch aus Neid, aus Eifersucht auf Julian innerlich widerstrebten, wurden so völlig ohne jede Möglichkeit des Widerstehens, des Aufhaltens mit fortgerissen, wie Schneeflocken vom Sturmwind.

„Wenn er nun aber nicht will?" fragte Bojoriz, mitten im Laufen, atemlos, seinen Clanvetter. „Er muß!" antwortete dieser drohend! „Er darf uns nicht im Stiche lassen vor Constantius nach dem, was geschehen." — „Wenn er uns nun aber verrät? Wenn er doch nicht annimmt?" „Er muß, sag' ich dir," sprach Mandubrates, drohend den Langbogen erhebend. „Die Sonne sieht ihn als Imperator oder . . . tot."

XLI.

Nach Entlassung seiner Gäste war Julian, hoch erregt, in sein Schreibzimmer geeilt und hatte einen langen, ausführlichen Bericht an den Augustus zu verfassen begonnen, der ihm, unerachtet seiner gepriesenen Raschheit im Denken und Gewandtheit im Ausdruck, schwere Mühe bereitete und viele Zeit kostete. Gar manchen Papyrusstreifen warf er, halb beschrieben, zur Seite.

Was sollte er schreiben? Die Wahrheit? Daß die Truppen dicht vor der Meuterei standen? Dafür würde er verantwortlich gemacht werden! Oder sollte er ihre Stimmung verschweigen? Dann übernahm er die Schuld eines plötzlichen Losbruches auf dem Marsch.

„Die Wahrheit," schloß er. „Immer die Wahrheit, gebeut der Gott des Lichts. Mag er mich dann absetzen, weil ich die Leute nicht besser gezogen. Ich bin es müde, Unmögliches leisten zu sollen. Mein Gallien ist verloren. Aber ich will's nicht mit ansehen."

———————

Die Mitternacht war vorüber. Oribasius, der Arzt, wagte in das Schreibgemach zu bringen und seinen Herrn zu bitten, sich endlich zur Ruhe zu begeben: „du fieberst, o Julian, deine Schläfe glühen: unheimlich glänzen dir die Augen. Deine Hände sind eiskalt. Ich flehe dich an, suche das Lager." — „Glaubst du, ich kann jetzt schlafen?" lächelte Julian traurig. „Ach und wenn ich in diesen letzten Nächten auf eine kleine Weile einschlief, dann quälten, dann beängsteten mich, zweifellos von den Göttern gesendet, furchtbare Träume." — „Eben Fieberphantasien!"

„O nein, Oribasius! Inhaltvolle, schicksalreiche, aber schwer zu deutende Mahnungen, Warnungen, ja Drohungen der Götter. Vernimm, du viel Getreuer, die Qual, die mir die letzte Nacht ein Traumgesicht gebracht: — ich zermartre mein Gehirn unablässig und ich kann nicht er-grübeln, was es bedeutet. Höre."

Er sprang auf von dem Schreibdivan, warf die Rohr=
feder weg und schritt hastig im Gemach auf und nieder.
„Höre nur. Mir erschien — längst ist er mir vertraut
— der Genius Roms! So lebhaft sah ich ihn vor mir
im goldnen Helm! Die Linke trug den Fahnenschaft des
Adlers, der wie lebend die Schwingen hob und senkte und
ungeduldig, wie es schien, zusammenschlug! Aber das
schöne Antlitz des Genius war nicht freudig und freundlich
mir zulächelnd, wie da er mir zuerst erschien vor meiner
Erhebung zum Cäsar, nicht heiter und wohlwollend, wie,
da er mich in Zabern vorwärts trieb zur Alamannen=
schlacht.

Nein, hoher Ernst, Trauer, ja vorwurfsvoll schmerz=
licher Zorn gegen mich lag auf den edeln Zügen, als er
drohend die Rechte gegen mich erhob und feierlich, mahnend
sprach: „Julianus, du mein auserkorner Liebling! Schon
lange weile ich im Vorhof deines Hauses, gewillt, dich
zu erheben über alle Sterblichen empor. Immer hast du
mich abgewiesen. Das aber wisse gewiß in des Geistes
und Herzens Empfindung: verschmähst du mich auch dies=
mal, überhörst du noch einmal meinen Ruf, — werd' ich
dich verlassen auf immerdar. Gedenke der Götter! Gedenke
des Reiches! Hörst du nicht meinen Ruf?" — „Horch,
was ist das?" schrie Julian und blieb erschrocken stehen.

Denn in diesem Augenblick schmetterte ein Ruf, ein
eherner, ein laut tönender Ruf von draußen her betäubend
in beider Ohren: es war der Ruf der römischen Tuba,
die das Alarmzeichen gab. Aber so ungestüm, so alldurch=
dringend, so rasch näher und näher eilend scholl das Mahn=
zeichen, wie er's noch nie vernommen.

Es scholl ihm wie der Ruf der Weltgeschichte. — Und
er war's.

Denn schon wogte und wälzte sich das ganze empörte
Heer gegen das Thor des Palastes: und gleichsam als
dumpfer Untergrund, auf dem der Ton der hell schmettern-
den Trompete schwebte, drang jetzt auch schon heran das
wirre Gebrause, das Durcheinanderrufen von viel tausend
Stimmen.

Als die dunkle Masse, in der nur wenige Fackelträger
auftauchten, sich auf der Legionenstraße der Brücke näherte,
die von der schmalen Insel auf die Nordseite des Flusses
führte, sprengte der Führer der berittnen Leibwächter, denen
die Hut der Brücke anvertraut war, mit einem Tubabläser
der lärmend heranwogenden Menge entgegen: „Halt!"
rief er. „Steht! Wer seid ihr? Und was wollt ihr?"
„Den Cäsar! Zum Cäsar wollen wir! Er muß uns hören!"

„Was wollt ihr von ihm? Ihn morden?" Er zog
das Schwert. „Im Gegenteil!" rief Sigiboto, lustig.

„Nicht in die Erde hinab, empor wollen wir ihn
bringen. Hoch empor!" lachte Ekkard. „Zum Imperator
haben wir ihn ausgerufen," schloß Hippokrenikos. „Hast
du vielleicht etwas dagegen?" „Zum Imperator?" rief
der Reiterführer und zog seine Zügel an. „Ei, das
ist ja ganz vortrefflich! Jawohl! Heil Julian, dem Imperator! Kommt! Folgt mir nur nach! Ich führe euch zu
ihm." Und er wandte das Roß, befahl dem Tubabläser,
Alarm zu blasen, und sprengte rasselnd mit seinem Geschwader über die erste Brücke zurück, dann über die zweite
auf das Südufer, auf den Palast zu. Laut jubelnd folgte
ihm die tobende Schar.

Aber in ihrer Ungeduld konnten die Nachrückenden es
nicht erwarten, bis die Vorderen die enge zweite Brücke
überschritten hatten, auf der es zu schrecklicher Stauung,
zum Ringen mit Faust und Dolch kam: viele Hintermänner
ließen sich die Böschung der Legionenstraße hinuntergleiten

an den Spiegel des fest gefrornen Flusses und eilten über
das Eis hin auf beiden Längsseiten der Brücke an das
südliche Ufer: an manchen Stellen trug die Eisdecke nicht
das Gewicht der Laufenden, Stampfenden, Drängenden: sie
brach krachend; aus dem dunklen Wasser ein Schrei — eine
krampfhaft an die Eiszacken gekrallte Hand — ein stilles
Versinken und Gurgeln unter dem Eis! Darüber hin,
über den entdeckten Spalt, an dem Speerschaft in hohem
Satz hinweg, sprangen die Folger. So hatten bald die
Tausende das Südufer erreicht und ergossen sich nun von
allen Zugängen her, immer schreiend und jauchzend, gegen
das ringsummauerte Palatium.

Alle Wachen, alle Posten, welche die unaufhaltsame
Lawine auf ihrem Wege fand, wurden, willig oder widerwillig, mit fortgetragen: die andern Tubabläser, da sie den
neben dem Tribun unablässig schmettern hörten, thaten es
ihm nach an Eifer und Geräusch. So schrieen bald zwölf
Trompeten den Kriegsruf durch die Nacht, als sollten die
Toten auferstehen. Das drang durch den Garten, durch
die Mauern, durch die Vorsäle, bis in die innersten
Gemächer des Palatiums, bis zu Julian.

Auf diese Zeichen hin hatten die Wachen an dem einzigen Thor, ein halb Dutzend Leibwächter zu Fuß, dieses
schleunig von innen zugeworfen und verriegelt: sie kletterten
die Schmaltreppen hinauf, die auf die mit Zinnen bewehrte
Mauerkrone führten, und sahen nun mit Staunen und
Entsetzen auf die heranwogende, schreiende, brüllende Masse.

„Sie wollen ihn morden!" rief Berung, der zuerst
hinaufgelangt war. „Ich warne ihn! Er muß fliehen!
Sich verstecken!" Rasch hastete er die Stufen wieder hinab.
„Das thut er nicht," meinte Voconius, ihm folgend. „Ich
muß andres sinnen."

———————

Nun standen die Vordersten vor dem Thor.

„Auf, Auf! Aufgemacht! Oder wir erschlagen euch und ihn und alles! Auf mit dem Thor!" Die Wachen, er= lesene Männer, thaten ihre Schuldigkeit: sie verteidigten ihren Posten und ihren Herrn. Bei dem Schein der Fackeln der Angreifer konnten sie zielen auf die Vordersten, die sich vergeblich mühten, das festgefügte Thor zu sprengen. Die Verteidiger schleuderten die Wurfspeere: ein paar der Aufrührer fielen. Gellendes Wutgeschrei war die Antwort.

Die Stimmung der großen Menge schlug um. „Er läßt uns morden! Er will nicht! Er bricht uns den Eid! Nieder mit ihm! Nieder mit Julianus!" So scholl es vorn, da, wo die Toten lagen. Und rasch verbreitete sich das nach hinten: „Er läßt uns morden!"

„Blut ist geflossen!" — „Er mordet unsre Brüder!" — „Zwei Tote!" — „Zwanzig!" — „Zweihundert!" — „Er will nicht!" — „Nieder mit Constantius!" — „Nieder mit Julianus!"

Dem wütenden Ansturm von vielen Tausenden waren weder die hohen Mauern noch das feste Thor noch die wenigen Wachen gewachsen.

Der Haufe entdeckte in einer Seitenstraße einen schweren Lastwagen mit langer eisenbeschlagner Deichsel: im Augen= blick spannten sich zwölf vor, an die Deichsel sich klammernd, acht schoben an den vier Rädern: — mit eiligster Gewalt rannte die Deichsel gegen das Thor: krachend fiel es nach innen. Hinein fluteten die Sieger, brüllend vor Wut, vor Siegeslust!

Gleichzeitig — waren sie doch im Erklettern von Wällen geübt! — sprangen je drei, vier, fünf Mann, ent= lang der ganzen Stirnseite der Gartenmauer, einander auf Rücken und Schultern, die obersten erstiegen die Krone, stießen die wenigen Wächter herunter: — der Palast war

erstürmt! Die Sieger eilten aus dem Garten und dem
Vorhof die breiten Marmortreppen hinan in das Atrium:
nichts trennte sie mehr von Julian: ihrem Götzen — oder
ihrem Opfer? Das sollte sich erst entscheiden!

XLII.

Kurz vorher war Berung in das Schreibgemach ge-
drungen: er hatte keinen andern Ruf als Drohrufe vernommen: „Rette dich!" schrie er, „flieh, Julianus! Hier,
nimm diesen Soldatenmantel. Das Heer hat sich gegen
dich empört. Sie wollen dich ermorden. Flieh, verstecke
dich: — in den Gewölben der Warmbäder."

„Flieh, Herr," bat Oribasius. „Ist die Hinterpforte noch
frei?" — „Sie ist's. Aber eilt! Flieh! Verkleide dich!"

Mit einer hoheitvollen Handbewegung wies der Cäsar
den dargereichten Mantel zurück: „Ich bleibe," sprach er.
„Ich will doch sehen, ob sie Hand an mich legen. Und
sterb' ich jetzt, ist's für mich das Beste."

Hochaufgerichtet, auch das Schwert, das ihm Berung
nun aufdrängen wollte, zurückweisend, ganz waffenlos,
ruhig, schritt er aus dem Schreibgemach durch ein paar
Gänge in den großen Speisesaal, der etwa fünfhundert
Menschen faßte.

Als er eintrat, brach gerade der rasende Haufe vom
Garten aus zu der entgegengesetzten Thüre herein.

„Da ist er! Hier!" — „Hier ist er!" — „Haben
wir dich?" — „Treuloser, Eidbrüchiger!" — „Unsere
Brüder hast du draußen morden lassen!" — „Nieder
Constantius!" — „Nieder mit Julianus!" — „Nein! nein!

nein!" riefen da andere Stimmen, aber viel weiter hinten.
„Hoch Julianus! Julianus Imperator Augustus!"

Da, — als er diesen schicksalreichen Ruf der Tausende
vernahm: — da erbleichte Julian. Er wankte zurück, er
hielt sich mit der einen Hand an einer Hermensäule, die
andere legte er auf die Schulter Berungs.

„Entsetzlich! stammelte er, vor sich hinstarrend. „Ich
bin verloren."

„Nein! gerettet bist du," rief Severus, sich mit Gewalt
Bahn brechend. „Gerettet, wenn du annimmst. Verloren,
wenn du dich weigerst. Du hast mich gütevoll geschont:
— nun will ich dir's vergelten! Hör' auf mich, Julianus.
Erschlagen dich diese Wütenden jetzt nicht: — nie verzeiht
dir Constantius diese Stunde! Denk' an Gallus, an
Silvanus! Rette dich — und uns alle. Denn," flüsterte
er, „sie sind wahnsinnig. Erbarme dich unser! Sie
zerreißen uns alle! Wir sterben!" „So stirb, Alter!
Hängst du noch so am Leben?" rief Julian laut. „Hast
du, habt ihr alle euren Eid vergessen, den ihr Constantius
geschworen?" Aber da scholl ihm ein wahres Wutgeheul
entgegen: „Eid? Was Eid!" — „Er hat uns sein Wort
gebrochen." — „Er versprach, uns nicht aus Gallien zu
führen." — Und du?" — „Du hast uns geschworen!" —
„Hast du vergessen?" — „Da — schau her, auf dies mein
Schwert hast du geschworen!" schrie ein grimmer Quade.
„Kannst du's leugnen?" — „Das Schwert, bei dem du
falsch geschworen, soll dich durchbohren!" — „Stirb oder
nimm den Purpur." — „Du — du mußt uns schützen
vor der Rache des Thrannen!" — „Du mußt uns führen
gegen Constantius!" — „Den Tod oder den Purpur!
Wähle."

Und schon drängten die Vordersten dicht an ihn heran.

„Thu's nicht! Bleib treu!" warnte ihn da von rück-

wärts eine laute Stimme. — Unwillig wandte sich
Julian: es war Berung, der mit gezognem Schwert hinter
ihm stand. — Der Cäsar furchte die Stirn: „Unnötige
Mahnung," zürnte er.

Und nun zu den Aufrührern gewendet: „Hört mich,
Freunde, Waffenbrüder, auf den ihr oft gesehen und gehört im dunkeln, lauten Wettersturm der Schlacht. Verlangt was möglich ist, nicht das Unmögliche. Befleckt
nicht den Glanz so vieler Siege durch Treubruch! Weckt
nicht den Bürgerkrieg! Mäßigt euch in eurem — ich
geb's zu! — gerechten Zorn!" — „Wir wollen nicht aus
Gallien!" scholl es ihm entgegen. Einen Augenblick be-
sann er sich, dann rief er: „Nun gut. Es sei! Euer
Wille soll geschehen! Euer Recht soll euch werden. Ich
nehm's auf mich bei dem Imperator: — er hat's versprochen, ich hab's beschworen: — es muß gehalten werden. Ich weiß, es kostet mich Amt, Ehre, Leben. Aber
es sei! Kehrt morgen schon zurück in eure Standlager.
Nicht einen Fuß sollt ihr über die Alpen setzen! Ihr sollt
in Gallien bleiben." Nun hoffte Julian, den Sturm beschworen zu haben. Aber er irrte.

Eine kurze Weile entstand ein schwüles Schweigen, wie
vor dem Losbruch eines zurückkehrenden Hochgewitters.

Aber plötzlich entlud es sich aufs neue. „Nein! Nein!
Nein! Nein! Nein! Nein!" — „Das ist nicht genug!"
— „Jetzt nicht mehr!" — „Jetzt ist's zu wenig!" —
„Zu spät!" — „Jetzt hilft's nicht mehr!" — „Wir sind
verloren, bleibt Constantius Herr! Er verzeiht nie!"
— „Und wir wollen seine Verzeihung nicht!" — „Du
bist Schuld an allem!" — „Ja du! du!" — „Nur du
hast uns zu neuem Dienstvertrag gebracht." — „Nur dir
haben wir vertraut." — „Deinem Eid!" — „Du hast
uns dahin gebracht, daß wir uns empören mußten!" —

„Du mußt uns retten! Du uns führen!" — „Ohne dich sind wir verloren!" — „Und du mit uns: — schon vor uns!" — „Du mußt! Hörst du, du mußt, Julianus Imperator!" — Und die Vordersten umringten ihn, faßten seine Hände, seine Schultern, zerrten ihn am Gewand.

Er wehrte sich nicht. Nur das Haupt schüttelte er, allen sichtbar, und rief laut: „Nein! Niemals! Tötet mich."

„Das soll geschehen," riefen zwei Stimmen auf einmal. Zu seiner Linken hob der trunkne Sarmate die Streitkeule von Eichenholz und wollte sie auf sein Haupt schmettern: Berung ersah's, fiel dem in den Arm und rang mit ihm. So konnte er nicht hindern, daß von rechts her Bojorix der Gallier seinen kurzen Speer dem Cäsar an die Kehle setzte und schrie: „So stirb!"

Julian rührte sich nicht: die scharfe Spitze ritzte schon die Haut, — sein Blut floß: nur die dunkeln Augen, tiefsten Ausdrucks voll, richtete er auf den Mörder: der stutzte: — er konnte nicht zustoßen: er ließ den Speer fallen. — „Dacht ich's doch," rief fünf Schritte weiter zurück sein Clanvetter. „Bojorix scheut sein Auge. Aber mich sieht Julianus nicht." Und er spannte den Langbogen, legte den reiherbeflügelten Rohrpfeil auf die Sehne, zielte und schoß.

Berung hatte einstweilen dem Sarmaten die Keule entrissen, er wandte sich: er sah den zielenden Bogen: schon schwirrte der Pfeil, Berung warf sich vor Julian: das Geschoß traf das Herz des Alamannen: „Thu's nicht, Julian! Bleib' treu." Es war sein letztes Wort: er sank sterbend vor die Füße seines Herrn. Der beugte sich voll Trauer zu ihm nieder, achtlos jeder Gefahr.

Aber diese Gefahr war vorüber. Aus dem Inneren

des Hauses brach durch die Saaltür eine starke, wohlbe=
waffnete Schar, geführt von Voconius.

Dieser hatte in Eile alle Sklaven und Freigelassenen
des Palastes bewaffnet, alle verstreuten, fliehenden Leib=
wächter an sich gerafft und durch Zufall „das Kleeblatt"
getroffen, das, da der Eingang aus dem Garten in den
Saal durch Tausende undurchdringbar versperrt war, durch
ein Fenster in den einen der Seitengänge geklettert war.
„Kommt mit, ihr Vier! Helft mir ihn retten, wenn's noch
möglich," rief er ihnen zu. „Ihr habt ihn ja auch ge=
liebt." „Das will ich meinen, Alter," rief Hippokrenikos.
„Aber es thut ihm niemand was zu leide. Wir wollen
ihn ja . . ." „Hörst du! Hörst du?" unterbrach der
Adlerträger. „Nieder mit Julian! Er sterbe! Tod
Julian!" scholl es aus dem Saal.

„Vorwärts!" rief Sigiboto und sprang voran. „Zu
Hilfe. Zu Hilfe! Hierher, meine Markomannen!" rief
Garizo zum Fenster hinaus, dann folgte er den Genossen.
Und so kam denn die Hilfe gerade im rechten, im letzten
Augenblick. Denn Julians Geistes= und Willenskräfte, mit
denen allein er all' die Zeit die Dränger abgehalten hatte,
versagten: er fieberte schon lange, jetzt aber schwindelte
ihm, er wankte.

Nun jedoch warf sich die tapfere Schar mit Schild und
Speer zwischen ihn und die Aufrührer. „Was thut ihr
hier, Gesindel?" schrie der hitzige Grieche. „Morden wollt
ihr ihn, ihr gallischen Hunde?" fuhr der Grafensohn fort.
„Habt ihr ihn nicht soeben zu euerem Imperator aus=
gerufen?" mahnte Sigiboto. „Hat's euch schon wieder
gereut? Habt ihr ihn vergessen, euren Ruf . . ."
„Julianus Imperator Augustus!" schrie da die ganze
Schutzschar und viele der bisherigen Angreifer stimmten
mit ein.

Dieser Ruf schreckte den halb Ohnmächtigen empor. „Nein! Nein!" rief er, abwehrend beide Hände flehend gegen die Nächsten ausstreckend.

„Ja! gewiß und notwendig! Ja!" antwortete Severus. „Ich rede nicht von dir: — du bist verurteilt, du bist ein toter Mann, schreitest du nicht als Imperator aus diesem Saal. Aber sei's um dich! Jedoch Gallien? Soll auch das verloren sein?" „Mehr als Gallien! Das Abend- land! Das Reich! Constantius kann es nicht verteidigen gegen die Barbaren!" rief der Samnite Voconius.

„Dich ruft das Reich!" rief sich vordrängend Maurus.

„Dich rufen die Götter!" mahnte Hippokrenikos.

Da taumelte Julian einen Schritt zurück. Er schloß die Augen: denn er sah nichts mehr vor sich als ein purpurnes Rot. Seine Pulse flogen: die Adern an seinen Schläfen pochten zum Springen: heiß schoß ihm das Blut in das Gehirn: er schlug beide Hände vor die Stirne. Und nun erscholl aus der Menge — man konnte nicht wahrnehmen und später nie ermitteln, von wem ausgestoßen — der laute Schrei. „Hörst du denn nicht? Julian? Dich ruft der Genius Roms! Willst du ihm noch nicht folgen?"

Da fuhr der Hocherregte auf aus seiner in sich gesunknen Haltung. Er ließ die Hände von der Stirn gleiten: und mit leuchtendem Blick, der hoch über die lärmende, aber jetzt nicht mehr drohende Menge in die Ferne drang, rief er. „Mein Traum! Mein Traum! Ja! Ich höre den Ruf. Ja, ich will ihm folgen. Ich rette das Reich und die Götter!"

Da brach ein Lärm los wie noch nie zuvor.

Die Begeisterung, der Jubel schwoll ins grenzenlose: die lange, bange Spannung war gelöst: das dumpfe Ge- fühl, daß die ungeheure That die Strafe des Gesetzes

herausfordere, ward verscheucht durch die Zuversicht, unter
dieser Führung dem Rächer Constantius gewachsen, nein,
überlegen zu sein. Entlastet von der Furcht vor Strafe,
gehoben von der Hoffnung auf Sieg, auf Lohn, auf die
Vorherrschaft im Reiche jauchzten sie auf, die vielen Tausende.

„Julianus Imperator Augustus! Macte Imperator!"
dröhnte es donnernd durch den Saal.

Und alle, Führer und Mannschaften, dieselben, die kurz
vorher sein Leben bedroht hatten, ebenso wie die Erretter,
drängten, stürmten, stürzten auf ihn zu, schüttelten seine
Hände, warfen sich vor ihm nieder, umfaßten seine Kniee
und küßten sie.

„Halt!" rief Sigiboto. „Wir Germanen zuerst, zumeist
haben ihn gekoren: — wir wollen ihn auch, auf Germanenart, zu unsrem Herzog erheben." — „Jawohl! Jawohl!
Heil unserm Herzog!" — „Hebt ihn auf den Schild!"
— „Wo ist ein Schild?"

„Hier," rief Garizo, „der meine. Der ist sehr lang
und sehr fest," und er kniete nieder, den flachen Schild mit
beiden Armen über dem Stiernacken haltend.

Augenblicklich war Julian von Ekkard und Sigiboto
auf diese ebne Fläche gestellt: langsam erhob sich mit seiner
Last der riesenstarke Markomanne, sechs andre Germanen
stellten sich, stützend und hebend, darunter und so trugen
sie ihn, mit frohlockendem Geschrei, durch den Saal.

„Ein Schwert! Gebt ihm ein Schwert!" Zugleich
reichten ihm Sigiboto sein Scramasachs, Hippokrenikos
aber sein römisch Schwert dar. Julian wies die Germanen-
waffe ab, ergriff die römische, führte sie an die Lippen
und küßte sie. Mit donnerndem Jubel begrüßten das die
Römer und Griechen, die es wahrgenommen.

„Recht so," rief nun Maurus der Panzerreiter dem
schwer Atmenden zu, der nach dem dritten Umzug von

dem Schild herabgesprungen war. „Den Germanen ward
ihr Lohn: — sie haben ihn verdient! — aber römischer
Imperator bist du: nun nimm auch die Abzeichen römischer
Herrschgewalt: das Diadem!"

„Jawohl, das Diadem! Das Diadem!" „Jawohl,
schon um Constantius zu zeigen, daß es uns bitterer Ernst
ist," sprach Severus. Und Voconius flüsterte er zu: —
„und um ihn unwiderruflich von Constantius zu scheiden,
an uns zu binden."

„Dessen bedarf es nicht," erwiderte der Alte. „Er
weicht nicht zurück." Aber Julianus erhob abmahnend die
Hand und schüttelte den Kopf: „Ein Diadem! Ich habe
keins. Ich habe niemals eins besessen. Denn die — die
guten Gewalten wissen es: ich habe nie an Empörung
gedacht." — „Wir glauben's! Aber du mußt das Diadem
tragen!" „Hat nicht," fragte ein Gallier, „deine Gattin
ein Stirnband oder — ein Halsband gehabt? Ich meine
ich sah an ihrem Nacken eine schöne Bernsteinkette . . ."

Unwillig, schmerzlich getroffen furchte Julian die Stirn:
„es schmückt die Tote. Weh, wer die frevle Hand an sie
legt." — „So nimm das hier!" rief Maurus. „Ein
prachtvoller Pferdeschmuck: mit Gold und Silber geziert!
Es wär' ein trefflich Diadem." — „Was ein Tier geschmückt, soll meine Stirn nicht berühren." „Aber du
mußt gekrönt sein! Wir wollen dich sehen im Diadem,"
schrieen sie. Da nahm Voconius die Ehrenkette von
goldnen und silbernen Scheiben von seiner eignen Brust:
„hier, Imperator! Du gabst mir als Fahnenträger der
Cornuti dies stolze Ehrenzeichen am Abend nach der Straß-
burger Schlacht: es ist mein höchster Stolz und Lohn:
mich dünkt, das Ehrenzeichen eines römischen Fahnen-
trägers . . ." — „Ist," schloß Julian, „ein würdiges
Diadem für einen römischen Imperator. Gieb her die

Kette. Sie ist ein Zeichen des Heldentums: — wohlan:
— nicht in dem Zeichen des Constantinus, nicht im Kreuz
der Galiläer: — in diesem Zeichen werd' ich siegen!"

Und er nahm die Kette aus der Hand des Alten und
schlang sie sich diademartig um Stirn und Haupt. „Macte
Juliane Imperator Auguste!" dröhnte es noch einmal durch
den Saal.

Da wankte der bleiche Mann mit dem abenteuerlichen
Diadem aus dem Stegreif; er sank in die Arme des
besorgten Arztes: die Sinne vergingen ihm.

„O," hauchte er noch. „Meine Mutter! Wie vorwurfs=
voll . . . ihre Augen! . . . Siehst du das, Freund Ori=
basius? Siehst du sie nicht? — Mutter, du bist ja in
Sicherheit, in meinem Gallien. Ich konnte nicht anders!
Ich mußte! Rom . . . die Götter . . . und der Ruhm!"

Ohnmächtig trugen sie den hoch Fiebernden auf sein
Lager.

———•———►✕◄———•———

www.ingramcontent.com/pod-product-compliance
Lightning Source LLC
Chambersburg PA
CBHW032003120726
47898CB00005BA/1493